HANNA FROST

ICED ASHES

EIN KÖNIGREICH AUS FEUER UND SCHATTEN

IMPRESS

© privat

Hanna Frost wurde 2001 geboren und kann sich rückblickend an keine Nacht erinnern, in der sie nicht heimlich gelesen oder geschrieben hat. Mit 14 Jahren gründete sie ihren eigenen Literaturblog, fünf Jahre später schrieb sie ihr Debüt. Wenn sie nicht gerade an neuen Geschichten tüftelt oder in Tagträumen versinkt, verbringt sie gern Zeit mit ihrem Hund, plant ihre Reise ins All oder widmet sich ihrem Studium – übrigens in genau dieser Reihenfolge.

Für meine Eltern.
Danke für alles.

Prolog

Als Kaida ihre müden Lider hob, war da nichts als tiefe Schwärze. Es war dieselbe Dunkelheit, die sie schon seit Wochen einhüllte, wenn nicht sogar seit Monaten. Ihre Sinne waren wie benebelt, ihr Kopf fühlte sich seltsam matschig an. Es fiel ihr schwer, ihn überhaupt aufrecht zu halten. Plötzlich tat sich ein Lichtstreifen auf dem Boden vor ihren nackten Füßen auf, in dessen Mitte sie einen langen menschenähnlichen Schatten entdeckte, der langsam auf sie zukam. Kalte Hände strichen über ihre Wangen, über ihre Schultern und schließlich wieder ihren Hals hinauf. Als die eisigen Fingerspitzen über die Enden ihrer Ohren glitten, fuhr ein schmerzhaftes Stechen durch Kaidas Körper. Ihre Ohren brannten, als stünden sie in Flammen.

Kaida wollte protestieren. Wollte all den wirren Gedanken in ihrem Kopf und den beißenden Gefühlen in ihrem Herzen Raum geben; doch alles, was ihr über die trockenen Lippen glitt, war ein erschöpfter Seufzer. Mit jedem Wimpernschlag wurden die Umrisse der Gestalt unschärfer, bis sie schließlich gänzlich mit der Finsternis verschmolzen. Schlagartig verschwand auch der Lichtstreifen vom Boden.

Kaida war wieder allein – allein mit den quälenden Gedanken in ihrem Kopf, der Dunkelheit um sie herum und der Einsamkeit in ihrem Herzen ...

Kapitel 1

Panisch riss Kaida ihre Augen auf und röchelte gierig nach Luft. Ihre Lungenflügel schmerzten bei jedem Atemzug, sie hatte das Gefühl, nicht richtig atmen zu können. Als sie realisierte, dass sie seitlich auf dem kalten Steinboden lag, begann sie unkoordiniert mit ihren gefesselten Beinen zu strampeln. Auch die Stricke um ihre Handgelenke nahm sie nun allzu deutlich wahr, genauso wie das unüberhörbare Piepen in ihrem Kopf und das grelle Licht, das Tränen in ihre Augen trieb.

Dumpfe Geräusche drangen in ihre Ohren. Nur langsam manifestierten sich die Töne und wurden zu einer strengen Männerstimme, die Kaida schmerzlich bekannt vorkam. Die Muskeln in ihren Beinen begannen zu zucken, als würden sie das Weite suchen wollen, noch bevor ihr Gehirn auch nur annähernd verstanden hatte, was hier vor sich ging. Plötzlich legten sich kalte Hände um ihre Knöchel und fixierten sie am Boden.

»Das reicht!«, befahl die bekannte Stimme streng. »Lasst sie los, in ihrer aktuellen Verfassung wird sie schon keinen großen Schaden anrichten können.«

So schnell, wie die Hände gekommen waren, verschwanden sie auch wieder. In Kaidas Ohren dröhnte der hohle Klang ihres Atems. Sie spürte, wie ihr kalter Schweiß die Schläfen entlanglief. Ihr ganzer Körper zitterte und krampfte, jedes Stückchen Haut schien in Flammen zu stehen. Alles um sie herum wirkte laut und aufgewühlt, doch gleichzeitig fühlte sie sich selbst so taub und leer, als wäre sie in einem Körper, der gar nicht ihr eigener war.

So gut es die Fesseln zuließen, rollte sie sich zusammen und presste ihre heiße Wange gegen den kalten Steinboden. Erleichtert stellte sie fest, dass ihr Blick mit jedem Augenblinzeln etwas klarer wurde und mehr Farbnuancen zuließ. Als Kaida langsam zu dem blassen Gesicht des Mannes aufsah, der nur eine Armlänge entfernt vor ihr stand, gefror das Blut in ihren Adern. »Oberon …«

»Ganz genau«, erwiderte der Fae-König leise, doch seine Stimme klang keinesfalls beruhigend. Er hatte seinen Kopf geneigt und betrachtete Kaida so lauernd wie ein Wolf ein hilfloses Lamm. Geschmeidig beugte er sich zu ihr hinunter, griff nach ihren Schultern und setzte sie wie eine Stoffpuppe auf. Kaida spürte eine kalte Wand in ihrem Rücken, als er sie unsanft dagegen presste.

»Gebt mir ihre Wasserflasche!«, blaffte der König und wedelte ungeduldig mit einer Hand. Augenblicklich löste sich ein Soldat hinter ihm aus der Dunkelheit und reichte dem Fae schweigend eine Flasche. Geschickt lösten die schlanken Finger des Königs den Verschluss. Als er die Öffnung an Kaidas trockene Lippen legte und der erste Wassertropfen auf ihre Zunge traf, reckte sie ihm gierig den Kopf entgegen. Ihr Kehlkopf schmerzte bei jedem Schluck. Sie konnte sich nicht mal mehr daran erinnern, wann sie das letzte Mal etwas getrunken hatte.

Als Oberon die Flasche etwas ungeschickt anwinkelte, verschluckte sie sich an der kühlen Flüssigkeit. Hastig setzte sie ab und rutschte ein Stückchen vom König weg.

»Bist du jetzt wacher?«, fragte dieser schadenfroh und zog spöttisch eine Augenbraue hoch. »Du sahst aus, als hättest du eine kleine Abkühlung mehr als nötig gehabt …«

Hustend krümmte sich Kaida und starrte ihn aus hasserfüllten Augen an. »Ich hasse dich, Oberon!«, krächzte sie, bereute ihre Worte jedoch sofort. Gallenflüssigkeit war in ihrem Hals aufgestiegen und verätzte ihre Kehle. Würgend und röchelnd drehte Kaida ihren Kopf zur Seite, um sich wenigstens nicht auf Oberons Stiefelspitzen zu übergeben – obwohl es ja durchaus keinen Unschuldigen getroffen hätte …

Über ihr Husten hinweg hörte sie, wie der König etwas in einer fremden

Sprache sagte, das alles andere als freundlich klang. Eine schwere Tür fiel ins Schloss, dann wurde es schlagartig wieder still um sie herum. Seufzend gab Kaida der Erschöpfung nach, die sie zu übermannen drohte. Ihr Kopf fiel schlaff zur Seite und ihre Augenlider zitterten so stark, dass sie nichts mehr erkennen konnte.

»Schön bei Bewusstsein bleiben«, hörte sie Oberon drohen, »oder willst du, dass ich dir einen ganzen Eimer voll Wasser über den Kopf schütte?«

»Wieso?«, erwiderte sie undeutlich, wobei ihre Stimme selbst in ihren eigenen Ohren merkwürdig fremd klang. »Ich soll doch nur wach bleiben, damit ... damit du mehr Spaß beim Foltern hast, oder? Aber diesen Gefallen werde ich dir ... nicht tun.«

Oberon schnaubte amüsiert. »Schön zu sehen, dass selbst die vielen Betäubungstränke und Tinkturen deinen Sturkopf nicht aufweichen konnten. Zeitweise sah es gar nicht so gut für dich aus ... Wie dem auch sei, ich will dich nicht foltern, du sollst mir nur zuhören. Es gibt ein paar Dinge zu besprechen, ehe ich dich wieder auf die Welt loslassen kann.«

Irritiert runzelte Kaida die Stirn. *Auf die Welt loslassen?* Nach all den Vorfällen, den Lügen und dem Verrat hätte sie eher damit gerechnet, dass er sie für den Rest ihres Lebens hier unten versauern ließ. *Apropos Leben ...*

»Warum bin ich eigentlich nicht gestorben, als Jace' Fluch auf mich überging? Und warum hat Nia mich nicht umgebracht, obwohl sie doch die Gelegenheit dazu hatte? Ich kann mich nur noch an ein Pulsieren erinnern ... daran, dass ich irgendwie aufgebrochen, beinah explodiert bin, aber was danach geschah ...« Schlagartig weiteten sich ihre Augen und eine Welle der Panik erfasste ihren Körper. »Jace!«, stieß sie erschrocken hervor und blickte Oberon eindringlich an. »Wo ist er? Geht es ihm gut?« Kaidas Herz begann zu rasen. Ruckartig versuchte sie sich aufzurichten, doch Oberons Hände auf ihren Schultern drückten sie hinunter.

»Ganz ruhig, Sturkopf, du würdest eh nicht weit kommen. Ich befehle dir, mir jetzt zuzuhören!«

Trotzig schnaubte Kaida und spuckte ihm vor die Füße. »Du hast mir gar nichts zu befehlen, *Spitzohr*!«

»Und ob ich das habe, *Untertanin.*«

Seine Worte trafen sie so unvorbereitet, dass Kaida ihre Gegenwehr augenblicklich einstellte. Verwirrt blinzelte sie einige Male, ehe sie ihre Sprache wiederfand. »Ich ... ich bin nicht deine Untertanin.«

»O doch, das bist du. Das warst du schon immer, meine kleine Kaida, aber spätestens seit diesem *Vorfall* mit deiner Magie kann es niemand mehr leugnen.«

Ungläubig starrte sie in seine stahlgrauen Augen. Die Art, wie er ihren Namen aussprach, ließ einen eisigen Schauer über ihren Rücken kriechen.

»Du siehst aus wie sie«, fuhr Oberon leise fort und streckte einen Finger nach ihrer Ohrenspitze aus. Erneut stieg Übelkeit in Kaida auf. Das Gefühl, dass hier gerade etwas wahnsinnig schieflief, legte sich wie ein Backstein in ihren Magen. Was, um Himmels willen, war mit dem König passiert? Hatte er den Verstand verloren?

»Hör auf«, presste sie mit zitternder Stimme hervor, »hör auf, so merkwürdig zu sein. Foltere mich oder wirf mir vor, dass ich dein Land verraten habe, aber hör auf mich so fürsorglich anzustarren. Du machst mir furchtbare Angst.«

»Du mir auch«, erwiderte Oberon mit einem unergründlichen Ausdruck in den Augen, doch zu Kaidas grenzenloser Erleichterung zog er sich ein Stückchen von ihr zurück. »Du wirst den Grund schon noch früh genug erfahren. In deiner jetzigen Verfassung würdest du sowieso nicht alles verstehen können. Den Rest der Aufklärungsstunde kann Jace übernehmen, sobald du wieder in einem halbwegs präsentablen Zustand bist. So abgemagert und mit Schatten unter den Augen, die den seinen ernste Konkurrenz machen, kann ich dich unmöglich zu ihm lassen.«

Kaida schluckte trocken. Das war zwar nicht die Antwort, die sie sich erhofft hatte, aber immerhin schien der Prinz am Leben zu sein. »Wie geht es ihm? Ist er wohlauf?«

»Jace geht es den Umständen entsprechend gut, so, wie man sich eben fühlt, wenn sich das Mädchen, in das man sich dummerweise verliebt hat, als Verräterin entpuppt. Deine Fürsorge in Ehren, Kaida, aber an deiner Stelle würde ich mich mehr um mein eigenes Wohl sorgen.«

»Ist mir klar«, erwiderte sie schroff und entlockte dem König sogar ein leichtes Schmunzeln.

»Durch Nias Dolchstoß hast du enorm viel Blut verloren, mal ganz zu schweigen von dem immensen Kraftakt, den dein Körper aufbringen musste, um die Magie zu wirken. Wahrscheinlich hast du dich deshalb so gefühlt, als wärst du aufgebrochen wie eine hohle Nussschale ... Wir mussten dich mit unseren Tränken und Tinkturen mehrere Wochen lang betäuben und deine Sinne vernebeln, weil du den Schmerz sonst nicht ertragen hättest.«

»Und ... und diese Explosion? Was ist mit mir geschehen?« Kaida fühlte sich von den ganzen Informationen, deren Bedeutungen sich ihr noch nicht ganz erschließen wollten, wie erschlagen. Ihr Kopf pochte, als wäre eine Kutsche darübergerollt.

»Nun, als du ›auseinandergebrochen‹ bist, wie du es so passend beschrieben hast, ist das Nebengebäude, in dem wir uns zu diesem Zeitpunkt befanden, eingestürzt. Aber bis auf ein paar Kratzer sind alle verschont geblieben«, erklärte Oberon schulterzuckend. »Was genau passiert ist, kann dir, wie bereits gesagt, jemand anderes erklären. Du solltest lieber erst einmal zusehen, dass du wieder auf die Beine kommst. Die Welt da draußen ist während deiner Abwesenheit weder friedlicher geworden noch sicherer. Ich würde sogar behaupten, dass du in größerer Gefahr schwebst als je zuvor ... Doch für den Moment muss dir dieses Wissen genügen.«

Ohne ihre Reaktion abzuwarten, erhob sich der König aus der Hocke. Sein schwarzes Haar fiel ihm über den Rücken, als er sich schwungvoll umdrehte und auf die Tür des Kerkers zulief.

Er hatte seine Hand bereits auf die Klinke gelegt, als Kaida endlich ihren Mut zusammennahm, um ihn nach einem Gefallen zu fragen. »Oberon ... kannst du ihm bitte sagen, dass es mir leidtut?«

Als sich der König zu ihr umdrehte, trug er ein mitfühlendes Lächeln auf den Lippen. »Ich weiß nicht, ob das ausreicht, Kaida. Seit dem Vorfall ist er dir zwar kaum von der Seite gewichen – und wenn er auch nur vor deinem Zimmer auf- und abgelaufen ist –, aber der Schmerz über deinen Verrat sitzt tief. Er mag dir in der Hektik der Situation verziehen haben, aber während du bewusstlos warst, haben viele Leute Zweifel in ihm gesät. Du solltest ihm Zeit geben, Kaida. Du solltest euch *beiden* Zeit geben.«

Als die Tür ins Schloss fiel, erlosch das grelle Licht um sie herum und ließ Kaida allein in der ihr wohlbekannten Dunkelheit zurück – doch diesmal war alles anders. Sie konnte wieder etwas *fühlen*. Fühlen, wie sich das schlechte Gewissen wie ein Dolch in ihr Herz bohrte. Fühlen, wie sie die Sorge und Sehnsucht nach Jace förmlich um den Verstand brachte. Ihr war abscheulich zumute. Sie glich einer Verräterin, die all ihre Freunde ans Messer geliefert hatte ... Ob Oberon deshalb plötzlich so bemüht um sie war? Weil sie in seinen Augen ein genauso kaltherziges Ungeheuer war wie er selbst? Kaida wusste es nicht. Sie wusste nur, dass sie ihr scharfes Bewusstsein nicht behalten wollte. Ob Oberon ihr noch einmal einen Betäubungstrank verabreichen würde, wenn sie ihn auf Knien danach anflehte?

Kapitel 2

»Was glaubst du, wer diese hübsche Frau ist?«, fragte das Mädchen neugierig und zupfte am Hemdsärmel ihres Bruders.

»Ich weiß es nicht«, antwortete dieser pikiert. »Nero hat uns verboten nach ihr zu fragen, also sollten wir es auch dabei belassen.«

Das rothaarige Mädchen zog einen Schmollmund und verschränkte ihre Arme vor dem Oberkörper. Ihre puppenhaften Augen begutachteten das hübsche Gesicht der Frau, das jemand auf einem Ölgemälde verewigt hatte. Ihre blonden Haare flossen wie Gold über ihre Schultern und bedeckten einen Großteil des Kleides, dessen Stoff die gleiche Farbe hatte wie die rosafarbene Lilie, die, an einer Haarspange befestigt, in ihr Haar geklemmt worden war.

»Callum, woher hat die Frau diese schöne Blume da?«, fragte das Mädchen neugierig und streckte ihre kleine Hand nach dem Gemälde aus, das hoch oben über dem Kamin hing.

»Keine Ahnung ... von hier jedenfalls nicht«, antwortete ihr Bruder leicht genervt. »Jetzt komm endlich, Kaida, wenn Nero uns hier findet, wird er sehr wütend werden.«

Als sich seine Schwester nicht rührte, packte sie der Junge grob am Handgelenk und zog sie mit sich aus dem prunkvoll eingerichteten Zimmer. Die Kleine warf noch einen letzten Blick auf die kantigen Wangenknochen und den traurigen Ausdruck in den Augen der Frau. Dann fiel die Tür des versteckten Zimmers, das sie eigentlich gar nicht betreten durften, leise ins Schloss.

***

Als Kaida die Augen aufschlug, fühlte sie sich ungewöhnlich wach. Ihre

Gedanken waren klar, ebenso ihr Geist. Stirnrunzelnd sah sie sich in ihrem kleinen steinernen Verlies um. Trotz der Dunkelheit konnte sie eine schwere Metalltür erkennen, die sich schwach aus der umliegenden Schwärze abzeichnete.

»Die ist mir nicht geheuer«, drang eine Männerstimme dumpf an ihr Ohr, »wir sollten dem Weib lieber wieder Schlafmittel verabreichen. Ich habe keine Lust darauf, dass mich dieser menschliche Mutant angreift.«

Aufmerksam neigte Kaida den Kopf. Sollte der Fremde wirklich versuchen in ihre Zelle einzudringen, müsste er die Tür öffnen. Vielleicht könnte sie sich ja dahinter verstecken und ihn aus dem Hinterhalt heraus angreifen … Überzeugt von ihrer Idee stand sie auf und versuchte einen Schritt zu machen, doch kaum hatte sie einen Fuß angehoben, verlor sie das Gleichgewicht und knallte auf den kalten, harten Steinboden. Schmerz durchfuhr ihre Glieder und ein frustrierter Schrei entwich ihrer Kehle. Ihre aufgeschlagenen Knie brannten höllisch, außerdem konnte sie spüren, wie eine warme Flüssigkeit aus ihnen herausquoll.

»Hast du das gehört?«, drang eine weitere Stimme plötzlich an Kaidas Ohr. »Ich glaube, das Weib hat geschrien. Sollten wir nach ihr sehen?«

Abrupt biss sie sich auf ihre Unterlippe, doch als sie ein leichtes Schaben im Schlüsselloch wahrnahm, wusste Kaida, dass die Kerle bereits auf dem Weg zu ihr waren. Sie wollte sich aufsetzen, doch etwas an ihren Fußgelenken hinderte sie daran. Erst als sie stirnrunzelnd an sich hinabsah, bemerkte sie die Fesseln, die wohl auch die Schuld an ihrem vorherigen Sturz trugen. Genervt von ihrer eigenen Unachtsamkeit verdrehte Kaida die Augen.

»Was habt ihr an dem Türschloss zu suchen?«, drang eine weitere Stimme in ihr Gefängnis, doch dieses Mal wusste sie sofort, wem sie gehörte. Es fühlte sich an wie eine Ewigkeit, seit Kaida den tiefen Klang zum letzten Mal vernommen hatte. Ihr Herz schien ihr vor Erleichterung beinah aus der Brust springen zu wollen. Hastig griff sie mir zittrigen Fingern nach dem dicken Seil, das um ihre Knöchel gebunden war, und begann mit aller Kraft daran zu ziehen. Tatsächlich ließ sich der Knoten soweit lockern, dass Kaida ihre Füße aus der Schlaufe ziehen konnte.

Wie von einer Wespe gestochen eilte sie auf die Tür zu. Obwohl ihre Beine die letzten Wochen nur nutzlos herumgelegen hatten, pulsierte nun eine solche Kraft in ihnen, dass Kaida binnen eines Wimpernschlags die Tür erreichte und unbeholfen dagegen prallte.

»Zurück, Eure Hoheit! Die Situation könnte gefährlich werden«, verkündete eine der fremden Stimmen.

»Was hat das zu bedeuten?«, knurrte Jace hörbar gereizt. »Ich dachte, ihr hättet sie zu ihrem eigenen Schutz gesichert? Wie kann es dann sein, dass –«

»Jace, bitte hol mich hier raus. Ich muss mit dir reden!«, fiel Kaida ihm ins Wort, während sie mit einer Faust gegen das kühle Metall der Tür hämmerte. Etwas klapperte, dann erklang erneut das Geräusch eines Schlüssels, der im Türschloss umhergedreht wurde.

»Eure Hoheit, ist das nicht eine dumme Idee? Euer Vater –« Die Tür wurde so ruckartig aufgerissen, dass Kaida nach vorn stolperte. Sie prallte gegen einen festen Körper, dessen Besitzer sie augenblicklich schützend in die Arme nahm. Als sein unverkennbarer Duft in ihre Nase zog, hatte Kaida große Mühe damit, nicht an Ort und Stelle in Tränen auszubrechen.

»Jace«, schluchzte sie leise an seine Brust, »es tut mir alles so leid!«

»Mir auch, Kleines.« Als sein warmer Atem über ihre Ohren strich, begannen diese erneut zu brennen, als stünden sie in Flammen.

»Geht es dir gut?«, erwiderte sie zaghaft.

»Den Umständen entsprechend«, murmelte Jace in den Worten seines Vaters, als hätten sie sich abgesprochen.

»Eure Hoheit, ihr solltet die Verräterin wieder in ihre Zelle werfen. Sie ist gefährlich und wir wissen nicht, wozu die Mutantin noch imstande ist. Wenn sie wieder explodiert, sollte sie besser hinter dicken Steinmauern verschlossen sein.«

Als Jace seine Hände auf Kaidas Schultern legte und sie sanft zurückschob, wäre sie dem Wachposten am liebsten an die Gurgel gegangen. Hasserfüllt sah sie zu dem Mann hinüber, der daraufhin instinktiv nach seinem Schwertknauf tastete. Als Kaida sich wieder Jace zuwandte, bemerkte sie, dass er sie nachdenklich musterte. Ihr entging nicht, wie lange sein Blick an ihrem

Gesicht hängen blieb, eher er prüfend über ihren Körper wanderte. Ein tiefer Stich durchfuhr ihr Herz; er musterte sie wie eine Fremde ... Plötzlich verspürte sie das dringende Bedürfnis, sich erneut bei ihm zu entschuldigen, auch wenn ihre Worte nichts mehr an dem Geschehenen ändern konnten.

»Ich wollte dir nicht wehtun, weder dir noch deiner Familie«, murmelte sie schüchtern. »Du musst mir nicht verzeihen, das kann ich wirklich nicht verlangen ... aber ich möchte trotzdem, dass du weißt, dass ich dich nicht verraten habe. Weder an Nero noch an Callum. Die Sache mit Luce –«

Als sie sah, wie er bei ihren Worten zusammenzuckte, brach Kaida abrupt ab. Ein Schild wie aus Eis tauchte in Jace' Augen auf und verwehrte ihr den Blick in sein Innerstes. »Habt ... habt ihr ihn wiedergefunden?«

Langsam schüttelte der Prinz den Kopf. »Sieht so aus, als hätten wir beide unsere Brüder verloren.«

Kaida schluckte trocken. Sie wusste nicht, was sie mehr bestürzte: die Bitterkeit in seinen Augen oder die Endgültigkeit in seiner Stimme ... »Wir werden ihn finden«, versprach sie entschlossen. »Lass uns keine Zeit mehr verlieren!«

Gerade als Jace seinen Mund öffnete, polterten plötzlich schwere Schritte durch den Gang.

»*Du* gehst nirgendwo hin!«, donnerte Oberon mit autoritärer Stimme.

Ruckartig fuhr Kaida herum, ihre Hände tasteten nach denen von Jace. »Komm, wir müssen los!«, zischte sie ihm eindringlich zu, doch zu ihrer Überraschung schüttelte der Prinz nur müde den Kopf. Erst jetzt, wo sie sein Gesicht genauer betrachtete, fielen ihr die dunklen Schatten unter seinen Augen auf. Zudem wirkte er unnatürlich blass und seine Wangenknochen stachen mehr aus seinem Gesicht hervor, als sie es in Erinnerung hatte.

»Du solltest wieder in deine Zelle zurückgehen«, erklärte er ruhig, aber dennoch bestimmt. »Wenn du hier drinnen bist, bist du am sichersten ... und wir auch.«

Seine Worte bohrten sich wie Dolche in Kaidas Herz und raubten ihr den Atem. Tränen quollen aus ihren Augen hervor und flossen haltlos über ihre Wangen. »Es tut mir so unendlich leid«, murmelte sie wie ein Mantra, während die Soldaten sie wieder in ihre Zelle führten. Kaida erhaschte einen letzten Blick auf Jace, der sie genauso verletzt ansah, wie sie sich fühlte. Dann fiel die Tür ihres Gefängnisses wieder laut ins Schloss.

Mit einem Mal wich alle Kraft aus ihrem Körper, stattdessen legte sich eine schwere Müdigkeit über ihre Glieder. Seufzend lief Kaida in die hinterste Ecke der Zelle zurück und ließ sich an der Wand hinab auf den Boden sinken. Sie zog ihre Knie fest an ihren Oberkörper und schlug sich die Hände vors Gesicht, damit niemand mitbekommen konnte, wie ihre Tränen auf dem Stein aufschlugen und zersprangen. In ihren eigenen Ohren hörte es sich jedes Mal so an, als würde eine Kanonenkugel in den Boden ihres Gefängnisses einschlagen.

»Jace, du solltest dich doch von ihr fernhalten«, hörte sie die Stimme des Königs dumpf durch die dicken Steinwände hallen. »Es hat einen Grund, warum ich euch zwei getrennt habe. Der Moment, um euch gegenseitig zuzuhören und die Vergangenheit aufzuarbeiten, ist noch nicht gekommen. Gib ihr Zeit. Gibt *dir* Zeit.«

»Das versuche ich ja, Vater«, hörte sie den Prinzen leise antworten. Seine Stimme klang furchtbar erschöpft. »Aber es gelingt mir einfach nicht ... Ich bin nicht dumm, ich weiß um ihren Verrat und die Gefahr, die sie über unsere Familie und unser Volk gebracht hat. Aber –«

»Ich weiß, mein Junge. Doch solange sie ihre Gabe noch nicht im Griff hat, kann ich nicht verantworten, dich in ihre Nähe zu lassen. Mach dir keine Sorgen, wir bekommen das wieder hin. Bis dahin sollten wir abwarten und uns um Luce kümmern, meinst du nicht?«

»Ja, du hast wahrscheinlich recht ...«

Kaida hörte, wie sich mehrere Schritte entfernten. Auch von den Soldaten vor ihrer Tür war nichts mehr zu hören. In ihrem Kopf hingegen wurden die Gedanken mit einem Mal so laut, dass sie sich am liebsten die Hände auf die Ohren gepresst hätte. Vor ihrem inneren Auge tauchte Luce auf, der sie aus seinen unschuldigen Welpenaugen ansah. Das Funkeln darin war erloschen, stattdessen schlich sich Angst in seinen Blick – *Todesangst.* Bei dem Gedanken daran, dass das Schicksal des Jungen vielleicht in Callums oder Neros Händen lag, hätte Kaida sich am liebsten übergeben. Ein eisiger Schauder huschte über ihren Rücken, als sie an ihre Kindheit in Neros Fängen zurückdachte. Luce würde dessen Erziehungsmethoden sicherlich nicht so gut wegstecken wie sie …

Die Schuldgefühle nahmen Kaida vollkommen ein, vernebelten ihre Gedanken, bis sie nur noch Luce' angstgeweitete Augen vor sich sah. Es war ganz allein ihre Schuld. Sie hatte ihn und den Rest seiner Familie da mit reingezogen, und wofür? Zornig ballte sie ihre Hände zu Fäusten. Bei dem bloßen Gedanken an ihren Bruder, der sie einfach hintergangen und ausgeliefert hatte, wollte sie sich am liebsten die Haare ausreißen. Wie hatte er ihr das nur antun können?

Als Kind hatte sie stets zu ihm aufgesehen, hatte ihm blind vertraut, doch am Ende hatte er sie genauso ins Messer laufen lassen, wie Nero es einst getan hatte …

Während sie auf dem kalten Steinboden hockte und über ihre Vergangenheit grübelte, verlor Kaida jegliches Zeitgefühl. Irgendwann klopfte es leise an der Tür und eine Bedienstete schob ihr einen Teller mit gematschten Kartoffeln vor die Fußspitzen, doch Kaida würdigte die Speise keines einzigen Blickes; im Moment würde sie sowieso nichts hinunterbekommen.

Genervt davon, zum Nichtstun verdammt zu sein, begann sie nach einer Weile in ihrer Zelle auf und ab zu tigern. Wenn sie sich nicht bald irgendwo abreagieren könnte, würden am Ende doch noch ihre Haare dran glauben müssen …

Plötzlich hörte sie, wie erneut etwas im Schlüsselloch kratzte. Ruckartig fuhr sie zu der Metalltür herum und durchbohrte sie mit finsterem Blick. Wenn einer dieser schmierigen Soldaten versuchen sollte, ihr zu nahe zu kommen … Wütend ballte sie ihre Hände zu Fäusten und presste die Zähne so fest aufeinander, dass ihr Kiefer schmerzte. Als sich die Tür endlich aufschob, tauchte zu Kaidas Überraschung jedoch kein fremdes Gesicht im Türrahmen auf – im Gegenteil, das arrogante Grinsen war ihr mittlerweile bestens bekannt. Genervt schnaubte sie und verdrehte die Augen. »Was willst du, Oberon?«

»Schauen, ob dich dein Frust schon aufgefressen hat«, antwortete der König schulterzuckend und trat in die Zelle. Misstrauisch beobachtete Kaida die Tür, die langsam wieder ins Schloss fiel. »Ziemlich mutig von dir«, bemerkte sie spöttisch. »Hast du gar keine Angst, dass ich dich angreifen könnte? Wo sind deine Wachen?«

Ein humorloses Lachen drang aus seiner Kehle, während er kopfschüttelnd den Raum durchquerte und sich Kaida gegenüberstellte. »Wie ich sehe, bist du etwas größenwahnsinnig geworden, *kleine* Kaida. Ich bräuchte sicher keine Hilfe, um mit dir fertigzuwerden. Aber das ist auch gar nicht der Grund für meinen Besuch.«

»Ach nein?« Kaida konnte sich beim besten Willen nicht vorstellen, dass der König ohne hinterhältige Absichten zu ihr gekommen war. Andererseits hätte sie sich auch nie erträumen lassen, dass er so nachsichtig, beinah schon einfühlsam sein konnte wie vorhin … Oder dass er sie mal *kleine* Kaida nennen würde.

Plötzlich verschwand der überhebliche Ausdruck auf seinem Gesicht. »Ich gebe es nur ungern zu«, begann er leise, »aber ich fürchte, dass uns ein weiterer Krieg bevorsteht. In diesen Palastmauern gibt es mehrere Dinge, die Nero in seine schmierigen Klauen bekommen will. Neben materiellen Gegenständen wie der Krone, die für ihn allerdings eher zweitrangig ist, haben auch andere Objekte sein Interesse geweckt – *Dinge und Lebewesen*. Zwar bist du nicht die Einzige, die in großer Gefahr schwebt, aber … aber es gibt Gründe, weshalb ich *dich* besonders im Auge behalten muss. Die Magie, die du damals im Nixensee und auch bei deiner Auseinandersetzung mit meiner Tochter eingesetzt hast, ist ein riesiges Geschenk, aber gleichzeitig auch eine unermessliche Gefahr, solange du sie nicht unter Kontrolle hast. Normalerweise gibt es bestimmte Hilfsmittel und Prozeduren, die unseren Fae-Kindern im Umgang mit ihrer Magie helfen, aber auf diese Ressourcen können wir leider nicht zurückgreifen. Darum werden wir uns wohl mit *alternativen* Lehrmethoden zufriedengeben müssen.«

Sprachlos starrte Kaida den König an. Hatte er – Oberon, der grausamste und rücksichtsloseste König, den Tenebris je gesehen hatte – gerade ausgerechnet *ihr* angeboten, sie zu unterrichten? Welche Gründe könnte er dafür haben? Und seit wann erzählte er *ihr* von seinen Bedenken und Vorhaben?

»Habe ich in einer dir unzugänglichen Sprache gesprochen oder kommt dein Kopf einfach nicht mit dem Denkprozess hinterher?«, fragte der König pikiert.

Ungläubig blinzelte Kaida. Sie traute dem Spitzohr nicht, schließlich hatte er ihr in der Vergangenheit wenig Grund dazu gegeben. Oberons Taten wirkten im Vergleich zu denen von Nero vielleicht etwas harmloser, doch sie wusste, dass sie sich davon nicht täuschen lassen durfte. Egoistisch waren beide Männer, sie scherten sich nicht um anderer Leute Wohl. »Lass die Spielchen«, presste sie zwischen zusammengebissenen Zähnen hervor, woraufhin Oberon überrascht eine Augenbraue hob. »Du glaubst mir nicht?«

»Natürlich nicht! Nenne mir einen vernünftigen Grund, warum du dich plötzlich so um mich sorgst! Mein Leben bedeutet dir gar nichts und Jace' zuliebe würdest du mich auch nicht verschonen. Das Einzige, was dir an mir liegen könnte, wäre meine Magie. Aber wenn du glaubst, dass ich mich einfach für deine Zwecke missbrauchen lasse, hast du dich geschnitten.«

Erneut schlich sich dieser nachdenkliche, leicht melancholische Ausdruck in die Augen des Königs, der Kaida trocken schlucken ließ. Was war nur los mit ihm? Der Oberon, den sie kannte, wäre vor Wut über ihre Aufmüpfigkeit schon längst an die Decke gegangen ...

»Ich kann es dir beim besten Willen nicht verraten, Kaida. *Noch nicht.* Unwissenheit schützt vor Strafe nicht, aber in deinem Fall schützt sie zumindest das Leben derer, die nicht um deine wahre Vergangenheit wissen.«

»Ich weiß, was du meinen Eltern angetan hast«, platzte es unvermittelt aus Kaida heraus. Sie konnte förmlich dabei zusehen, wie dem König das Blut aus den Adern wich. Sein Gesicht wurde blass, seine Mundwinkel zogen sich nach unten. Aus starren Augen blickte er zu ihr hinüber. »Wie bitte?«, presste er zischend hervor.

»Du hast mich schon verstanden. Ich weiß, dass ich das Kind des Menschenpaares bin, an dem du grausame Experimente durchgeführt hat. Du hast sie auf dem Gewissen, Oberon. Deinetwegen mussten sie sterben, deinetwegen haben Callum und ich unsere Kindheit und unser Zuhause verloren, deinetwegen sind wir –«

»Es reicht!« Die Stimme des Königs klang wie ein heftiger Donnerschlag, so hasserfüllt und zornig, dass Kaida erschrocken zusammenzuckte. »Du weißt *nichts*, Kaida, *gar nichts*! Die Welt ist nicht so einfach, wie du sie dir gern vorstellst! Wie kannst es wagen, mir zu unterstellen, ich hätte meiner eigenen Familie –« Abrupt verstummte er.

Stirnrunzelnd neigte Kaida den Kopf. »Familie? Ich habe doch gar nichts gegen deine Familie gesagt? Du –«

Ehe sie ihren Satz beenden konnte, durchfuhr ein höllischer Schmerz ihre Schläfen. Erschrocken schrie Kaida auf und presste sich ihre Hände mit aller Kraft auf die Ohren, doch es half nichts. Das schrille Piepen in ihrem Kopf sorgte dafür, dass sich die feinen Härchen auf ihren Armen aufstellten und sich ein eisiger Schauer ihre Wirbelsäule hinabfraß. »Hör auf!«, wimmerte sie verzweifelt, doch der Schmerz verstärkte sich auf ihre Bitte hin nur noch mehr. »Wehr dich endlich, du dummes Gör!«, hörte sie Oberon knurren. »Wofür hast du denn deine Gabe?«

Panisch horchte Kaida in ihren Körper hinein, doch der Schmerz war so stark, dass es ihr nicht gelang, sich auf das leichte Pulsieren in ihrem Bauch zu konzentrieren. Sie spürte, dass es dort irgendwo verborgen lag – doch sie konnte es nicht greifen. Plötzlich ging ein Ruck durch ihr Sichtfeld. Oberons Umrisse verschwammen, die Dunkelheit ihres Gefängnisses wurde von einem grellen Licht abgelöst. Kaida blieb das Herz stehen, als sie plötzlich in rote Augen starrte, die wie Kohle glühten …

»Da bist du ja endlich«, säuselte der Hexenmeister, wobei er seine Mundwinkel derartig nach oben zog, dass Kaida all seine fauligen spitzen Zähne sehen konnte. Ein eisiger Schauer jagte ihr über den Rücken, während sie zu dem Mann aufsah. Zwar wirkte er nicht weniger angsteinflößend als sonst, doch irgendetwas an ihm war anders. Die zusammengekauerte Körperhaltung, die Haut, die in schlaffen Falten an ihm herabhing … Er wirkte ausgezehrt und abgeschlagen, doch Kaida konnte sich beim besten Willen nicht erklären, wieso.

»Mein Herr, ist alles in Ordnung mit Euch? Wieso habt Ihr nach mir rufen lassen? Callum wollte mich gerade im Schwertkampf unterrichten, als ein Diener auftauchte und –«

»Erspar mir dein Geschwafel! Es interessiert mich nicht, was du den Tag über getrieben hast. Und würdest du meinen Lehrstunden mehr Aufmerksamkeit schenken, könntest du dir zusammenreimen, was geschehen ist.«

Nachdenklich neigte Kaida ihren Kopf. Je länger sie über die Worte des Hexers nachdachte, desto tiefer wurde die Falte zwischen ihren Augenbrauen. »Ich ... ich weiß nicht ...«

»Natürlich nicht«, erwiderte Nero und schüttelte enttäuscht den Kopf, »du dummes Mädchen verstehst wie immer gar nichts. Ich sollte dich dafür bestrafen, doch heute wird sich jemand anderes die Finger an dir schmutzig machen ...«

»Kaida«, donnerte Oberons Stimme gereizt, »jetzt setz dich endlich zur Wehr und benutze deine verdammte Gabe!«

Zitternd schüttelte sie den Kopf und sackte noch mehr in sich zusammen, bis sie schließlich wie ein Häufchen Elend auf dem kalten Steinboden des Verlieses kauerte ...

»Oh, sieh an, wer da kommt!«, platzte Nero voller Vorfreude hervor und rieb sich grinsend die Hände. Kaida fiel die Kinnlade hinunter, als sie auf den Koloss starrte, der sich hinter dem Hexer aufgebaut hatte. Die Gestalt erinnerte sie an die eines Schattenfressers, doch anstatt verquollen und neblig zu wirken, zeichneten sich gewaltige Muskeln unter der dünnen Rauchschicht ab, die das Wesen umkreiste.

»Es ist mir gelungen, eine noch stärkere Form meiner Schattenfresser zu erschaffen!«, verkündete Nero, wobei seine Stimme vor Stolz nur so strotzte. »Es kostet mich zwar noch mehr Magie als üblich, weshalb ich etwas angeschlagen aussehe, aber ich denke, dass dieser Kerl hier es allemal wert ist. Um das herauszufinden, sind allerdings noch ein paar Tests nötig ... Na Kaida, wie wär's? Willst du dich endlich mal nützlich machen?«

»Oberon, bitte hör auf!«, wimmerte Kaida schwach, während sie ihre Augen so fest zusammendrückte, dass es schmerzte. »Ich will das nicht sehen ...«

»Dann wehre dich endlich, verdammt! Wie soll ich dich nur erst beschützen, wenn Nero *wirklich* hier auftaucht? Ich kann mich nicht nur um dein Wohl scheren, Luce und die anderen sind genauso in Gefahr! Du musst endlich lernen mit deiner Gabe umzugehen. Horch ganz tief in dich hinein, Kaida, du musst das Pulsieren in dir spüren und es irgendwie festhalten.«

Doch Kaida versuchte erst gar nicht seinen Vorschlägen zu folgen. Sie rollte sich nur noch mehr zusammen, unfähig auch nur ihren kleinen Finger zu rühren. Sie wusste, welche Erinnerung Oberons Gabe ihr gerade aufdrängte. Konnte sich noch genau daran erinnern, wie das Monstrum sie einst tief in die Gewölbe der Schwarzen Festung verschleppt und sie dort attackiert hatte. Sie schmeckte Gallenflüssigkeit auf ihrer Zunge, spürte das Brennen in ihren Augen. Ob Oberon wohl –

»Ich bin enttäuscht von dir«, hörte sie den König sagen.

Augenblicklich zog sich der Schmerz aus ihrem Kopf zurück und hinterließ nur noch ein dumpfes Pochen. »Aber was habe ich auch erwartet? Zwar haben deine Eltern meine Experimente überlebt und die Torturen überstanden, wurden zuletzt sogar mit Magie belohnt, aber am Ende sind auch sie verendet. Dein nutzloser Vater konnte sich ja nicht einmal gegen eine Handvoll Soldaten behaupten, ganz zu schweigen von deiner Mutter, die abgesoffen ist wie ein –«

»Wag es ja nicht, sie zu verspotten«, drang plötzlich ein gefährliches Knurren aus Kaidas Kehle. Der Schmerz in ihrem Herzen verwandelte sich in eine glühende Flamme aus Wut und Hass. Sie spürte, wie ihre Wangen warm wurden und ihre Körpertemperatur durch die beißende Hitze in ihrem Inneren anstieg. Dieser widerliche Bastard …

»Wieso? Macht dich das etwa wütend, kleine Kaida?«, spottete der König und beugte sich grinsend zu ihr hinab, um ihr ins Gesicht sehen zu können. »Sieh dich doch nur mal an. Du liegst winselnd und wimmernd vor meinen Füßen, bettelst darum, dass ich dich verschone. Dieses Gefühl kennst du nur allzu gut, nicht wahr? Wie viele Jahre hast du dich von Nero unterdrücken und erniedrigen lassen? Siebzehn? Ich gebe zu, dass ich mir während des Wettkampfs staunend eingestehen musste, dass du doch sehr begabt bist.

Aber anscheinend war das alles nur eine Fassade … Jetzt, wo weder dein feiner Bruder noch mein Sohn oder Nero auf dich achtgeben und dir sagen, was du zu tun hast, zeigt sich dein wahrer Charakter. Du bist ein Niemand, eine Versagerin … nutzlos wie deine Eltern. Wenn du –«

Schlagartig konnte Kaida es spüren. Das Pulsieren in ihrem Inneren war so stark, dass es alle anderen Empfindungen überschattete. Sie musste es Oberon beweisen; ihm zeigen, dass sie kein hilfloses Mädchen war, *keine Versagerin*. Ihr früheres Leben bei Nero war alles andere als ein Spaziergang gewesen, doch neben all den schlimmen Erinnerungen hatte es ihr auch noch etwas anderes mit auf den Weg gegeben; es hatte sie gelehrt, dass sie stark war. Stärker, als sie sich jemals zugetraut hätte. Anstatt in ihrem Leid zu ertrinken, hatte sie sich aus eigener Kraft aus dem Sumpf des Schmerzes und der Gewalt herausgezogen und von all dem Gift befreit, das jahrelang ihre Sinne benebelt hatte – und genau diese Stärke würde sie Oberon jetzt mit aller Kraft entgegenschleudern.

Kaida konzentrierte sich auf das Pulsieren, auf ihre Magie, die wie ein Wirbelsturm durch ihren Körper fegte. Ließ das Gefühl auf sich wirken, erkundete seine Struktur und die Macht, die es ausstrahlte. Es war *ihre* Macht. *Ihre* Gabe. Und auch wenn es erschreckend war, *wie* gefährlich und mächtig sie sich fühlte, so verspürte Kaida trotzdem Ruhe und Überlegenheit, wenn sie daran dachte, was sie mit ihrer neu gewonnenen Macht bewirken konnte. Plötzlich tauchten leuchtende Linien vor ihren geschlossenen Augen auf, die sich zu einer Art Ball gewunden hatten. Vorsichtig tastete sie nach den Fäden, die eine seltsame Wärme ausströmten, ähnlich wie das Feuer eines Kamins. Zuerst hatte Kaida das Gefühl, die unkontrollierte Magie nicht richtig greifen zu können, doch dann gelang es ihr endlich, einen der Magiefäden zu erhaschen und sich an ihm festzuhalten. Sie spürte, wie der Faden wie ein brennendes Lasso um ihren Arm kroch.

Ihre Adern wurden von einem berauschenden Gefühl geflutet, das all die Angst und Zweifel aus ihrem Kopf verdrängte. Eine ungewohnte Leichtigkeit überkam ihre Sinne und sprengte die Fesseln, die ihr Inneres eingepfercht hatten.

Kaida öffnete die Augen. Sie war bereit, ihre Magie wie eine Flutwelle über Oberon hereinbrechen zu lassen. Bereit, jeden einzelnen seiner Knochen zu brechen. Doch als sie den stolzen Ausdruck in seinem Blick bemerkte, verpuffte ihre Entschlossenheit wie das Feuer einer Fackel, über die man einen Eimer Wasser geschüttet hatte.

Kapitel 3

»Konzentriere dich auf deine Atmung und versuche deine Magie vor deinem Körper aufzuspannen«, hörte Kaida den König ruhig erklären. Sie war so irritiert von seinem plötzlichen Stimmungswechsel, dass sie prompt die Konzentration verlor. Augenblicklich begannen die Magiefäden zu rebellieren. Angestrengt versuchte Kaida sie im Zaun zu halten, doch sie spürte, wie ihre Aufmerksamkeit dadurch immer weiter abdriftete und sich stattdessen an das Schwindelgefühl in ihrem Kopf heftete. All die Leichtigkeit in ihrem Körper war verschwunden, stattdessen machte sich Panik in ihm breit. Was, wenn sie die Kontrolle über ihre Gabe verlieren und den ganzen Palast zum Einsturz bringen würde?

»Kaida«, hörte sie Oberons' Stimme dumpf durch den Nebel ihrer Gedanken dringen, »du *musst* dich konzentrieren! Wenn du merkst, dass dir deine Gabe entgleitet, dann verschließe sie, ehe sie sich völlig deiner Kontrolle entziehen kann.«

»Wie denn?«, presste sie zwischen zusammengebissenen Zähnen hervor. Ihre Glieder schmerzten bereits vom Kampf gegen ihre eigene Magie. Kaida fühlte sich müde und ausgelaugt, am liebsten hätte sie die Magiefäden einfach losgelassen ... Ruckartig schüttelte sie den Kopf. Wenn sie jetzt aufgab, wäre alles verloren. Angestrengt konzentrierte sie sich erneut auf die Magiefäden, die noch immer um ihre Arme krochen, und versuchte sie durch die Kraft ihrer Gedanken wieder in ihr Inneres zu ziehen.

Als die goldenen Fäden langsam wieder in ihren Handflächen verschwanden, atmete sie erleichtert aus – doch der Kampf war noch lange nicht vorbei.

Sie konnte noch immer spüren, wie die Flammen des Zaubers in ihrem Inneren loderten. Es kam Kaida beinah so vor, als würde ihre Gabe sie von innen heraus verbrennen wollen, um wieder an die Oberfläche zu gelangen. Ob das der Grund war, weshalb sie seinerzeit am Nixensee explodiert war? Damals hatte sie ihre Gabe noch nicht so präzise wahrgenommen wie jetzt, vielleicht war die Magie einfach aus ihr herausgebrochen, weil sie sie nicht unter Kontrolle gehabt hatte …

»Das machst du sehr gut.« Im ersten Moment war Kaida so überrascht von dem Lob, dass sie gar nicht glauben konnte, dass es *wirklich* von Oberon stammte. Was war nur in ihn gefahren?

»Erst … erst machst du mich nieder und jetzt hilfst du mir?«, presste sie angestrengt hervor, während sie versuchte ihre Magiefäden aufzuwickeln wie Garn um eine Spule. Schweiß rann ihr über die Stirn.

»Dich wütend zu machen war der einfachste Weg, deine Gabe aus dir herauszukitzeln«, erklärte der König geduldig. »Du konntest sie bisher nur noch nicht so feinfühlig wahrnehmen und kontrollieren, weil wir dich als Kind mit einem Schutzzauber versehen haben, der deine Gabe in dir verschloss. Nur in absoluten Notlagen konnte sie diesen Zauber durchbrechen und dir das Leben retten, so zum Beispiel damals im Nixensee oder auch in der Halle, in der dich Nia mit ihrer Macht angegriffen hat. Die Tatsache, dass du nun allein dazu in der Lage bist sie heraufzubeschwören, beweist, dass dieser Zauber endgültig durchbrochen wurde. Versuch doch mal, ob du die Fäden wie ein Netz vor dir aufspannen kannst. Dadurch sollte es dir gelingen, Angriffe abzuwehren.«

Mit zusammengebissenen Zähnen erlaubte Kaida ihrer Magie wieder an die Oberfläche zu steigen. Behutsam ließ sie die Enden der Fäden von ihrem Körper wegschweben, doch egal wie sehr sie sich anstrengte, die Fäden wollten sich einfach nicht verweben lassen. Frustriert zog sie ihre Augenbrauen zusammen.

»Das wird so nichts«, rügte Oberon, »du bist noch nicht stark genug, um deine Gabe nur über deine Gedanken zu befehligen. Nimm deine Hände zur Hilfe und stell dir vor, wie die Fäden aus deinen Fingerspitzen aufsteigen.

Verflechte sie ineinander und mache dir ein Bild davon, wie dein Netz am Ende aussehen soll.«

Genervt verdrehte Kaida die Augen. »Pff, du kannst leicht reden ...« Doch zu ihrem Erstaunen schien Oberons Tipp tatsächlich besser zu funktionieren als gedacht. So gelang es ihr, die Fäden aus ihren Fingerspitzen aufsteigen zu lassen und vor ihrem Körper zu lenken. Sie verbildlichte sich, wie ein Spinnennetz aussah, und versuchte das Muster zu imitieren. Ihre Adern wurden von einer unbändigen Euphorie geflutet, als die Fäden ihrem Willen folgten und sich langsam aufspannten.

»Sehr gut, Kaida«, lobte Oberon anerkennend, »und jetzt versuch bitte –«

Der Rest seiner Anweisung ging in dem lauten Knall der Metalltür unter, die mit voller Wucht gegen die Steinwand gedonnert wurde. Kaida fuhr so sehr zusammen, dass sie sich den Hals verrenkte. Als sie mit ihrer Hand nach der schmerzenden Stelle griff, nutzte die Magie ihre Unachtsamkeit sofort aus und schnellte auf Oberon zu, der nur im letzten Moment ausweichen konnte.

Als Kaida in die grauen Augen der Prinzessin blickte, die sie hasserfüllt anstarrten, wurde ihr vor Schreck ganz schwindelig.

»Was soll das, Nia?«, fuhr Oberon seine Tochter an, doch die schnaubte nur verächtlich und hob ihrerseits die Hände vor ihren Oberkörper. »Als mir die Wachen verraten haben, dass du dieser miesen Verräterin im Umgang mit ihrer Magie hilfst, hielt ich ihre Aussage für einen unfassbar schlechten Witz. Wie kannst du nur dieser Mutantin Unterstützung zukommen lassen, Vater? Es kann dir doch nicht egal sein, was sie Jace angetan hat!«

»Halt dich aus Angelegenheiten raus, die dich nichts angehen, Nia«, blaffte der König hörbar zornig.

Überrascht weiteten sich Kaidas Augen, während sie ihr Hauptaugenmerk darauf legte, die Magie wieder in ihre Handflächen zu ziehen. Oberon verhielt sich zwar schon die ganze Zeit über sonderbar, aber dass er *sie* nun vor seiner eigenen Tochter in Schutz nahm, brachte das Fass zum Überlaufen – zumindest schien es das für Nia. Denn ehe Kaida reagieren konnte, wurde sie auch schon von einem heftigen Luftstoß gegen die Wand in ihrem Rücken gedrückt. Die Luft presste so stark gegen ihren Brustkorb, dass Kaida nach Luft japste. Instinktiv riss sie ihre Hand nach oben, tastete nach ihren Magiefäden und ließ einige davon auf Nia zurasen. Die Fäden wickelten sich wie Seile um die Handgelenke und Knöchel der Prinzessin.

Ungläubig betrachtete Nia das Spektakel und zog die Augenbrauen zusammen. Ehe sie begriff, was Kaida im Schilde führte, zog diese ihre Magie wieder fest an sich heran und riss Nia somit von den Füßen. Sofort verschwand der Druck von Kaidas Brustkorb und sie sog gierig die stickige Kellerluft ein.

»Hört sofort auf damit!«, befahl Oberon streng. Sein Tonfall machte Kaida so stutzig, dass sie ihre Magie wieder zurückzog und sich zu dem König umdrehte. »Ich bin nicht deine Tochter, du hast mir gar nichts zu sagen!«, brummte sie missmutig.

»Ha, mit dir verwandt sein ... das fehlte mir ja noch!«, presste Nia lachend hervor, wobei sie beinah hysterisch klang. Kopfschüttelnd beobachtete Kaida, wie sich die Magiefäden in ihre Handflächen zurückzogen. Alles wirkte so kontrolliert, als hätte sie ihr Leben lang nichts anderes getan ... doch die Erinnerungen und der Schmerz über den Vorfall am See schnitten noch immer wie Glasscherben in ihr Herz. Ob sie die Nixen hätte retten können, wenn sie schon damals gewusst hätte, wer sie wirklich war? Was in ihr steckte?

»Die Magie zum ersten Mal unter Kontrolle zu bekommen ist am schwierigsten«, hörte sie Oberon leise sagen. Als sie zu ihm aufblickte, nickte er ihr ermutigend zu. »Konzentrier dich auf deine Atmung und stell dir vor, wie du deine Gabe in deinem Inneren verschließt. Es gibt noch viel, das ich dir beibringen muss, aber wir sollten es nicht übertreiben. Am wichtigsten ist, dass du den Prozess einmal durchlaufen bist und wenigstens die grundlegenden Schutzmechanismen kennst.«

Stutzig starrte Kaida den König an. Als ihr Blick kurz zu Nia hinüberhuschte, erkannte sie, dass die Prinzessin genauso ungläubig zu Oberon blickte wie sie selbst. »Vater, wir müssen uns unterhalten.«

»Von mir aus. Aber die Hoffnung auf Antworten kann ich dir jetzt schon nehmen.«

»Kaida ist eine Verräterin, warum baumelt sie noch nicht in einem Strick vor den Toren unserer Stadt? Selbst wenn es dich nicht kümmert, dass sie deinem Sohn das Herz gebrochen hat, so müsstest du doch trotzdem unzählige Gründe haben, sie an den Galgen zu bringen. Sie hat uns für den Roten Mond ausspioniert, deinen *Feind*, falls du es vergessen haben solltest. Ihretwegen wurde Luce entführt! Als ihre Gabe aktiv wurde, hätte sie uns beinah umgebracht, außerdem –«

»Hättest du mir nicht einen Dolch in den Rücken gerammt und meine Lunge ausgepresst wie eine Zitrone, wäre meine Gabe gar nicht erst ausgebrochen«, widersprach Kaida beleidigt. Ja, die Prinzessin hatte mit ihren Vorwürfen nicht ganz unrecht, doch sie sah nicht ein, warum sie sich noch mehr Katastrophen zuschreiben sollte als die, die sie wirklich zu verantworten hatte. Ächzend drückte Kaida die restliche Magie in ihr Innerstes zurück. Sie versuchte die Fäden wieder wie einen Ball aus magischem Garn zusammenzuwickeln und ihn anschließend tief in ihrem Innersten zu verschließen. Währenddessen atmete sie ruhig ein und aus, redete sich bei jedem Atemzug ein, innerlich zu entspannen – und tatsächlich! Als sie endlich spürte, wie das Pulsieren ihrer Magie mit jedem Atemzug mehr abklang, hätte sie am liebsten laut aufgeseufzt. Endlich schien dieses verdammte Kräftemessen zwischen ihrem Kopf und ihrer magischen Kraft überstanden zu sein. Kaida atmete noch ein allerletztes Mal tief durch – und dann war es weg. Verschwunden. Hatte sich in Luft aufgelöst. Es war ihr herzlich egal, wie man das plötzliche Verschwinden des Pulsierens nennen mochte, Hauptsache, diese verdammte Tortur war vorüber.

»Du schuldest uns Antworten«, blaffte Nia ihren Vater an und obwohl Kaida es nur sehr ungern tat, musste sie der Prinzessin diesbezüglich zustimmen. Seufzend setzte sie sich gerade auf und strich sich die roten Haarsträhnen aus dem Gesicht, die leicht an ihrer Haut klebten. Als ihr Blick auf den von Oberon traf, zog sie herausfordernd eine Augenbraue nach oben. »Wieso tust du auf einmal so, als würdest du dich um mich scheren? Wieso hilfst du mir meine Magie zu kontrollieren?« Schulterzuckend hielt der König ihrem Blick stand. »Weil ich egoistisch bin. Solange du deine Gabe nicht im Griff hast, bist du einfach ein zu großes Risiko. Außerdem ... außerdem habe ich jemandem versprochen auf dich achtzugeben.« Misstrauisch neigte Kaida den Kopf, doch gerade als sie ihren Mund öffnete, kam ihr Nia zuvor. »Seit wann tust du Jace einen Gefallen? Hast du etwa deine moralische Seite entdeckt? Ich verstehe einfach nicht, was ihr zwei an diesem rothaarigen Miststück findet ... Wenn du dich nur halb so sehr für deinen zweiten Sohn einsetzen würdest wie für diese Verräterin, wäre Luce wahrscheinlich schon seit Wochen wieder zurück!«

Die Worte der Prinzessin trafen Kaida wie ein gewetztes Schwert. *Luce.* Der Junge war noch immer in großer Gefahr, während sie hier geschützt in Oberons Obhut verweilte. Ob Nia recht hatte? Vielleicht lenkte sie den König und Jace ja wirklich von den eigentlichen Problemen ihrer Familie ab ...

»Ich werde Kaida auf ein anderes Zimmer verlegen«, hörte sie Oberon wie aus einer weiten Ferne sagen. »Du kommst mit mir, Nia, ich muss dir etwas zeigen.«

Kapitel 4

Kaidas Beine baumelten von der Bettkante und zappelten unruhig umher, während sie zum wiederholten Mal an ihren Fingernägeln knabberte. Sie war allein in dem kleinen Zimmer, das wohl ursprünglich für Bedienstete eingerichtet worden war. Es war nicht annährend so prunkvoll wie Jace' Gemächer, aber zum Wohnen reichte es allemal. Das Einzige, was Kaida hier drinnen wirklich vermisste, waren Fenster.

Während sie auf der durchgelegenen Matratze saß und ihren Gedanken nachhing, schallten von draußen die Stimmen von Oberon und einigen anderen Fae zu ihr hinein. Die Männer sprachen durcheinander und wurden in dem Versuch, einander zu übertönen, zeitweise ziemlich laut.

Nachdenklich hob Kaida ihre Hände vors Gesicht und musterte die blasse Haut, unter der feine blaue Adern hindurchleuchteten. Sie sahen aus wie gewöhnliche Menschenhände, doch sie wusste es mittlerweile besser; denn Menschen explodierten nicht. Sie konnten weder Magiefäden heraufbeschwören und damit andere Lebewesen attackieren noch den bittersüßen Todeskuss von Jace' Fluch überleben. Irgendetwas stimmte hier nicht – und nicht zu wissen, was es war, trieb Kaida beinah in den Wahnsinn. Als sie ein leises Knarzen hörte, fuhr sie erschrocken herum.

Ihr Blick traf auf Oberon, der plötzlich im Türrahmen aufgetaucht war. Ihre Augen wanderten über sein glattes Haar hinauf zu der silbernen Krone, die in der gleichen Farbe schimmerte wie sein königliches Gewand. Sein Blick wirkte streng, doch da lag auch noch ein anderer Ausdruck in seinen Augen, den sie nicht benennen konnte. Plötzlich tauchte noch eine weitere

Gestalt im Türrahmen auf. Kaida sog scharf die Luft ein, als ihr Blick auf die Augen des Prinzen traf, die förmlich in Flammen zu stehen schienen. Wortlos überreichte er seinem Vater eine Pergamentrolle, während er Kaida eindringlich fixierte. Sofort musste sie daran zurückdenken, wie er sich wenige Stunden zuvor um sie gekümmert hatte. Nachdem Oberon sie auf ihr neues Zimmer geschickt hatte, war Jace bei ihr aufgetaucht und hatte sich gegen den Willen seines Vaters nicht davon abbringen lassen, eine Weile an ihrer Seite zu bleiben. Zu Kaidas Erstaunen hatte er sie sogar in eine feste Umarmung geschlossen und erst wieder losgelassen, als sie ihm versichert hatte, dass sie nach der Auseinandersetzung mit Nia unversehrt war. Auf ihren verwirrten Gesichtsausdruck hin hatte er ihr klar gemacht, dass sein Fluch laut Oberon keine Auswirkungen mehr auf sie hätte. Den Grund dafür hatte ihm der König zwar nicht verraten wollen – *natürlich nicht* – aber für Kaida zählte sowieso nur die Tatsache, dass sie den Prinzen nun gefahrenlos berühren konnte. Doch je länger sie jetzt in Jace' Augen sah, die mit einem Mal jegliche Wärme verloren hatten, desto mehr drängte sich ihr die Frage auf, ob er diese Berührungen überhaupt noch wollte. Natürlich war ihr klar, dass zwischen ihnen noch längst nicht alles geklärt war. Kaida wusste, dass Jace ihr nicht einfach verzeihen konnte, was sie ihm und seiner Familie angetan hatte – schon gar nicht, so lange Luce noch verschwunden war. Trotzdem hatte sie das Gefühl, dass sich die Kluft zwischen ihnen erneut vergrößert hatte. Irgendetwas musste vorgefallen sein. Etwas, das erneut die Wut in ihm entfacht hatte …

»Ein Brief von deinem lieben Bruder«, riss Oberon sie aus ihren Gedanken und hielt die Papierrolle hoch wie einen Pokal. Jace schnaufte missmutig und wandte sich kopfschüttelnd ab. Kaida wollte ihm folgen, doch als sie einen Schritt auf die Tür zumachte, streckte Oberon herrisch eine Hand nach ihr aus und hielt sie zurück. »Dein Bruder bietet uns einen Handel an«, erklärte er mit kurzem Blick auf das dünne Papier in seinen Händen. »Er lässt meinen Bastard am Leben, wenn wir ihm im Gegenzug Waffen, Nahrung und Medizin zukommen lassen. Hast du eine Ahnung, was er mit 800 Broten, 100 Wasserfässern und 90 Säcken Heilkräutern anstellen will? Ich kann mir kaum vorstellen, dass Luce ihm die Haare vom Kopf frisst und die Vorräte allein aufbraucht.« Ein zynisches Glucksen drang aus seiner Kehle, während er die Rolle kopfschüttelnd unter seinem Mantel verschwinden ließ. »Stell dir vor, mein Bastard nimmt den Roten Mond auseinander, indem er ihm die Nahrung wegfuttert ... Findest du das nicht auch amüsant?« Als er keine Antwort erhielt, seufzte er theatralisch und wandte sich zum Gehen. »Dann ertrink eben in deinem Selbstmitleid und knabbere weiter an deinen Fingernägeln herum, bis du keine mehr hast ... Brote werden im Palast wohl erst einmal knapp werden, an deiner Stelle würde ich schon mal welche bunkern. Bis später, Kaida.«

»Was stand noch in dem Brief?«, fragte sie hastig, als der König bereits in den Flur getreten war.

Überrascht hielt er inne und drehte sich zu ihr um. »Bitte?«

»In dem Brief muss mehr gestanden haben als diese Forderungen. Jace hätte mich sonst nicht so ... angesehen.«

Kaida hätte schwören können, dass sie für einen kurzen Augenblick Mitgefühl in den Zügen des Königs erkannt hatte, doch so schnell wie diese Einbildung gekommen war, war sie auch wieder verschwunden. Pikiert zog Oberon eine Augenbraue hoch und musterte seine Gefangene von oben bis unten.

»Du kennst ihn gut«, antwortete er langsam. *»Zu gut.«*

Eine weitere Erklärung bekam Kaida nicht. Scheppernd fiel die Tür hinter dem König ins Schloss.

In den Stunden danach blieb es verdächtig ruhig. Gelegentlich konnte Kaida leise Schritte vor ihrem Zimmer hören, die gleichmäßig auf- und abliefen, aber davon abgesehen war es totenstill. Trotz aufsteigender Müdigkeit wagte Kaida es dennoch nicht, sich für ein kurzes Schläfchen aufs Bett zu legen, obwohl die weichen Kissen mit jeder verstrichenen Minute verführerischer aussahen – denn sobald sie sich auf die Bettkante setzte, begannen die Zweifel wie Unkraut in ihren Gedanken zu wuchern. Immer wieder drifteten sie zu Luce ab, zu Oberons merkwürdigem Verhalten und dem abwertenden Ausdruck in Jace' Augen. Kaida war kurz davor einfach aufzustehen und die Tür einzutreten, um nicht länger zum Nichtstun verdammt zu sein, als sich die Klinke plötzlich nach unten bewegte. Ein breites Lächeln stahl sich auf ihre Lippen, als sie in die schneeweißen Augen der Zofe schaute, doch Maribels Gesicht blieb hingegen wie versteinert. Ohne ein Wort gesprochen zu haben, zog sie ein Nachthemd hinter ihrem Rücken hervor und half Kaida beim Umziehen. Routiniert bändigte sie ihre wilde Mähne in einer lockeren Flechtfrisur, die sie nicht beim Schlafen stören würde. Es schmerzte Kaida zu sehen, mit welcher Kälte die junge Fae agierte. Sie tat so, als wäre sie nur eine Fremde. Nachdenklich warf Kaida einen Blick auf Maribels weißes Haar, das ihr in leichten Wellen über die zarten Schultern floss und den Großteil ihres Oberkörpers verdeckte. Mit ihrem blassblauen Kleid und der schneeweißen Haut schien sie förmlich mit den marmorierten Wänden zu verschmelzen. »Bist du böse auf mich?«, fragte sie nach einiger Zeit vorsichtig. Seufzend fuhr sich die Zofe durch ihr feines Haar. »Nicht böse … Jeder in dieser vergifteten Welt tut, was er nun mal tun muss, um am Leben zu bleiben. Bevor du zu uns gekommen bist, kanntest du ja nur die Ansichten deines Meisters und wusstest nicht, wie die Welt außerhalb deiner Mauern aussieht … Aber ich will dir keine falschen Hoffnungen machen, mein Vertrauen hast du mit deinem Verrat und deinen Lügen verspielt.«

»Verständlich«, murmelte Kaida. »Würdest du mir trotzdem erzählen, was während meiner Abwesenheit passiert ist? Habt ihr schon einen Verdacht, wo Luce versteckt sein könnte? Wie … wie geht es Jace?«

»Es steht mir nicht zu, dir seine Gefühlswelt zu offenbaren. Entweder er erzählt es dir, weil er dir wieder vertraut, oder er schweigt, was in Anbetracht der Umstände sein gutes Recht ist.«

»Aber genau genommen habe ich ja gar nichts Dramatisches verbrochen …«, nuschelte Kaida kleinlaut, doch als sie den tadelnden Blick Maribels auffing, stieg augenblicklich Scham in ihr auf. Mit glühenden Wangen wandte sie sich ab.

»Vielleicht hast du uns nicht im klassischen Sinne verraten«, sinnierte die Zofe, »aber ein Vertrauensbruch war es trotzdem. Vor allem an Jace und seinen Gefühlen. Und das weißt du auch, Kaida. Er hat dir blind vertraut, du warst sein Ein und Alles. Du hättest nicht zögern dürfen, ihm die *ganze*

Wahrheit zu erzählen. Jace hätte dir verziehen, da bin ich mir sicher. Er hätte dir alles verziehen – doch nun ist die Lage eine andere ...«

In ihrer Stimme schwang keine Verachtung mit, aber dennoch spürte Kaida jedes Wort wie einen Messerstich in der Brust. Betreten schaute sie auf ihre Fußspitzen hinab. Maribel hatte recht: Es gab keine Ausrede, die ihr Handeln rechtfertigen konnte. Dennoch sträubte sie sich dagegen, ihre verzwickte Lage zu akzeptieren. Sie wollte nicht aufgeben; weder sich selbst noch Jace oder Luce. Plötzlich spürte sie, wie Maribel so dicht an sie heranrückte, dass ihre Körper einander beinah berührten.

»Es ist mir verboten, mein weniges Wissen mit dir zu teilen«, zischte ihr die Zofe angespannt ins Ohr. »Oberon würde mich köpfen, sollte er erfahren, dass ich dir etwas verraten habe. Sieh es als eine Art Möglichkeit an, mein Vertrauen zurückzugewinnen, indem du es für dich behältst ... verstanden?«

Aufgeregt nickte Kaida. Vor Anspannung hielt sie sogar unterbewusst die Luft an. Etwas unwohl sah Maribel sich in dem kleinen Zimmer um. »Angeblich wurde dein Bruder dabei gesichtet, wie er Luce durch die Stadt geschmuggelt hat, aber die Wachen haben ihn leider aus den Augen verloren«, zischte sie leise. »Oberon ist seit dem Ausbruch deiner Magie noch verschlossener als üblich. Ich ... ich habe an der Tür gelauscht, als er ein Gespräch mit dem Ratsoberhaupt führte. Er meinte, dass du ›wieder aufgetaucht‹ wärst und er dich um jeden Preis vor Nero beschützen müsste, weil –«

Ein leises Klopfen an der Tür ließ die beiden Frauen zusammenzucken. Maribel wich von Kaida zurück, als hätte sie sich an ihr verbrannt. »Ich muss jetzt gehen«, murmelte sie aufgebracht und schlug die Augenlider nieder. »Es tut mir leid, dass ich dir im Moment nicht mehr dazu sagen kann.« Sie hatte die Tür bereits erreicht, als die junge Zofe doch noch einmal stehen blieb und sich mit einem verschwörerischen Lächeln auf den Lippen zu Kaida umdrehte. »Du bist klug, Kaida«, sagte sie über ihre Schulter hinweg, »du wirst schon noch dahinterkommen. Spätestens, wenn du es mit eigenen Augen siehst.«

Kapitel 5

Etwas raschelte in der Dunkelheit. Ruckartig fuhr Kaida von der Matratze hoch und sah sich in ihrem Zimmer um, doch zunächst konnte sie nichts Verdächtiges entdecken. Erst als ihr Blick auf die Türklinke fiel, bemerkte sie, dass diese von außen langsam nach unten gedrückt wurde. Es könnte Jace sein. Oder Oberon. Oder jemand, der sie loswerden wollte …

Blitzschnell strampelte sich Kaida die Bettdecke vom Leib, sprang aus dem Bett und sprintete zur Tür. Sie drückte sich ganz fest an die Wand, in deren Richtung die Tür aufschwang, um sich im Notfall dahinter verstecken zu können. Prompt wurde das schwere Holz aufgeschoben und ein Lichtstreifen fiel auf den dunklen Boden. Kaida erkannte mindestens einen menschenähnlichen Schatten, vielleicht waren es aber auch zwei. »Kaida?«, zischte der Eindringling leise. »Kaida, ich bin es. Komm, Schwesterherz, ich bringe dich in Sicherheit!«

Kaida spürte, wie jegliches Blut aus ihren Adern wich. Ihre Hände nahmen die Temperatur eines Eisklotzes an, während sich ihre Lippen zu einer harten Linie verzogen. Sie wünschte, sie könnte den Eindringling mit ihrem bloßen hasserfüllten Blick durchbohren, aber wahrscheinlich würde das eher Wunschdenken bleiben … Dann musste sie eben selbst Hand anlegen!

Angespannt wartete sie, bis die Tür noch ein Stück mehr aufgeschoben wurde. Dann schlug sie ihre flache Hand mit solcher Wucht gegen das Holz, dass die Tür gegen den Eindringling prallte. Kaida verspürte eine tiefe Genugtuung, als sie den süßen Klang von Holz-auf-Kopf wahrnahm. Mit geballten Fäusten trat sie hinter der Tür hervor. »Ich bringe dich um«, verkündete sie schlicht. Dann stürzte sie sich auf ihren Bruder.

Von ihrem Angriff sichtlich überrascht stolperte dieser nach hinten. »Was zur Hölle soll das?«, brachte Callum ächzend hervor, während sich Kaidas schmale Finger um seine Kehle legten und zudrückten. »Was das *soll?*«, wiederholte sie aufgebracht. »Du hast mich verraten und mein Leben in die Hände deiner Feinde gelegt!«

»*Meiner Feinde?* Das ist ja interessant, denn früher waren es mal *unsere* Feinde!«

»Ganz genau«, zischte Kaida trocken. »Früher. Jetzt bin ich mir da nicht mehr so sicher ...«

»Ich hatte keine andere Wahl, Schwesterherz! Du bist von unserem Weg abgekommen, ich musste dich doch beschützen. Nero hätte dich umgebracht, wenn er von deinem Verrat erfahren hätte.«

Überrascht hielt Kaida inne und lockerte ihren Griff ein wenig. »Wenn er von meinem Verrat erfahren *hätte*? Er weiß nichts davon? Kann ich mir gar nicht vorstellen, du hängst ihm doch ständig am Rockzipfel!«

»Du bist meine Schwester«, widersprach Callum gereizt. »Dein Wohl steht immer über dem seinem. Und das wird sich auch niemals ändern, Prinzessin. Als ich bemerkte, dass du dich von den Fae hast einlullen lassen, hatte ich Angst, Nero würde dich zum Abschuss freigeben. Darum habe ich ihm eingeredet, dass ich dir dieses Verhalten befohlen habe. Ich habe ihm geschworen, dass du auf unserer Seite stehst und dein Handeln vollkommen in unserem Interesse steht. Ich *musste* die Wachen an Oberon ausliefern und dich verraten, damit du endlich zur Vernunft kommst und dich aus ihrem Kerker befreien kann!«

»Das macht gar keinen Sinn«, stieß Kaida verwirrt hervor, doch ein erschrockenes Husten ließ sie aufhorchen. Als sie an Callum vorbei in den Flur blickte, entdeckte sie einen Soldaten in goldener Rüstung, der sie aus großen Augen anstarrte.

»Dann habt ihr den Hexenmeister betrogen?«, fragte der Fremde empört. »Wie konntet ihr nur? Ich werde –«

Nicht einen Wimpernschlag später wurden die Worte in seinem Hals von einem Dolch blockiert, der plötzlich in seinem Kehlkopf steckte. Erschrocken wich Kaida einen Schritt zurück, während sie beobachtete, wie der Fae schlaff in sich zusammenfiel und am Boden liegen blieb, die Augen weit aufgerissen.

»Dieses Spitzohr war einer meiner Spione«, erklärte Callum ruhig. Er legte seine Hände auf die Schultern seiner Schwester und drückte sie leicht zurück. Kaida, die ihren Blick immer noch nicht von dem Leichnam abwenden konnte, ließ ihn gewähren. »Er war einer der Fae, die für den Roten Mond arbeiteten«, fuhr ihr Bruder unbeirrt fort. »Na ja, wir werden den Ausgang auch ohne seine Hilfe finden ... Kommst du?«

»Nein«, presste Kaida augenblicklich hervor. Ihr Blick schnellte zu Callum hinüber und fixierte ihn eindringlich. »Ich werde nirgendwo mit dir hingehen, bevor du mir nicht noch einmal langsam erklärst, wieso du mich verraten hast. Gib dir besser Mühe mit deinen Lügen: Sind sie zu leicht zu durchschauen, fühle ich mich vielleicht gekränkt und mache dich einen Kopf kürzer.«

Kleine Fältchen bildeten sich um seine Lippen, während er seine Mundwinkel zu einem breiten Grinsen verzog. »Ganz meine kleine Schwester, ganz meine Kaida.«

»Falsch. Ich bin nicht *deine* Kaida. Nicht mehr. Und jetzt spuck die Wahrheit aus, ehe ich deiner Anwesenheit überdrüssig werde. Ich habe nicht die ganze Nacht Zeit, um den Lügenmärchen meines verräterischen Bruders zu lauschen.«

»Nun gut, dann eben noch mal langsamer ... Als ich dich damals im königlichen Garten abgepasst habe, war mir augenblicklich klar, dass dir die Fae-Männer besser gefallen, als sie es sollten. Ich hatte gehofft, dass du nach unserem Gespräch wieder zur Besinnung kommen würdest, aber spätestens im Schmuckladen wurde mir klar, dass ich dich wohl vorerst an die Spitzohren verloren hatte. In meiner Wut und Hilflosigkeit habe ich dich geschlagen, was ich übrigens noch immer zutiefst bereue. Ich wusste mir in diesem Moment einfach nicht anders zu helfen! Nero lag mir schon seit Tagen im Nacken und fragte ständig nach unserem Fortschritt. Zu unserem Pech hat er mir als einzige Quelle irgendwann nicht mehr genug vertraut. Stattdessen hat er unsere Spione befragt, die dir im Palast ständig auf den Fersen waren. Sie hatten dich beobachtet und unserem liebsten Ziehvater bereitwillig von deiner Schwärmerei für den Thronerben erzählt. Als rauskam, dass du mehrmals neben dem schlafenden Prinzen im Bett gelegen und ihm trotzdem nicht die Kehle aufgeschlitzt hattest, war er sich deines Verrates sicher. Ich habe mein Leben und meine Glaubhaftigkeit für dich aufs Spiel gesetzt und Nero klargemacht, dass ich einen Spion in unseren eigenen Reihen vermutete und deshalb einen alternativen Plan geschmiedet habe, den jedoch nur du kanntest. Ich versicherte ihm, dass du Jace nur aus dem Grund noch nicht gevierteilt hast, weil er dir verfallen ist und wichtige Geheimnisse seines Vaters ausgeplaudert hat, um dir zu imponieren. Ich sagte Nero, dass du mir diese Informationen noch nicht zuspielen konntest, weil es keinen sicheren Weg für unseren Austausch gab. Als du und Jace in seinem Haus im Wald und damit außerhalb der Schussbahn waren, habe ich den Moment genutzt, um Luce zu schnappen. Ich wusste von seinen Schwächen, weil mir ein Spion aus dem Palast einmal einen Hinweis in diese Richtung gegeben hatte. Darum habe ich ihn von seinen Geschwistern, die währenddessen übrigens mit Liebeleien beschäftigt gewesen waren, weggelockt. Nero habe ich erzählt, dass *du* mir diese Information gegeben hast. So konnte ich ihn davon überzeugen, dass du nach wie vor auf unserer Seite stehst.«

Callum runzelte die Stirn und schaute eindringlich in die Augen seiner Schwester, die ihn abwägend musterte. Seine Erklärung klang nachvollziehbar, beinah schon logisch … und doch war da dieser Stachel des Misstrauens in ihrem Herzen, der sich bei jedem seiner Worte tiefer gebohrt hatte. Ihr Herz blutete, trauerte um das Verhältnis zu ihrem Bruder, das wohl für immer zerstört war; denn selbst *wenn* er Kaida vor Nero in Schutz genommen hatte, erklärte das noch lange nicht, wieso er sie so offensichtlich an Oberon und die anderen Fae verraten hatte. Und auch wenn er ihr gleich die perfekte Erklärung für sein Handeln liefern würde, so blieb doch ein bitterer Beigeschmack auf ihrer Zunge haften. Woher sollte sie wissen, dass er es nicht wieder tun und damit erneut ihr Leben riskieren würde? Auf so eine Ungewissheit wollte sie sich nicht noch einmal einlassen – andererseits war die Verlockung, seinen trügerischen Worten und der lieblichen Stimme in ihrem Kopf nachzugeben, riesig …

»Hey, Prinzessin«, flüsterte Callum sanft und strich behutsam eine Haarsträhne aus ihrem Gesicht. »Ich sehe doch, dass du schon wieder grübelst. Lass mich an deinen Gedanken teilhaben.«

Ein verbittertes Schnauben kämpfte sich aus Kaidas Kehle. »Ich denke nicht, dass du an ihnen teilhaben willst«, antwortete sie trocken. »Erklär mir lieber, warum du mich an Oberon verraten hast. Wenn deine vorherige Erzählung stimmt, hätte es doch einfach so weiterlaufen können. Wieso hast du mein Leben riskiert – oder besser gefragt *wofür*?«

Unruhig verlagerte Callum sein Gewicht von einem Bein auf das andere. Seine Augenbrauen zuckten, ein altbewährtes Anzeichen dafür, dass ihn etwas beunruhigte.

»Nero war überzeugt davon, dass du weiterhin in unserem Sinne agierst«, presste er schließlich hervor. »Dessen war ich mir sehr sicher. So sicher, dass ich ihm vertraute, als er den Verrat an dir vorschlug. Er versicherte mir, dass dir nichts zustoßen würde.«

Kaida schnaubte abfällig und schüttelte so heftig den Kopf, dass ihre Locken wie Feuerfunken um ihren Kopf tanzten. »Na, jetzt weiß ich es ja ganz genau!«, stöhnte sie genervt und wandte sich von ihrem Bruder ab.

»Kaida, jetzt lass den Blödsinn und komm mit mir. Ich bringe dich in Sicherheit und wir besprechen alles andere in Ruhe bei mir zu Hause. Du siehst ... *verändert* aus. Wir sollten dich gründlich untersuchen und dafür sorgen, dass du wieder ganz die Alte wirst.«

»Verändert?«, wiederholte Kaida stutzig, schüttelte jedoch kurz darauf den Kopf. Bestimmt meinte Callum ihren Körper, der durch die vergangenen Torturen ziemlich abgebaut hatte. Eine Nebensächlichkeit, für die sie im Moment keine Zeit hatte. Nachdenklich neigte Kaida den Kopf. »Wieso der Verrat, Callum?«

Sichtlich unwohl wich er ihrem Blick aus. »Nero versprach mir, dass wir dich auf diesem Weg wieder aus dem Palast bekommen würden. Er sagte, dass Oberon dir kein Haar krümmen würde, weil du für ihn von großer emotionaler Bedeutung seist. Außerdem –«

»*Ich* soll für ihn von Bedeutung sein?«, schnitt Kaida ihrem Bruder das

Wort ab. »Für Oberon bin ich nur eine verzogene Göre, die sich an seinen Sohn ranmacht ... und natürlich eine Verräterin! Das weiß er übrigens von dir, Callum.«

Seufzend schüttelte ihr Bruder den Kopf. »Ich wünschte, ich müsste dir das nicht zwischen Tür und Angel erklären, aber wir sind besonders ... *nicht normal.*«

Kaida konnte das herzhafte Lachen nicht länger zurückhalten, das sich bei seinen Worten in ihren Hals geschlichen hatte. »Was du nicht sagst!«, höhnte sie, woraufhin sich ihr Bruder frustriert durch sein rotes Haar fuhr.

»Nero ist davon ausgegangen, dass du in Anbetracht der Gefahr erneut in der Lage sein wirst, deine Gabe heraufzubeschwören. Beim ersten Mal brach sie ja auch aus, als du in Lebensgefahr warst, aber wie man sieht, ist sein Plan ziemlich offensichtlich gescheitert ... Und genau deshalb bin ich hier. Ich hole dich hier raus, die Mission ist abgebrochen. Es ist mir egal, was Nero davon hält. Ich muss dich einfach in Sicherheit wissen, Kaida. Was geschehen ist, tut mir unendlich leid. Ich hätte dich einfach bei Elrik lassen sollen, bei ihm wärst du sicherlich glücklicher gewesen.«

»Soso«, murmelte Kaida schlicht. Seine Erklärung schien nachvollziehbar, und der traurige Unterton in seiner Stimme klang zu aufrichtig, um gespielt zu sein – zumindest wollte ein Teil ihres Herzens das glauben.

»Bitte, sprich mit mir!«, drangen Callums Worte leise an ihr Ohr, doch Kaida ignorierte ihn geflissentlich. Stattdessen starrte sie so konzentriert auf ihre Hemdsärmel herab, als würde der Stoff all die Antworten auf ihre Fragen kennen. Sie mussten dort sein, irgendwo zwischen den feinen Fäden und Verzweigungen, die zusammengewebt das Kleidungsstück bildeten. Das große Gesamtwerk. Kaida musste es nur zusammensetzen. »Bitte komm mit mir«, bat ihr Bruder sie leise. »Ich vermisse dich, Kaida, ohne dich fühle ich mich einfach falsch ... krank und einsam.« Zerknirscht biss sie ihre Zähne zusammen. Sie wusste, was er meinte. Es war das gleiche kränkliche Gefühl, das auch sie seit ihrer Entzweiung verspürte. Kaida kam sich furchtbar naiv dabei vor, den Worten ihres Bruders zu lauschen und insgeheim darauf zu hoffen, dass sie wieder zueinanderfinden würden. Er hatte sie verraten – doch hier im

Palast war es auch nicht sicherer. Außerdem könnte er sie mit etwas Glück zu Luce führen. Seufzend sah Kaida zu ihm hinüber. »Schwörst du mir, dass du die Wahrheit sagst?«

»Natürlich!«, antwortete Callum, ohne zu zögern.

»Ich werde dich beim Wort nehmen, Brüderchen«, warnte sie, während sie auf ihn zuging und nach seiner Hand griff. »Wag es ja nicht, mich noch einmal zu belügen.«

Kapitel 6

Unruhig huschten Kaidas Augen über die Personen, die ihr in den engen Gassen der Stadt entgegenkamen. Die meisten von ihnen sahen so aus, als hätten sie in dieser Nacht bereits zu tief ins Glas geschaut. Ihre Augen waren von einem merkwürdigen Schleier bedeckt, unter denen der Frauen bemerkte sie oft verlaufene Schminke. Die Menschen kicherten und grölten, hingen sich gegenseitig im Arm und schleiften sich durch die kalte Nacht.

Zitternd rückte Kaida ein Stückchen näher an ihren Bruder heran, der neben ihr herlief und ihre Hand hielt. Beruhigend ließ er seinen Daumen über ihren Handrücken kreisen. Zu gern hätte sie seinen Blick gesehen, doch er hatte die Kapuze seines Mantels tief ins Gesicht gezogen und verbarg dadurch seine Mimik. Sie hatte es ihm gleichgetan, schon allein aus dem Grund, weil sie Angst hatte, entdeckt zu werden.

Konzentriert starrte sie unter dem Rand ihrer Kapuze aufs Kopfsteinpflaster, das von einem dünnen Wasserfilm überzogen war. Das Licht des Mondes brach sich auf den Steinen und reflektierte es ein wenig, davon abgesehen wurde die Umgebung fast vollständig von Dunkelheit verschluckt. Über einigen Haustüren baumelten zwar Laternen, in denen ein blasser Kerzenschein flimmerte, doch das schwache Licht genügte lediglich, um die Hauswände erahnen zu können.

Ein Gefühl der Beklemmung packte Kaida und ließ sie erschaudern. Die Gassen waren zu eng. Egal wo sie hinsah, überall erkannte sie nur dunkle Hauswände. Um nicht gänzlich die Orientierung zu verlieren, legte sie ihren Kopf in den Nacken und blickte zum Nachthimmel auf. Leichte Regentropfen fielen ihr auf die Nasenspitze. Blinzelnd schaute sie dem Mond entgegen, der hell und rund am Himmel stand.

»Na, kleine Nachtschwärmerin«, bemerkte Callum leise, wobei sein amüsierter Unterton nicht zu überhören war, »schön zu sehen, dass sich manche Angewohnheiten wohl nie ändern werden.«

»Wahrscheinlich nicht«, erwiderte Kaida genauso leise. »Es ist schon schlimm genug, dass sich um uns herum alles verändert. Ich musste mich nach meiner Flucht aus der Schwarzen Festung so oft anpassen, dass ich mehr als nur einmal das Gefühl hatte, mich selbst zu verlieren. Es beruhigt mich, dass wenigstens der Himmel gleich geblieben ist.« Schweigend legte Callum einen Arm um ihre Schultern und zog sie sanft an sich heran. Seine Wärme strömte sogar durch den festen Stoff ihres Mantels hindurch. Für einen kurzen Moment schloss Kaida die Augen und gab sich der Illusion hin, sie und ihr Bruder wären wieder das unbesiegbare Duo, das sie vor den ganzen Lügen und Intrigen gewesen waren. Ein plötzliches Räuspern zog sie jedoch abrupt wieder in die Wirklichkeit zurück. »General, wir haben euch bereits erwartet.«

Ruckartig riss Kaida die Augen auf und starrte auf den Fremden, der wie aus dem Nichts vor ihnen aufgetaucht war. Ein kalter Schauer jagte über ihren Rücken, als ihr Blick auf die eisblauen Augen des Mannes traf, der nur wenige Schritte von ihr entfernt stand. Er war ebenfalls in einen dunklen Mantel gehüllt, doch im Gegensatz zu den Geschwistern machte er sich nicht die Mühe, sein Gesicht unter dem Schatten seiner Kapuze zu verbergen. Seine Stirn legte sich in Falten, während er Kaida von oben bis unten musterte.

»Was ist mit Riam geschehen?«, fragte er langsam.

»Er hat es leider nicht geschafft«, antwortete Callum, ohne zu zögern. Kaida erschrak, wie leicht ihm die Lüge über die Lippen glitt. Er klang so überzeugend, dass sie seinen Worten sogar selbst kurzzeitig glaubte und kräftig nickte. Erst später fielen ihr wieder die vor Schreck geweiteten Augen des Fae ein, während sich Callums Dolch in seine Kehle gebohrt hatte.

»Wie bedauerlich ...« Der Fremde klang zwar nicht wirklich überzeugend, allerdings hinterließ er auch nicht den Eindruck, als würde er sich sonderlich für den Verbleib seines Kameraden interessieren.

Als Callum eine Hand auf Kaidas Rücken legte und sie leicht nach vorn schob, schluckte sie angespannt.

»Welch Ehre, Euch endlich kennenlernen zu dürfen«, verkündete der Fremde und griff nach ihren Fingern, um ihr einen leichten Kuss auf den Handrücken zu hauchen. Eine Gänsehaut überzog Kaidas Arme, als sich die weichen Lippen des Mannes auf ihre Hand legten. Sie war so überrumpelt von der Geste, dass sie den Kerl nur aus großen Augen anstarren konnte. Inständig hoffte sie, dass ihre Kapuze auch die Röte ihrer glühenden Wangen verdeckte.

»Genug damit«, fuhr ihr Bruder hörbar ungnädig dazwischen, woraufhin sich der Fremde schmunzelnd zurückzog. »Euer anderes Mitbringsel wartet bereits auf Euch«, sagte er an Callum gerichtet. »Der kleine Bengel ist wirklich tapfer, das hätte ich ihm gar nicht zugetraut. Langsam gehen uns die schonenden Methoden aus, vielleicht müssen wir ihn auf anderem Wege zum Singen bringen ...«

Kaida spürte, wie ihr Herz einen aufgeregten Hüpfer machte. Der Mann musste von Luce sprechen! Wie der Junge wohl auf sie reagieren würde? Zum Zeitpunkt seiner Entführung hatte er zwar noch nichts von ihrem Verrat gewusst, aber Kaida konnte sich gut vorstellen, was ihm Callum und seine Kumpanen eingeredet haben könnten. Hoffentlich würde sie die Chance bekommen, sich Luce zu erklären ...

»Komm, Kaida«, zischte ihr Callum drängelnd ins Ohr und unterbrach dadurch ihre Gedanken. Schweigend folgte sie ihm zu einer weiteren Gasse, die tunnelähnlich unter einem Haus verlief. Plötzlich blieb er stehen, reckte mehrmals den Kopf und trat dann an eine Flügeltür heran, die Kaida in der Dunkelheit zunächst gar nicht bemerkt hatte. Quietschend schwangen die Türhälften auf und gaben den Blick auf eine steinerne Treppe frei, die steil im Erdboden verschwand. Kaida kniff die Augen zusammen und blinzelte einige Male, bis sich ihre Pupillen an die Dunkelheit gewöhnt hatten. Plötzlich streifte etwas ihre Schulter und ließ sie erschrocken zusammenzucken.

»Alles gut, ich bin es nur«, entwarnte der Fremde amüsiert und nahm als Erstes die Stufen der Treppe. Er legte seine Hände links und rechts an die

Wände, um sich beim steilen Abstieg absichern zu können. Kaida wollte es ihm gleichtun, doch als ihre Hände den glitschigen Stein berührten, verzog sie angewidert das Gesicht und löste sich wieder von den nasskalten Wänden. Die Stufen vor ihren Augen schienen mit jedem Blinzeln schärfer zu werden, sie würde es auch so schaffen.

Der Weg in den Untergrund schien sich jedoch ewig zu ziehen. Verschiedenste Gerüche, die allesamt Ekel in ihr auslösten, zogen in Kaidas Nase. Es roch nach Essensresten, Alkohol und noch so einigen anderen Dingen, bei denen sie sich kaum traute überhaupt darüber *nachzudenken*, woher sie stammen könnten.

Als sie den Fuß der Treppe endlich erreichten, stieß Kaida geräuschvoll ihren Atem aus. Die Anspannung drohte sie beinah aufzufressen. Was würde sie hier unten erwarten? War Luce überhaupt hier? Sie konnte nur erahnen, wie tief sie bereits unter der Erdoberfläche verschwunden waren. Es war ein beklemmendes Gefühl zu wissen, dass die ganze Stadt auf der Tunneldecke über ihrem Kopf lastete. Sie war hier unten völlig abgeschottet vom Rest der Welt, niemand würde auch nur auf die Idee kommen, hier nach ihr zu suchen ... Zitternd schlang sie die Arme um ihren bebenden Körper und würgte den Kloß in ihrem Hals hinunter.

»Ich hätte dir vielleicht sagen müssen, dass es hier unten etwas kälter ist als an der Oberfläche«, flüsterte ihr Callum zu, während die drei ein imposantes Eisentor passierten, das in den Tunnel geschlagen worden war.

»Vielleicht«, antwortete Kaida schlicht. Sie war sich nicht sicher, ob wirklich nur die Kälte ausschlaggebend für ihren Gefühlstaumel war.

Schließlich betraten sie einen langen Flur, von dem Dutzende Türen abgingen. Fragend drehte sich Kaida zu ihrem Bruder um, dem augenblicklich ein breites Grinsen auf die Lippen schlich. »Na, kleine Schwester, neugierig wie immer?«

Sie nickte, wobei ihre Mundwinkel ertappt zuckten. Nur mit Mühe konnte sich Kaida das Lächeln verkneifen, das sich früher stets auf ihre Lippen gestohlen hatte, wenn Callum sie bei etwas erwischt hatte.

»Nun gut, da du die Antworten früher oder später sowieso herausfinden wirst ...«, sagte er und deutete auf eine der Türen, »hier hinter liegt unsere Krankenstation, dort drüben ist unser Waffenlager und hier vorn unser großer Speisesaal. Hinter den restlichen Türen liegen Schlafzimmer, Lagerräume und Verliese. Alles nicht so wichtig für dich, aber wenn du dich traust, kannst du ja einfach mal an einer der Türen klopfen.«

»Nein danke«, antwortete Kaida knapp. Eine andere Frage brannte ihr auf der Zunge, doch sie drückte ihre Zähne fest aufeinander und schluckte die Worte hinunter. Sie wollte nicht verdächtig wirken, schon gar nicht, wenn sie verschlungen von Stein und Holz unter der Erde gefangen war.

»Wenn Ihr erlaubt, würde ich mich jetzt zurückziehen«, mischte sich der Fremde mit einem Mal leise ein.

Callum nickte gönnerhaft. »Ruhe dich einen Moment aus, dann kehre bitte wieder an unser Tor zurück und halte Wache.«

»Sehr wohl, mein General.«

Nachdenklich sah Kaida dem Mann nach. Plötzlich griff jemand nach ihrer Hand. »Komm«, wies Callum sie leise an.

»Wohin?«, fragte sie angespannt zurück.

»Zu dem kleinen Bengel. Ich sehe doch in deinen Augen, wie sehr dir die Frage nach seinem Wohlergehen auf der Seele brennt.«

Vor Schreck hätte sich Kaida beinah an ihrer eigenen Spucke verschluckt. »Und du bringst mich einfach zu ihm?«, fragte sie ungläubig. »Was hast du dann vor? Willst du mich gleich mit in seine Zelle sperren?«

»Nein. Nur wenn du dich weiterhin meinen Anweisungen widersetzt. Davon abgesehen wärst du in seiner Zelle ziemlich sicher, schließlich haben nur Nero und ich Zutritt. Viele der Kerle hier unten haben schon lange nicht mehr ... *gefeiert*. Oder sich anderweitig vergnügt, wenn du verstehst, was ich meine.«

Ohne Widerworte setzte sich Kaida in Bewegung und folgte ihrem Bruder. Auf irgendwelche feierwütigen Männer hatte sie noch weniger Lust als darauf, in einer Zelle zu versauern. Außerdem hatte sie sowieso keine andere Wahl, als ihrem Bruder zu vertrauen. Sie musste Luce finden – koste es, was es wolle.

Ihr Herz schlug ihr bis zum Hals hinauf, während sie an Callums Seite durch den feuchtkalten Gang lief. Ihre Schritte hallten unangenehm laut von den Wänden wider. »Wo sind denn diese anderen Männer überhaupt?«, fragte Kaida nach einiger Zeit spitz. »Oder ist der Rote Mond doch nur ein Einmannbetrieb?«

Callums schallendes Gelächter schien durch das gesamte Tunnelsystem zu hallen. »Ach, Kaida, für solche Sprüche liebe ich dich!«, presste er schließlich glucksend hervor. »Natürlich sind wir kein Einmannbetrieb, aber die anderen sind gerade damit beschäftigt, die Spitzohren –«

Seine Stimme brach schlagartig ab. Kaida konnte sehen, wie die Freude aus seinem Gesicht wich. Für einen kurzen Moment wirkte er sichtlich aus der Fassung gebracht, doch schon nach wenigen Wimpernschlägen schlich sich wieder ein falsches Lächeln auf seine Lippen und er fuhr unbeirrt fort. »Die anderen sind gerade ... *beschäftigt*. Wir haben also sturmfreie Bude.«

»Aha«, murmelte Kaida misstrauisch. Callums Lächeln ließ ihre Nackenhaare aufstehen. Irgendetwas stimmte hier nicht. Er schien nicht ehrlich mit ihr zu sein – *mal wieder*. »Und wo ist Nero?«, schob sie leise nach.

»Nicht hier. *Noch nicht*.«

»Er ist auf dem Weg hierher?«, wiederholte Kaida schrill. Anstatt ihr zu antworten, blieb Callum jedoch vor einer Tür stehen und schob einen rostigen Schlüssel in das Schloss. Während er ihn herumdrehte, schlug Kaidas Herz so kräftig gegen ihren Brustkorb, dass ihre Rippen bebten. Die Tür quietschte leise, als Callum sie endlich aufschob. Er betrat den dunklen Raum als Erstes und deutete Kaida ihm zu folgen. Zögerlich betrat auch sie die kleine Zelle. Etwas klapperte in der Dunkelheit, dann wurde es mit einem Schlag hell. Argwöhnisch betrachtete Kaida die Lampe in der Hand ihres Bruders, in der derselbe Nebel waberte, den sie auch oft in den Lampen des Fae-Schlosses bemerkt hatte. Gerade als sie ihn fragen wollte, wie ausgerechnet *er* an einen Fae-Gegenstand gekommen war, lenkte ein hilfloses Schluchzen ihre Aufmerksamkeit auf sich.

Das Licht der Laterne fiel auf das hagere Gesicht des Jungen, der ihnen aus großen, glänzenden Augen entgegensah. Luce saß zusammengekauert in der Ecke des möbellosen Raumes, hatte seine Knie eng an die Brust gezogen und hielt den Kopf leicht geduckt. Nervös zuckten seine Augen zwischen Callum und seiner Schwester hin und her, unsicher, wer von beiden das größere Übel war. Kaida konnte deutlich sehen, wie sein ausgehungerter Körper unter dem dünnen, dreckverschmierten Hemd zitterte.

»Luce ...«, hauchte sie atemlos und stürmte sofort auf den verängstigten Fae-Jungen zu, ohne ihren Bruder auch nur eines Blickes zu würdigen. Hastig schlang sie ihre Arme um die bebenden Schultern des Jungen und presste den zitternden Kerl eng an ihren Körper. Tröstend streichelte sie mit einer Hand über seinen Rücken, während ihre andere Hand sanft über seinen Hinterkopf fuhr. Überall konnten ihre Finger kleine Knoten und Filzklümpchen in seinem sonst so weichen Haar ertasten. Zornig biss sie ihre Zähne zusammen, während sie nach dem Saum ihres Mantels griff und diesen so gut wie möglich über Luce ausbreitete, um die Kälte aus seinen Knochen zu vertreiben.

»Ich sehe schon, ihr zwei kommt auch ohne meine Hilfe zurecht«, hörte sie Callum sagen. Seine Stimme klang gelangweilt, doch Kaida hörte noch einen anderen Unterton in ihr mitschwingen. Misstrauisch runzelte sie die Stirn. Ihr Bruder war eifersüchtig – eifersüchtig auf den Jungen, dessen Volk er aus tiefstem Herzen hasste, der aber nichtsdestotrotz den Schutz seiner Schwester zu genießen schien ...

Als Kaida das Abschweifen ihrer Gedanken bemerkte, drehte sie sich ruckartig zu ihrem Bruder um, doch der hatte sich bereits abgewandt. Mit einem lauten *Rums* fiel die schwere Holztür ins Schloss.

»Callum«, rief sie ihm wütend hinterher, »Callum, mach sofort die Tür wieder auf!«

»Ich denke ja nicht einmal daran, Schwesterherz«, drang seine Stimme gedämpft an ihr Ohr. »Du wolltest doch deinen kleinen Freund zurückhaben – bitte schön, hier ist er. Ich habe noch viel zu tun, aber du scheinst ja sowieso erst einmal mit deinen neu erwachten Muttergefühlen beschäftigt zu sein, von daher brauche ich dich ja nicht mitzunehmen.«

Zähneknirschend wandte sich Kaida von der Tür ab und legte ihren Kopf stattdessen tröstend auf den von Luce. Sie wusste, dass sie Callums Entscheidung sowieso nicht ändern konnte. Sollte er doch abhauen und dahin verschwinden, wo er hergekommen war. Von ihr aus könnte er sogar direkt zu Nero laufen und ihm artig Bericht erstatten. Würde der Hexenmeister wirklich hier auftauchen, würde sie ihm schon zeigen, was in ihr steckte. Schon beim bloßen Gedanken an die Kraft, die in ihrem Innersten schlummerte, konnte Kaida das Prickeln der Magie in sich spüren …

»Kaida?«, unterbrach eine heisere Stimme ihre Gedanken. »Kaida, bist du noch da?«

Sofort richtete sich ihre Konzentration wieder auf das zitternde Bündel in ihrem Armen. »Shh, alles gut, Luce. Natürlich bin ich noch da, und ohne dich werde ich hier auch nicht wieder verschwinden. Wie geht es dir? Haben dir die Mistkerle wehgetan? Das tut mir alles so unendlich leid, Kleiner! Hätte ich nicht –«

»Schon gut …«, nuschelte er undeutlich. »Stimmt es denn, dass dieser Callum dein Bruder ist? Und … und hast du wirklich für den Hexenmeister gearbeitet?«

»Es ist kompliziert«, seufzte Kaida ausweichend, während sie ihren Mantel fester um Luce' zitternde Schultern zog, um ihn bestmöglich zu wärmen. Sie wusste, dass er die Wahrheit verdient hatte. Auch wenn ihn alle für ein Kind hielten, war er alt genug, um von den Grausamkeiten dieser Welt zu erfahren. Kaida musste ihm die Freiheit geben, selbst zu entscheiden, wem er glaubte.

»Mein Bruder und ich wuchsen auf eurer Insel auf«, begann sie darum leise zu erzählen. »Unsere Eltern waren Menschen, an denen dein Vater magische Experimente durchgeführt hat; zumindest ist das die Vermutung. Irgendwas muss dabei schiefgelaufen sein, denn mein Bruder und ich haben merkwürdige Gaben entwickelt. Gaben, die eigentlich nur ihr Fae habt. Als unsere Mutter mit uns Kindern fliehen wollte, starb sie auf der Flucht über das Meer. Mein Bruder und ich sind danach irgendwie an Nero geraten, der uns bei sich in der Schwarzen Festung aufgezogen hat. Vielleicht hast du schon mal von dem Nixensee im Norden gehört, der vollkommen zerstört wurde?« Sie räusperte sich kurz, ehe es ihr gelang fortzufahren. »Das war ich. Meine Gabe wurde damals unkontrolliert freigesetzt und ich habe den ganzen See trocken gelegt. Es war nicht meine Absicht, aber die Leben der Nixen habe ich trotzdem auf dem Gewissen. Nach diesem Vorfall hatte ich schreckliche Angst vor mir und der Magie, die offensichtlich durch meine Adern floss. Darum bin ich vor Nero und meinem Bruder geflohen und allein durch den Norden gestreift. Tja, und dann tauchten irgendwann du und Jace bei mir auf ... Callum hatte mich kurz zuvor aufgespürt und mir befohlen, mich bei euch einzuschleichen und den Tod unserer Eltern zu rächen. Zu Beginn meiner Reise war das auch durchaus mein Plan, aber als ich dich und die anderen kennengelernt habe, konnte ich es einfach nicht über mich bringen, euch Schaden zuzufügen. Wie du weißt, mag ich dich und deinen Bruder ziemlich gern. Callum hat schließlich mitbekommen, dass ich seine Ansichten und Pläne nicht länger teile. Kurz nach deiner Entführung hat er darum den ursprünglichen Plan an deinen Vater verraten, um meine wahre Identität zu lüften und mich an euch auszuliefern. Es kam zu einem schlimmen Streit, in dessen Verlauf Nia mich gegen Jace gestoßen hat, dessen Fluch aber gar keine Wirkung bei mir zeigte. Laut Oberon bin ich schon die ganze Zeit über immun gegen seinen Fluch gewesen, aber er will mir nicht sagen, wieso. Nia hat dann noch einen Dolchstoß nachgesetzt, der mich ziemlich aus der Bahn geworfen hat. Ich verlor das Bewusstsein und verbrachte die letzten Monate mit Schlaftränken zugedröhnt in Oberons Hallen. Deinen Geschwistern geht es übrigens zum Glück gut, um sie brauchst du dich nicht zu sorgen.«

»Und ... und wieso bist du dann hier?«, fragte Luce hörbar verwirrt. »Im Palast wärst du doch in Sicherheit!«

»Mein Bruder ist in dieser Nacht plötzlich in meinem Zimmer aufgetaucht und hat mich gebeten, sich ihm und dem Roten Mond anzuschließen. Ich habe die Gelegenheit genutzt, um mich hier einzuschleusen und nach dir zu suchen. Bist du bis hierhin erst einmal mitgekommen?«

Die darauffolgende Stille war für Kaida beinah unerträglich. In ihrem Kopf tauchten die wildesten Ideen davon auf, was Luce gerade über sie denken könnte. Die Lage war so kompliziert und verzwickt, dass sie sich kaum vorstellen konnte, dass der Junge alles verstanden hatte. So richtig begriffen hatte sie ja selbst noch nicht, was in den letzten Wochen alles passiert war ...

»Ja«, drang Luce' dünne Stimme schließlich deutlich an ihr Ohr. »Ich habe alles verstanden. So was Ähnliches hatte ich mir auch vorher schon zusammengereimt, dein Bruder war sehr gesprächig ... Obwohl ich sagen muss, dass es bei ihm etwas anders klang. Aber ich weiß natürlich, dass er niemand ist, dem man trauen sollte. Deine Version klingt wesentlich glaubhafter.«

Überrascht schnellte Kaidas Kopf hoch, wobei ihr die Kapuze vom Kopf rutschte. »Du ... du glaubst mir?«

»Ja«, antwortete Luce und nickte heftig. »Natürlich glaube ich dir. Schließlich kenne ich dich, Kaida; vielleicht sogar besser als du dich selbst. Ich weiß, dass du vor allem am Anfang nicht sonderlich angetan von uns warst, aber im Laufe der Zeit sind du und Jace doch unzertrennlich geworden. Wenn du ihm wirklich hättest schaden wollen, hättest du Dutzende Gelegenheiten dazu gehabt. Außerdem vertraue ich auf die Intuition meines großen Bruders: Wenn er in deiner Nähe sogar seinen Eispanzer ablegt, muss er sich sehr sicher sein, dass man dir vertrauen kann. Außerdem bist du ja nun hier, um mich zu befreien, oder? Das zeigt doch, auf wessen Seite du wirklich stehst.«

Überrumpelt von seiner Antwort klappte Kaida die Kinnlade herunter. Eher hätte sie gedacht, dass Luce sie mit Wut oder Verachtung strafen würde, aber mit *dieser* Reaktion hatte sie definitiv nicht gerechnet. »Sagst du das nur, weil ich deine einzige Chance bin hier rauszukommen?«, fragte sie, wobei ihre eigene Stimme etwas zu schrill in ihren Ohren klang.

»Nein«, erwiderte er kopfschüttelnd. »Ich vertraue dir. Menschen machen Fehler, genauso wie wir Fae. Außerdem wirkt es für mich eher so, als wärst du einfach an die falschen Leute geraten – obwohl man mit dieser Begründung natürlich nicht alles rechtfertigen kann ...«

Für einen kurzen Moment verharrte Kaida in ihrer Schockstarre und starrte Luce einfach nur aus geweiteten Augen an. Dann zuckten ihre Mundwinkel und zogen sich langsam zu einem Lächeln. Sie fühlte sich, als hätte jemand eine tonnenschwere Last von ihrem Herzen gehoben. Als könnte sie endlich wieder richtig atmen, jetzt, wo die Anspannung von ihr abfiel. Erleichtert stieß sie den Atem aus und schlang ihre Arme noch fester um den jungen Fae. Hätte er sie angeschrien oder ihr Vorwürfe gemacht, hätte ihr das wohl das Herz gebrochen. »Ach, Luce«, nuschelte sie leise in sein Haar, »du bist wirklich ein Goldstück, weißt du das eigentlich? Ich bin so erleichtert, dass du mich nicht hasst! Ehrlich gesagt habe ich bereits mit dem Schlimmsten gerechnet.«

Kichernd löste Luce sein Gesicht von ihrer Schulter und schaute aus strahlenden Augen zu ihr auf. »Hör auf, so sentimental zu sein, Kaida, das macht mir ja glatt Angst«, scherzte er amüsiert. »So kenne ich dich ja gar nicht. Wer weiß, was dir mein Vater in die Medizin gemischt hat ...« Als er seinen Kopf an ihr Ohr lehnte, zog Kaida scharf die Luft ein und zuckte zusammen. Sofort fuhr der Junge auf. »Was ist?«, fragte er sichtlich besorgt.

»Ach, nichts«, wiegelte Kaida ab, doch Luce' drängender Blick gab ihr zu verstehen, dass ihn diese Ausrede nicht zufriedenstellte. »Seit der zweiten Explosion sind meine Ohren etwas empfindlich«, schob sie leise nach.

»Zeig mal!«, forderte Luce sie sofort auf und legte seine Finger an ihr Kinn, um ihr Gesicht zur Seite zu drehen. Seine Augen kniffen sich nachdenklich zusammen, während er versuchte, etwas in dem schwachen Licht zu erkennen.

Plötzlich riss er sie weit auf.

Kaida blieb der abrupte Wechsel seiner Mimik natürlich nicht verborgen. »Luce?«, fragte sie leicht panisch. »Hey, Kleiner, wieso guckst du denn mit einem Mal so geschockt?« Waren ihre Ohren vielleicht doch schlimmer verletzt, als sie sich hatte eingestehen wollen? Schließlich hatte sie bisher noch nicht die Gelegenheit gehabt, sich in einem Spiegel zu begutachten. Vielleicht zeichneten sich tiefe Narben auf ihren Ohrenspitzen ab ... oder noch schlimmer, sie waren –

»Kaida«, unterbrach Luce' zitternde Stimme ihre Gedanken. Sein Kehlkopf hüpfte nervös auf und ab, während er seine Hand langsam zurückzog.

»Du ... du bist ...«

»Ja? Spuck es endlich aus, Luce, du machst mich noch ganz wahnsinnig! So schlimm wird es schon nicht sein.«

Der Junge blinzelte ungläubig, dann schluckte er schwer. »Kaida, du ... du bist eine Fae!«

Kapitel 7

Mit weit aufgerissenen Augen starrte Kaida auf den jungen Fae hinab. Ihr Mund war seltsam trocken geworden, nachdem Luce seine Vermutung geäußert hatte. Eine Fae ... *sie*? Callum musste den armen Jungen so sehr gefoltert haben, dass dieser Wahnvorstellungen entwickelt hatte. Anders konnte sie sich seinen Verdacht beim besten Willen nicht erklären.

Zwar wollte Kaida ihn nicht vor den Kopf stoßen, doch im Moment fielen ihr einfach keine adäquaten Worte ein. »Du spinnst«, presste sie darum schlicht hervor, »du spinnst wirklich!«

»Nein!«, protestierte Luce empört und streckte seine Hand nach ihren Ohren aus. Sofort zuckte Kaida zurück und schlug seine Hand halbherzig beiseite. »Lass das!«, fuhr sie ihn unfreundlicher als beabsichtigt an. »Das tut höllisch weh!«

»Ja, das kann ich mir vorstellen«, erwiderte Luce stirnrunzelnd, »deine Ohrenspitzen sind ja auch knallrot! Fass du sie mal an, vielleicht glaubst du mir ja dann.«

»Ich werde bestimmt nicht meine Ohrenspitzen anfassen, solange sie brennen wie Feuer. Wer weiß, was für einen Keim ich mir in euren Verliesen eingeschleppt habe ... Bestimmt sind sie schrecklich entzündet und dadurch etwas angeschwollen.«

»Fass sie an!«, forderte der Junge ungewohnt streng. »Wenn du eh nichts zu verlieren hast, kann es doch nicht schaden.«

Nachdenklich hielt Kaida Luce' Blick stand, während die Gedanken in ihrem Kopf ununterbrochen umherkreisten; denn sie hatte *sehr wohl* etwas zu verlieren … Sollte der Junge tatsächlich recht haben und sie war eine Fae, dann würde diese Erkenntnis sie auch das letzte Stückchen Identität kosten, dessen sie sich sicher gewesen war. Doch konnte Luce mit seiner Vermutung überhaupt richtig liegen? Sie war doch das Kind eines Menschenpaares, an dem Oberon experimentiert hatte … oder etwa doch nicht? Gab es Wesen, die aus der Verbindung zwischen Mensch und Fae hervortraten? Waren ihre Eltern vielleicht gar keine normalen Sterblichen gewesen? Und was ist mit Callum?

»Kaida«, durchdrang Luce' leise Stimme ihre Gedanken, »bitte berühre deine Ohrenspitzen und fühle selbst, was ich dir zu sagen versuche!«

Widerwillig führte Kaida ihre zitternde Hand zu ihrem Ohr hinauf. Ganz behutsam legte sie ihre Fingerspitze auf ihr Ohrläppchen und umfuhr dessen Form. Es war rundlich, so, wie sich ein normales Ohrläppchen anfühlen sollte. Als sie hoffnungsvoll zu Luce hinüberblickte, schnaubte dieser verächtlich. »Das ist kein Beweis«, kommentierte er schlicht, »unsere Ohrläppchen sehen genauso aus wie die euren. Du musst die Spitze anfassen.«

Ergeben seufzte Kaida und verdrehte die Augen, ehe sie ihre Fingerkuppe weiter entlang der Kante ihres Ohres fahren ließ, über die kleinen Knöchelchen hinweg bis ganz nach oben. Ihr blieb das Herz stehen, als sie endlich die Stelle erreichte, an der ein *normales* Ohr aufhörte – denn ihres ging weiter.

Der stechende Schmerz setzte wieder ein, doch Kaida fuhr unbeirrt mit ihrer Abtastung fort. Erst als sie die Spitze ihres Ohres erreichte, die sich besorgniserregend heiß anfühlte, löste sie ihren Finger von der Ohrmuschel. Die Erkenntnis traf sie wie ein Blitzschlag.

»Ich … ich bin wirklich eine Fae«, stieß sie tonlos hervor. »Aber … aber wieso merke ich das erst jetzt? Meine Ohren sahen doch sonst nicht so aus, oder? Ich dachte, ich wäre einfach nur ein Mensch, der auf unnatürliche Weise zu Magie gelangt ist.« Sie blinzelte ein paar Mal, ehe sie ihre Hände nach vorn streckte und Luce an den Schultern packte. »Warum habt ihr das nicht schon früher bemerkt?«, fuhr sie ihn vorwurfsvoll an. Tränen brannten in ihren Augen und verschleierten ihre Sicht, während sie sich immer mehr in Rage steigerte. Ihr Atem wurde flach, ihr Herzschlag beschleunigte sich.

»Du musst dich beruhigen, Kaida«, wies Luce sie überraschend ruhig an. »Wenn du deine Gabe nicht kontrollieren kannst, kann Aufregung dazu führen, dass du sie aus Versehen freisetzt. Nicht umsonst werden Fae-Kinder in frühen Kinderjahren darin unterrichtet, ihre Gaben zu kontrollieren. In deinem jetzigen Zustand bist du eine riesige Gefahr – nicht nur für dich, sondern auch für alles um dich herum. Also beruhige dich bitte!«

Als hätte sie sich an seinen Schultern verbrannt, ließ Kaida abrupt von dem Jungen ab und rutschte auf den kalten Steinboden zurück. Panik fraß sich ihren Hals hinauf. Ein Blick zur Decke erinnerte sie wieder daran, wie tief sie eigentlich unter der Erdoberfläche eingesperrt waren. Vor ihrem inneren Auge konnte sie bereits sehen, wie ihre Magie frei gelassen wurde und tiefe Risse in die Decke über ihren Kopf fraß; wie feine Sandkörner durch die Risse rieselten, kurz bevor die ganze Stadt auf sie einkrachen würde …

Als ihr die Panik schon fast den Hals zugeschnürt hatte, ballte Kaida entschlossen ihre Hände zu Fäusten. Nein, so leicht würde sie es ihnen nicht machen. Wenn Nero, Callum und all ihre anderen Feinde sie sterben sehen wollten, dann müssten auch sie diejenigen sein, die ihr einen Dolch an die Kehle legten. Sie würde ihnen die Arbeit ganz bestimmt nicht abnehmen, indem sie zuließ, dass ihre eigene Unfähigkeit darin endete, sich selbst unter Schutt und Asche zu begraben.

Hochkonzentriert schloss sie ihre Augen, um sich auf das Prickeln in ihrem Bauchraum zu konzentrieren. Sie stellte sich vor, wie die Magie vor ihrem Auge sichtbar wurde, wie sie sich wie ein Faden um eine Spule wickelte. Behutsam streckte Kaida ihre Fingerspitzen nach den Magiefäden aus, ließ zu, dass sie sich langsam durch ihre Adern wanden. Kontrolliert zog sie die Enden der Fäden aus ihren Handflächen hervor und hielt sie in ihren Fäusten fest. Erst als Kaida sich zu einhundert Prozent sicher war, dass sie ihre pulsierende Gabe im Griff hatte, wagte sie ihre Augen zu öffnen.

Zuerst fiel ihr Blick auf Luce, der sie aus kugelrunden Augen anstarrte. Er sah so ehrfürchtig aus, dass ihre Mundwinkel für einen Wimpernschlag amüsiert zuckten. Doch da die Magie den Moment der Unachtsamkeit ausnutzte und sich augenblicklich gegen Kaidas Willen sträubte, verhärtete sich ihr Gesichtsausdruck wieder. Eigentlich wollte sie sich auf einen Punkt im Raum konzentrieren, der sie nicht weiter ablenken könnte, doch als ihr Blick zufällig auf die Tür ihres Verlieses traf, kam ihr plötzlich eine andere Idee. Langsam streckte sie einen Arm vor ihrem Körper aus und zielte mit der Faust auf die Tür. Die leuchtend hellen Magiefäden quollen wie zähflüssiges Gold zwischen ihren Fingern hervor, wickelten sich wie Schlangen um ihr Handgelenk. Doch Kaida ließ sich davon nicht aus der Ruhe bringen. Stattdessen atmete sie noch einmal tief durch, ehe sie ihre Faust öffnete und die Magie direkt auf die Tür zuschießen ließ. Als die gebündelten Fäden mit einem ohrenbetäubenden Knall auf die Tür trafen, schrie Luce erschrocken auf, doch Kaida hatte keine Zeit, um nach dem Jungen zu sehen. Ihre Konzentration galt nur ihrer Magie und der Tür, die sich knarzend und ächzend unter ihrer Kraft verbog. Sie wusste nur allzu gut, welches gewaltige Risiko von ihrer Gabe ausging. Damals im Nixensee war ihre Kraft unkontrolliert aus ihr herausgebrochen und hatte den ganzen See trocken gelegt ... Sollte ihr die Kontrolle dieses Mal erneut entgleiten, würde sie nicht nur das Versteck des Roten Mondes, sondern auch die ganze Stadt über ihrem Kopf in Schutt und Asche legen. Als die Tür endlich aufbrach, konnte Kaida das Bersten in ihrem Körper widerhallen spüren.

»Wahnsinn! Kaida, du hast es tatsächlich geschafft!«, hörte sie Luce begeistert ausrufen. Sie selbst hingegen hatte gerade mal noch genug Kraft, um ihm müde zuzunicken.

»Das, was du gerade geleistet hast, war echt unglaublich!«, fuhr der Junge unbeirrt fort. »So präzise, wie du gerade deine Gabe geführt hast, könntest du locker mit unseren Kriegern im vorletzten Ausbildungsjahr mithalten!«

Ein zynisches Schnaufen stahl sich über Kaidas Lippen. »Sicherlich«, brummte sie missmutig, während sie versuchte, ihre Magie wieder in ihre Handflächen zurückzuziehen. »Ich hätte beinah die ganze Hauptstadt in die Luft gejagt. Wenn das der durchschnittliche Kenntnisstand eurer Krieger ist, bevor ihr sie auf die Welt loslasst, wundert es mich nicht, dass Oberon eure Insel nicht halten konnte. Wahrscheinlich habt ihr euch gegenseitig in die Luft gesprengt.«

Luce' helles Lachen breitete sich wie ein wärmender Schleier in der kalten Zelle aus und löste die Anspannung aus Kaidas Gliedern. Es klang völlig unbekümmert ... so, als hätte er die letzten Wochen nicht einsam und verängstigt in diesem verdammten Verlies gesessen. Ob er in dieser Zeit bereits gelernt hatte, wie man über seinen inneren Schmerz hinweglächeln konnte, obwohl man sich in Wahrheit hundeelend fühlte?

»Ach, Kaida, jetzt sei doch nicht immer so grummelig«, rügte er sie kichernd und strahlte sie mit einem breiten Grinsen auf den Lippen an. »Deine Gabe ist selbst für Fae-Verhältnisse außerordentlich mächtig und sehr selten! Ich kenne niemanden, der seine pure Magie außerhalb des eigenen Körpers kontrollieren kann. Zugegeben, Jace konnte früher so etwas Ähnliches, aber seine Magie zog sich höchstens wie ein Film über seinen Körper. Du hingegen kannst sie ja sogar auf Distanz anwenden!«

»Wie meinst du das?«, fragte Kaida stirnrunzelnd. »Nia und Nox können ihre Magie doch auch umherschweifen lassen. Jace ist der Einzige, den *ich* kenne, der seine Magie auf der Haut trägt.«

»Unsere Gaben sind furchtbar komplex und ich möchte dich mit der ganzen Theorie nicht langweilen, darum kurz und knapp: Wir Fae tragen alle Magie in unserem Blut, aber wie du weißt, hat sie bei jedem von uns eine ganz unterschiedliche Ausprägung. Einige können mithilfe ihrer Magie nur simple Zaubertränke herstellen, während andere – so wie du – eine ganze Stadt zu Asche verwandeln können. Die Gaben von Nia und Nox gehören schon zu den mächtigsten Ausprägungen, die unsere Magie erreichen kann. Sie können mithilfe der Magie, die in ihnen ist, bestimmte Elemente von außen kontrollieren. Wie du weißt, muss immer ein Gleichgewicht bestehen, weshalb Nia und Nox für die Anwendung ihrer Gabe mit ihrer eigenen Gesundheit bezahlen müssen. Außerdem können sie nur bereits Vorhandenes lenken und kein neues Feuer oder gar neue Luft erschaffen. Jace hingegen brauchte vor dem Fluch kein anderes Wesen, kein Element oder sonst irgendeine Voraussetzung, um seine Magie heraufzubeschwören. Er *ist* die Magie. Zwar musste auch er mit seinem Wohl dafür zahlen, wenn er seine Magie einsetzte, aber immerhin konnte er sie aus seinem eigenen Körper heraus beschwören. Durch den Fluch hat sich dahingehend kaum etwas geändert. Im Grunde ist es immer noch pure Magie, die durch und auf seinem Körper fließt, nur dass er sie nicht mehr kontrollieren kann. Deine Gabe hingegen scheint mir sogar noch einen Tacken schärfer zu sein, denn du kannst die Magie nicht nur *auf* deinen Körper legen, sondern sogar von dir wegschicken. Wenn du jemanden umbringen willst, musst du nicht erst ein Feuer entfachen und auf deinen Gegner loslassen. Du musst auch nicht persönlich zu ihm hinrennen und ihn berühren, sondern kannst einfach deine Gabe nach ihm ausstrecken und ihn so zu Fall bringen. Das ist wirklich außergewöhnlich!«

Vorsichtig setzte Kaida sich auf. Luce' Erklärungen dröhnten in ihrem Kopf, der sich sowieso schon ganz wirr anfühlte. Sie versuchte noch zu verstehen, was gerade geschehen war und wie das alles mit dem zusammenhing, was ihr der Junge gerade erzählt hatte, als ihr Blick plötzlich auf die Tür fiel, die zerbrochen in ihren Angeln hing.

»Wir müssen hier weg, ehe Callum zurückkehrt«, stieß sie abrupt hervor. »Sollten er oder gar Nero davon erfahren, dass ich meine Gabe kontrollieren kann und vielleicht sogar eine Fae bin, werden wir zwei nie wieder etwas anderes als diese Steinwände hier sehen.«

Luce nickte zustimmend und blickte lächelnd zu Kaida auf, woraufhin sie ihm liebevoll durch die Locken wuschelte. Wenn ihr Zeitgefühl auch nur annährend stimmte, war er einige Monate in Callums Fängen gewesen. Ganz allein in diesem kalt-feuchten, dunklen Verlies ... Ein eisiger Schauer kroch ihr über den Rücken. Sie musste den Jungen schleunigst in Sicherheit bringen, ehe ihr verräterischer Bruder ihrem Vorhaben in die Quere kommen konnte.

»Na komm, Kleiner, wir gehen nach Hause«, verkündigte sie und drückte ihm unvermittelt einen knappen Kuss auf die Schläfe. Mit großen Augen starrte Luce sie an. Dann erstrahlten seine Wangen in dem kräftigsten Rot, das Kaida je gesehen hatte. Ein verlegenes Grinsen schlich sich auf seine Lippen. »Wenn ich *das* den Jungs aus meiner Trainingseinheit erzähle ...«, murmelte er voller Stolz. »Oder noch besser, ich binde es Jace und Nox auf die Nase.«

»Das lass mal lieber sein«, erwiderte Kaida lachend und griff nach seiner Hand. »Deine Brüder würden mich umbringen.«

Kapitel 8

»Erschreckend, wie tief wir unter der Erde waren!«, keuchte Luce, der einige Stufen hinter Kaida zurückgefallen war. »Als ich hergebracht wurde, war ich nicht bei Bewusstsein und habe das gar nicht so mitbekommen. Ich dachte, wir wären einfach in einem tiefen Keller!«

»Dann musstest du Glückspilz wenigstens nicht die ganzen Stufen hinablaufen«, antwortete Kaida trocken, blieb stehen und wartete, bis der junge Fae zu ihr aufgeschlossen hatte. »Beeil dich, Luce, sie könnten jeden Moment zurückkommen. Wenn sie uns oben den Weg abschneiden, sitzen wir in der Falle.«

»Vielleicht haben wir ja Glück und die Kerle bleiben noch eine Weile weg.« Für den Optimismus des jungen Fae hatte Kaida nur ein resigniertes Schnaufen übrig. »*Glück?* Man merkt, dass dich Jace bisher gut vor der Außenwelt beschützt hat. In der echten Welt hier draußen gibt es kaum Glück, dafür jede Menge Pech. Am besten, du rechnest einfach immer mit dem Schlimmsten. Dann kannst du wenigstens nicht enttäuscht werden.«

Als Luce sie endlich erreichte, gluckste er amüsiert und schüttelte grinsend den Kopf. »Sag mal, Kaida, sind eigentlich alle Menschen so verbittert und pessimistisch wie du? Das würde immerhin erklären, wo dein zynischer Humor herkommt.«

Nun musste auch Kaida grinsen. Eilig wandte sie sich ab und setzte ihren Aufstieg fort. »Nein, mein spitzohriger Freund, das nennt man einfach Lebenserfahrung. Darum bin ich auch überzeugt davon, dass das hier eine Falle ist und der Rote Mond gleich über uns herfällt. Ich kann mir nämlich beim besten Willen nicht vorstellen, dass sie uns einfach so entkommen lassen würden. Halte dich also bitte dicht hinter mir und lass dich nicht abstechen oder anschießen … Und pass auf, dass du nicht vor Schreck die Treppe runterfällst, wenn jemand hinter einer Ecke hervorspringt. Wenn ich dich mit einer frischen Platzwunde im Palast abliefere, bringt Jace mich um. Schließlich kann ich dann nicht mehr leugnen, dass du sie dir zugezogen hast, obwohl du bereits in meiner Obhut warst.«

»Verstanden«, antwortete Luce etwas weniger amüsiert als noch zuvor. »Ich muss zugeben, dass selbst ich etwas stutzig über die Tatsache bin, dass hier niemand steht, um uns wieder einzufangen. Es ist alles so … einfach … verdächtig einfach.«

Kaida nickte knapp, den Blick fest auf den Ausgang des Treppenhauses gerichtet, durch den helles Licht zu ihnen hineinfiel. Eine kühle Brise wehte ihr entgegen und ließ sie gierig nach Luft schnappen. Die Morgenluft der Hauptstadt, auch wenn sie nach Meersalz, Alkohol und Gosse stank, war ihr tausendmal lieber als der Mief unter der Erde.

Tatsächlich erreichte sie die oberste Stufe, ohne dass ihr jemand einen Dolch in die Seite rammte oder sie mit einem Tritt wieder zum Fuß der Treppe beförderte. Kaum trat Luce neben sie, packte Kaida ihn am Handgelenk und zog ihn mit sich durch den Ausgang ans Tageslicht. Die Gassen waren bereits in einen warmen Orangeton getränkt und das laute Geschrei von Möwen hallte durch die Straßen.

»Komm, schnell!«, wies sie ihn leise an und setzte ihren Weg vorsichtig fort. Ihre Muskeln waren bis zum Zerreißen gespannt – genauso wie ihre Nerven. Am liebsten wäre sie mit dem Jungen an der Hand losgerannt und erst wieder im Palast stehen geblieben, doch sie wusste, dass sie damit zu viel Aufmerksamkeit auf sich lenken würde. Sie würden sich langsam durch die Gassen tasten müssen, von einem Schatten in den nächsten hechten. Kaida traute dem Frieden nicht, die Anspannung lastete schwer auf ihren Schultern. Die Frage, wieso Callum sie unbewacht bei Luce zurückgelassen hatte, ließ sie einfach nicht los. Er hatte ihre Gabe bereits erlebt, und selbst wenn er seine Schwester im Allgemeinen unterschätzte, so wusste er dennoch um ihre Kampfkünste. Was hatte er noch mal gesagt? Im Verlies bei Luce sei sie am sichersten? Am sichersten ... *wovor?*

Schließlich erreichten sie nach einiger Zeit eine schmale Brücke, die über einen der unzähligen Kanäle führte, welche die Hauptstadt durchkreuzten. Die Häuser in diesem Stadtteil waren aus bunten Steinen gefertigt, die in der Morgensonne schimmerten. Ein angenehm blumiger Duft wehte Kaida in die Nase. Als sie sich umsah, entdeckte sie vereinzelte Blumentöpfe auf den Fensterbrettern der Wohnhäuser. Dieser Teil der Stadt sagte ihr wesentlich mehr zu als die dunklen und verwinkelten Gassen, die sie zuvor durchquert hatten.

Als sie auf das Wasser hinabsah, verstand sie zum ersten Mal, warum so viele Leute die Hauptstadt und deren Kanäle liebten. Durch das morgendliche Licht erstrahlte das Wasser in allen Blau- und Grüntönen, die sie sich nur vorstellen konnte. Es wirkte fast so, als hätte ein Künstler seine Farbtuben in dem Kanal ausgewaschen. Das Funkeln auf der Wasseroberfläche erinnerte Kaida an die Sterne am nächtlichen Himmel.

»Kaida, sieh mal!«

Erschrocken fuhr sie zu Luce herum und krallte ihre Finger instinktiv fester um sein Handgelenk, ehe ihn ihr jemand entreißen konnte. Der Fae stand wie erstarrt neben ihr auf der Brücke, einen Arm steif zum Horizont ausgestreckt. Kaida rückte näher an ihn heran und kniff die Augen zusammen, um besser zwischen den Häusern hindurchsehen zu können. Sie erkannte die blauen Dächer des Schlosses, die sich verschwommen vom morgendlichen Nebel abzeichneten. Etwas Rotes hing an einem der Türme hinab, vielleicht ein Banner oder Ähnliches.

Kaida hielt inne, runzelte die Stirn. Blinzelte. Seit wann flogen die Banner unkontrolliert umher und änderten sekündlich ihre Form? Sie kniff die Augen noch mehr zusammen – und erstarrte zu einer Steinfigur. Das war kein Banner ... sondern das Turmfenster, durch welches lichterlohe Flammen nach draußen schlugen und an der Schlossmauer entlangkrochen. Erst jetzt wurde ihr bewusst, dass der vermeintliche Nebel nicht auf die morgendlich-diesige Luft, sondern auf Rauch zurückzuführen war. Er war so dicht, dass sie noch mehr Feuerstellen in und am Schloss vermutete. Warum hatte sie das nicht gerochen? Langsam blickte sie zu Luce hinüber, der ihren Blick ernst erwiderte. Dann fiel es ihr wie Schuppen von den Augen. »Callum hat mich gar nicht entführen wollen«, murmelte sie ungläubig, »er hat mich aus dem Palast gelockt, damit ich nicht in die Schusslinie gerate … damit ich euch nicht verteidigen kann, wenn er und der Rote Mond angreifen. Deshalb muss er mich auch ohne Protest zu dir gebracht haben. Du bist das Ablenkungsmanöver, Luce!«

Vor Kaidas innerem Auge blitzten Bilder von Jace und ihrem Bruder auf, die in einen bitterlichen Kampf verstrickt waren. Bei dem Gedanken daran, dass einer von ihnen ernsthaft verletzt werden könnte, begann der Boden unter ihren Füßen ins Wanken zu geraten. Sie musste unbedingt in den Palast gelangen und den Roten Mond stoppen – doch was sollte sie währenddessen mit Luce anstellen?

Aufgebracht huschte ihr Blick zwischen dem Schloss und dem Jungen hin und her. Einerseits wäre es verdammt gefährlich, ihn mit ihn die Schlacht zu nehmen, aber andererseits fiel ihr auf die Schnelle auch kein besserer Ort ein, an dem er sicherer wäre als an ihrer Seite …

Fragend sah Kaida den Jungen an. Zu ihrem Erstaunen erwiderte er ihren Blick mit einer Entschlossenheit, die sie ihm niemals zugetraut hätte. Sie nickten einander knapp zu; dann rannten sie los.

Kapitel 9

Dunkle Rauchschwaden vernebelten Kaidas Sicht. Glühender Ruß legte sich auf ihre Lippen, Augen und ihr Haar. Ihre Hand krallte sich fester in die von Luce, während sie die letzte Stufe der breiten Palasttreppe hochstieg und auf die große Flügeltür zuhielt, die sperrangelweit auf stand. Als sie spürte, wie Luce über etwas am Boden Liegendes stolperte, zog sie ihn hastig weiter, hinein in den schwarzen Rauch.

»Nicht hinsehen«, wies sie ihn schroff an. Kaum hatte Kaida den Mund geöffnet, flogen bereits kleine Rußpartikel in ihren Rachen und erschwerten ihr das Atmen. Hustend hielt sie sich ihre freie Hand vor den Mund und verengte ihre brennenden Augen, um potenzielle Feinde im Nebel besser ausmachen zu können. Doch abgesehen von den Rauchschwaden schien die große Eingangshalle völlig leer zu sein.

»Vielleicht war das ein Fae«, murmelte Luce. Kaum hatte er es ausgesprochen, wurde auch er von einem starken Hustenanfall gepackt.

»Ganz bestimmt war das einer«, erwiderte Kaida, »aber ich bin mir sicher, dass jede Hilfe für ihn zu spät kommen würde. Es ist hart, kleiner Prinz, aber wir müssen jetzt unser Ziel verfolgen und dürfen uns nicht ablenken lassen.«

Luce antwortete nicht, doch auch aus seinem Schweigen konnte Kaida schließen, was in seinem Kopf vorging. Er sträubte sich dagegen, jemanden zurückzulassen, aber gleichzeitig raste sein Herz vor Angst um seine Familie. Dieser Konflikt würde ihm wohl in Zukunft wohl noch öfter begegnen …

»Wo lang?«, fragte sie nach einer Weile und blieb unentschlossen in einem Treppenaufgang stehen.

»Kommt drauf an, wo du hinwillst«, erwiderte Luce.

Gute Frage. Fieberhaft überlegte Kaida, wo sie hingegangen wäre, wenn das hier *ihr* Plan gewesen wäre. Früher hatten sie und Callum einander so nah gestanden, dass sie meist die Gedanken des jeweils anderen erraten konnten, ehe dieser sie überhaupt ausgesprochen hatte. Heute war das jedoch anders.

»Meinst du, sie sind vielleicht im ... Verlies?«, fragte Luce, der sich plötzlich vor Kaidas Gesicht schob. Schwarzer Ruß überzog seine Wangen, zudem hatte sich eine dünne Staubschicht über seine goldenen Locken gelegt.

»Nein«, antwortete Kaida langsam und zupfte gedankenverloren an seinem Haar, »sie in euer Verlies zu schleppen, wäre viel zu aufwendig. Callum will sich beweisen, es hungert ihn nach Triumph. Er will seine Trophäen nicht verstecken ...«

Ihre Stirn legte sich in Falten, während ihr Blick nachdenklich über Luce' Gesicht glitt. »Falls das hier wirklich der Moment ist, in dem die Menschheit ihr Königreich zurückerobert, dann muss der Rote Mond dies möglichst öffentlich und imposant kundtun. Callum will der Held dieses Spektakels sein, schließlich war er schon immer der festen Überzeugung, der Befreier der Menschheit zu sein.« Mit einem Mal weiteten sich ihre Augen. »Welcher Ort im Palast symbolisiert Oberons Macht am stärksten?«

Aufgeregt japste Luce nach Luft und begann auf und ab zu wippen. »Der Thronsaal! Dort findet das alltägliche Regierungsgeschäft statt, außerdem ist dies der Ort für besondere Feste wie Krönungen oder Hochzeiten. Von dort aus geht auch ein großer Balkon ab, von dem die Menschenkönige zu ihrem Volk gesprochen haben. Der Saal befindet sich ein paar Stockwerke über uns.«

»Dann sollten wir es zuerst dort versuchen ... Also, wo lang?«

»Weiter die große Treppe hinauf, dann die Wendeltreppe hoch und den breiten Flur entlang. Am Ende des Flures ist eine weiße Flügeltür, dahinter liegt der Thronsaal.« Luce hielt einen Moment inne und runzelte nachdenklich die Stirn. »Der Saal ist verdammt gut bewacht, eigentlich dürfte dein Bruder gar keine Chance gehabt haben.« Hoffnungsvoll sah er zu ihr auf. »Meinst du, mein Vater hat ihn schon geschnappt?«

Kaidas Blick verdüsterte sich. Vor ihrem Auge tauchten die Rauchschwaden auf, die das Schloss umwaberten, die Umrisse der gefallenen Soldaten, die sie am Boden entdeckt hatte … »Nein, ich fürchte nicht«, antwortete sie wahrheitsgemäß. »Es würde hier nicht so aussehen, wenn dein Vater ihn bereits in die Finger bekommen hätte. Komm jetzt, bleib dicht hinter mir!« Sie versuchte die aufkeimenden Schuldgefühle zu unterdrücken, während sie gemeinsam mit Luce die Treppe hinaufhastete. Sie hoffte inständig, dass es Jace und den anderen gut ging; aber der Gedanke daran, dass das Wohl der Fae mit dem ihres Bruders zusammenhing, bereitete ihr Bauchkrämpfe. Egal was er angestellt und wie oft er sie betrogen hatte, er würde immer ihr Bruder bleiben. *Ihre Familie.* Sie wollte nicht, dass ihm etwas zustieß …

Als sie endlich auch die Wendeltreppe hinter sich gebracht hatten und den Flur betraten, erstarrte Kaida schlagartig zu Eis. Geistesgegenwärtig schob sie Luce hinter ihren Rücken, während sich ihr Blick fest auf die Pfeilspitzen heftete, die in gespannten Bögen lagen und nur darauf warteten, sie zu durchlöchern.

»Nicht schießen«, wies einer der Männer seine Kumpanen an, »das ist die verlauste Schwester des Anführers. Er will die kleine Verräterin lebendig, also gebt euch Mühe! Obwohl, gegen ein paar blaue Flecken wird er wohl nichts einzuwenden haben.«

Ein schmieriges Grinsen legte sich auf seine aufgeplatzten Lippen, die rein optisch gut zum Rest seines Körpers passten. Eine helle Narbe zog sich über sein linkes Auge, ein Veilchen prangte unter dem rechten. Abschätzig ließ Kaida ihren Blick über die einfache Lederrüstung wandern, die er und die anderen Kerle trugen. Die rote Färbung des Leders war ein eindeutiges Indiz für die Zugehörigkeit der Männer. Kaida vermutete, dass sie ein nettes Geschenk Neros waren. Es war typisch für ihn, etwas an die Menschen zu *verschenken*, damit diese gefügig wurden.

»Und jetzt?«, flüsterte Luce hinter ihrem Ohr.

Kaida drehte ihr Gesicht ein Stückchen nach hinten, ohne jedoch die Kerle aus den Augen zu lassen, die sich langsam anpirschten. »Wenn wir uns festnehmen lassen, bringen sie uns vielleicht zu meinem Bruder – und damit auch zu deiner Familie«, raunte sie leise.

»Ja«, erwiderte Luce aufgeregt. »Oder sie sperren uns weg, weil Callum dich nicht als Ablenkung gebrauchen kann … oder noch schlimmer, sie tun dir weh und bringen mich um, weil ich im Gegensatz zu dir keinen Schutz durch deinen Bruder genieße.«

»Auch wieder wahr«, murmelte Kaida missmutig. »Dann eben auf die harte Tour. Bleib dicht hinter mir und …«

»… lass dich nicht umbringen, ich weiß.«

»Gut.« Sie zwinkerte ihm über die Schulter hinweg zu und wandte sich dann wieder den Männern zu, die nur noch wenige Schritte von ihr entfernt waren.

»Hände hoch!«, forderte der Kerl mit der Narbe am Auge. Scheinbar gehorsam folgte Kaida seiner Anweisung und wartete, bis die Männer direkt vor ihr standen. Als sie das selbstgefällige Funkeln in den Augen ihres Anführers erkannte, wusste sie bereits, dass sie gewonnen hatte. Der Kerl unterschätzte sie; nichts auf der Welt war gefährlicher.

Kaum ließen sie ihre Bögen sinken, rammte Kaida ihre Faust von unten gegen das Kinn des Mannes, der ihr am nächsten stand. Sein Kopf flog mit solcher Wucht nach hinten, dass Kaida ein leises Knacken vernahm. Noch bevor sein kahler Schädel auf den weißen Marmorfliesen aufschlagen konnte, hatte sie sich in einen Handstand begeben und streckte kopfüber ihre Beine spagatähnlich zu den Seiten aus, wodurch sie zwei der nebenstehenden Männer in die Magengrube treten konnte. Als sie wieder auf ihren Füßen landete und sich blitzschnell um ihre Achse drehte, um einem weiteren Rebellen einen deftigen Tritt gegen den Kehlkopf zu verpassen, sah sie aus dem Augenwinkel, wie ein anderer Kerl auf Luce zulief. Sie wollte dem Jungen zur Hilfe eilen, doch zu ihrer Überraschung hob der Fae plötzlich selbst einen zu Boden gefallenen Pfeil auf und rammte ihn mit voller Wucht in den Halsansatz seines Angreifers. Luce' Augen wurden riesig, während er beobachtete, wie der Mann langsam zu Boden ging. Blut spritzte aus dessen Wunde und tränkte die weißen Fliesen in ein dunkles Rot. Taumelnd wich Luce einen Schritt zurück.

Kaida zögerte keine Sekunde. Hastig schnappte sie sich einen Bogen und stieß dessen Ende gegen die Kehle eines weiteren Mannes, der schreiend auf sie zugerannt gekommen war. Ihr Brustkorb hob und senkte sich ruckartig, während sie nach weiteren Feinden Ausschau hielt. »Komm, Luce!«, rief sie dem jungen Fae hektisch zu, doch der schüttelte nur langsam den Kopf. Seine Augen waren noch immer auf den Hals seines Opfers gerichtet. Ohne zu zögern, machte Kaida einen Schritt auf Luce zu und packte ihn an den Schultern, woraufhin er sichtlich zusammenzuckte.

»Kaida, ich ... ich habe ... Der Mann ist –«

»Ja, Töten ist grausam«, fiel sie ihm ins Wort, »und nein, diese Bilder wirst du nie wieder aus deinem Kopf bekommen. Aber auch, wenn es das im Moment nur bedingt besser macht: Dieser Typ hätte auch nicht gezögert, *dich* umzubringen – oder deine Familie. Ich wette, dass dein Tod ihn nicht einmal annährend so sehr mitgenommen hätte wie dich seiner. Das Leben ist furchtbar ungerecht und selten fair, Luce. *Fressen oder gefressen werden.* Aber du musst jetzt mitkommen und den Kerl vergessen. Du kannst trauern, wenn wir deine Familie gerettet haben. Verstehst du das?«

Mechanisch nickte der Junge. Seine Augen glänzten wie Tau im Morgenlicht, doch um seine Lippen herum hatte sich ein ernster Ausdruck gebildet. »Wir sollten schnell handeln, ehe Verstärkung kommt«, murmelte er wie in Trance.

»Ganz genau«, ermutigte ihn Kaida, während sie behutsam nach seinem Handgelenk griff und ihn mit sich zog.

Als sie die imposante Flügeltür mit den goldenen Verzierungen erreichten, warf sie Luce noch einen letzten fragenden Blick zu. Der Fae stieß hörbar die Luft aus, dann nickte er entschlossen. Kaida erwiderte seine Geste, ehe sie das schwere Holz aufdrückte.

Sie blickte in eine riesige Halle, die in eisblaues Licht getränkt war. Die Sonnenstrahlen fielen von außen auf die bodentiefen Fensterscheiben und brachen sich auf dem hellblau gefärbten Glas, Lichtpünktchen tanzten über die Gemälde an der gegenüberliegenden Wand. Kaida blieb jedoch keine Zeit, die Porträts vergangener Könige zu betrachten, denn ihre Aufmerksamkeit wurde über den schmalen roten Teppich hinweg zum anderen Ende des riesigen Saals gelenkt.

Aus großen Augen musterte sie den gewaltigen Thron, der aus reinem Gold zu bestehen schien. Sie musste ihre Augen ein wenig zusammenkneifen, da das einfallende Licht auf seiner spiegelnden Oberfläche reflektiert wurde und schmerzhaft in ihre Augen stach. Ihr Magen drehte Purzelbäume, als sie endlich das Gesicht der Person erkannte, die lässig auf dem Thron lümmelte. Kaum traf ihr Blick auf den ihres Bruders, weiteten sich seine blauen Augen ungläubig.

»Du«, zischte er bedrohlich ruhig. Mehrere seiner Schergen, die sich an den Seiten des Thrones versammelt hatten, richteten ihre Bögen auf die Neuankömmlinge. Callum winkte abweisend mit der Hand, woraufhin die Pfeilspitzen wieder gesenkt wurden. Kaida wollte gerade etwas sagen, als sie plötzlich Luce nach Luft japsen hörte.

»Nia!«, stieß er aus und schob sich neben Kaida, die daraufhin den Kopf reckte und die Prinzessin schließlich hinter den Schergen ihres Bruders entdeckte. Sie kauerte am Boden, das Gesicht nach unten gewandt. Ihr schwarzes Haar fiel an ihr herab und bedeckte den Großteil ihrer mottengleichen Flügel, doch Kaida konnte auch aus der Entfernung erkennen, dass sie zitterten wie ein dünnes Tuch im Wind.

»Was hast du mit ihr gemacht?«, fragte sie bedrohlich ruhig. »Und wo sind die anderen?«

»Welche *anderen?*«, erwiderte Callum, wobei er das letzte Wort ausspuckte wie einen fauligen Apfel. »Etwa deine Lieblingsspitzohren? Nun, diese Maribel wartet in meinen neuen Gemächern auf mich, die Zwillinge habe ich im Feuer aus den Augen verloren und den Kerl mit den goldenen Augen haben wir blutend im Zimmer der Prinzessin zurückgelassen. Wenn du jetzt losrennst, kannst du dich vielleicht noch von ihm verabschieden, ehe auch der letzte Tropfen seines widerwärtigen Fae-Blutes den schönen Teppich getränkt hat.«

Du meinst das gleiche widerwärtige Fae-Blut, das auch durch unsere Adern fließt, dachte Kaida bitter, doch sie hielt sich mit ihren Worten zurück. Sollte

Callum wirklich nichts davon wissen, könnte ihr diese Kenntnis vielleicht später noch nützlich werden …

»Es wundert mich, dass du noch gar nicht nach deinem Liebhaber gefragt hast«, säuselte er grinsend.

»Nein«, erwiderte sie trocken, obwohl ihr Herz bereits bei der bloßen Erwähnung des Prinzen aufgeregte Purzelbäume schlug. »Um ihn sorge ich mich tatsächlich am wenigsten. Schließlich weiß ich, dass du furchtbare Angst vor ihm hast. Hättest du ihn tatsächlich überwältigt, würdest du ihn wie eine Trophäe die ganze Zeit über mit dir herumtragen und jedem unter die Nase reiben. Aber der Prinz ist nicht hier – also hast du auch noch nicht gewonnen.«

»Du kleine –«

»Du solltest dich besser in Acht nehmen, Brüderchen. Denn wenn Jace dich findet, wird er dich in Stücke reißen. Er mag es nämlich gar nicht, wenn man seine Familie angreift.«

Wie aufs Wort flog plötzlich scheppernd eine Tür in der Nähe des Thrones auf. Kaida klappte die Kinnlade herunter, als sie den König erblickte; völlig in Blut getränkt und mit zerrissener Kleidung. Seine grauen Augen glühten vor Zorn, seine Gesichtszüge waren schmerzverzerrt. Blut quoll aus einer Wunde an seiner Schläfe und floss in kleinen Bächen an seinen scharfen Konturen hinab. Kaida konnte mindestens zwei große Blutflecken an seinem Oberkörper erkennen, die den schwarzen Stoff um einiges dunkler färbten.

»Runter von meinem Thron, Menschlein«, knurrte er bedrohlich, wobei sich Kaida nicht sicher war, ob er so langsam sprach, um furchteinflößender zu klingen, oder weil er so angeschlagen war.

»In *meinem* Volk ist es Brauch, dass man den Thron rechtmäßig erobert und sich nicht einfach draufsetzt und wartet, bis man zu Staub zerfällt«, antwortete Callum schnippisch.

»*Dein Volk?*«, wiederholte Kaida spöttisch, woraufhin sich die brennenden Augen ihres Bruders wieder auf ihr Gesicht legten. Er runzelte die Stirn, ließ ihre unüberlegte Anspielung jedoch unkommentiert. »Was hast du jetzt vor, Callum?«, fragte sie mit fester Stimme. »Warten wir ab, bis Nero hier auftaucht und dir unter die Arme greift?«

Lachend erhob sich ihr Bruder vom Thron und klopfte auf seine blutrote Rüstung, die um einiges robuster und hochwertiger wirkte als die seiner Gefolgschaft. »Aber Schwesterherz, wobei könnte Nero *mir* denn unter die Arme greifen, hm? Der Palast ist erobert, Oberon besiegt … Die Bewohner der Hauptstadt werden den Roten Mond als ihre Rettung betrachten und uns bedingungslos unterstützen. Aber ich möchte ein großzügiger Herrscher sein – darum biete ich dir, Schwesterlein, noch eine allerletzte Chance, um dein Leben sowie deinen Ruf zu retten: Erkläre dich uns zugehörig und schwöre Nero erneut die Treue. Nur so kann ich für deine Sicherheit garantieren. Es wird dir bei uns gut gehen, das verspreche ich dir.« Callum schritt die wenigen Stufen des Podestes hinab und kam direkt auf Kaida zugelaufen, den Blick eindringlich auf ihre Augen geheftet. »Komm schon, Kaida«, sagte er so leise, dass ihn die Männer hinter ihm nicht mehr hören konnten. »Sei doch vernünftig! Aus dieser Sache wirst du nicht so einfach rauskommen, ergreife den letzten rettenden Ast und werde wieder die Vertraute des Hexenmeisters. Ich weiß nicht, wie oft ich dir ein solches Angebot noch unterbreiten kann!«

Nachdenklich beobachtete Kaida ihren Bruder, während dieser immer näher kam. Ob sie es bei ihm tatsächlich besser haben würde als in der Obhut der Fae? Die Gerüchte und Geschichten über die Gräueltaten der Spitzohren waren ihr nicht unbekannt, und behaupten, dass Oberon ein großzügiger und fairer König war, konnte sie auch nicht. Sie wusste ja nicht einmal, ob er sie auch in Zukunft in seinem Palast dulden würde – vorausgesetzt, es würde nach dieser Auseinandersetzung hier überhaupt noch einen Palast geben. Würde sie sich jedoch für ihren Bruder entscheiden, könnte sie zumindest *jetzt* auf der Seite der Gewinner stehen. Sie hätte endlich Macht über den Fae-König und könnte ihn so lange befragen, bis er ihr gestehen würde, was er ihren Eltern angetan hatte. Doch einen Zusammenschluss mit Callum bedeutete auch zwangsweise ein Bündnis mit Nero …

Mal ganz abgesehen von den persönlichen Gräueltaten, die er ihr angetan hatte, konnte Kaida sogar ein wenig nachvollziehen, wieso Oberon so ignorant und kaltherzig herrschte, wie er es nun mal tat. Schließlich hatten Nero und seine Männer den Fae die Heimat geraubt und sie dadurch förmlich gezwungen aufs Festland zu fliehen. Wohin hätten sie sonst gehen sollen? Hätte Oberon sein Volk nicht zur Krone geführt, wären die Fae verstreut und orientierungslos durchs Land gezogen, wobei wahrscheinlich einer nach dem anderen abgeschlachtet worden wäre. Kaida schluckte bitter. Ja, sie kannte die Gerüchte über die Spitzohren; doch die Gräueltaten der Menschen hatte sie bereits am eigenen Leib erleben müssen. Sie hatte gesehen, wie Fae-Frauen in Kneipen zur Schau gestellt und ihre Körper verkauft worden waren, hatte gesehen, wie Händler auf den Marktständen mit Fae-Ohren, ihren Flügeln oder Geweihen gehandelt hatten.

Wenn sie versuchen sollte, sich den Fae anzuschließen, würden diese sie vielleicht sogar dulden. Die Menschheit hingegen hatte ihre Entscheidung diesbezüglich bereits längst getroffen. Sie hatte Kaida noch nie akzeptiert, ihr nie das Gefühl gegeben, dazuzugehören. Schon als sie ein kränkliches Waisenkind gewesen war, hatte es niemand von diesen Menschen für nötig erachtet, ihr zu helfen – und damals hatte sie zumindest *ausgesehen* wie eine von ihnen. Wie würde der Rest der Gesellschaft auf sie reagieren, wenn sie nun mit spitzen Ohren und einer Gabe zurückkehren würde? Gab es *überhaupt* einen Weg zurück?

Nachdenklich kniff Kaida die Lippen aufeinander. Zwar fühlte sie sich im Herzen weder dem einen noch dem anderen Volk zugehörig, doch wenn sie sich entscheiden müsste, würde ihre Entscheidung ziemlich eindeutig ausfallen …

Als sie traurig in die Augen ihres Bruders aufblickte, verhärteten sich seine Gesichtszüge. Er zog seine Augenbrauen zusammen und neigte den Kopf, ein typisches Anzeichen dafür, dass sie sein Misstrauen geweckt hatte. Zwar öffnete er seinen Mund, doch seine Worte gingen in einem ohrenbetäubenden Knall unter.

Kaida drehte sich ruckartig zu Luce um und zog ihn schützend in ihre Arme. Mit geweiteten Pupillen beobachtete sie, wie ein beachtlicher Teil der Marmorwand aus der Schlossmauer gesprengt wurde. Die unzähligen Bruchstücke flogen wie Kanonenkugeln durch die große Halle. Rauch verbreitete sich in der Luft und der Geruch nach verbranntem Holz wehte von den Fluren des Palastes aus durch das Loch in der Wand zu ihnen herein. Kaida konnte dunkle Umrisse im Dunst erkennen; dann trat plötzlich eine Gestalt aus dem schützenden Rauch hervor und stellte sich neben Oberon.

Noch nie hatte Kaida eine solch machtvolle Aura wahrgenommen. Fasziniert beobachtete sie Jace, der Callum so hasserfüllt anstarrte, dass selbst ihr ein kalter Schauer über den Rücken lief. Der Prinz stand völlig regungslos da, sein schwarzes Haar wehte ihm leicht vor die Stirn. Er trug ein dunkles Hemd, wobei die Knopfleiste nicht ganz geschlossen war und ein gutes Stück seines Oberkörpers entblößte. Pechschwarze Schatten tanzten unter seiner blassen Haut, verbreiteten sich in der Nähe seines Schlüsselbeins, umwaberten seine Unterarme und seinen Hals. Die dunklen Augenringe in seinem Gesicht taten seiner majestätischen Ausstrahlung keinen Abbruch. Anstatt ihn erschöpft wirken zu lassen, wirkten sie auf Kaida eher wie eine Kampfansage.

In seinen Händen hielt Jace zwei Langschwerter, die in einem hellen Silber funkelten. Die Autorität und der Kampfgeist des Prinzen waren fast greifbar – genauso wie die rasende Wut, die ihn umgab. Auch Callum schien Jace' Auftreten nicht kaltzulassen, denn er machte ein paar unbeholfene Schritte zurück.

Kein einziges Wort drang über Jace' Lippen, kein Muskel zeigte auch nur die klitzekleinste Regung – und doch wirkte der Fae unheimlich gefährlich. Er war definitiv nicht hier, um die Sache in Ruhe auszudiskutieren, sondern um sich seinen Thron zurückzuholen – koste es, was es wolle.

Callum schien als Erstes seine Sprache wiederzufinden. »Komm keinen Schritt näher, Prinzlein«, drohte er zornig, »ich werde deine Schwester zu Tode foltern, wenn du dich nicht augenblicklich ergibst!«

»Ist das so?« Jace' Stimme schnitt wie ein Regenschauer aus Eiszapfen durch die erhitzte Luft. »Ich denke eher, dass *du* dich ergeben solltest. *Sofort!*«

»Sonst was, hm?«

»Sonst reiße ich dich in Stücke.« Kaida war erstaunt darüber, wie schlicht, beinah schon gleichgültig seine Antwort klang; doch der brodelnde Hass in seinen Augen sprach eine andere Sprache. Als Nia mit einem Mal leise aufwimmerte, entwich dem Prinzen ein wütendes Knurren. Das Wimmern der Prinzessin verwandelte sich in einen Schrei, der bis in Kaidas Knochen vordrang und sie erzittern ließ.

»Hör auf!«, brüllten sie und Jace gleichzeitig, doch Callum ignorierte ihre Forderung. Entsetzt beobachtete Kaida, wie sich Nia in die Haare griff und mit aller Kraft daran zog. Sie warf sich seitlich auf den Boden, wodurch ihr das Haar aus ihrem Gesicht rutschte und ihre schmerzverzerrte Miene entblößte. Ihr Mund war weit aufgerissen, ihre Augen dafür fest geschlossen. Sie war beinah so blass wie Jace, auch die Schatten unter ihren Augen konnten problemlos mit denen ihres Bruders mithalten.

»Hör sofort auf damit!«, durchschnitt Nox' Stimme die Luft. Kaida entdeckte ihn in dem Loch in der Wand. Der Fae stützte sich mühsam an den Steinen ab, sein Körper war überall mit Blut besudelt. Sie konnte aus der Ferne erkennen, wie schwerfällig sich sein Brustkorb bewegte. Oberon schien es ebenfalls zu bemerken. Langsam ging er auf Nox zu und schob ihm stützend einen Arm unter die Schulter.

Als Kaida ein weiteres Poltern hinter sich vernahm, legten sich ihre Ohren eng an ihren Kopf an. »Das hört sich an wie Schritte«, murmelte Luce neben ihr ängstlich. »Viele Schritte … Fae trampeln nicht, Kaida. Wir würden sie nicht hören.«

»Ich weiß.«

Plötzlich tauchte ein großer Schatten in Kaidas Augenwinkel auf. Als sie ihren Kopf zum Balkon drehte und den Mann hinter der Glasfront entdeckte, begann die Welt um sie herum ins Wanken zu geraten. Die hagere Gestalt schritt langsam auf die Balkontür zu, knochige Finger schoben sich unter dem Ärmel ihres Mantels hervor und legten sich auf die dünne Klinke. Im Saal war es so still geworden, dass Kaida sogar das leise Quietschen der Tür hören konnte, als diese langsam aufgeschoben wurde. Vor Anspannung blieb ihr fast die Luft weg. Erneut schob sie sich vor Luce und schirmte den Jungen, so gut es ihr möglich war, ab. Sie konnte noch immer nicht glauben, *wen* sie da vor sich sah. Callum hingegen brach in höhnisches Gelächter aus. Eilig lief er auf den verhüllten Neuankömmling zu, während Nias Schreie immer lauter wurden.

Als sich der Blick der Gestalt auf Kaida legte, lief ihr ein eisiger Schauer über den Rücken.

»Na, Kaida?«, fragte die gebrechliche Stimme des alten Mannes höhnisch. »Hast du mich vermisst, kleines Vögelchen?«

Kapitel 10

»Nero …« Kaidas Stimme war kaum mehr als ein Hauch, doch der Hexer schien sie trotzdem gehört zu haben. Unter dem Schatten seiner Kapuze, die den oberen Teil seines Gesichtes verhüllte, bildete sich ein hässliches Grinsen. Kaida konnte die Fäulnis seines Atems bereits riechen, doch trotz der aufsteigenden Übelkeit zwang sie sich dazu, ihren Blick nicht abzuwenden.

»Sieh an, sieh an!«, säuselte der Alte. »Dann scheinen die Gerüchte ja tatsächlich zu stimmen … Hast du wirklich geglaubt, Oberon, dass ich dich *hiermit* einfach davonkommen lasse?« Als er keine Antwort erhielt, wandte er sich schulterzuckend wieder an Kaida. »Wie ich sehe, hast du den Jungen nun also unter deine Fittiche genommen … interessant! Ich hätte ja nicht gedacht, dass der Kleine auch nur einen Tag in deiner Obhut überlebt, aber anscheinend habe ich mich getäuscht. Hätte ich gewusst, dass es dich nach einem Kind sehnt, hätte ich dir eines zum Spielen besorgt. Du hättest unser Zuhause nicht verlassen müssen, nur um Gesellschaft zu haben. Von mir aus kannst den Kerl auch mit nach Hause nehmen, wenn du ihn unbedingt behalten möchtest. Luce gehört sowieso zu –«

»Die Schwarze Festung war nie mein Zuhause, sie war mein Gefängnis«, unterbrach Kaida ihn knurrend.

»Ansichtssache«, antwortete der Alte lächelnd. Langsam drehte er sich Callum zu und nickte leicht. »Wenigstens eines meiner Kinder hat den richtigen Pfad eingeschlagen. Callum, mein Sohn, ich bin stolz auf dich! Du hast nicht nur dem Willen deiner dickköpfigen Schwester getrotzt, sondern es ist dir sogar gelungen, sie am Leben zu erhalten. Und ganz nebenbei hast du auch noch die Fae besiegt. Ich –«

»Wir sind in keinster Weise besiegt«, mischte sich Jace in das Gespräch ein. Am liebsten hätte Kaida ihn angeschrien, er solle sich Luce, Nia, Nox und seinen Vater schnappen und dann schnellstmöglich verschwinden, doch sie bezweifelte, dass er ihrem Rat folgen würde. »O doch, kleines Prinzlein, das seid ihr.« Nero drehte sich in einer fließenden Bewegung zu Jace um und fixierte ihn. In Kaidas Körper machte sich jeglicher Muskel zum Kampf bereit. Sollte der Alte es wagen, ihm auch nur ein Haar zu krümmen …

»Weißt du, Jace«, fuhr er mit leiser Stimme fort, »eigentlich sehe ich auch dich als eines meiner Kinder an. Vielleicht kümmert mich dein Wohl nicht so sehr wie das der anderen, aber im Grunde bist auch du eines meiner Geschöpfe.« Grinsend drehte er sich zu Oberon um. »Und eines Tages werde ich mir alle meine Kinder und Geschöpfe zurückholen.«

Ein wildes Knurren entfuhr dem Fae-König. Er ließ Nox los und eilte mit festen Schritten auf seinen Sohn zu. Als er Jace erreichte, schob er sich genauso schützend vor ihn, wie Kaida sich vor Luce gestellt hatte. »Wenn du meinem Fleisch und Blut wehtun willst, musst du es erst mit mir aufnehmen.«

Ein höhnisches Lachen entwich dem Hexenmeister. »Ach, Oberon, mein alter Feind, wieso sollte ich mich mit deiner erbärmlichen Präsenz überhaupt befassen? Du bist ein Versager, konntest ja nicht einmal auf deine eigene Frau aufpassen. Wie willst du nun deine Kinder vor mir beschützen?«

»Lass *sie* da raus!«, fauchte Oberon.

Kaida konnte zusehen, wie eine Ader unter der Schläfe des Königs pulsierte und ein dunkler Schatten in seine Augen trat. Plötzlich erklang erneut ein lautes Poltern hinter ihr. Ruckartig fuhr sie herum um und beobachtete, wie die Schergen des Roten Mondes durch die Flügeltür in den Saal stürmten und zu Nero aufschlossen. Es waren Dutzende in rote Lederrüstungen gekleidete Männer, die allesamt eine ähnliche Statur wie Nox aufwiesen. Geistesgegenwärtig zog Kaida Luce mit sich und eilte auf Oberon und Jace zu. Überraschenderweise ließ Nero sie sogar gewähren, doch sein wachsamer Blick klebte an ihnen wie eine Fliege am Marmeladenbrot – Kaida konnte es spüren.

Als sie den König fast erreicht hatte, ließ sie Luce los, der sofort auf seinen Vater zulief und die Arme nach ihm ausstreckte. Tatsächlich stieß Oberon seinen Bastard nicht von sich, sondern zog den Jungen schützend an seine Brust. Kaida selbst schloss zu Jace auf und stellte sich dicht neben ihn. Prompt warf er ihr einen prüfenden Seitenblick zu. »Bist du in Ordnung?«, fragte er leise.

»Ja, ich denke schon. Wir –«

»Kaida«, rief Nero unvermittelt dazwischen, »komm zurück nach Hause und dir soll kein Leid widerfahren. Dein Bruder und ich werden die Welt, wie du sie kennst, in die Knie zwingen und eine völlig neue Kultur, ein neues Königshaus erschaffen! Du kannst ein Teil dieser Welt werden und uns helfen, sie zu gestalten ...« Seine Lippen zogen sich zu einem breiten Grinsen. »... oder du gehst mit der alten Welt unter, genauso wie deine Mutter damals auf der Flucht.«

Wie von einer Wespe gestochen fuhr Callum mit einem Mal zu Nero herum und zischte ihm etwas zu, das Kaida nicht verstand. *Freundlich* klang es jedoch nicht. Plötzlich spürte sie eine leichte Berührung an ihrem Arm. Überrascht schaute sie zu Jace auf, der sie aus sanften Augen betrachtete.

»Schließ dich ihm an«, befahl er ruhig. »Ich möchte, dass wenigstens *du* das Ganze hier überlebst. Hätte ich dich nicht in den ganzen Schlamassel hineingezogen, wäre es gar nicht so weit gekommen.«

»Bist du wahnsinnig?«, fuhr sie ihn fassungslos an. »Du hast mich nirgendwo hineingezogen, im Gegenteil, du hast mich gerettet! Vor Nero, vor meinem Bruder ... aber vor allem vor mir selbst. Ich werde nicht zulassen, dass Nero hier einfach einfällt und all das zunichtemacht!«

Jace schien noch etwas sagen zu wollen, doch Kaidas Konzentration hatte sich schon längst ein anderes Ziel gesucht. Sie spürte die Magie in sich brodeln. Spürte das Pulsieren in ihren Adern und hörte das Rauschen ihres Blutes. Die Magiefäden schienen förmlich darum zu betteln, sich endlich um Neros Kehle legen zu dürfen. Und wer war sie schon, ihrer Magie das zu verbieten?

»Ich bin kein Kind und schon gar nicht deine Tochter«, hörte sie ihre feste Stimme durch die Halle schallen. »Ich bin die Frau, die dir dein verfaultes Herz aus der Brust reißen und den Rest deines Körpers verscharren wird. Ich habe keine Angst vor dir, Nero. Du hast mich viel zu lange wie eine Marionette gelenkt, doch nun halte *ich* die Fäden in der Hand – im wahrsten Sinne des Wortes.«

Ohne seine Erklärung abzuwarten, hob Kaida konzentriert einen Arm und streckte ihn vor ihrem Körper aus. Diesmal gelang es ihr wesentlich schneller in den tranceartigen Zustand abzutauchen, in dem sie ihre Magie kontrollieren konnte. Eilig zog sie die Fäden durch ihren Körper hinauf, öffnete ihre Hand und ließ ihrer Gabe freien Lauf. Obwohl sie die Augen geschlossen hatte, konnte sie ganz genau spüren, wo sich ihre Feinde aufhielten. Ein Magiefaden nach dem nächsten legte sich um die Hälse ihrer Gegner, wickelte sich um ihre Knöchel und riss sie von den Beinen. Sie war so konzentriert, dass sie die gesamte Welt um sich herum ausblendete … zumindest, bis plötzlich eine wohlbekannte Stimme durch den Nebel der Magie zu ihr durchdrang.

»Kaida, das reicht jetzt. Du musst jetzt aufhören, dein Körper zittert ja schon!«

Die Sorge in Jace' Stimme riss sie so sehr aus der Bahn, dass sie kurzzeitig die Konzentration über ihre Magie verlor. Blitzschnell packte sie die Fäden und zog sie wieder in ihr Innerstes zurück, ehe sie ihr gänzlich entgleiten konnten. Als sie damit fertig war und die Augen wieder aufschlug, wurde Kaida mit einer solchen Härte von einem Schwindelanfall gepackt, dass es sie beinah von den Füßen gerissen hätte. Schlagartig wurde sie sich der Kälte bewusst, die sich durch ihren Körper fraß. Etwas hämmerte in ihrem Kopf und verursachte höllische Kopfschmerzen. Ihr ganzer Körper vibrierte, fühlte sich seltsam leer und ausgezehrt an.

Als Jace seine warmen Hände stützend an ihre Taille legte, hätte Kaida vor Erleichterung am liebsten laut aufgeseufzt. Zwar konnte die Geste die Kälte und Panik nicht gänzlich aus ihrem Körper vertreiben, aber immerhin reichte es, um ihr ein leichtes Gefühl von Sicherheit zu geben.

»Dummerchen … wenn du merkst, dass du das Pensum deiner Magie ausgeschöpft hast, dann solltest du es auch dabei belassen. Hat dir Vater bei seinem Training nicht erklärt, dass wir sterben können, wenn wir es mit unserer Magie übertreiben?«, redete Jace leise auf sie ein.

Kaida nickte knapp, doch während ihr Blick durch die Halle glitt, kam sie sich seltsam abwesend vor. Es fühlte sich so an, als würde sie die Umgebung aus einem Traum heraus sehen. Als wären es nicht ihre eigenen Augen, durch welche sie auf die vielen Körper starrte, die verteilt auf dem Boden lagen. Ein merkwürdiger Geruch lag in der Luft, nicht wirklich verbrannt, eher etwas süßlich ... *magisch*.

Ihr Blick fiel auf Jace' Hände an ihrer Taille, auf deren Rücken sie nicht einen einzigen Schatten feststellen konnte. Trotzdem hinterließ seine Berührung ein leichtes Kribbeln auf ihrer Haut, das sich fast so prickelnd ausbreitete wie die Magie in ihren Adern. Etwas benebelt sah Kaida zu ihm auf. »Was ist passiert? Wo ... wo sind Nero und mein Bruder? Ich war so im Sog meiner Magie gefangen, dass ich gar nicht mitbekommen habe, was um uns herum geschehen ist ...«

Ein vergnügtes Lächeln stahl sich auf die Lippen des Prinzen. Kopfschüttelnd zog er Kaida an seinen Körper, um ihr noch mehr Halt geben zu können. Eine Hand legte sich behutsam an ihren Hinterkopf, eine weitere auf ihren Rücken. Erschöpft schmiegte sie ihr Gesicht an die Kuhle zwischen Jace' Hals und seiner Schulter. Die Müdigkeit drohte sie bereits zu übermannen, als sich Oberon plötzlich räusperte.

»Nero hat es gesehen«, sagte er so leise, dass Kaida ihn kaum noch hörte. »Das ändert alles, Jace. Wir müssen reden – *sofort*.«

Kapitel 11

Konzentriert betrachtete Kaida die feine Goldumrandung der Porzellantasse, die sie schon seit einer Weile in ihren Händen hielt. Das am Boden schwimmende Kräuterwasser war beinah leer getrunken, doch trotzdem weigerte sie sich vehement, zu den anderen Fae aufzusehen. Lieber würde sie ihren Blick weitere Hundert Male über die Verzierung der Tasse wandern lassen ... Als sie die schwere Holztür gegen die Wand prallen hörte, riskierte sie dennoch einen vorsichtigen Blick über den Tassenrand. Ein Fae in goldener Rüstung hatte sich neben Oberon aufgebaut, der Kaida gegenüber auf einem rot gepolsterten Sessel saß und sie so eindringlich anstarrte, als könnte er dadurch einen Blick in ihre Gedanken erhaschen.

»Mein König, wir haben den Palast komplett durchkämmt. Vom Hexenmeister fehlt jedoch jede Spur, genauso wie von dem Rüpel, der sich auf euren Thron gesetzt hat. Eine Zofe will die beiden dabei beobachtet haben, wie sie aus dem Palast geflohen sind. Angeblich sind sie in Richtung Nor –«

»Diese Verräterin hat ihre Vertrauten mit Absicht verschont!«, unterbrach ihn plötzlich der ältere Fae, der auf der anderen Seite des Königs stand und keinen Hehl aus seiner Abneigung Kaida gegenüber machte.

Ihr Blick huschte zu ihm hinüber, über die Efeuranken auf seinem Kopf hinab zu seinem alt wirkenden Gesicht. Natürlich war seine Haut nicht faltig, doch Kaida konnte ihm das hohe Alter dennoch ansehen. Vielleicht lag es an der Abgeklärtheit in seinem Blick, vielleicht aber auch an der Tatsache, dass er der Sprecher des Hohen Rates war.

»Eure Meinung ist aber nicht gefragt«, zischte Oberon hörbar verärgert.

»Bei allem Respekt, mein König, aber als ranghöchster Vertreter des Rates ist es meine *Pflicht*, Euch und Euer Handeln zu hinterfragen. Der Rat sorgt sich um Eure Objektivität bezüglich des Mädchens. Wir –«

»*Es reicht!*«, fauchte Oberon und schlug mit der flachen Hand ungehalten auf den Beistelltisch neben seinem Sessel, wobei das Geschirr gefährlich klapperte. »Der Hohe Rat hat das Recht, mich bei meinen Entscheidungen zu beraten, aber *das hier* ist ab jetzt keine öffentliche Debatte mehr. Ich agiere hier nicht mehr als König, sondern als Vater, der nun gern im privaten Rahmen mit seinen Kindern sprechen möchte.«

»Das wären ja dann nur Jace und Nia«, bemerkte der Alte spitz.

Kaida zog ihre Augenbrauen hoch und nahm hastig einen Schluck aus ihrer Tasse. Der alte Fae war ihr sehr unsympathisch, doch sein Mut – oder Übermut – gegenüber dem König imponierte ihr.

»Raus«, zischte dieser bedrohlich leise. »Sofort ... Oder der Rat muss wohl oder übel einen neuen Vorsitz ernennen.«

»Ihr könnt mich nicht meines Amtes entheben, nur der Tod vermag –«

Kaida konnte Oberon ansehen, wie viel Mühe es ihn kostete, sein Grinsen zu verbergen. Seine Mundwinkel zuckten verdächtig, während er sein Gesicht langsam zum Ratssprecher umdrehte und ihn mit seinen grauen Augen fixierte.

Als ihm die Bedeutung des Blickes bewusst wurde, schnappte der Alte empört nach Luft und warf sein Efeuhaar nach hinten. »Das wird ein Nachspiel haben, Eure Hoheit«, drohte er knurrend, während er den kleinen Raum durchquerte und hinter der Tür verschwand.

Kaum war er verschwunden, ließ sich Oberon lässig in seinen Sessel fallen. Er schlug seine langen Beine übereinander und lehnte sich mit dem Rücken gegen die Seitenstützen des Sessels, ehe er wieder zu seinem Soldaten aufsah. Der Mann verlagerte sein Gewicht unruhig von einem Bein aufs andere. Kaida konnte es ihm nicht verübeln.

»Wie sieht es sonst im Palast aus?«, fragte der König scheinbar gelassen. »Wie viele von uns sind noch übrig?«

»Ein Großteil des Heeres ist verletzt, genaue Zahlen über die Verluste können wir noch nicht verkünden. Aber auch diejenigen, die mit dem Leben davongekommen sind, werden wohl eine Weile lang ausfallen. So, wie es aussieht, hat … ähm … die junge Dame dort drüben … also Euer Gast …«

»Kaida«, beantwortete Jace die unausgesprochene Frage. Die Art, wie seine tiefe Stimme ihren Namen aussprach, brachte Kaidas Haut zum Prickeln. Der Prinz saß direkt neben ihr auf dem Sofa, das mit jedem Wimpernschlag kleiner zu werden schien. Nur zu gern hätte sie gewusst, was er in diesem Moment über sie dachte. War sie seine Verbündete oder lediglich ein Mittel zum Zweck?

»Genau … Kaida«, riss sie die Stimme des Soldaten aus ihren Gedanken. »Wie ihr gesehen habt, hat Kaida Dutzende Schergen im Thronsaal mithilfe ihrer Gabe beseitigt. Sie lagen überall herum wie tote Fliegen, wir haben uns erlaubt, ihre Leichen zu entfernen. Ansonsten sieht alles soweit ganz gut aus, der Überraschungsangriff des Roten Mondes schien sich primär nur auf Euch und den Thronsaal gerichtet zu haben. Vielleicht wollten sie nur mal austesten, wie gut oder schlecht wir auf den Ernstfall vorbereitet sind.«

Der König nickte knapp, woraufhin der Soldat eine leichte Verbeugung andeutete und davoneilte. Jetzt schien wirklich nur noch Oberons engster Kreis im Raum zu sein: sein Thronerbe, seine Tochter, sein Bastard und sein Ziehsohn … und Kaida, seine *Wunderwaffe*.

»Du schuldest uns Antworten, Vater«, raunte Jace, wobei überraschenderweise kein Vorwurf in seiner Stimme zu hören war. Vorsichtig blinzelte Kaida zu ihm hinüber und begutachtete sein Profil. Von der Seite konnte sie seine spitzen Ohren deutlich unter den schwarzen Wellen herausstechen sehen. Als sie bemerkte, wie unverhohlen sie seine Wangenknochen und die langen Wimpern anstarrte, senkte sie ihren Blick hastig wieder auf den Goldrand ihrer Tasse hinab.

»Nun, zunächst möchte ich noch einmal betonen, wie wichtig es ist, dass nichts von dem hier nach außen dringt. Unser oder besser gesagt *mein* Wissen, ist unser größter Triumph gegen Nero und seine Männer. Kaida ist vielleicht der Schlüssel zu unserem alten Leben. Ist euch eigentlich klar, wie ernst die Lage ist?«

»Ich weiß nicht, vielleicht kannst du es noch etwas dramatischer ankündigen?«, fragte Kaida genervt.

Als Nox daraufhin in ein lautes Lachen ausbrach, sah sie neugierig zu ihm hinüber. Er saß zwischen Luce und Nia auf einem weiteren Sofa, das dicht neben dem von Jace und Kaida stand. Er trug kein Oberteil, dafür wurde fast sein gesamter Oberkörper von einem schneeweißen Verband bedeckt. Er hatte einen Arm schützend um Nias Schultern gelegt, doch die Prinzessin sah nicht so aus, als würde sie diese Geste großartig trösten. Sie hatte ihre Knie eng an ihren Körper gezogen und hielt sie fest umschlungen. Ihr Kinn ruhte auf ihren Knien, während ihr Blick stur auf den Boden gerichtet war. Ein seltsamer Schleier dämpfte das Grau ihrer Augen. Es wirkte, als wäre sie kein Teil dieser Unterhaltung, vielleicht nicht einmal Teil dieser Welt. Kaida konnte sich gut vorstellen, was Callum mit ihr angestellt hatte – und es gefiel ihr ganz und gar nicht.

»Ihr werdet schweigen«, wiederholte Oberon seine Forderung und lenkte damit Kaidas Blick auf sich. »Entweder das oder ich lasse euch wegen Hochverrats an der Krone einsperren.«

»Schon gut, Vater, wir haben den Ernst der Lage alle verstanden«, mischte sich Jace gelangweilt ein.

Oberon ließ seinen Blick noch einmal streng über alle Anwesenden wandern, ehe er sich räusperte. »Kaida und Callum sind keine normalen Menschen: In ihren Adern fließt Magie, die sonst nur uns vorbehalten ist.«

Kaida konnte die erwartungsvolle Stimmung im Raum förmlich greifen. Gespannt fixierte sie Oberon und suchte seinen Blick. Was würde er ihr gleich erzählen? Vielleicht mehr über ihre Eltern? Über ihre Ohren? Oder doch über Callum?

Doch je mehr Augenblicke verstrichen, desto größer wurde ihre Befürchtung, der König würde gar nichts mehr offenbaren … und scheinbar entsprach das mehr der Wahrheit, als Kaida lieb war.

»Das soll alles sein?«, fragte Nox nach einer Weile stutzig, wobei er keinen Hehl aus seiner Enttäuschung machte.

Oberon nickte knapp. »Jetzt wisst ihr, mit wem wir es zu tun haben.«

»Das ist nicht dein Ernst«, fiel ihm Jace frustriert ins Wort. »Dass Kaida eine Fae ist, wusste ich bereits in dem Moment, in dem sie fast sterbend in meinen Armen lag. Sie ist gegen meinen Fluch immun, natürlich stimmt *irgendetwas* nicht mit ihr. Das sieht doch jeder, der nicht beidseitig erblindet ist …«

Grübelnd legte Kaida ihre Stirn in Falten. Wann hatte sie denn sterbend in Jace' Armen gelegen? Als sie zu Oberon aufsah, blickte sie direkt in dessen stechende Augen. Etwas Unergründliches lag darin. Bestimmt wusste er etwas über ihre Vergangenheit und ließ sie dennoch im Ungewissen.

»Spuck es aus!«, forderte sie zornig. Die Magie in ihr begann zu prickeln und Kaida tastete bereits nach ihren Fäden, um sie wie ein Lasso um Oberon zu werfen …

»Nox, Nia und Luce – verlasst bitte das Zimmer«, befahl der König plötzlich. »Kaida will die ganze Gruselgeschichte über ihr Leben hören, aber die kann und will ich *euch* noch nicht anvertrauen.«

»Aber Jace darf hierbleiben, wie?«, fragte Nox gereizt.

»Überrascht dich das? Bei ihm ist es ja wohl was anderes … Schließlich hat *er* immerhin noch nicht versucht, Kaida umzubringen.«

Erstaunt über den vorwurfsvollen Tonfall in der Stimme des Königs wandte Kaida ihren Blick zu Nox, um dessen Reaktion beobachten zu können. Der Fae verschränkte gerade die Oberarme vor der breiten Brust und schnaubte verächtlich. »Natürlich! Jetzt, wo du es sagst … Ich habe ganz vergessen, dass die beiden ja bereits ein Bett miteinander geteilt haben – *mehrmals*.«

Jace warf seinem Stiefbruder einen zornigen Blick zu, doch Kaida musste sich eingestehen, dass sie das höhnische Grinsen auf den Lippen des Königs mehr beunruhigte als die Wut des Prinzen.

»Mit Äußerungen über Bettgeschichten solltest *du* dich wohl besser zurückhalten, mein lieber Ziehsohn«, erwiderte Oberon schnippisch und ließ somit die Katze aus dem Sack. »Ich habe dich nur noch nicht für deine Unsittlichkeit bestrafen lassen, weil es meiner Tochter momentan nicht gut geht und sie sich einzubilden scheint, die Unterstützung ihres Liebhabers zu brauchen.«

Kaidas Finger lösten sich vom Griff ihrer Tasse. Klirrend schlug sie auf dem Holzboden auf und zersprang in unzählige Scherben. Als wäre sie plötzlich aus ihrer Trance erwacht, hob Nia mit einem Mal langsam den Kopf und sah mit glasigen Augen zu Jace hinüber. Nox war vor Schreck die Kinnlade runtergefallen und überraschenderweise machte sogar Luce einen verdrossenen Eindruck.

Nur zaghaft wagte Kaida zu dem Prinzen hinüberzusehen. Seine Pupillen wirkten riesig und an seinem Hals konnte sie beobachten, wie die gräulichen Schatten immer dunkler wurden, bis sie als schwarze Wellen unter seiner Haut tanzten. Eine dünne Ader trat an seiner Schläfe hervor und sein rechtes Augenlid zuckte ein wenig. Doch die Enthüllung des Königs schien nicht nur ihm einiges zu erklären. »Deshalb hast du mich also aus Versehen angezündet«, sprach Kaida an Nox gerichtet. »Beim Training mit dir und Nia habe ich damals gesagt, dass ihr euch wie zwei Turteltauben benehmt ... Direkt danach hast du die Kontrolle über deine Gabe verloren und ich wurde fast lebendig geröstet. Und mein Bruder hat auch nicht gelogen, als er sagte, dass er euch zwei küssend –«

Sie kam nicht dazu, ihren Satz zu beenden, denn schlagartig fuhr Jace neben ihr vom Sofa hoch und stürmte auf seinen Ziehbruder zu. Kurz bevor seine Fingerspitzen den Hals des Fae greifen konnten, sprang Kaida ebenfalls auf und warf sich seitlich gegen den Prinzen, der daraufhin mit ihr zu Boden ging. Nia schrie. Erschrocken drehte Kaida ihren Kopf zu der Prinzessin um, doch nirgendwo an deren Körper konnte sie aufkommende Schatten erkennen. Nia schien sich nur erschrocken zu haben und zum Glück sah auch Nox nicht so aus, als hätte ihn Jace' Fluch verletzt.

»Du widerlicher Bastard!«, fauchte der Prinz wütend und versuchte sich aufzurappeln, doch Kaida hielt ihm mit aller Kraft am Boden.

»Raus!«, donnerte Oberons Stimme über das Geschrei hinweg. »Sofort raus hier!« Aus dem Augenwinkel sah Kaida, dass der König ebenfalls aus seinem Sessel aufgesprungen war und auf sie zukam. Er packte Luce und Nia am Handgelenk und zog sie hastig aus der Schusslinie, ehe auch er einen kritischen Blick über Nox gleiten ließ.

»Kaida, geh sofort runter von mir!«, protestierte Jace wütend, doch Kaida wich keinen Millimeter von ihm ab – im Gegenteil. Hastig setzte sie sich auf seinen Bauch, und beugte ihren Oberkörper vor, um mit ihren Händen seine Handgelenke erreichen zu können. Sie fixierte ihn auf dem Boden und suchte nach seinem Blick. »Jace!«, wiederholte sie seinen Namen immer und immer wieder, »Jace, hör auf mit dem Mist! Vielleicht hat Nox eine Ohrfeige verdient, aber die könnte ich ihm auch in deinen Namen verpassen. Du würdet ihn durch deinen Fluch umbringen!«

»Na und?«, fauchte der Prinz. »Ich –«

»Vater, du musst auch Kaida retten!«, mischte sich plötzlich Luce ein. »Was, wenn sie doch nicht immun gegen Jace' Gabe ist und das Überleben eine einmalige Sache war?«

Ruckartig wandte Jace sein Gesicht Kaida zu und blickte zu ihr auf. Sein Brustkorb bewegte sich nicht mehr, vielleicht war ihm vor Schreck die Luft ausgeblieben. Kaida versteifte sich ebenfalls. Als sie vorsichtig in sich hineinhorchte, konnte sie jedoch nur das leichte Pulsieren ihrer eigenen Magie spüren. Hatten Jace und Oberon ihr nicht versichert, dass sie vor dem Fluch sicher war?

»Kaida kann nichts geschehen«, bestätigte der König ihre Gedanken fast im gleichen Atemzug.

»Seit wann denn das?«, erwiderte Luce verdutzt.

Als Kaida zu ihm hinübersah, strahlten seine Augen heller als Diamanten. »Dann kann man Jace wieder berühren? Darf ich ihn umarmen?« Sofort streckte Oberon seinen Arm nach dem Jungen aus und hielt ihn fest. »Nein! Die Einzige, die Jace berühren kann, ist Kaida.«

»Und wieso?«, fragte der Junge hörbar enttäuscht. Das Leuchten in seinen Augen war verschwunden, stattdessen hatte sich ein Schmollmund auf seinem Gesicht breitgemacht.

Kaida wollte ihm gern sagen, dass sich ihr die gleiche Frage aufdrängte, als sie mit einem Mal spürte, wie sich etwas unter ihr bewegte. Als sie ihren Blick wieder auf Jace richtete, der gerade versuchte, sich aus ihrem Griff zu befreien, erröteten ihre Wangen. Sie waren einander nah. Zu nah. Unvermittelt sah der Prinz zu ihr auf. Seine Augen richteten sich kurz auf ihre glühenden Wangen, dann grinste er spöttisch. »Dir scheint es da oben ja zu gefallen ...«

»Bild dir ja nichts ein, Spitzohr.«

Als Jace anfing zu lachen, konnte Kaida das Beben seines Bauches nur allzu deutlich spüren. Hastig richtete sie sich ein wenig auf, um nicht mehr mit ihrem ganzen Gewicht auf ihm zu sitzen. »Ich fürchte, du musst dir ein neues Schimpfwort für uns Fae einfallen lassen«, gluckste er, während er seine Hand behutsam an ihre Ohrenspitze legte. Erneut spürte Kaida ein leichtes Brennen, doch dieses Mal fühlte es sich schon wesentlich weniger schmerzhaft an als zuvor.

»Weißt du eigentlich, wieso dein Fluch keine Wirkung auf mich hat?«, versuchte sie das Gespräch in eine andere Richtung zu lenken.

Nachdenklich zog Jace seine Augenbrauen zusammen. »Leider nein ... Vater sagte mir nur, dass es mit deiner Herkunft zusammenhängen würde, aber ob das nun ein Nebeneffekt der Experimente ist, die er an deinen Eltern durchgeführt hat, oder ob etwas anderes dahintersteckt, hat er mir nicht verraten.« Abschätzend warf der Prinz einen Blick zu seinem Vater hinüber, der sich immer noch lautstark mit Luce und seinen anderen Kindern unterhielt.

»Was denkst du, Jace?«, fragte Kaida leise. Sofort wandelte sich der nachdenkliche Ausdruck in seinen Augen in ein spitzbübisches Funkeln. Scheinbar hatte sie seine Mimik zuvor richtig eingeschätzt – der Prinz heckte etwas aus ... »Oberon scheint weitaus mehr zu wissen, als ich angenommen habe. Aber ich kenne meinen Vater, er wird die Geheimnisse der Vergangenheit auch weiterhin für sich behalten. Er ist zu feige für die Wahrheit und denkt, dass sein Schweigen die Tatsachen verdrängen kann, die ihm nicht in den Kram passen. Ich fürchte, wenn wir Antworten haben wollen, müssen wir uns der Sache selbst annehmen ... Bist du dabei?«

Überrascht blinzelte Kaida. »Dabei ... bei *was?*« Als sich das typische Schmunzeln auf seinen Lippen ausbreitete, begann ihr Herz aufgeregt zu flattern. Es kam ihr vor wie eine Ewigkeit, seitdem er sie das letzte Mal so angesehen hatte.

»Vertraust du mir, Kaida?« Obwohl Jace sehr leise sprach, vermutlich, um seinen Vater nicht aufzuschrecken, konnte Kaida den herausfordernden

Unterton deutlich heraushören. Er wollte sie testen. Wollte sehen, wie weit sie gehen würde. Amüsiert zogen sich auch Kaidas Lippen zu einem Lächeln. Diese Herausforderung würde sie sich nicht nehmen lassen. Neugierig neigte sie ihren Kopf. »Natürlich vertraue ich dir. Sollte die Frage nicht eher sein, ob du *mir* vertraust?«

Schlagartig verschwand das Lächeln von seinen Lippen. »Ich sollte es nicht …«, murmelte er nachdenklich, »schließlich hast du mich belogen und meine Familie in große Gefahr gebracht.«

Beschämt senkte Kaida den Blick. Er hatte recht. Hätte sie ihm von Anfang an von ihrem Bruder erzählt, von dem Plan, ihm und seiner Familie zu schaden, wäre Luce vielleicht nie ins Kreuzfeuer geraten. Andererseits wusste sie selbst jetzt nicht, wie sie rückwirkend anders reagiert hätte; schließlich waren sie ja nicht von Anfang an enge Freunde gewesen. Hätte sie Jace schon damals auf dem Schiff erzählt, wer sie wirklich war, hätte er sie wahrscheinlich über Bord geworfen und dem Meer überlassen.

Plötzlich spürte sie sie, wie der Prinz seine Fingerkuppen behutsam unter ihr Kinn legte und es anhob. Als sie seinen Blick auffing, strahlten seine Augen dieselbe Wärme aus wie damals in seiner Hütte im Wald, als sie dicht umschlungen unter dem Sternenhimmel eingeschlafen waren. Mit einem Mal sah sie wieder den friedlichen Ausdruck auf seinem schlafenden Gesicht vor sich, während ihre Finger sanft durch sein Haar tanzten. Sie erinnerte sich an das warme Prickeln in ihrem Bauch, an das Pochen ihres Herzens, an das Gefühl von Geborgenheit … *Heimat*. Und sie wollte es wiederhaben. Koste es, was es wolle.

»Egal was du vorhast, ich bin dabei«, verkündete sie entschlossen. »Ich vertraue dir.« Mit einem leichten Lächeln auf den Lippen fuhr Jace ihren Kieferknochen entlang. »Gut. Entgegen allen Widersprüchen vertraue ich dir nämlich auch.« Für einen Moment dachte Kaida, sie müsste jeden Moment in seinen Augen ertrinken. Jace schien es umgekehrt ähnlich zu gehen, denn erst als er mehrmals blinzelte, verschwand der träumerische Ausdruck aus seinen Augen. Ob auch er sich gerade daran zurückerinnert hatte, wie vertraut sie einst miteinander gewesen waren?

»Komm, Kaida, wir müssen los«, verkündete er knapp. »Vater wird uns nicht gehen lassen, im schlimmsten Fall müssen wir uns also wohl oder übel durchschlagen ... Bist du bereit?«

Die Aufregung ließ Kaidas Herz kräftig gegen ihre Brust schlagen. Eilig nickte sie – auch wenn sie lieber den Kopf geschüttelt hätte.

Kapitel 12

Missmutig starrte Kaida auf die Wellen hinaus, die beängstigend hoch auf sie zuschwappten. *Was für eine geniale Idee, Jace,* dachte sie grimmig, während sie sich noch ein wenig enger an seine Seite schmiegte. *Du musst dir aber auch ausgerechnet den Tag für deine verdammte Seefahrt aussuchen, an dem es furchtbar stürmt …*

Mit zusammengezogenen Augenbrauen blickte sie sich in dem kleinen Segelschiff um, das so winzig war, dass es nicht einmal über eine Kabine verfügte. Auf der schmalen Bank gegenüber saßen die zwei Fae, die Jace nach seiner sehr temperamentvollen Auseinandersetzung mit seinem Vater notgedrungen aufs Schiff gelassen hatte. Sie waren die Bedingung dafür gewesen, dass Oberon sie überhaupt hatte gehen lassen. Kaida fand das eigentlich ganz praktisch, schließlich konnten die beiden durch ihre Gabe den Wind in die richtige Richtung lenken und sie somit schneller voranbringen. Allerdings war das Unwetter so stark geworden, dass selbst die beiden Fae nur noch wenig Einfluss auf die Elemente nehmen konnten. Das Meer spielte mit dem Schiff, als sei es nicht mehr als eine Walnussschale.

»Wir sind gleich da, Kaida«, raunte ihr Jace beruhigend ins Ohr. »Siehst du die Schatten dort hinten?«

Zögerlich reckte sie ihren Hals und sah sich um. Tatsächlich entdeckte sie am Horizont unförmige Umrisse, die mit etwas Glück auf ihr Ziel zurückzuführen waren.

Als eine weitere Welle gegen das Schiff knallte, zuckte sie jedoch erschrocken zusammen. Da sie ihren Stolz schon vor Stunden über Bord geworfen hatte, machte es ihr überraschend wenig aus, sich wimmernd noch fester an

Jace' Körper zu krallen. Beruhigend strich er ihr über den Rücken und zog einen Teil seines Mantels über ihren zitternden Körper. »Alles gut, wir sind fast da.«

»Ja, aber wenn wir jetzt kentern, sterben wir trotzdem«, nuschelte sie undeutlich an seiner Schulter.

»So ein Blödsinn. Ich bin ein guter Schwimmer, ich werde uns schon sicher an Land bringen.«

Entsetzt fuhr Kaida hoch. »Wag es ja nicht! Du lässt mich gefälligst ertrinken und siehst zu, dass du an Land kommst.« Irritiert runzelte er die Stirn. »Wieso kann ...?«

»Weil schon einmal jemand versucht hat, mich von einem sinkenden Schiff zu retten«, unterbrach sie ihn mit frostiger Stimme. »Ich werde nicht zulassen, dass du den Fehler meiner Mutter wiederholst.«

Trotz der Dämmerung konnte sie erkennen, wie seine Augen weich und einfühlsam wurden. Beschämt blickte sie wieder aufs Meer hinaus. Sie verdiente kein Mitleid – ihre Mutter hingegen schon.

»Mach dir keine Sorgen«, murmelte Jace behutsam in ihr Ohr. »Ich werde uns beschützen.«

Kraftlos senkte Kaida ihren Kopf an seinen Hals und schloss die Augen. Ihr Herz pochte so laut, dass es beinah das Rauschen der Wellen übertönte. Die Reise fühlte sich an wie eine Ewigkeit. Als sie bemerkte, wie sich Jace' Körper nach einer Weile spürbar entspannte, wagte Kaida erneut einen zaghaften Blick aufs Meer. Erleichterung durchströmte ihre Adern, als sie plötzlich einen Steg direkt neben dem Boot entdeckte. Die zwei fremden Fae kletterten zuerst vom Schiff und befestigten es an einem dicken Stamm, der neben dem Steg aus dem Wasser ragte. Kaum war Jace ausgestiegen und hatte ihr geholfen, ebenfalls ans rettende Ufer zu gelangen, eilte Kaida über die ächzenden Holzbalken zum angrenzenden Strand.

Als sie den weichen Sand unter ihren Füßen spürte, wäre sie vor Erleichterung am liebsten auf die Knie gefallen – doch ein mulmiges Gefühl in ihrem Bauch hielt sie davon ab. Etwas Seltsames lag in der Luft; vielleicht war es die bedrückende Aura, die dieser Ort ausstrahlte ...

»Und, wie findest du es?«, fragte Jace' tiefe Stimme plötzlich dicht an ihrem Ohr.

»Ich weiß nicht«, antwortete sie ehrlich und drehte sich zu ihm um. »Noch habe ich ja nicht so viel von meiner angeblichen Heimat gesehen. Du –«

»Eure Hoheit?«

So ruckartig, als hätte sie ein Blitz getroffen, fuhren sie auseinander. Jace räusperte sich und warf Kaida einen entschuldigenden Blick zu, dann drehte er sich rasch zu dem anderen Fae um.

Seufzend wandte Kaida sich ab und ließ ihren Blick stattdessen abwesend über den Strand wandern. Die untergehende Sonne tränkte die feinen Körner in einen sanften Rotton. Hinter dem Strand konnte sie eine großflächige Wiese erkennen, auf der merkwürdige Gebilde standen. Stirnrunzelnd betrachtete sie die dunklen Umrisse, die sie an eine Mauer mit Wachtürmen erinnerten. Allerdings standen die einzelnen Bauwerke viel zu weit auseinander, um eine Einheit zu bilden. Als sich Kaida wieder zu dem Prinzen umdrehte, verabschiedete dieser sich gerade von den Soldaten. Er hielt zwei Stofftaschen in den Händen, die sie zuvor gar nicht bemerkt hatte. Als er ihren fragenden Blick bemerkte, zwinkerte er ihr neckisch zu. Er ließ die Soldaten zurück und kam stattdessen grinsend auf Kaida zugeschlendert. »Wegproviant. Was hätten wir nur gegessen, wenn *du* uns versorgen müsstest?«

Theatralisch presste sich Kaida eine Hand auf die Brust und die andere auf ihre Stirn. »O nein! Sag bloß, hier gibt es keine frisch gebackenen Küchlein! Also wenn das so ist, dann möchte ich umgehend wieder aufs Festland zurück.«

»Trotz der netten Gesellschaft?«, erwiderte Jace und hob spöttisch eine Augenbraue.

»Es bricht mir das Herz, aber ja ... Ohne leckeres Essen halte ich es hier nicht aus. Vielleicht lässt sich ja mein charmanter Reisegefährte dazu überreden, mit mir in das Schloss der Fae zurückzukehren. Ich habe gehört, dass die meisten Spitzohren gar nicht so blöd sind, wie man vielleicht denken mag.«

Augenblicklich verschwand das Grinsen von Jace' Lippen. Er schnaubte verächtlich, schüttelte den Kopf und lief mit entschlossenen Schritten an ihr vorbei. »Ach nein? Ich kenne den dort ansässigen König, der die verdammte Krone seinen Kindern vorzieht. Außerdem hatte ich dort mal einen Freund, der einst wie ein Bruder für mich war – zumindest bis ich erfuhr, dass er heimlich mit meiner Schwester schläft. Ich fürchte, ich muss dir also leider widersprechen. Ich kenne dort keine netten Fae – nur Lügner und Verräter.«

Bei seinen letzten Worten zuckte Kaida ertappt zusammen. Sie wartete darauf, dass er auch sie in seine Hasstirade einband, doch Jace' Wut schien sich tatsächlich ausschließlich gegen seine Familie zu richten.

Eilig schloss sie zu ihm auf. »Ich kann verstehen, dass du dich hintergangen fühlst«, stimmte sie ihm zu, während sie angestrengt durch den Sand stapfte. Immer wieder knickten ihre Knöchel um oder ihre Füße versanken gänzlich zwischen den feinen Körnern. »Aber –«

»Dann ist doch alles geklärt«, erwiderte Jace kühl, doch Kaida ließ sich so schnell nicht beirren.

»Aber meinst du nicht, dass du ein wenig überreagierst? Natürlich ist es etwas *ungewöhnlich*, dass deine Geschwister etwas miteinander haben, aber genau genommen sind sie ja gar keine. Nox –«

»Natürlich sind sie das«, unterbrach er sie gereizt.

Genervt von seiner Starrköpfigkeit verdrehte Kaida die Augen. War sie selbst auch manchmal so stur? Wenn ja, wie hielt er es nur so lange mit ihr aus? »Du hast mir doch erzählt, dass du und Nox oft von zu Hause fort wart. Vielleicht hat es sich für ihn nie so angefühlt, als wäre Nia seine Schwester.«

Seufzend fuhr sich Jace durchs Haar. Als er sich zu Kaida umdrehte, konnte sie neben der feurigen Wut noch etwas anderes in seinen Augen erkennen, das ihr beinah noch mehr Sorge bereitete. »Es … es geht mir gar nicht primär darum, dass die beiden … Du weißt schon. Schlimmer finde ich, dass sie es mir nie gesagt haben.«

Hastig presste sich Kaida eine Hand auf den Mund, um das aufsteigende Kichern zu unterdrücken. Räuspernd versuchte sie Jace' Blick auszuweichen. Natürlich tat er ihr leid und sie verstand, dass er sich von seinen Geschwistern ausgeschlossen fühlte. Es verstärkte bestimmt das Gefühl in ihm, kein Teil der Familie zu sein. Nox und Nia waren ein Paar, außerdem verbrachte sein kleiner Bruder immer häufiger Zeit mit ihnen, weil Jace' Fluch ihn selbst an die Palastmauern band und es dadurch wenig zu erleben gab. Kaida wusste, wie sehr Jace das Ganze mitnahm ... dass er durch seinen Fluch zu einem Außenseiter geworden war ... Insgeheim vermutete sie bereits seit ihrem Aufbruch, dass das Geheimnis um ihre Vergangenheit nicht der einzige Grund war, weshalb Jace so überstürzt die Stadt verlassen wollte ...

»Jace«, versuchte Kaida es noch einmal auf die sanfte Tour, »ich kann mir gut vorstellen, dass die Situation dir zusetzt. Ich will deine Geschwister auch gar nicht verteidigen, aber würdest du deiner Schwester Rechenschaft über deine Beziehungen ablegen?«

»Darum geht es doch gar nicht«, wiegelte der Prinz ausweichend ab. »Solange sie dabei nicht verletzt wird oder in Gefahr gerät, kann sie ihre Zeit verbringen, mit wem sie will. Der springende Punkt ist, dass sie es mir nicht verschwiegen haben, weil es ihnen unangenehm war, sondern weil sie *Angst* vor mir hatten. Meinetwegen haben sie sich nicht getraut, ihre Beziehung kundzutun. Sie hatten Angst vor meiner Reaktion, Angst davor, dass ich ihnen im Weg stehen könnte. Natürlich finde ich es trotzdem etwas befremdlich, dass mein Bruder und meine Schwester ... Aber im Endeffekt weiß ich doch, dass sie beide erwachsen und in sicheren Händen sind. Ich kenne Nox besser als mich selbst, er ist ein aufrichtiger und mutiger Mann. Nia ist bei ihm in Sicherheit ... und umgekehrt kann sie seinem Kindskopf entgegenwirken und ein Auge auf ihn haben. Ich würde ihnen dafür niemals den Kopf abreißen – aber genau das befürchten sie. Sie fürchten *mich*, ihren Bruder ...«

»Wie kommst du denn auf so einen Unfug?«, fragte Kaida leise. »Sie kennen dich doch, wieso sollten sie Angst vor dir haben?« Ein verächtliches Schnauben drang aus seiner Kehle. »Ganz genau – sie kennen mich. Und genau deswegen haben sie auch Angst.«

»So ein Blödsinn. Ich kenne dich auch und –«

»Sie sehen in mir nicht mehr ihren Bruder, sondern das Monster, zu dem mich Nero gemacht hat. Früher ... früher hatte ich sehr große Probleme, mit dem Fluch umzugehen. Ich war wütend, Kaida, so furchtbar hasserfüllt ... Und obwohl Nero und ich die Einzigen waren, die Schuld an dem Schlamassel trugen, richtete sich meine Wut auf alles und jeden. Ich ... Ach, vergiss es! Wir müssen das nicht jetzt ausdiskutieren. Außerdem hast du mir ja auch noch nicht alles aus *deiner* Vergangenheit anvertraut.«

Nun war Kaida diejenige, die sich ein verächtliches Schnauben nicht verkneifen konnte. »Sehr witzig, Prinzlein. Was glaubst du denn, weswegen wir hier sind, hm? Ich kenne meine Vergangenheit doch selbst nicht, also kann ich dir auch nichts darüber erzählen.«

»Da machst du es dir aber sehr einfach. Du wirst dich ja wohl an deine letzten Lebensjahre erinnern können, oder? Zum Beispiel, wie du und Nero ... Ach, lassen wir das. Für solche Diskussionen fehlt mir im Moment der nötige Nerv. Wir müssen einen Unterschlupf finden, ehe die Nacht anbricht.«

Irritiert von dem plötzlichen Themenwechsel runzelte Kaida die Stirn. Natürlich war es immer besser, einen geschützten Unterschlupf zu haben, aber abgesehen vom Wetter gab es hier doch eigentlich nichts, vor dem sie sich schützen müssten, oder?

»Wovor hast du denn Angst, Schneeflöckchen?«, fragte sie neckend. »Es ist ja nicht so, dass hier viele Fae oder Menschen leben, die uns in der Nacht überfallen könnten. Bestimmt sind wir die einzigen Seelen auf dieser verlassenen Insel.«

»Die einzigen Seelen sind wir bestimmt«, erwiderte Jace leise. »Aber *verlassen* ist diese Insel ganz sicher nicht. Abgesehen davon, dass alles in Schutt und Asche liegt, gibt es auch noch andere Gründe, weshalb wir nach der Schlacht nicht zurückgekehrt sind ...«

Als sie den Strand endlich hinter sich gelassen hatten und die Wiese betraten, war Kaida ziemlich erleichtert darüber, endlich wieder auf festem Boden zu laufen. Langsam näherten sie sich auch den merkwürdigen Gebilden, die man bereits vom Strand aus gesehen hatte. Im Licht der untergehenden Sonne wirkten die Bauwerke ziemlich unheimlich. Die Backsteine waren stark beschädigt, teilweise fehlten ganze Wandstücke in den baufälligen Türmen. Als sie an den Mauerresten vorbeiliefen, entdeckte Kaida einen Köcher mit Pfeilen, der neben einem großen Bogen an eine Wand gelehnt war. Vorsichtig zupfte sie an Jace' Ärmel.

»Vielleicht habe ich nicht an Wegproviant gedacht, aber dafür habe ich gerade Waffen gefunden. Nach deiner beunruhigenden Ansprache wäre es vielleicht gut, wenn wir alles mitnehmen, was wir in die Finger bekommen können.«

»Nein«, antwortete der Prinz überraschend streng. »Diese Waffen gehörten einst unseren Soldaten. Sie würden uns Unglück bringen.«

Er schien zu merken, dass Kaida ihm nicht ganz folgen konnte. Langsam streckte er seinen Arm aus und deutete hinauf zu einem Turmdach. Als Kaida seiner Geste folgte und aufsah, zuckte sie plötzlich so erschrocken zusammen, dass sie sich den Hals verrenkte.

»Aber … aber wer …?«

»Nero«, antwortete Jace tonlos.

Übelkeit stieg in Kaida auf, aber dennoch konnte sie ihren Blick einfach nicht abwenden. Die toten Körper, von denen nach all der Zeit nur noch Knochen übrig geblieben waren, hingen an dicken Seilen an den Schrägbalken des Turmdaches und schaukelten leicht im Wind. Sie warfen tanzende Schatten auf den Erdboden und strahlten eine merkwürdige Energie aus. Kaida hatte das Gefühl, die Todesangst der Ermordeten noch immer spüren zu können, als diese vor vielen Jahren ihrem Untergang ins Auge gesehen hatten. Ein eisiger Wind streifte über ihre dünne Kleidung und ließ sie erschaudern. Je länger Kaida den Skeletten dabei zusah, wie diese wie ein Windspiel durch die Luft glitten und leise klimperten, desto unwohler fühlte sie sich. Schlagartig durchfuhr sie der Verdacht, nicht allein zu sein; als würde sie jemand beobachten. Angst stieg in ihrem Hals auf und schnürte ihr die Luft ab. Kein Wunder, dass die Fae niemals zurückgekehrt waren …

»Du spürst es auch, nicht wahr?«, drang Jace' Stimme leise an ihr Ohr. Mechanisch nickte Kaida. Sie wandte ihren Blick nicht von den Überresten ab, während ihre Hand zitternd nach Jace' tastete. Behutsam hielt er sie fest.

»Sie sind tot, wieso kann ich ihren Schmerz trotzdem noch fühlen?«, fragte Kaida mit bebender Stimme.

»Die Helle Magie in unseren Adern verbindet uns auch nach dem Tod miteinander«, erklärte Jace ruhig, während er schützend einen Arm um

Kaidas Schultern legte. »Sie hallt noch eine ganze Weile nach, auch wenn unser Körper bereits verwest ist. Besser, du gewöhnst dich an dieses bedrückende Gefühl, denn es wird dir in den nächsten Tagen wohl noch öfter begegnen ... Komm, Kaida, wir sollten jetzt wirklich einen Unterschlupf finden, ehe die Wesen, die unsere Toten hier aufgehängt haben, auf uns aufmerksam werden.«

»Was?! Sie sind noch hier?«, fragte Kaida schrill, doch mehr als ein knappes Nicken erhielt sie nicht als Antwort ...

Kapitel 13

Müde verfolgte Kaidas Blick die schweren Regentropfen, die vom Rand des Höhleneingangs hinabfielen. In der kleinen Höhle im Erdboden, die Jace als Unterschlupf auserkoren hatte, konnte sie dessen leise Schritte hören. Im Grunde war ihr Versteck ein durchschnittlicher Keller aus kaltem Stein, nur mit dem Unterschied, dass sich kein Gebäude über ihm befand, sondern eine große Tanne. Laut Jace hatten die Fae vor dem Krieg mehrere dieser Verstecke auf ihrer Insel errichtet, um sich vor Feinden zu verstecken.

Kaida gähnte schläfrig, als eine kühle Brise in den Eingang zog und sie erschaudern ließ. Warum hatte sie niemand vorgewarnt, dass es auf dieser verdammten Insel bei Nacht beinah so kalt wurde wie im Gebirge?

Mit einem Mal wurden die Schritte hinter ihr lauter. »Komm bitte rein, Kaida, hier unten ist es sicherer. Bei der Kälte holst du dir noch den Tod.«

Unzufrieden verzog Kaida das Gesicht. Seit ihrer Ankunft saß sie auf den oberen Stufen der steilen Treppe, die in den geheimen Keller führte, und genoss die Stille der Nacht. Ihr Rücken, mit dem sie an die Wand des schmalen Tunnels lehnte, fühlte sich bereits kalt und klamm an.

»Was ist denn so Besonderes dort oben, dass du dir lieber eine Lungenentzündung einfängst, anstatt mit mir mitzukommen?«, hörte sie seine Stimme wesentlich dichter als zuvor. Sein Schatten tauchte plötzlich neben ihr auf, als er sich leise auf der Stufe unter ihr niederließ.

»Ich kann keine Lungenkrankheit bekommen«, erwiderte sie etwas patzig. »Die Ausrede zählt nicht mehr, Fae werden nicht krank.«

»Es widerspricht dem Zweck eines Verstecks, wenn du am Eingang wartest und ungebetene Gäste anlockst«, versuchte der Prinz sie aufzuziehen. »Hätte ich gewusst, dass dir Nässe und Kälte so gut gefallen, hätten wir uns auch einfach auf den Waldboden legen und auf den Tod warten können.«

»Da unten ist es auch nass.«

»Das weißt du doch gar nicht«, widersprach er ruhig. »Anstatt mir zu folgen, hast du es dir ja gleich hier oben gemütlich gemacht. Stell dir mal vor, da unten würden frische Küchlein auf dich warten, während du hier oben einen Schmollmund ziehst.«

Resigniert drehte Kaida ihm ihr Gesicht zu. An einem anderen Tag hätte seine Anspielung sie vielleicht zum Schmunzeln gebracht, aber jetzt ... Nein, im Moment konnte sie über seine Bemerkung nicht einmal mehr müde lächeln. Jace schien ebenfalls zu bemerken, dass seine Aufmunterungsversuche sie nicht erreichen konnten. Kaida spürte, wie er ein Stückchen näher an sie heranrückte. »Was ist los, Kleines?«, fragte er vorsichtig, doch sie schüttelte nur schwach den Kopf und wandte ihren Blick wieder gen Höhlenausgang. Verträumt schaute sie durch die runde Öffnung im Erdboden hinauf zum Nachthimmel, in dem Abermillionen Sterne um die Wette funkelten. Eine leichte Berührung an der Schulter ließ sie zusammenzucken. Jace hatte einen Arm um sie gelegt und zog sie behutsam an seinen wärmenden Körper. Obwohl er eine Stufe tiefer saß als sie, war er immer noch ein gutes Stück größer, was ihr ermöglichte, ihren Kopf bequem an seine Schulter zu legen. Eine ganze Weile lang saßen sie einfach nur schweigend nebeneinander. Die Müdigkeit begann immer schwerer an Kaida zu zerren, doch trotzdem sträubte sie sich gegen den Schlaf, den sie wohl dringend nötig gehabt hätte.

»Wer bin ich eigentlich?«, fragte sie schließlich leise, beinah schon schüchtern.

»Eine Fae«, antwortete Jace genauso ruhig. Zwar rechnete Kaida ihm hoch an, dass er ihre Frage nicht als sinnlos abtat, aber so ganz passte ihr die Antwort trotzdem nicht ... »Du bist wahrscheinlich die stärkste Kämpferin des Landes, außerdem die ehemalige Novizin des Hexenmeisters und eine begabte Assassine noch dazu. Mein Vater –«

»Nein, das meine ich nicht!«, unterbrach sie ihn harscher als beabsichtigt.

»Das, was du aufzählst, sind alles äußere Umstände, aber das bin nicht *ich*. Ich muss doch mehr sein als irgendjemandes Untertanin, Gefangene oder Kriegswaffe … oder etwa nicht?«

»Natürlich bist du mehr als das!«, pflichtete der Prinz ihr eilig bei.

»Aber *was*? In Neros Obhut ging es mir zwar nicht gut, aber wenigstens wusste ich, wer ich war – oder zumindest bildete ich mir ein, es zu wissen. Als ich die Schwarze Festung hinter mir gelassen hatte, musste ich zum ersten Mal feststellen, dass die Welt mehr ist als das, was mir Nero vorgegaukelt hatte; dass *ich* mehr bin als das, was er mich hatte fühlen lassen. Im Dorf habe ich meine aufgedrückte Identität als kaltblütige Novizin gegen die einer ganz normalen junge Frau getauscht – na gut, vielleicht nicht *ganz* normal, aber für meine Verhältnisse ziemlich dicht dran … Aber dann bist du plötzlich aufgetaucht und ich musste erneut alles infrage stellen: Sind die Fae wirklich alle machthungrig und egoistisch? Stimmt es überhaupt, dass sie am Tod meiner Eltern schuld sind? Ist deine Familie vielleicht doch nicht so kalt und abscheulich, wie ich immer geglaubt habe? Ich habe meine Vorurteile euch gegenüber fallen gelassen und mich mit meiner neuen Lebenssituation abgefunden. Ich war glücklich, Jace – und dann kam natürlich prompt die nächste Katastrophe, die mich aus der Bahn geworfen hat. Nun bin ich eine Fae oder vielleicht auch nur das Kind eines missratenden Experiments, wer weiß das schon … Ich gehöre keinem Volk mehr an, kann mich nicht mal mehr auf meinen eigenen Bruder verlassen. Stattdessen habe ich eine gefährliche Gabe freigesetzt und sitze nun auf einer verdammten Insel fest, die sich genauso einsam und leblos anfühlt wie mein Inneres. Ich möchte endlich ankommen, Jace. Wissen, wo ich hingehöre, keine schlaflosen Nächte mehr haben, weil mich wirre Bilder der Vergangenheit jagen. Doch was, wenn ich nie irgendwo ankommen werde? Wenn ich mein ganzes Leben lang durch die Welt reisen muss, immer einsam und auf der Flucht?«

Tröstend strich ihr der Prinz über den Kopf. »Glaub mir, ich kenne das Gefühl, nirgendwo richtig anzukommen … Aber so schwer es auch ist, irgendwann muss man sich eingestehen, dass sowieso nichts für die Ewigkeit ist – schon gar nicht im unendlichen Leben eines Fae. Außerdem muss Veränderung ja nichts Schlechtes bedeuten. Es gelingt mir zwar nicht immer, aber grundsätzlich kann ich sogar meinem Fluch positive Sachen abgewinnen ... Du musst jetzt einen kühlen Kopf bewahren, Kleines. Ich verspreche dir, dass wir früher oder später die Wahrheit über dich und deine Familie herausfinden werden, aber bitte tu dir selbst den Gefallen und klammere dich nicht zu sehr an dieser Hoffnung fest. Vielleicht ist das, was wir am Ende finden werden, nicht das, was du erwartet hast, vielleicht reißt es dir erneut den Boden unter den Füßen weg. Nur weil du dann weißt, wer die Vergangenheits-Kaida war oder wer sie hätte sein sollen, wird das die heutige Kaida auch nicht zwingend voranbringen. Was geschehen ist, kannst du sowieso nicht mehr rückgängig machen. Ein Blick in die Vergangenheit kann durchaus lehrreich sein, aber manchmal reißt er nur alte Wunden auf, mit denen man sich sonst nicht mehr hätte herumschlagen müssen.«

Seine Worte berührten Kaida auf eine Art und Weise, die sie niemals für möglich gehalten hatte. Es schien ihr, als wäre er der Einzige in der großen weiten Welt, der sie jemals verstehen würde. Unglaublich, dass sie früher einmal angenommen hatte, sein Herz sei aus Eis und Stein ...

Jace räusperte sich leise, ehe er fortfuhr. »Ich könnte dir gern erzählen, wer du für mich bist. Wie viel du mir bedeutest und was dich meiner Meinung nach ausmacht, aber meine Worte werden dir auf lange Sicht leider nicht helfen. Du musst es durch deine eigenen klugen Augen erkennen.«

Nachdenklich beobachtete Kaida die dicken Wassertropfen, die in den Eingang des Tunnels flossen und sich zu kleinen Bächen vereinigten. Sie wusste, dass Jace recht hatte – die Veränderung musste von ihr ausgehen. Es war ihre Aufgabe, zu sich selbst zu finden; das konnte ihr niemand abnehmen. Zwar war sie sich sicher, dass Jace ihr stets zur Seite stehen würde, doch aus dem Sumpf aus Angst und Selbstmitleid würde sie sich wohl oder übel selbst herausziehen müssen.

»Danke, Schneeflöckchen«, murmelte sie nach einer Weile und schaffte es sogar, ihre Lippen zu einem schwachen Lächeln zu ziehen. Einfühlsam erwiderte er die Geste. »Keine Ursache, Kleines. Ich hoffe, dass du weißt, dass du bei mir und in meinem Königreich immer willkommen sein wirst.«

Behutsam stupste er ihre Nasenspitze mit seiner eigenen an. Als Kaida die Augen schloss, um sich dem Prickeln in ihrem Körper hinzugeben, fiel ihr plötzlich noch etwas anderes ein. »Bist du eigentlich noch böse auf mich, wegen … du weißt schon?«, murmelte sie gedämpft an seinen Hals.

»Weil du mir nicht erzählt hast, dass du noch Kontakt zu deinem Bruder hattest, während du schon bei uns gelebt hast? Oder weil du mir verheimlicht hast, wer dich aufgezogen hat? Oder –«

»Danke, ich habe es verstanden …«

Als er amüsiert schnaubte, kitzelte sein warmer Atem leicht über Kaidas Gesicht. »Nein, Kleines, tatsächlich bin ich nicht mehr böse auf dich. Rückblickend weiß ich gar nicht, ob ich überhaupt je richtig zornig war … enttäuscht vielleicht, aber auch das hat sich mittlerweile gelegt.«

Überrascht schlug sie ihre Augen auf und blinzelte zu ihm hinauf. Als sein weicher Blick auf ihren traf, blickte sie etwas verlegen zur Seite. »Du hast mich vor deinem Vater beschützt und dafür gesorgt, dass es mir gut geht, aber zum Dank habe ich den Weg dafür bereitet, dass Callum deinen kleinen Bruder entführen konnte.«

»Vielleicht waren deine Absichten zu Beginn unserer Reise nicht aufrichtig, aber ehrlicherweise muss ich zugeben, dass ich dich ja auch nur auf Geheiß meines Vaters in unser Königreich verschleppt habe. Unsere Methoden waren genauso verwerflich wie die von Nero, außerdem hast du ja niemanden umgebracht oder vertrauliche Informationen ausgeplaudert.«

»Mag sein, aber ich habe trotzdem ein schlechtes Gewissen«, erwiderte Kaida leise.

Behutsam schob Jace seinen Zeigefinger unter ihr Kinn und hob es ein Stückchen an. Ein Lächeln umspielte seine Lippen, während seine Augen genauso hell funkelten wie der Sternenhimmel über ihren Köpfen. Als Kaida sich dabei erwischte, wie ihr Blick von seinen strahlenden Augen zu seinen herzförmigen Lippen abdriftete, schluckte sie trocken. Ob er zulassen würde, dass …

»Das musst du aber nicht, Kleines. Lass uns einfach versuchen mit der Vergangenheit abzuschließen und nach vorn zu schauen.« Eilig nickte sie. »Klingt gut.«

Erneut blieben ihre Augen an seinen Lippen hängen. Obwohl es schon eine ganze Weile her war, seitdem sie ihn zum letzten Mal geküsst hatte, konnte sich Kaida noch ganz genau an den süßlichen Geschmack seiner Lippen erinnern ... Erneut drängte sich ihr die Frage auf, wie die Dinge nun zwischen ihnen standen. Zwar fühlte sie sich nach der Aussprache mit ihm wesentlich wohler, doch reichte ein versöhnliches Gespräch aus, um da weitermachen zu können, wo sie in seiner Hütte im Wald aufgehört hatten?

Etwas zurückhaltend zog sie ihre Unterlippe zwischen ihre Zähne. Als sie bemerkte, wie Jace' Blick ihrer Mimik folgte, schwoll das Prickeln in ihrem Bauch zu einem hungrigen Verlangen an. Langsam reckte sie ihr Kinn ein wenig in die Höhe und neigte den Kopf, um seine Lippen erreichen zu können – als plötzlich ein lautes Rascheln in der Nähe ertönte. Erschrocken fuhren sie auseinander.

Als Kaida ihre Ohren spitzte, konnte sie ein leises Schaben wahrnehmen, das immer näher zu kommen schien. Alarmiert sah sie zu Jace, der sich ebenfalls konzentriert umsah.

»Was ist da draußen?«, fragte sie leise, doch der Fae schüttelte nur knapp den Kopf. Stattdessen deutete er ihr schweigend an, in den Gang hinabzusteigen. Unsicher folgte sie seiner Aufforderung und beobachtete ihn dabei, wie er sich an etwas oberhalb der letzten Treppenstufe zu schaffen machte. Mit einem Schlag wurde es dunkel.

»Im Waldboden ist eine Luke versteckt«, raunte Jace ihr leise zu, griff nach ihrer Hand und zog sie mit sich die Stufen hinab in das Innere des Kellers. »So sind die Chancen etwas höher, dass wir unentdeckt bleiben.«

Als sie unten ankamen, griff er nach einem Gitter, das halb in der Wand versteckt war. Staunend beobachtete Kaida, wie er die zusammengefalteten Metallstäbe auseinanderzog und so ein Gittertor vor dem Höhleneingang aufspannte.

»Hoffen wir mal, dass der Schutzzauber meiner Vorfahren noch wirkt«. Sie nickte zustimmend, auch wenn Kaida noch nicht ganz verstand, was hier eigentlich vor sich ging. Sie folgte Jace in das Versteck, einen kleinen Raum, der in den Fels geschlagen worden war, und beobachtete den Prinzen dabei, wie er zwei Lampen entzündete, die mit dem gleichen Rauch gefüllt waren wie die Lampen im Palast. Ein warmes Licht breitete sich in dem Gewölbe aus und warf tanzende Schatten an die grauen Wände.

»Leider muss ich zugeben, dass es hier unten doch keine frischen Küchlein gibt«, gestand Jace schmunzelnd. »Aber wenigstens Decken, die noch nicht vom Wetter zersetzt wurden ... und ein paar Hülsenfrüchte. Hunger?«

Kaida schüttelte knapp den Kopf. Vor Anspannung konnte selbst sie in diesem Moment nicht an Essen denken. In ihrem Bauch hatte sich ein Knoten aus Unruhe gebildet, das warme Prickeln war restlos verschwunden. Wahrscheinlich würde sie nicht das kleinste Häppchen hinunterbekommen, ehe sie wusste, was da oben vor sich ging. »Jace ... Was war das?«

»Ich weiß es nicht genau ... Vielleicht ein Schattenfresser, unseren Spionen nach treiben sich hier davon wieder vermehrt welche rum ... Vielleicht war es aber auch ein Kelpie, in der Nähe unseres Verstecks befand sich früher mal ein kleiner See. Oder ...«

»Oder?«, wiederholte Kaida nervös, nachdem Jace' Zögern ihr immer verdächtiger vorkam.

»Oder es ist eine Todesfee«, brachte er leise über die Lippen. »Du weißt schon, die ruhelosen Seelen getöteter Mädchen, in deren Augen man angeblich sein eigenes Ende sehen kann und deren Schrei auch das stärkste Herz zum Stehenbleiben bringt.«

»Sehr beruhigend.« Langsam ging Kaida auf den Prinzen zu, der gerade einige Decken und Kissen auf dem blanken Steinboden verteilte. Er schenkte ihr ein tröstendes Lächeln und setzte sich. Kaida ließ sich ebenfalls auf den Kissen nieder.

»Es war eine dumme Idee, so lange dort oben im Eingang zu sitzen«, tadelte er, während er ihre langen Haare in seine Hände nahm und vorsichtig zu einem Zopf drehte, um das Wasser auszuwringen.

»Wie geht es jetzt weiter?«, fragte Kaida leise, ohne auf seinen Vorwurf einzugehen. Ihren Blick hatte sie fest auf Jace' Gesicht gerichtet, jede noch so kleine Zuckung seines Augenlides würde ihr auffallen. Doch erstaunlicherweise ließ er sich nichts anmerken.

»Wir verbringen die Nacht hier unten und hoffen, dass uns die Zauber vor Todesfeen, Schattenfressern und den ganzen anderen Ungeheuern schützen. Morgen versuchen wir dann bis zum Schloss vorzudringen, dort pulsiert unsere Magie am stärksten. Ich hoffe sehr, dass mein früheres Zuhause noch nicht komplett von Todesfeen eingenommen wurde, das würde unsere Mission deutlich erschweren ...«

»Moment, welche Mission? Wir haben einen Plan? So wie du das sagst, klingt das aber wenig überzeugend ...«

Jace antwortete mit einem amüsierten Schnauben. Er griff nach einer weiteren Decke und legte sie vorsichtig um Kaidas bebende Schultern. »So ehrliche Rückmeldung bekomme ich in den Ratssitzungen selten, aber ja, wir haben einen Plan. Ich hatte bereits auf dem Schiff versucht mit dir darüber zu reden, aber du warst nicht sehr aufnahmefähig.«

»Ach so?«, fragte Kaida verblüfft. Als sie sich jedoch daran zurückerinnerte, wie sie ängstlich an Jace' Seite gekuschelt und leise wimmernd auf dem Schiff ausgeharrt hatte, wunderte es sie nicht, dass sie nichts mitbekommen hatte ... »Dann musst du es mir eben noch mal erklären«, forderte sie schulterzuckend.

»Nun, es gibt da etwas, das du noch nicht weißt«, nuschelte er etwas undeutlich, während er sich ebenfalls in eine Decke wickelte. Spielerisch rammte Kaida ihm ihren Ellenbogen in die Seite. »Ich würde lügen, wenn ich sagen würde, dass mich das überrascht. Also, Schneeflöckchen, spuck es aus!«

»Hm ...«

Mehr schien er zunächst nicht verraten zu wollen, weshalb Kaida ein paar seiner noch feuchten Haarsträhnen zwischen ihre Finger nahm und spielerisch daran zog. »Jace ...«

Seufzend verdrehte der Prinz die Augen. »Schon gut, du hast gewonnen ... Ich habe dir noch nicht erzählt, dass du in unseren Palast *musst*. Es gibt keinen Weg drumherum.«

»Und wer will mir das befehlen?«

»Unsere Magie«, antwortete er schulterzuckend. »Wie du weißt, hat die

Magie ihre eigenen Gesetze. Sie kann uns umbringen, wenn wir zu gierig sind. Sie kann uns umbringen, wenn wie zu geizig sind. Und sie kann uns umbringen, wenn wir sie unterschätzen.«

»Was willst du damit sagen?« Misstrauisch zog Kaida ihre Augenbrauen zusammen und die Decke von Jace' Kopf. Sein Haar glänzte noch immer im Licht der Lampen, doch die feinen Tröpfchen waren verschwunden. »Dein Vater hat mir doch bereits gezeigt, wie ich meine Gabe beherrschen kann.«

»Nicht ganz … Du glaubst, du könntest mit ihr umgehen, doch das ist eine Lüge; eine Lüge, die dich früher oder später den Kopf kosten könnte. Du hast vielleicht ein erstes Gefühl für deine Gabe entwickelt, aber bei der kleinsten Ablenkung fällt es dir schwer, sie unter Kontrolle zu halten, oder? Genau aus diesem Grund werden junge Fae darauf vorbereitet an einer magischen Prüfung teilzunehmen, sobald ihre Magie zum ersten Mal erwacht. In den Tiefen unseres Gewölbes, weit unter dem Palast und umgeben von festem Stein, befindet sich ein magischer Kristall, das sogenannte *Herz der Fae*. Dieser Edelstein ist pure Magie, Kaida. Im Verlauf dieser Prüfung offenbart sich dem Prüfling seine Gabe in vollem Ausmaß. Die blutjungen Fae lernen ihre Magie vollständig zu kontrollieren, auch wenn sie mal abgelenkt sein sollten. Theoretisch kann man dieses tiefe Gefühl für die eigene Magie auch ohne den Kristall erlangen, aber das kann unzählige Jahre dauern.« Ein trauriges Lächeln legte sich auf seine Lippen. »Magie ist hinterhältig, Kaida. Sie folgt ihren eigenen Gesetzen. Wir sind nur ihre fleischliche Hülle – wie der Wirt einer Krankheit. Wir nähren sie und machen sie stärker, und wenn sie uns nicht mehr benötigt, sticht sie uns von hinten in den Rücken; es sei denn, wir lernen sie richtig zu kontrollieren.«

Während seiner Erklärung hatte Kaida angefangen, nervös an ihren Fingernägeln zu knabbern. Eine lästige Angewohnheit, die sie eigentlich längst hatte ablegen wollen. Doch die Art, wie Jace ihr von dieser ominösen Prüfung erzählt hatte, mit der besorgten Falte zwischen den Augenbrauen und dem eindringlichen Blick, hatte ein unangenehmes Ziehen in ihr ausgelöst. So hatte er sie zum letzten Mal angesehen, als sie in der Arena seines Vaters gegen Schattenfresser und Drachen kämpfen musste. Seufzend schloss sie für einen kurzen Moment die Augen. »Ihr Fae scheint es ja sehr mit Prüfungen und Wettkämpfen zu haben, was?«

»*Wir Fae*«, korrigierte er mit einem leisen Lächeln in der Stimme.

»Ja, ich hab's verstanden ... Also, auf einer Skala von *Drache* bis *Nero*, wie schwierig ist diese Prüfung?«

Lachend warf der Prinz seinen Kopf in den Nacken. »Nicht so zynisch, kleine Assassine, das packen wir schon. Es wird etwas schwieriger, weil deine Gabe wirklich enorm mächtig ist und du all deine Willenskraft brauchen wirst, um sie in Schach zu halten, aber bei deinem Dickkopf mache ich mir da wenig Sorgen.«

Seine Worte sollten ihr wohl Mut machen, doch in Kaidas Kopf lösten sie das genaue Gegenteil aus. Der Kloß in ihrem Hals wurde so groß, dass sie ihn förmlich herunterwürgen musste. »Du lügst«, flüsterte sie leise. »Du tust nur so gelassen, ich sehe es in deinen Augen. Im Gegensatz zu deinen Lippen können sie nämlich nicht lügen ... Also erzähl mir bitte, wie diese Prüfung abläuft. Womit muss ich rechnen? Geht es um physische Kämpfe oder psychische? Werde ich –«

»Das ist schwer zu erklären, Kaida«, seufzte Jace etwas frustriert. »Ich weiß, dass es nicht das ist, was du hören möchtest. Aber ich muss dich mit deiner Frage leider vertrösten, bis wir im Palast sind. Du wirst es verstehen, wenn du es mit eigenen Augen siehst.«

Ehe sie ihm widersprechen konnte, beugte sich der Prinz plötzlich zu ihr hinab und drückte ihr einen sanften Kuss auf die Schläfe. Trotz ihrer Flüchtigkeit löste die Geste ein Feuerwerk in Kaida aus, das sie nur mit Mühe im Zaun halten konnte. Augenblicklich schien wieder jede Faser ihres Körpers in Flammen zu stehen und ihre Fingerspitzen kribbelten, als hätte sie in einen Busch Brennnesseln gefasst.

»Wir sollten uns ein wenig ausruhen«, flüsterte Jace sanft, während er sein Gesicht in ihrem Haar vergrub. »Ich fürchte, dass wir in nächster Zeit nicht mehr so oft die Gelegenheit dazu bekommen werden ...«

Kapitel 14

Das trockene Holz unter ihren Füßen knackte mit jedem Schritt und ließ Kaida immer wieder aufhorchen. Erneut flog ihr Blick über die dürren Baumstämme, an denen weder Laub noch Äste wuchsen. Anstelle von Blättern flogen kleine Rußpartikel durch die Luft, einige von ihnen glommen sogar noch. Als ihr ein weiterer Schwall Rauch in die Lunge wehte, begann Kaida trocken zu husten.

»Flach atmen!«, wies Jace sie augenblicklich an.

»Versuche ich ja, aber –«

»Nicht sprechen. Nur im absoluten Notfall.«

Genervt verdrehte sie die Augen. Der Fae hatte natürlich recht, aber nicht zu sprechen trug nicht gerade dazu bei, dass sie sich wohler fühlte. Erneut knackte etwas hinter ihr und ließ sie herumfahren.

»Du musst deine Nerven in den Griff bekommen, Kaida«, flüsterte ihr Jace ruhig zu. »Der Palast ist ganz in der Nähe, aber wir werden nicht ankommen, wenn dir jedes Mal das Herz stehen bleibt, sobald irgendetwas hinter uns knistert. Du brauchst dir keine Sorgen zu machen, weder um die Prüfung noch um die Schattenfresser. Ich habe das im Griff.«

Kaidas Mundwinkel zuckten. Sie wusste, dass selbst der Prinz machtlos gegen die Gefahr war, die sich bei ihrer Ankunft auf der Insel wie eine Schlinge um ihren Hals gelegt hatte und sich mit jedem Schritt weiter zuzuziehen schien. Zittrig stieß sie ihren Atem aus und versuchte ihre Schultern zu lockern, jedoch erfolglos. »Ich weiß deinen Optimismus zu schätzen«, sagte sie an Jace gewandt, »aber du kannst mich unmöglich vor der ganzen Welt beschützen, Schneeflöckchen.« Zaghaft griff sie nach seiner Hand. Als ihre Fingerspitzen seine weiche Haut berührten, konnte sie die Wärme spüren, die von ihr ausging. Es beruhigte sie zu wissen, dass der Prinz an ihrer Seite war. Auch wenn er eine lange Zeit nicht hier gewesen war, kannte er die Insel und konnte wesentlich besser einschätzen als sie, was hier als normal galt und was nicht. Schweigend betrachtete er sie aus seinen grauen Augen und verstärkte sanft den Griff um ihre Hand. Während sie ihren Weg durch den Wald fortsetzten, breitete sich eine angespannte Stille zwischen ihnen aus. Nicht einmal das Zwitschern eines Vogels war zu hören, nur das laute Ächzen und Knacken des verkohlten Holzes. Dieser Wald war tot. *Tot und verflucht.*

»Du hast gesagt, dass dieser Teil des Waldes bei der Schlacht um eure Insel angezündet wurde«, murmelte Kaida nach einer Weile leise. »Aber das ist doch schon ewig her! Wieso habe ich trotzdem das Gefühl, der ganze Wald um mich herum würde in Flammen stehen?«

»Weil es kein normales Feuer war.« In Jace' Stimme klang ein tiefer Schmerz mit, der sich wie ein Eiszapfen in Kaidas Brust bohrte. Sie wusste, dass den Fae eine tiefe Naturverbundenheit nachgesagt wurde. Jace war auf dieser Insel hier aufgewachsen, wahrscheinlich hatte er als kleiner Junge in genau diesem Waldstück herumgetollt. Sie wollte keine alten Wunden aufreißen. Mit einem Mal verstärkte sich sein Griff um ihre Hand, fast so, als hätte er Angst, sie zwischen den schwarzen Baumstämmen zu verlieren. »Es waren Neros Flammen, die unsere Wälder heimgesucht haben«, erklärte er tonlos. »Sie wurden durch seine Schwarze Magie genährt und verleibten sich alles ein, was sich ihnen in den Weg stellte. Es ging ihm nicht nur darum, unseren Wald zu verbrennen, er wollte ein Exempel statuieren: an mir, an meinem Vater ... an unserem gesamten Volk. Das hier«, sagte er und streckte seinen Arm ausladend in den Wald, »war seine Art uns zu zeigen, wie wenig wir ihm entgegenzusetzen hatten.«

Mit zusammengezogenen Augenbrauen folgte Kaidas Blick seiner Handbewegung. In der Ferne konnte sie einige Flammen erkennen, die zwischen den dünnen Baumstämmen loderten und wie Schlangen über den Waldboden krochen. Sie wagte kaum daran zu denken, wie es erst um den Palast herum aussehen musste, wenn Nero sich bereits so sehr an einem bedeutungslosen Waldstück ausgetobt hatte …

Ihr Weg durch die verbrannte Natur fühlte sich an wie eine Ewigkeit. Das Kratzen und Brennen in Kaidas Hals wurde immer unangenehmer, oft musste sie so sehr husten, dass sie bereits fürchtete, sich übergeben zu müssen. Als sie endlich wieder lebendige Bäume und Pflanzen zwischen den verkohlten Resten des früheren Waldes entdeckte, keimte ein wenig Erleichterung in ihr auf. Die Natur musste an diesen Stellen damit begonnen haben, das verbrannte Stück Erde wieder zurückzuerobern. Immer mehr Bäume tauchten am Wegrand auf und wurden schließlich so zahlreich, dass man fast wieder von einem gesunden Wald sprechen konnte. Neros Zauber schien hier nicht mehr so stark nachzuklingen wie in den anderen Waldstücken, die sie an diesem Tag bereits durchquert hatten. Plötzlich zwang Jace sie zum Stehenbleiben und grinste sie spitzbübisch an.

»Was hast du vor?«, fragte Kaida misstrauisch, doch der Fae umkreiste sie nur wortlos und stellte sich hinter ihren Rücken. Eine Hand tauchte vor ihrem Gesicht auf und legte sich behutsam auf ihre Augen. Sie spürte, wie Jace mit der anderen Hand nach ihrem Arm griff und ihr Halt gab, ehe er sich wieder in Bewegung setzte. Blind stolperte Kaida vor ihm her. »Muss das sein?«, fragte sie etwas gereizt, während sie sich unsicher an seiner Hand festkrallte. Sein vergnügtes Lachen führte zwar dazu, dass sich die Anspannung in ihrem Körper etwas löste, doch trotzdem fand sie sein Spielchen mehr als albern. Er hatte doch selbst gesagt, dass es hier draußen nicht sicher war …

»Wir sind gleich am Palast«, verkündete der Prinz wenig später voller Vorfreude, »ich möchte, dass es eine Überraschung für dich wird. Vor deinen Füßen liegt übrigens eine große Wurzel, pass auf, dass du nicht stolperst.«

»Wehe, der Anblick lohnt sich nicht …«, murrte Kaida leise. Sie wollte keine Spielverderberin sein, schon gar nicht, wenn Jace solche Freude daran fand, sie zu überraschen. Doch im Moment war ihr einfach nicht nach Späßen zumute. Der Prinz hatte ihr immer noch nicht verraten, wie genau ihre Prüfung im Palast aussehen würde. Kaida wusste nur, dass dieser Kristall, das *Herz der Fae*, angeblich in den Kellergewölben versteckt war. Sie konnte nur hoffen, dass die Prüfung sich nicht als eine weitere Falle entpuppen würde, die sie und Jace in Gefahr bringen könnte …

»Jace? Wäre es nicht klüger, wenn du mir langsam mal erklären würdest, was bei dieser Prüfung von mir verlangt wird? Wie wollen wir diesen Kristall überhaupt finden?«, fragte sie nach einiger Zeit vorsichtig.

Zunächst schien der Prinz so zu tun, als hätte er sie nicht gehört, doch schließlich räusperte er sich leise. »Das Herz der Fae ist ein besonderer, ein einzigartiger Kristall«, erklärte er, wobei ihm deutlich anzuhören war, dass ihm das Thema missfiel. »In ihm ist pure Magie eingeschlossen. Der Kristall existiert schon mindestens genauso lang wie wir Fae selbst. Mein Vater hat uns Kindern stets erklärt, dass er der Ursprung unserer Gaben ist, das Objekt, welches die Magie erst auf die Welt gebracht hat. Wenn wir ihn berühren, wird unsere Stärke auf die Probe gestellt. Es ist sehr schwer zu erklären, man muss diese Prüfung selbst erlebt haben, um deren Ausmaß zu begreifen. Aber im Grunde testet der Kristall, wie gut du dich und deine Gabe im Griff hast. Er zwingt dich sowohl körperlich als auch mental an deine Grenzen, aber wenn du seine Prüfung überstehst, wird er zu deinem besten Lehrer. Er wird dir zeigen, wie die Magie in deinen Adern funktioniert und wie du sie dir zu eigen machen kannst. Ab diesem Punkt ist deine Gabe kein Fremdkörper mehr, sondern ein echter Teil von dir und deinem Körper.«

Obwohl Kaida das Gefühl hatte, nur die Hälfte seiner Worte zu verstehen, nickte sie ehrfürchtig. Zwar hatte sie gehofft, dass er ihr erzählen konnte, was *genau* sie da unten erwartete, doch so, wie es aussah, musste sie diese Erfahrung wohl allein machen. Seufzend ließ sie ihre Schultern sinken.

»Mach dir keine Sorgen, Kaida«, versuchte sie der Prinz zu beruhigen. »Ich bin überzeugt davon, dass du die Prüfung mit Bravour meistern wirst.« Kaida wollte ihm gerade widersprechen, als Jace plötzlich ohne Vorwarnung seine Hand von ihrem Gesicht nahm und grelles Licht in ihre Augen stach. Sie blinzelte mehrmals und rieb sich über die brennenden Augen, doch es dauerte trotzdem eine ganze Weile, ehe sie wieder klar sehen konnte.

Ungläubig starrte sie auf den riesigen See, der wie ein Spiegel dalag und ein Abbild des Himmels zeigte. Seine Oberfläche war so glatt wie geschliffenes

Eis, nicht die kleinste Bewegung zeichnete sich darauf ab. Die Farbe des Wassers erinnerte Kaida an die königsblauen Vorhänge in Oberons Palast. Hätte sie nicht solche Angst vor Wasser, wäre sie glatt eine Runde schwimmen gegangen. Doch der spiegelglatte See war nicht der einzige Grund, weshalb ihr die Kinnlade herunterklappte. Aus der Mitte des Wassers erhob sich ein prächtiges Schloss. Das hohe Bauwerk war aus weißem Stein gebaut, der das starke Sonnenlicht reflektierte. Die Ziegel der Dächer schimmerten in dem gleichen Blauton wie der See. Obwohl das Schloss geradezu märchenhaft wirkte, konnte Kaida nicht über die riesigen Löcher hinwegsehen, die in den Dächern und Wänden klafften. Viele der Fenster waren durch Efeu verdeckt, die ursprüngliche Wuchsform der Ranken ließ sich nur noch vage erahnen. Seit der Schlacht hatte sich wohl niemand mehr die Mühe gemacht, die Pflanzen zurechtzuschneiden – wozu auch?

Es fiel ihr schwer, den Blick von dem zerfallenen Palast abzuwenden. Als sie zu Jace hinübersah, blickte der Prinz so sehnsüchtig auf das Schloss, dass sich in ihrem eigenen Herzen ebenfalls ein Riss auftat. Das hier war einst sein Zuhause gewesen, sein Palast, sein Königreich … doch heute war es nur noch ein dunkler Schatten seiner tragischen Vergangenheit …

Kapitel 15

Nachdem die beiden den kreisrunden See zur Hälfte umrundet hatten, blieb Jace unvermittelt stehen und trat an den Rand des Wassers. Mit geneigtem Kopf beobachtete Kaida ihn dabei, wie er sich niederkniete und seine Hände sorgsam auf seinen Oberschenkeln ablegte. Er schloss die Augen und schien sich auf etwas zu konzentrieren, das Kaida nicht sehen konnte. Verträumt ließ sie ihren Blick über die spiegelglatte Oberfläche wandern. Sie beobachtete, wie die Spiegelbilder der feinen Wolken über das Wasser hinwegzogen und wie die Seerosen langsam auf der Oberfläche umhertrieben. Aus den Augenwinkeln nahm sie wahr, wie Jace eine Hand nach dem Wasser ausstreckte und es mit seiner Fingerspitze berührte. Kleine Wellen breiteten sich kreisförmig um seinen Finger aus und trieben auf den See hinaus.

»Was tust du da?«, fragte sie leise, doch Jace verzog keine Miene. Erneut blickte sie auf den See hinaus, als ihr mit einem Mal etwas ins Auge fiel. »Jace, sieh nur!« Sie streckte ihren Zeigefinger in Richtung einer Seerose aus, die verdächtig zielstrebig auf sie zuschwamm. Plötzlich hob sich die Pflanze ein Stückchen aus dem Wasser hinaus. Unter den runden Blättern funkelte Kaida ein schwarzes Paar Augen an ... *Nixen*. Panisch begann sie an Jace' Schultern zu rütteln, unfähig, auch nur ein einziges Wort zu sagen.

»Entspann dich, Kaida, ich habe sie gerufen«, erklärte der Prinz ruhig, während er seinen Blick auf ihr Gesicht richtete. »Sie wird dich sicher in den Palast bringen. Unsere Zugangsbrücke ist zerstört worden, der einzige Weg führt über das Wasser.«

»Ich kann das nicht«, brachte Kaida stammelnd hervor, den Blick noch immer fest auf die Wasserpflanze gerichtet. Je näher die schwarzen Knopfaugen kamen, desto mehr krampfte sich ihr Magen zusammen. Das Pulsieren ihrer Magie wurde so stark, dass Übelkeit in ihrem Hals aufstieg. »Sie wird mich ertränken ... oder meinen Hals mit ihren spitzen Zähnen zerfleischen. Jace, du weißt doch –«

»Wie schön dich endlich wiederzusehen, mein Prinz«, erklang eine glockenhelle Stimme, die einen eisigen Schauer über Kaidas Rücken jagte. Mit einem Ruck erhob sich das Wesen bis zum Bauchnabel aus dem Wasser und grinste breit, wobei es jeden einzelnen seiner fauligen Reißzähne entblößte. Ekel stieg in Kaida auf, während ihr Blick abschätzig über den schleimigen Körper der Frau glitt. Ihre Haut sah aus wie die eines Frosches, doch ihr Körperbau war dem einer Menschenfrau sehr ähnlich. Die einzige Ausnahme bildete wohl die Flosse, die das Wesen unter der Wasseroberfläche verbarg. Das dunkle Haar hing der Frau in dicken Strähnen vor dem Gesicht und über dem Oberkörper, wofür Kaida sehr dankbar war, denn so weit sie das beurteilen konnte, war die Nixe unbekleidet.

»Gefällt dir, was du siehst, Landmensch?«, neckte die Fremde sie spöttisch. Kaida konnte nur angewidert den Mund verziehen. Ihr Herz pochte rasend schnell in ihrer Brust, das Blut rauschte ihr in den Adern. Ungewollt musste sie daran zurückdenken, wie die Nixen in dem See ausgesehen hatten, den sie damals zerstört hatte. Plötzlich wandelte sich das Erscheinungsbild der fremden Nixe vor ihren Augen, ihre Haut wechselte in einen blassen Blauton. Zwischen ihrem Haar erschienen Ohren, die stark an die Flossen eines Fisches erinnerten. Um den dünnen Hals tauchte eine prachtvolle Kette mit einem Muschelanhänger auf, ein Relikt vergangener Zeiten, das seit jeher an die Thronerbin des nordischen Nixenvolkes weitergegeben worden war. Dasselbe Schmuckstück, das Nero ihr damals umgehängt hatte, um das Nixenvolk von seinem Vorhaben abzulenken ...

Kaida blickte nicht länger in die Augen dieser fremden Nixe, sondern in die der Königin. Mit einem Schlag war alles wieder da – das Gefühl zu ersticken, die grenzenlose Ohnmacht ... Kaida würde es nicht überleben. *Nicht noch einmal.*

Plötzlich spürte sie eine leichte Berührung an ihrem Handgelenk, die sie wieder in die Wirklichkeit zurückriss. Die Königin vor ihrem Auge verschwand, stattdessen blickte sie wieder der grünschuppigen Nixe entgegen, die Jace gerufen hatte. Erleichtert stieß Kaida die Luft aus und klammerte sich an Jace' Handgelenk.

»Beruhige dich, Kleines, ich kann förmlich spüren, wie sich die Magie deiner Kontrolle entzieht.«

»Die Magie geht von dem Mädchen aus?«, fragte die Nixe überrascht. »Also ist sie doch eine Fae? Aber ... aber wie ist das möglich? Sie kann unmöglich nach der Schlacht geboren sein, aber vor dem Krieg kannte ich jeden Einzelnen von euch. Ein rothaariges Mädchen wäre mir sicherlich aufgefallen ... Obwohl, *einen* Rotschopf kannte ich sogar! Ein kleines Mädchen, das wohl auf der Flucht aufs Festland ertrank.«

Kaida und Jace warfen sich einen bedeutungsvollen Blick zu. »Wann war das? Wer war dieses Mädchen?«, fragte der Prinz hastig.

Kaida konnte spüren, wie die Aufregung die Angst aus ihren Adern vertrieb. Ein rothaariges Mädchen, das auf der Flucht ertrunken war? Konnte es wirklich sein, dass die Nixe *sie* meinte?

»Nun, sie lebte mit ihren Eltern und ihrem Bruder in einem großen Anwesen im königlichen Wald. Ich bin dort eines Tages zufällig vorbeigeschwommen, dein Vater hat mich allerdings erwischt. Lediglich die schützenden Worte deiner Mutter konnten mich vor seinem Zorn bewahren. Ihm lag wahnsinnig viel daran, die Bewohner des Anwesens versteckt zu halten. Ich musste deinen Eltern hoch und heilig versprechen, dass ich es niemandem verraten würde. Oberon meinte, dass auch nur ein einziges Wort über die Familie deren Leben riskieren würde ...«

Nachdenklich legte Kaida ihre Stirn in Falten. Je länger sie über die Worte der Nixe nachdachte, desto verdächtiger kam ihr die ganze Geschichte vor. Wäre das Geheimnis um die Experimente, die Oberon damals an den Menschen durchgeführt hatte, publik geworden, wäre er sicherlich gestürzt worden. Diese Informationen müssen so brisant gewesen sein, dass er sie um jeden Preis hatte bewahren wollen. Und wo hätte sich so eine Gräueltat besser verstecken lassen als in einem Anwesen im Wald, zu dem niemand Zutritt gehabt hatte?

Als Kaida zu Jace aufsah, erkannte sie, dass er ebenfalls grübelte. Seine Lippen waren so fest aufeinandergepresst, dass sie eine schmale Linie bildeten. Langsam wanderte sein Blick auf ihr Gesicht. Sie sahen einander stumm an, wohlwissend, was die Worte der Nixe für sie bedeuten könnten.

»Mein Vater muss deine Familie in diesem Haus versteckt haben«, sprach er ihre gemeinsamen Gedanken aus. »Das würde auch erklären, warum ich nie etwas davon mitbekommen habe. Selbst mir war es verboten, diesen Teil des Waldes zu betreten.«

»Dann sollten wir uns wohl so schnell wie möglich auf die Suche nach diesem Anwesen machen.« Zustimmend nickte der Prinz Kaida zu. »Ich würde aber trotzdem vorschlagen, dass du dich erst zu dem magischen Kristall begibst. Deine Gabe ist mächtig, du musst unbedingt lernen sie zu kontrollieren. Ich möchte nicht riskieren, dass du oder jemand anderes in Gefahr gerätn.«

Seine Begründung klang logisch, doch die Neugierde in Kaida war so groß, dass sie kaum noch einen vernünftigen Gedanken fassen konnte. Vielleicht mochte ihr der Kristall mehr Kontrolle über ihre Gabe geben – doch dieses mysteriöse Anwesen könnte ihr vielleicht die Antworten liefern, nach denen sie sich schon ihr ganzes Leben lang sehnte …

Ein leises Räuspern ließ sie aufhorchen. »Ich denke auch, dass Kaida zunächst versuchen sollte, die Prüfung zu bestehen«, mischte sich die Nixe vorsichtig ein. »Wenn sie wirklich das Mädchen ist, das Oberon um jeden Preis hinter dicken Mauern versteckt hielt, schwebt sie sicherlich in großer Gefahr. Und zu wissen, wie man sich verteidigen kann, ist immer von Vorteil.«

Zögernd blickte Kaida zu Jace, der ihr ermutigend zunickte. »Ich denke, so ist es am sinnvollsten.« Unsicher trat sie von einem Fuß auf den anderen.

»Dann komm mal her, Feuermädchen, damit ich dich auf meinen Rücken nehmen kann«, forderte die Nixe grinsend.

»*Wie bitte?*«

»Oh, hat dir Jace davon noch nicht erzählt?«, fragte das Schuppenwesen und blickte sichtlich überrascht zu dem Prinzen auf, der unauffällig den Kopf schüttelte.

»Seitdem die Fae ihren Palast zurückgelassen haben, tummeln sich hier allerlei Kreaturen Dunkler Magie in unseren Gewässern«, erklärte die Nixe an Kaida gerichtet. »Kelpies und Flusstrolle gehören da noch zu den netteren Gesellen. Ich werde dich auf meinen Rücken nehmen und rüberschwimmen, so solltest du halbwegs sicher sein. Wir Nixen können Bewegungen in unserem See wahrnehmen wie eine Spinne in ihrem Netz, ich könnte also rechtzeitig das Weite suchen, sollte sich eine Gefahr nähern. Außerdem sind meine Schwimmbewegungen für die Schattenwesen kaum bemerkbar.«

»Und wie wird Jace den See überqueren?«, fragte Kaida mit einem beunruhigten Blick auf die Schatten auf seinen Armen. Irritiert über die Tatsache, dass er ihr gar nicht antwortete, sah sie zu ihm auf. Als ihr Blick auf seine stahlgrauen Augen traf, die sie entschuldigend ansahen, begann ihr Herz stark zu klopfen.

»Ich wünschte, ich könnte dich begleiten«, murmelte der Prinz, »aber ich fürchte, dass du diesen Weg allein bestreiten musst. Ich werde so lange hier draußen auf dich warten und Wache halten. Solltest du in Gefahr geraten und nach mir rufen, werde ich dir natürlich sofort folgen. Aber ich denke, wir sollten zunächst versuchen so wenig Aufmerksamkeit wie möglich zu erwecken … Traust du dir zu, allein in den Palast zu gehen?«

Obwohl alles in ihr rebellierte, nickte Kaida. Jace hatte recht. Am Ende hätte sie sich dem Kristall sowieso allein stellen müssen, außerdem war sie ja früher auch allein zurechtgekommen. Sie würde diese Mission wohl auch ohne seine Hilfe bewältigen können. Entschlossen atmete sie tief durch. »Ich werde das schon irgendwie hinbekommen. Mach dir um mich keine Sorgen, Schneeflöckchen.«

Kaida schenkte ihm ein ermutigendes Lächeln und wollte gerade auf die Nixe zugehen, als sich Jace plötzlich vor sie schob und sie sanft an den Schultern festhielt. Er beugte sich ein wenig zu ihr hinab, um ihr direkt in die Augen sehen zu können, und legte seine Stirn an ihre. Kaida konnte in seinem

Blick lesen, wie sehr er sich dagegen sträubte, sie ziehen zu lassen. Doch sie beide wussten es besser. Solange sie ihre Gabe nicht vollständig im Griff hatte, wäre Kaida einfach ein zu großes Risiko.

»Ist das jetzt der Moment, an dem ich dir versprechen sollte, dass ich gut auf mich achtgebe und keinen Blödsinn anstelle?«, fragte sie mit einem tapferen Lächeln, wodurch sie Jace immerhin ein amüsiertes Schnauben entlocken konnte.

»Diese Versprechen würdest du doch sowieso nicht halten, schließlich ziehst du Ärger an wie das Licht die Motten. Daher wünsche ich mir, dass du einfach in einem Stück zu mir zurückkehrst. Schaffst du das?«

Für einen Wimpernschlag geriet Kaida ins Stocken. Sie hatte keine Ahnung, was da im Schloss auf sie lauerte und wie gut ihre Chancen standen, die Prüfung zu überleben. Vielleicht geriet ihre Gabe ja völlig außer Kontrolle und sie sprengte den ganzen Palast in die Luft, wer konnte das schon vorhersagen? Trotzdem nickte sie leicht und stupste Jace' Nasenspitze in dem Versuch an, ihn wenigstens ein bisschen zu beruhigen.

»Dann bis später, Schneeflöckchen.«

»Bis später, Kleines.«

Wärme durchfuhr ihren Körper, als Jace seine Lippen behutsam auf ihre Stirn legte und ihr einen sanften Kuss gab. Es fühlte sich an wie ein stummes Versprechen dafür, dass er hier auf sie warten würde. Dass er bei ihr war, obwohl sie sich der Prüfung allein stellen musste. Eine tonnenschwere Last legte sich auf Kaidas Herz, als sie plötzlich daran zurückdenken musste, wie Jace sie in dem kleinen Häuschen am See zum ersten Mal geküsst hatte. Sie hatte sich so wohl in seiner Obhut gefühlt wie noch nirgendwo zuvor. Seine Berührungen hatten jegliche Kälte der letzten Jahre aus ihren Knochen vertrieben und durch eine Wärme ersetzt, für die Kaida, ohne zu zögern, einen Teil ihrer Seele verkauft hätte, um sie erneut in sich zu spüren. Es hatte sich angefühlt, als wäre ihre jahrelange Flucht vor Oberon, Nero und sich selbst endlich zu einem Ende gekommen – als wäre *sie* endlich *angekommen*. Und dann hatte ihre Vergangenheit all das wie ein Rammbock zunichte gemacht. Wo sie jetzt wohl stünden, wenn sie von Anfang an ehrlich zu Jace gewesen wäre? Wenn sie nicht erst sein Herz gestohlen und zersplittert, sondern wohlbehütet in sich verschlossen hätte?

»Alles wird gut, Kleines, hab keine Angst«, riss sie seine tiefe Stimme schlagartig aus ihren Gedanken. Als er mit seiner Fingerspitze über ihre Wange strich, spürte Kaida, wie etwas Feuchtes an ihr entlanglief. Ein trauriges Lächeln schlich sich auf ihre Lippen, während sie Jace' Blick festhielt, in dem sich tiefe Besorgnis widerspiegelte.

Welch Ironie – das hier war genau die Sorte kitschiger Abschied, die Kaida immer verabscheut hatte. Hätte er sich in diesem Moment nicht genau richtig angefühlt, hätte sie wohl trocken aufgelacht. Stattdessen stellte sie sich nun langsam auf ihre Zehenspitzen und überbrückte den Abstand zu Jace' Lippen.

Wie von selbst wanderten ihre Hände durch sein weiches Haar und strichen behutsam über seinen Nacken, während ihre Münder sanft miteinander verschmolzen. Warme Hände legten sich an ihre Taille und zogen ihre Körper fest an Jace' Brust. Kaida war äußerst dankbar für den zusätzlichen Halt, denn ihre eigenen Beine schienen sie nicht länger tragen zu wollen. Mit der Zeit verlor ihr Kuss seine Unschuld und wurde immer inniger. Kaida konnte ein verlangendes Ziehen in ihrer Bauchgegend spüren, während das Prickeln in ihrem Körper immer mehr zunahm. Sie wusste ja bereits, wie gut Jace' Lippen schmeckten und wie perfekt sie auf ihre eigenen passten, doch dieses Gefühl raubte ihr nun aufs Neue den Atem. Es machte sie hungrig, geradezu gierig, und Jace' tiefes Brummen und der zunehmende Druck seiner Hände verrieten ihr, dass es ihm genauso ging. Als er mit seiner Zungenspitze sanft über ihre Unterlippe fuhr, entwich ihr ein zufriedenes Seufzen.

»Also wenn ich mir das noch länger angucken muss, hetze ich die Flusstrolle persönlich auf euch«, höhnte eine helle Stimme.

Viel zu überstürzt lösten sich ihre Lippen voneinander und die wallende Hitze in Kaidas Adern kühlte sich augenblicklich ab. Schwer atmend blickte sie über Jace' Schulter hinweg zu der Nixe, deren Ekel ihr deutlich aufs Gesicht geschrieben stand.

Jace' Daumen zeichnete währenddessen kleine Kreise auf den Stoff ihres

Oberteils, das sich zeitgleich viel zu dünn und doch viel zu dick anfühlte. Nur mit größter Mühe gelang es Kaida, sich aus seinen Armen zu lösen. Seine Augen verfolgten sie aufmerksam, als sie noch ein letztes Mal ihre Finger mit den seinen verflocht und ihre Stirn für einen kurzen Moment an seine legte.

»Wenn du nicht wiederkommst, nehme ich den ganzen Palast auseinander«, raunte Jace ihr zu, woraufhin sich eine Gänsehaut auf ihrem Körper ausbreitete. »Wir beide sind nämlich noch lange nicht fertig.«

Kapitel 16

Erleichtert stieß Kaida ihren Atem aus, als sie endlich die weiße Marmortreppe des Schlosses erreichten. Die untersten Stufen waren leicht nach vorn eingefallen und wurden vom See überflutet, doch Kaida gelang es mühelos, Halt zu finden. Obwohl Nero sie damals beinahe täglich in Kriegsführung unterrichtet und ihr in diesem Zusammenhang oft erzählt hatte, mit welchen Mitteln er die Fae-Insel gestürmt hatte, überraschte sie der Anblick des baufälligen Gebäudes. Sie hatte das Gefühl, erst hier und jetzt zu realisieren, dass dieser grausame Krieg, den sie selbst nur aus Büchern kannte, wirklich stattgefunden hatte. Auf dem Festland hatte sie kaum beschädigte Gebäude gesehen, die eine frühere Schlacht vermuten ließen. Abgesehen davon, dass sich die Fae in der Hauptstadt eingenistet und die politische Lage in ganz Tenebris gekippt hatten, gab es dort allgemein nicht viel, das auf einen Krieg hindeutete … Doch hier auf der Insel schien man Tod und Verwüstung an jeder Ecke zu begegnen.

Beim Anblick des ramponierten Palastes, dem ehemaligen Zentrum der Fae, legte sich eine bedrückende Schwere auf Kaidas Brust. Der Krieg war nicht länger nur eine bloße Erzählung, deren Eckdaten man auswendig lernte. Hier waren Leben vernichtet und Grausamkeiten begangen worden. Und obwohl Kaida nie selbst in diesem Palast gelebt hatte, fühlte sich sie auf einmal ungerecht behandelt, so, als hätte man ihr ebenfalls ihr zu Hause genommen.

»Gewöhn dich an den Anblick, von innen sieht es nicht besser aus«, erklärte die Nixe und legte ihre flossenartige Hand auf Kaidas Oberschenkel. Sofort stieg das Wasser aus Kaidas Kleidung in kleinen Tröpfchen aus dem Stoff empor und wurde wie Regentropfen durch die Luft transportiert, ehe es lautlos auf die Oberfläche des Sees traf. Kaum war Kaidas Kleidung getrocknet, löste die Nixe ihre Hände wieder von ihren Oberschenkeln und zog sich ein wenig in den See zurück. Erstaunt sah Kaida an sich herab, ehe sie ihren Blick auf die Palasttür richtete, die schräg im Türrahmen hing. »Ich weiß zwar nicht, was ich mir mehr wünsche, aber sind da drinnen auch lebendige Wesen oder nur tote?«

Ein trauriges Lächeln legte sich auf die Lippen der Nixe. »Nun, von den Spitzohren gibt es da drinnen meines Wissens nach keine Überlebenden mehr. Vor ein paar Monaten habe ich das letzte Mal etwas von außen am Fenster gesehen, das vielleicht mal ein Fae gewesen sein *könnte,* doch seitdem ist es ungewöhnlich still im Geisterschloss geworden. Kreaturen Dunkler Magie sind aber gewiss noch immer dort drin, und sie sind hungriger als je zuvor ... Falls also ein Schatten hinter dir auftauchen sollte, solltest du lieber gleich zuschlagen und nicht erst versuchen dein Gegenüber zu identifizieren.«

»Aber es gab mal Überlebende?«, hakte Kaida vorsichtig nach. Allein bei der Vorstellung daran jagte ihr ein eiskalter Schauer über den Rücken und ließ ihren Körper erzittern.

»Ja«, flüsterte die Nixe und sah sich mit einem Mal so aufmerksam um, als hätte sie etwas Verdächtiges gehört.

Intuitiv tat Kaida es ihr nach, konnte jedoch nichts entdecken.

»*Überlebende* ist ein trügerischer Begriff«, fuhr die Nixe leise fort, »ich würde sie eher als leere Hülle beschreiben, als Seelen, die man längst hätte gehen lassen sollen, aber denen der Eintritt ins Andersland verwehrt wurde. Es ist grausam, Kaida. Kannst du dir vorstellen, wie sie in all dem Elend, zwischen all den Toten umherwandern mussten, um an Nahrung zu gelangen? Was es mit ihrem Verstand gemacht hat, hier zu sein, ganz allein, zurückgelassen und ohne Aussicht auf Rettung? Es waren nicht viele von ihnen, aber ihre irren Schreie konnte man auf der ganzen Insel hören. Es war furchtbar ...« Erneut glitten ihre schwarzen Augen aufmerksam über die Wasseroberfläche. Plötzlich zuckte sie zusammen. »Wir sind nicht mehr allein«, hauchte sie atemlos. »Jace und ich werden uns um die Monster kümmern, die gerade auf dem Weg zu uns sind. Einige von ihnen können auch an Land gehen, wir versuchen dir den Rücken freizuhalten. Geh jetzt, Kaida. Ich wünsche dir alles an Kraft und Glück, was auf dieser verfluchten Insel noch übrig geblieben ist. Bis später … hoffentlich.«

Als der Kopf der Nixe unter der Wasseroberfläche verschwand, bildete sich ein Eisklumpen in Kaidas Magengrube. Sie schluckte trocken und tastete nach dem Langdolch, den Jace ihr zuvor gegeben hatte. Als sich ihre Finger um den glatten Holzgriff der Waffe legten, beruhigte sich ihr Herzschlag ein wenig. Sie ging zwar nicht davon aus, dass ihr Weg durch das Schloss ein Spaziergang werden würde, doch wenigstens konnte sie auf ihre kämpferischen Fähigkeiten vertrauen. Jace schien ebenfalls daran zu glauben, dass sie es in einem Stück wieder aus dem Geisterschloss hinausschaffen würde – was konnte also schon schiefgehen?

Entschlossen stapfte sie die weißen Marmorstufen hinauf, bis sie schließlich das stark beschädigte Tor erreichte. Einer der beiden weißen Türflügel hing zumindest noch in einer Angel, der zweite hingegen lag einfach nur schräg im Türrahmen. Zum Drübersteigen war das Holz viel zu breit, doch glücklicherweise konnte Kaida unter einer Ecke hindurchkriechen. Ihren Dolch hielt sie dabei fest umklammert. Als sie die andere Seite der Tür erreicht hatte, spürte sie, wie sich die gesamte Welt um sie herum veränderte. Nicht nur die Angst und das Adrenalin in ihren Adern machten ihr zu schaffen; auch die eisige, dünne Luft ließ ihren Körper erschaudern …

Während Kaida sich in der Eingangshalle umsah, deren frühere Eleganz man nur noch schwer erahnen konnte, spürte sie die Magie des Gebäudes um sich herumkreisen. Langsam verstand sie, weshalb Jace gesagt hatte, dass der Palast das Zentrum der Fae und der Ursprung ihrer Magie sei. Auch sie hatte das Gefühl die Zauberkraft förmlich greifen zu können, die durch die seelenlosen Flure und Gänge des Gebäudes kroch. Ihr wachsamer Blick glitt durch die leere Halle, auf deren stark beschädigten Bodenplatten zerbrochene Steinfiguren herumlagen. Zwei große Treppen, die zusammen eine Art Kreis bildeten, ragten aus dem Boden hinauf in das obere

Stockwerk. Sonnenlicht fiel durch die Löcher in der Marmordecke über Kaidas Kopf und erhellte Teile des sonst schummrigen Saales. Durch das zerbrochene Glas der deckenhohen Fenster wucherten bereits dichte und großblättrige Pflanzen in das Innere des Palastes. Ihre Blätter verschlangen einen Großteil des einfallenden Lichtes, außerdem warfen sie merkwürdig anmutende Schatten an die Wände. Kaida konnte nur hoffen, dass sich niemand darin versteckte …

Sie fühlte sich beobachtet, unfähig, normal zu atmen. Auf ihrer Brust lastete ein schwerer Druck, der ihre Lungenflügel einquetschte und kaum Sauerstoff hineinließ.

Vorsichtig setzte sie einen Schritt vor den anderen, während die Absätze ihrer Stiefel leise auf dem Marmor klackten. Als ein wenig Staub über ihr aus der Decke fiel, zuckte sie erschrocken zusammen. Nicht zu wissen, wo der Feind auf sie lauerte, machte sie beinah wahnsinnig. Am liebsten hätte sie ihm befohlen herauszukommen und sich ihr zu stellen, damit sie wenigstens wusste, mit wem sie es zu tun hatte.

Obwohl sie innerlich erleichtert darüber war, dass sie sich wenigstens nur um ihr eigenes Leben sorgen musste und Jace vorerst in Sicherheit war, wünschte sie ihn sich sehnlichst an ihre Seite. Früher hatte sie sich den Gefahren des Nordens zwar auch allein stellen müssen, aber das hier war irgendwie anders. Bestimmt lag es daran, dass Magie im Spiel war, die so unvorstellbar mächtig war, dass Kaida sie nicht begreifen konnte.

Leise schlich sie sich an den herunterhängenden Efeuranken vorbei und lief um die kreisförmigen Treppen herum. Erleichterung durchströmte sie, als sie auf der Rückseite eine weitere, wesentlich schmalere Treppe entdeckte, die in den Keller des Schlosses hinabführte. Auch wenn sich beim Anblick der tiefen Finsternis ihre Nackenhaare aufstellten, war Kaida doch froh, dass sie nicht erst durch den ganzen Palast wandern musste, um einen Eingang zum Keller zu finden. Langsam stieg sie in das Gewölbe hinab, den Dolch nach wie vor fest umklammert.

Als sie das Ende der Stufen erreicht hatte, stieß sie nervös ihren Atem aus. Ihre Augen gewöhnten sich zum Glück schnell an die umliegende Finsternis und wandelten die tiefe Schwärze in mehrere Graustufen um, die es Kaida ermöglichten, wenigstens das Notdürftigste zu erkennen.

Als sie tief Luft holte, stieg ihr ein fauliger Geruch in die Nase. Er war so penetrant, dass Kaida die aufsteigende Übelkeit nur mit Mühe unterdrücken konnte. Sie musste sich förmlich zwingen nicht darüber nachzudenken, woher dieser schreckliche Geruch stammte.

Während sie durch den Keller lief, schmatzten ihre Stiefel bei jedem Schritt im schlammigen Untergrund. So weit Kaida erkennen konnte, war der Kellerboden einst gefliest gewesen, doch mittlerweile war nur noch wenig davon zu erkennen; der Großteil des Bodens war entweder von einer dicken Schlammschicht überzogen oder stand gänzlich unter Wasser. Sie konnte nur darauf hoffen, dass sie nicht noch schwimmen oder gar tauchen musste, um an ihr Ziel zu gelangen ...

Kaida irrte eine ganze Weile lang durch das Gewölbe, atmete die stickige Luft ein und stieß sich des Öfteren an gesplitterten Fliesen und Baumwurzeln. Als eine Efeuranke über ihren entblößten Nacken strich, schrie sie erschrocken auf und fuhr herum. Ihr Herzschlag war mittlerweile so laut, dass sie das Gefühl hatte, nichts anderes mehr wahrnehmen zu können. Panisch tastete sie nach ihrer eigenen Magie und versuchte sie wie ein schützendes Netz um ihren Körper zu legen, doch leider schien ihre Gabe nicht so zu funktionieren, wie Kaida es gern hätte.

Und dann hörte sie es: ein Schaben, ein Kratzen auf dem Boden, als würde jemand eine schwere Eisenkette hinter sich her schleifen. Rasselnder, lauter Atem hallte zwischen den Steinwänden wider – und es war nicht ihr eigener Atem, so viel stand fest.

Panisch sah Kaida sich nach einer Versteckmöglichkeit um, doch auf die Schnelle konnte sie nichts Brauchbares entdecken. Als sie zum anderen Ende des Ganges hinabsah, konnte sie plötzlich das flackernde Licht einer Fackel erkennen, welches sich langsam an den Wänden entlangfraß. Was auch immer ihr Schrei aufgeweckt hatte – es war auf dem Weg zu ihr.

Ruckartig warf sie sich zu Boden. Die scharfkantigen Ecken der gesplitterten Fliesen schrammten über ihren Körper und rissen am Stoff ihrer

Kleidung, während Kaida auf dem Bauch durch den Schlamm robbte. Sie kroch auf eine der Seitenwände zu, hoffte, dort irgendein Loch oder eine Einkerbung zu finden, in der sie sich verstecken konnte. Doch als sie die Wand erreichte und mit ihrer Hand an ihr entlangtastete, spürte sie nur glatten, feucht-kalten Stein. Verärgert biss sie sich auf ihre Unterlippe und wagte einen vorsichtigen Blick zum anderen Ende des Flures hinab. Der Schein der Fackel war mittlerweile so hell, dass man meinte, der Gang stünde in Flammen.

Kaida bemühte sich darum, ihren flachen Atem möglichst leise zu halten. Die Luft um sie herum schien mit jedem Atemzug heißer und stickiger zu werden. So gut es eben ging, rutschte sie an die kalte Steinwand heran und drückte sich flach dagegen. Vielleicht hatte sie ja Glück und das Wesen, was auch immer es war, würde sie nicht entdecken …

Das Licht der Fackel schwenkte über den Boden und die Wände des Gewölbes und leuchtete immer mehr dunkle Ecken aus. Suchend tasteten die Lichtstrahlen über den schlammigen Boden. Währenddessen beobachtete Kaida angespannt, wie das Licht immer näher auf sie zukam. Erneut hörte sie das Kratzen von Metall auf Stein. Dann löste sich plötzlich ein riesiger Schatten aus der Dunkelheit und setzte sich in Bewegung. Der rasselnde Atem der Kreatur schien mit jedem Schritt lauter zu werden.

»Wo bist du, Leckerchen?«, zischte eine schrille Stimme, die Kaida das Blut in den Adern gefrieren ließ. »Ich weiß, dass du da bist, ich habe deinen Schrei gehört. Dachte ja eigentlich, dass ich den ganzen Keller leer gefuttert hatte. Wie gut, dass ich jetzt doch nicht nach den Fischmenschen jagen muss, von denen sind ja auch nicht mehr viele übrig.«

Kaida würgte ihren trockenen Speichel hinunter. Die Stimme klang nicht menschlich, auch nicht nach jemandem, der hier unten seinen Verstand verloren hatten. Schattenfresser kommunizierten meist über Schreie, genauso wie Todesfeen. Außerdem war der Schatten an der Wand viel zu groß für eine solche Kreatur. Die Umrisse erinnerten Kaida eher an einen Troll, doch auch die sprachen normalerweise nicht; zumindest nicht die einfachen Höhlentrolle, denen sie schon oft auf ihrer Reise begegnet war.

»Komm her, ich werde langsam ungeduldig!«, beschwerte sich die Stimme hörbar gereizt. »Du kannst dich eh nicht vor mir verstecken. Nimm die letzte Prüfung deines Lebens an und tritt vor meine Augen!«

Überrascht blinzelte Kaida. *Die letzte Prüfung?* Hatte das Ungeheuer etwas mit der Prüfung des Kristalls zu tun? War *das* die Aufgabe, die sie erfüllen musste, um die vollständige Kontrolle über ihre Gabe zu erlangen? Neugierig reckte sie den Kopf, doch aus ihrer Perspektive konnte sie nichts Genaueres erkennen. Sie wusste, dass sie irgendetwas tun musste, denn hier unten auf dem schlammigen Boden liegen zu bleiben und auf das Beste zu hoffen, erschien ihr etwas *zu* optimistisch.

»Wo bist du?«, fauchte das Wesen nun wirklich erzürnt und fuchtelte mit seiner Fackel umher. »Stell dich mir, Leckerchen!«

Aufgeregt atmete Kaida noch ein letztes Mal tief durch. Stickige Luft drang tief in ihre Lunge ein und wurde leise wieder nach draußen befördert. Einmal. Zweimal. Dreimal. Dann verstärkte sie den Griff um ihre Klinge und rappelte sich auf.

Der Schlamm schmatzte laut unter ihren Bewegungen. Kaida konnte sehen, wie der Schatten zu ihr herumfuhr und die Fackel in ihre Richtung ausgestreckt wurde. Leise klopfte sie sich den Matsch von den Oberschenkeln, ehe sie mit durchgestrecktem Rücken und entschlossenen Schritten in die Mitte des Ganges trat und sich ihrem Feind gegenüberstellte. Als sie das Wesen endlich sehen konnte, fiel ihr das Herz wie ein Stein in die Magengrube.

»Da bist du ja!«, säuselte das riesige Ungeheuer und fuhr sich mit seiner schwarzen Zunge über die trockenen Lippen. Sein Schädel war so groß, dass die kleinen gelben Augen seltsam deplatziert wirkten. Im Schein der Fackel konnte Kaida kleine Büsche, Gräser und Moose erkennen, die auf dem Kopf und der langen Schnauze des Wesens wuchsen. Ihr Blick glitt an dem Schädel hinab zu seinem dürren Hals, um den ein riesiger Eisenring hing. Er schien viel zu groß und vor allem viel zu schwer für die verhältnismäßig dünnen Schultern des Monstrums zu sein, denn selbst aus der Ferne konnte Kaida tiefe Wunden an ihnen erkennen, in die sich der Ring bei jeder Bewegung einkerbte. Eine lange Eisenkette hing an ihm herab und schabte bei jedem Schritt über den Boden. Argwöhnisch betrachtete Kaida die viel zu langen Arme des Ungeheuers, die ihm bis weit über die Knie reichten. Seine Hände passten von den Proportionen her zwar zu seinem großen Schädel, wirkten aber viel zu monströs für die dünnen Ärmchen.

Als es seinen Atem ausstieß, wurde Kaida ganz schwindelig von dem widerlichen Geruch, obwohl das Wesen noch ein ganzes Stück von ihr entfernt war. »Sieh an«, zischte es grinsend, wobei es zwei Reihen messerscharfer Zähne zeigte. »So jemanden wie dich habe ich ja noch nie gesehen. Welchem Volk gehörst du an?«

Überrascht von seiner Frage blinzelte Kaida. »Ich ... ich bin ein Mensch.« Erst als ihr die Worte bereits über die Lippen gekommen waren, bemerkte sie, dass sie gelogen hatte. Hastig zog sie ein paar ihrer roten Locken vor ihre spitzen Ohren, um die Lüge zu vertuschen.

»Ein ... Mensch?«, wiederholte das Monster ihre Worte und kratzte sich mit einem seiner langen Fingernägel, die allesamt aussahen wie schwarze Speere, am Kopf. »So etwas habe ich ja noch nie gesehen. Wie kommst du denn auf einmal hierher? Ich dachte, der Keller wäre leer.«

»Ich habe mich gut versteckt«, entgegnete Kaida schulterzuckend. »Und du? Wie kommst du hierher?«

Erneut leckte sich das Wesen über seine spitzen Zähne und schmatzte genüsslich. »Das weißt du nicht? Ich wurde nach der Eroberung der Fae-Insel von Nero hierhergebracht, gemeinsam mit den anderen Wesen Dunkler Magie. Hier können wir uns in Ruhe vermehren und für den Krieg trainieren.«

Stirnrunzelnd neigte Kaida den Kopf. Von welchem Krieg sprach das Wesen? Die finale Schlacht lag doch schon fünfzehn Jahre zurück ... »Welchen Krieg meinst du? Wofür müsst ihr euch vorbereiten?«

»Na, für die große Schlacht, bei der wir zuerst die Fae beseitigen und uns dann die restlichen Lebewesen vom Festland vorknöpfen werden. Ganz Tenebris wird unter die Herrschaft von Nero und seinem Sohn fallen und das Land wird endlich uns Wesen Schwarzer Magie gehören, klingt das nicht bezaubernd?«

Kaidas Herzschlag setzte einen Moment lang aus. Ein Stechen schlich sich in ihre Schläfen, als sie realisierte, dass sich ihre schlimmsten Befürchtungen wohl bewahrheiten würden: Nero wollte nicht nur Oberons Kopf, wovon sie ursprünglich ausgegangen war – er wollte das ganze Land. *Alles*. Am liebsten hätte Kaida sich selbst geohrfeigt. Wie hatte sie nur so naiv sein können? Denken, dass er nach Oberons Hinrichtung die Füße stillhalten würde? Die Erkenntnis traf sie so heftig, dass sie ins Taumeln geriet. Neros ganzer Plan entfaltete sich vor ihrem inneren Auge – und plötzlich ergab alles einen Sinn. Der Rote Mond, die Fae-Insel, auf der sich Dutzende Wesen Dunkler Magie herumtrieben, sie und ihr Bruder … All das würde Nero nicht benötigen, wenn es ihn nur nach Oberons Kopf dürstete.

»Ich muss gehen«, presste Kaida unvermittelt hervor.

»Wohin denn?«, fragte das Wesen überrascht und neigte neugierig den Kopf. Doch Kaida antwortete ihm nicht. Stattdessen drehte sie ihm einfach nur den Rücken zu und marschierte wie in Trance durch das Kellergewölbe zurück zur Treppe, die sie wieder in die Eingangshalle des Schlosses bringen würde. Sie musste Jace hiervon erzählen und dann so schnell wie möglich mit ihm in die Hauptstadt reisen. Musste Oberon warnen, ehe es zu spät war. Sie alle schwebten in riesiger Gefahr, wenn …

Sie realisierte das laute Kratzen der Eisenkette viel zu spät. Das Geräusch verstummte, dann wurde sie mit voller Wucht von den Füßen gerissen und durch den Keller geschleudert. Kaidas Flug wurde jäh unterbrochen, als sie unsanft gegen eine Steinwand prallte. Erschrocken rang sie nach Luft. Ein brennender Schmerz fraß sich ihre Wirbelsäule hinauf und lähmte ihren Körper. Ihr Mund war zu einem stummen Schrei geöffnet, doch nicht der leiseste Laut drang aus ihrer Kehle. Aus aufgerissenen Augen beobachtete sie, wie etwas auf sie zulief. Die Umrisse des Wesens waren verschwommen, schwarze Ränder fraßen sich von den Seiten aus in Kaidas Sichtfeld. Etwas stieg in ihrem Hals auf, doch es waren definitiv keine Wörter …

»Wo willst du denn hin, Leckerchen?«, fragte die Kreatur und lachte schrill. »Du dachtest doch nicht wirklich, dass ich dich gehen lassen würde, oder? Zugegeben, sehr nahrhaft bist du wohl nicht, aber ich habe echt Hunger … Außerdem werde ich das Gefühl nicht los, dir zu viel erzählt zu haben. Ich sollte dich also wohl lieber unschädlich machen, ehe der Herrschersohn noch wütend auf mich wird. Er hält sowieso nicht viel von uns Höhlentrollen, ich darf unser Ansehen nicht noch weiter beschmutzen.«

Der Troll schwenkte die Eisenkette wie ein Lasso, während er immer näher auf Kaida zulief. Gierig leckte er sich mit seiner schwarzen Zunge über die gelben Zähne. Kaida wollte schreien, doch nach wie vor drang kein Laut aus ihrer Kehle. Sie wollte sich aufrappeln und weglaufen, doch auch der Rest ihres Körpers hatte sich ihrer Kontrolle entzogen. Das Einzige, das sie noch spüren konnte, war ihre Magie. Sie brodelte wie ein offenes Feuer in ihrem geschundenen Körper, donnerte gegen ihren schmerzenden Brustkorb und versuchte nach außen zu dringen. Kaida wusste, dass sie ihre Gabe in dieser Verfassung nicht in Schach halten könnte. Sollte sie sich ihrer Kontrolle entziehen, würde das ganze Schloss in die Luft fliegen und sie selbst unter seinen Trümmern begraben. Zwar flüsterte ihr zynischer Dickschädel, dass bei dieser Variante wenigstens der Troll mit ihr sterben würde, doch die Vernunft in ihr wusste, dass Kaida überleben musste; zumindest bis sie Jace von Neros Plänen berichtet hatte. Sie *musste* hier raus, wie auch immer sie das anstellen sollte.

Angestrengt versuchte sie ihre Magiefäden zu greifen, doch immer wenn sie einen der wabernden Fäden erwischte, rutschte er ihr sofort wieder aus den Fingern. Plötzlich klatschte der entenähnliche Fuß des Trolls vor ihr auf. Im Schatten der Fackel konnte sie sehen, wie die Kreatur mit der schweren Eisenkette ausholte. Anscheinend wollte der Troll sie zu Brei verarbeiten – und so, wie es aussah, standen seine Chancen auf diese Mahlzeit gar nicht mal so schlecht …

Mit rasselndem Atem schloss Kaida die Augen. Dann ließ sie die Magie in sich explodieren.

Kapitel 17

Der Troll schrie erschrocken auf, als sich Kaidas Magiefäden um seine Kehle schlangen. Sie war sich nicht sicher, ob er die Bänder ebenfalls sehen konnte, die sich wie ein brennendes Lasso um seinen Körper schlangen, doch auf jeden Fall schienen sie ihm große Schmerzen zu bereiten. Panisch griff er sich an seinen Hals und begann daran herumzukratzen. Kaidas Körper wollte ihr noch immer nicht gehorchen, darum entschied sie sich dazu, ihre gesamte Aufmerksamkeit und verbliebene Kraft auf ihre Gabe zu lenken. Sie versuchte sich vorzustellen, wie sich die Fäden immer enger um den Hals des Trolles schnürten, und erstaunlicherweise schien diese Technik gut zu funktionieren. Wild riss das Ungeheuer seinen Kopf herum und fauchte wie ein Besessener. Seine kleinen Augen waren weit aufgerissen und starrten Kaida fassungslos an.

»Lügnerin«, schrie er hasserfüllt, »dämliche, hinterhältige Lügnerin! Du bist eine verdammte Fae!«

In Kaidas Ohren klangen seine Worte seltsam mehrstimmig, so, als würden mindestens drei Trolle gleichzeitig in verschiedenen Tonlagen zu ihr sprechen. Ob das Nachwirkungen ihres Aufpralls waren?

Plötzlich entzogen sich mehrere Fäden ihrer Kontrolle und schlugen wie Blitze in die Decke des Gewölbes ein. Der Kellerboden erbebte und die Wände begannen gefährlich zu zittern. Kaida vernahm ein lautes Knacken, ehe eine massive Steinplatte herabstürzte und direkt vor den Füßen des Trolls landete. Überrascht runzelte sie die Stirn – diese Idee war gar nicht mal so schlecht. Kleine Schweißperlen rannen ihr über ihre Schläfen, während sie bemüht war weitere Fäden in die Decke über dem Troll einschlagen zu lassen. Tatsächlich ertönte erneut ein lautes Knacken und mehrere Risse fraßen sich in den festen Stein. Ein Brocken löste sich und knallte dem Troll auf den Schädel, woraufhin dieser torkelnd zur Seite auswich. Hätte Kaidas Stimme es zugelassen, hätte sie am liebsten vor Freude aufgeschrien.

Übermut vermischte sich mit dem berauschenden Gefühl der Macht. Erneut tastete sie mit ihrer Gabe nach der Decke des Gewölbes, doch dieses Mal waren es zu viele Fäden, die von dem Troll abließen und stattdessen zur Decke hinaufschossen. Der Einschlag ihrer Magie verursachte einen ohrenbetäubenden Knall, lauter als jedes Gewitter, das Kaida je erlebt hatte. Erschrocken zuckte sie zusammen und riss sich schützend die Hände über den Kopf. Ihre verräterische Gabe schien nur auf diesen Moment gewartet zu haben, denn nun schnellte auch der Rest ihrer Magie auf die steigernde Decke zu und verursachte einen Knall nach dem nächsten. Kaida fühlte sich, als läge sie im Schützengraben eines Schlachtfeldes.

Kaum war der Hall der Einschläge abgeklungen, hörte sie, wie sich der Stein über ihrem Kopf langsam teilte. Vorsichtig blinzelte sie hinauf zu dem riesigen Riss. Auch der Troll lugte ungläubig nach oben und stellte seinen Widerstand gegen die wenigen Magiefäden, die nur noch lose um seinen Hals hingen, ein.

»Was hast du getan, Spitzohr?«, fuhr er sie ungehalten an. Erneut blickte Kaida nach oben. Feiner Staub rieselte auf ihre Nasenspitze herab, legte sich auf ihre Augen und Schleimhäute. Dann brach die Decke mit einem ohrenbetäubenden Knall über ihr zusammen.

Schreiend riss sie ihre geöffneten Handflächen nach oben. Schlagartig legte sich ein tonnenschweres Gewicht auf ihre dünnen Arme und drückte sie nach unten. Ein stechendes Brennen jagte durch ihre Muskeln und ihre Knochen begannen merkwürdig zu vibrieren. Kaida schrie noch immer. Erst als ihr langsam der Sauerstoff ausging, verstummte sie und traute sich hinaufzusehen.

Dutzende leuchtende Fäden sprudelten aus ihren Handflächen hervor und drückten sich wie Steinsäulen gegen die riesige Deckenplatte, die nur knapp über dem Kopf des zusammengekauerten Trolles in der Luft schwebte. Das immense Gewicht lastete schwer auf Kaidas Gelenken. Ächzend versuchte sie dem Druck standzuhalten, doch sie hatte das Gefühl, dass die Decke mit jedem Wimpernschlag näher kam. Aus dem Augenwinkel beobachtete sie, wie der Troll dicht an sie herankroch. Seine Augen brannten sich dabei tief in ihre Seele ein. Plötzlich legten sich knochige Finger um ihre Magie und rissen an ihren Fäden.

»Was machst du da?«, fuhr Kaida die Bestie wütend an.

»Du bist nicht die Einzige, die über Magie verfügt, kleine Lügnerin. Glaubst du, ich warte artig darauf, dass du mir die Steinplatte auf den Kopf fallen lässt und dich dann aus dem Staub machst?«

»Wenn du weiter an meiner Magie herumziehst, verliere ich die Kontrolle und wir werden beide begraben!«, zischte Kaida zurück. Ihre Arme zitterten vor Anstrengung, lange würde sie ihre Gegenwehr nicht mehr aufrechterhalten können.

»Na und?«, knurrte der Troll zurück. »Wenn ich schon sterben muss, dann werde ich dich wenigstens mit mir reißen.«

»Und wenn ... du einfach ... wegläufst?«, presste Kaida mühevoll hervor. Sie hatte das Gefühl, dass die Magie ihren Körper von innen heraus verkohlte. Ob das an der Dunklen Magie des Trolls lag? Oder hatte sie bereits den kritischen Zustand erreicht, vor dem sich jeder Fae fürchtete?

»Die Magie frisst dich auf, Lügnerin«, beantwortete der Troll ihre unausgesprochene Frage. »Was für ein Dilemma! Entweder du lässt deine Fäden fallen und begräbst uns unter Schutt und Asche, oder du versuchst sie aufrechtzuerhalten und wirst dabei von innen heraus welken wie eine Blume. Dir bleibt nur der Tod, Spitzohr. Also sag mir, Kindchen – wie wirst du unser Leben beenden?«

Ächzend drückte Kaida mit ihrer verbliebenen Kraft gegen die Steinplatte über ihrem Kopf. Der Schweiß lief ihr in Strömen über das Gesicht und vermischte sich auf ihren Wangen mit Tränen. Kaida wusste, dass der Troll recht hatte. Ob Jace da draußen mitbekam, was sich hier unten gerade abspielte? Kaida wurde schlecht bei dem Gedanken daran, ihn allein auf dieser verfluchten Insel zurückzulassen. Unwissend, was Nero für sein Volk geplant hatte, aber dafür mit jeder Menge Schuldgefühlen im Gepäck … Wütend biss sie die Zähne zusammen – seit wann war Aufgeben eine Option?

Mit einem Mal legte sich eine kalte Klaue um ihre Taille; der Troll bohrte seinen schwertähnlichen Fingernagel tief in ihr Fleisch. Kaida schrie vor Schmerz auf und versuchte sich aus dem Griff des Ungeheuers zu winden, doch der Troll ließ kein Stückchen von ihr ab.

»Jetzt beende es endlich, Lügnerin! Ansonsten werde ich dich einfach aufspießen wie die Nixen, die ich normalerweise zum Frühstück verschlinge!«

Trotz des Schmerzes, der Kaidas Gedanken vernebelte, ließen sie seine Worte aufhorchen. *Die Nixen – natürlich!* Sie würde die Steinmauer nicht ewig abwehren können, aber Wassermassen würden es vielleicht schaffen. Angestrengt konzentrierte sie sich auf den Kern ihrer Magie, der immer noch in ihrem Bauch pulsierte. Mit letzter Kraft mobilisierte sie die übrig gebliebene Kraft und ließ einige Magiefäden in eine der Seitenwände einschlagen. Abgesehen von einem lauten Knall passierte jedoch nichts. Vor Frust hätte Kaida am liebsten ein zweites Mal aufgeschrien, doch dann hörte sie es: ein Knacken, gefolgt von dem Geräusch tröpfelnden Wassers. Die Tröpfchen verwandelten sich schnell zu einem kräftigen Wasserstrahl, der so viel Druck hatte, dass die Risse in der Seitenwand immer größer wurden und noch mehr Seewasser in den Keller lief. Erschrocken quiekte der Troll auf und reckte den Kopf nach oben.

Auch Kaida schnappte noch einmal hastig nach Luft, ehe das Wasser bereits über ihre spitzen Ohren schwappte. *Toller Plan.* Daran, dass sie ebenfalls untergehen würde, wenn sie den Keller flutete, hatte sie natürlich nicht gedacht. Eine Gänsehaut breitete sich auf ihrem gesamten Körper aus. Diesmal würde niemand hier sein, um sie vor den Fluten zu retten. Niemand, der sie über Wasser halten würde. Kaida spürte, wie ihr Herzschlag immer schneller wurde. Die Welt vor ihren Augen begann zu verschwimmen. Wasser drang in ihre Ohren, ihre Nase und schließlich auch in ihre Augen. Wimmernd schloss sie die Lider. Dann wartete sie, während die Wassermassen sie verschlangen und in die Dunkelheit zogen. Die Krallen des Trolls lösten sich urplötzlich von ihrem Körper und ließen sie allein zurück.

Kaida spürte, wie sich ihr Herzschlag immer mehr verlangsamte. Ihr Inneres wurde ruhiger, selbst das Pulsieren ihrer Magie ließ nach. Nur ihre Arme waren weiterhin steif nach oben gestreckt und hielten dem Druck unermüdlich stand; genauso, wie Kaidas Mutter damals ihre Tochter über die Wasseroberfläche gehalten hatte, obwohl sie selbst schon längst verschluckt worden war. Kaidas Augen brannten bei dem Gedanken daran, wie ähnlich ihr Tod dem ihrer Mutter sein würde. Fast so, als würde das Schicksal den Kreislauf schließen wollen. Der Plan, dass die Wassermassen das Gewicht der Decke mindern und Kaida somit erleichtern würden, das Gestein mithilfe ihrer Gabe aufrecht zu halten, ging nicht auf. Das Ganze war noch immer viel zu schwer ...

Schon bald wusste Kaida nicht mehr, wie lange sie bereits ausharrte. Das Einzige, woran sie sich auch später noch erinnerte, war, dass sie nur ein klitzekleines Stückchen davon entfernt gewesen war aufzugeben; als sich plötzlich wie aus dem Nichts zwei warme Hände um ihre Taille gelegt und ihren Körper vom Steinboden aufgehoben hatten.

Kapitel 18

Zaghaft tapste das Mädchen auf nackten Füßen durch den dunklen Flur. Die schwarzen Wände verschluckten jegliches Licht, das durch die großen Fenster zu ihrer linken Seite in den schmalen Gang fiel. Von draußen prallten dicke Regentropfen wie Kanonenkugeln gegen die Scheibe. Das Mädchen zitterte am ganzen Körper. Als sie hinter sich ein Knurren vernahm, streckte sie ihre kleine Hand hastig nach einer der vielen Türklinken aus, die sich zu ihrer rechten Seite in der Wand befanden.

Leise schob sie das schwere Holz auf und schlüpfte in das dahinterliegende Zimmer. Ohne sich vorher umzusehen, zog sie die Tür hinter sich zu und lehnte sich gegen das kühle Holz. Als sie schwere Schritte vernahm, hielt sie vor Schreck die Luft an und schloss die Augen. Erst als das Getrampel an ihrem Versteck vorbeigezogen war, wagte sie ihre Augen wieder zu öffnen. Erschrocken riss sie sich eine Hand vor den Mund.

»Alles gut, mein Kind«, sagte die Fremde in einem so ruhigen Tonfall, dass sich das Mädchen tatsächlich etwas entspannte. »Hab keine Angst vor mir, ich werde dir nichts tun.«

Aus großen Augen musterte das Kind die Frau mit dem zeitlosen Gesicht, die ihr aus strahlend blauen Augen liebevoll entgegensah. Sie saß auf einem großen Himmelbett und trug ebenfalls ein Nachthemd, welches dem des Mädchens ziemlich ähnlichsah. Ihr blondes Haar floss wie flüssiges Gold über ihre Schultern bis zu ihrer Taille hinab.

»Bist du eine Prinzessin?«, fragte das Kind ehrfürchtig.

Ein trauriges Lächeln legte sich über die Lippen der hübschen Frau. »Nein, das bin ich nicht. Aber so etwas Ähnliches.«

»Ach ja?«, fragte das Mädchen neugierig, während es zaghaft auf die Frau zulief. Als die Kleine vor dem Bett ankam und ihre kurzen Arme nach oben streckte, griff die Frau sie behutsam an den Seiten und hob sie neben sich auf das Bett. Sie zog eine der vielen Bettdecken hervor und wickelte sie sorgsam um den dünnen Körper des Kindes.

»Wie geht es dir, Kaida?«

Überrascht blickte das Kind zu ihr auf und zupfte an seinen feuerroten Locken. »Woher kennst du meinen Namen?«

»Oh, ich schätze, den kennt hier jeder, seitdem du und dein Bruder hier angekommen seid.«

»Echt? Aber wir wohnen doch erst seit Kurzem hier.«

»Ja, aber der Hexer hat euer Ankommen schon lange herbeigesehnt und viel von euch beiden erzählt.«

Stirnrunzelnd zupfte das Mädchen am Saum ihres Hemdes herum. »Wie kann er denn von uns erzählt haben, bevor er uns überhaupt kannte?«

»Nun, du und dein Bruder sind in manchen Kreisen ziemlich berühmt. Auch ich kenne dich schon seit einer Weile, um genau zu sein, seit deiner Geburt, aber leider hatten wir bisher selten die Gelegenheit, einander zu sehen.«

Irritiert blinzelte das Mädchen und sah zu der hübschen Frau auf. »Du kennst mich? Kennst du dann auch meinen Bruder und meine Mama?«

»Natürlich«, antwortete die Fremde. Ein schmerzlicher Ausdruck erschien in ihren blauen Augen, als sie behutsam eine Hand auf den Kopf des Mädchens legte und ihm durchs Haar strich. »Deine Mama und ich, wir waren sehr enge Freundinnen. Der Hexer hat mir erzählt, was mit ihr passiert ist. Es tut mir so schrecklich leid, kleine Kaida ... Welch ein Jammer, dass du noch so ein kleines, unschuldiges Mädchen bist. Ich könnte dir so viel erzählen, angefangen über dich und deinen Bruder und warum Nero so gierig nach euch beiden ist, bis hin zu der riesigen Bürde, die ihr zwei noch in Zukunft tragen werdet.«

»Aha«, erwiderte das Kind schlicht. Die Worte der Frau verwirrten es. Zwar lebte das Mädchen noch nicht lange in der Schwarzen Festung, aber in dieser kurzen Zeit waren ihm bereits viele Menschen über den Weg gelaufen, die wirres Zeug redeten oder nicht einmal ihren eigenen Namen kannten. Vielleicht gehörte die Frau mit dem goldenen Haar ja auch dazu.

Die Fremde löste ihre Hand aus ihrem roten Haar und legte stattdessen beide Hände an die Flanken des Kindes. Behutsam hob sie es hoch und setzte es auf ihren Schoß. Instinktiv schmiegte sich das Mädchen an ihren Oberkörper. Die Wärme der Frau erinnerte sie so sehr an ihre eigene Mama, dass ihr unvermittelt ein leises Schluchzen entwich.

Beruhigend fuhr die Frau dem Kind über den Rücken und tätschelte ihren Hinterkopf. »Alles wird gut, kleine Kaida«, flüsterte sie eindringlich. »Du weißt es noch nicht, aber in dir schlummert eine große Macht. Eines Tages wirst du die unglaubliche Ungerechtigkeit, die dir und deiner Familie angetan wurde, rächen können. Du wirst dich wie ein Phönix aus der Asche erheben und die Welt von den Schatten befreien, die sich gerade um dein eigenes kleines Herz schlingen. Du musst nur aufpassen, dass du dich in der Dunkelheit der Festung nicht selbst verlierst. Versprichst du mir das, kleine Prinzessin?«

Immer noch leise schluchzend nickte das Mädchen. Sie hatte keine Ahnung, wovon die Frau sprach, aber solange sie weiterhin ihre Aufmerksamkeit und Wärme beanspruchen konnte, war ihr das herzlich egal.

Plötzlich bewegte sich etwas unter ihrer kleinen Hand, die sie auf dem Bauch der Fremden abgelegt hatte. Verwundert wischte sie sich die Tränen aus den Augen und starrte auf den kugelrunden Bauch.

»Da hat sich was bewegt!«, verkündete sie der Frau aufgeregt. Ein trauriges Lächeln legte sich auf die hübschen Lippen, die das Kind an die Form eines Herzens erinnerte.

»Ist da jemand drin?«

»Ja«, antwortete die Fremde, wobei ihre Stimme nicht mehr als ein Hauch war. »Aber im Gegensatz zu dir wird dieses Kind es wohl nicht schaffen, den Schatten zu widerstehen.«

»Kann ich mit ihm spielen, wenn es rauskommt?«, fragte das Mädchen aufgeregt und legte erneut ihre kleine Hand auf den runden Bauch. Zwar hatte sie ja eigentlich schon einen Bruder, aber noch ein weiterer Spielgefährte konnte ja nicht schaden.

»Ich fürchte, nein«, antwortete die Frau mit zitternder Stimme. Tränen rollten über ihre hohen Wangenknochen und tropften auf ihren Bauch. »Was auch immer da in mir heranwächst, es wird nicht in der Lage sein, mit dir zu spielen. Du wirst es

niemals zu Gesicht bekommen, genauso wie du mich nie wiedersehen wirst, kleine Kaida.«

Und die Frau mit dem goldenen Haar sollte recht behalten.

***

Ruckartig riss Kaida ihre Augen auf. Rasselnd japste sie nach Luft und krümmte dabei ihren Rücken. Sie spürte kalten Stein unter ihren Handflächen und nasse Kleidung an ihrem Körper. Als sich ihre zuckenden Augenlider etwas beruhigt hatten, wagte sie den Versuch ihre Muskeln anzuspannen und sich aufzusetzen. Allerdings passierte nichts – absolut gar nicht. Ihr gesamter Körper fühlte sich an wie weiche Butter, als hätte man ihr im Schlaf sowohl Knochen als auch Muskeln gestohlen. Ihr blieb nichts weiter übrig, als bewegungsunfähig gen Himmel zu starren. Hektisch glitten ihre Augen über das riesige Loch in der Decke über ihren Kopf, durch welches helle Sonnenstrahlen in den sonst dunklen Raum fielen. Sie verengte ihre Augen ein wenig, um sie vor dem grellen Licht zu schützen, als sich plötzlich etwas vor ihr Gesicht schob. Erschrocken schrie Kaida auf, doch ihre Stimme klang so rau und kratzig, dass sie sich selbst kaum wiedererkannte. Der Schatten vor ihrem Gesicht war zu klein, um von einem Troll zu stammen, doch Genaueres konnte sie nicht erkennen ...

»Jace?«, fragte sie kratzig ins Blaue hinein. Dunkel erinnerte sie sich wieder daran, dass sie von jemandem gepackt und aus dem Wasser gezogen worden war. Wenn es nicht die Nixe gewesen war, musste es wohl Jace gewesen sein, der ihr mal wieder aus der Patsche geholfen hatte. Als sich die Gestalt jedoch etwas aus dem einfallenden Licht lehnte und nicht länger bloß ein Schatten war, fürchtete Kaida, einen Herzstillstand zu erleiden. Mit offenem Mund starrte sie dem jungen Mann entgegen und griff sich instinktiv an die linke Brust, die sich vor Schreck schmerzhaft zusammenzog.

»Luce!«, keuchte sie fassungslos, immer noch unsicher, ob sie ihren Augen wirklich trauen konnte. »Luce, was, um Himmels Willen, machst *du* denn hier?! Du ... du müsstest doch in der Hauptstadt sein, wie bist du auf die Insel gekommen?«

Ein amüsiertes Grinsen schlich sich auf die Lippen des jungen Fae, während er ihr sanft den Kopf tätschelte. »Beruhige dich, Kaida, es ist alles in Ordnung. Vater hat mir erlaubt euch nachzureisen, weil ich euch eine wichtige Botschaft überbringen soll. Weißt du zufällig, wo sich Jace rumtreibt? Er war doch wohl hoffentlich nicht auch im Keller, oder?«

Ungläubig blinzelte Kaida. Sie konnte noch immer nicht fassen, dass Luce wirklich neben ihr in der Ruine des Schlosses kniete und sie angrinste. »Warum ... warum lässt dein Vater dich allein so eine gefährliche Reise unternehmen und schickt nicht einfach Nox oder einen seiner Soldaten? Und Jace ... er wollte vor dem See auf mich warten. Sag mal, wie bist du denn überhaupt unbemerkt an ihm vorbeigekommen?«

Lachend streckte Luce seine Arme nach Kaida aus und half ihr dabei, sich aufzusetzen. »Der See ist riesig, ich bin einfach von der anderen Seite ins Schloss gelangt. Weißt du, ich habe auf einmal einen lauten Schrei gehört, und dann ist plötzlich der halbe Keller eingestürzt. Ich habe mir schon gedacht, dass du wieder die Kontrolle über deine Gabe verloren hast, und bin dir deshalb zur Hilfe geeilt.«

Kaida klappte die Kinnlade herunter. Sie konnte noch immer nicht begreifen, dass der Junge tatsächlich vor ihr saß; doch es war Luce, ohne Frage. Seine strahlenden Augen, sein herzliches Lächeln – der junge Fae war ihnen tatsächlich gefolgt. Wie Jace wohl reagieren würde, wenn er seinen kleinen Bruder in dieser gefährlichen Umgebung antreffen würde? Ein leicht hysterisches Lachen bahnte sich seinen Weg aus Kaida Kehle, dann fiel sie dem Jungen schwungvoll um den Hals. »Du bist wirklich hier«, raunte sie ihm kichernd ins Ohr. »Du bist so ein Dummkopf, weißt du das?«

Nun begann auch Luce zu lachen. »Danke, Kaida, ich habe dich auch vermisst.« Seine warmen Arme schlangen sich schützend um Kaidas Taille und hielten sie behutsam fest. Er schien nicht so richtig zu wissen, wie er sie am besten umarmen sollte, denn immer wieder lösten sich seine Hände von ihr und suchten sich eine andere Stelle, an der er sie festhalten konnte. Doch das war nicht das Einzige, das Kaida etwas seltsam vorkam. Stirnrunzelnd zog sie sich ein Stückchen von ihm zurück, um in seine blauen Augen sehen zu können. »Sag mal, Luce, hast du in den letzten paar Tagen durchgängig

Gewichte gestemmt oder dich mit Nox geprügelt? Seit wann hast du denn so muskulöse Oberarme?«

Erneut entwich dem Jungen ein zurückhaltendes Kichern. »Freut mich, dass sie dir aufgefallen sind. In den letzten Tagen habe ich in der Tat viel trainiert, aber eigentlich hatte ich schon immer ein paar Muskeln. Anscheinend hast du sie zuvor nur noch nie bemerkt.« Ein gespielt beleidigter Ausdruck legte sich auf seine Lippen, und er ließ Kaida los, um die Arme vor der Brust zu verschränken. »Da sieht man mal, wie wenig Beachtung du mir geschenkt hast.«

Lächelnd wuschelte ihm Kaida durch seine blonden Locken. »Nimm es mir nicht übel, Kleiner, wahrscheinlich habe ich einfach nie so genau darauf geachtet. Du bist wohl wirklich kein Kind mehr, sondern schon ein halber Erwachsener.«

»Ein *halber* Erwachsener? Das wird ja immer besser!«, erwiderte er lachend. Langsam stand Luce auf und klopfte sich seine nassen Sachen ab, ehe er Kaida die Hand entgegenstreckte und ihr half ebenfalls auf die Beine zu kommen.

»Was ist eigentlich mit dem Troll passiert?«, fragte sie beiläufig, während sie Hand in Hand durch die Ruinen des Palastes liefen.

Luce zuckte nur knapp mit den Schultern. »Ich glaube, er hat sich auf den Boden des Sees verkrochen. Zwar halten sich Flusstrolle entgegen ihrem Namen meistens an Land auf, aber nichtsdestotrotz können auch sie eine Zeit lang im Wasser leben. Auf der Insel gibt es einige von den Viechern, auf dem Festland trifft man sie nur noch in den abgelegensten Regionen an. Bist du schon mal einem von ihnen begegnet?«

Kopfschüttelnd stieg Kaida über einen großen Gesteinsbrocken, der ihr den Weg versperrte.

»Hm, vielleicht bist du ja mal unwissentlich an einem vorbeigelaufen«, mutmaßte Luce. »Sind dir die Gräser auf seinem Körper aufgefallen? Wäre er nicht so ausgehungert gewesen, wären noch mehr Pflanzen auf ihm gewachsen. Flusstrolle kauern sich meist mit dem Kopf unter Wasser, aber mit dem Rücken sind sie über der Wasseroberfläche. Von Weitem sieht es so aus, als würde sich einfach ein kleiner, bewachsener Hügel aus dem Wasser erheben. Aber wenn du ihm zu nahe kommst – SCHNAPP! – und weg bist du.«

»Hm«, murmelte Kaida nachdenklich. »Ich wusste gar nicht, dass du dich so gut mit Kreaturen Dunkler Magie auskennst ... aber meinst du wirklich, dass es nur ein normaler Troll gewesen ist?« Irritiert blickte der Fae zu ihr hinüber.

»Na ja«, fuhr sie zögernd fort, »Jace hat mich in den Keller des Schlosses geschickt, damit ich diesen magischen Kristall finde, durch welchen ich lernen sollte, meine Gabe zu kontrollieren.«

»Ach ja, das«, erwiderte Luce und winkte ab. »Mach dir keinen Kopf, Kaida, ich habe ihn auch nie gefunden.«

»Aber du hast ja auch keine Gabe, die einfach Sachen um dich herum explodieren lässt ... Wie lange war ich eigentlich bewusstlos?«

»Nicht besonders lang. Wie du siehst, ist unsere Kleidung immer noch nass, dabei habe ich dich extra in die Sonne gelegt, damit du schneller trocknest.«

»Aber ... aber dann stimmt doch irgendetwas nicht.«

Während sie sprach, zeichnete sich mit einem Mal Unruhe auf Luce' Gesichtszügen ab. Er blieb vor einer eingetretenen Holztür stehen, sah sich aufmerksam um und zog Kaida dann etwas zur Seite. »Was soll denn nicht stimmen, Kaida? Fühlst du dich nicht gut?«

»Es gibt einfach zu viele Ungereimtheiten«, erwiderte sie heiser, ehe sie sich frustriert durch ihr nasses Haar fuhr und von einem Bein aufs andere trat. »Wie hast du es eigentlich geschafft, mich unter der Steinplatte hervorzuziehen, ohne uns beide zu zerquetschen?«, fragte sie langsam. Das Misstrauen bohrte sich wie ein Stachel in ihr Herz.

»Na, ich habe dich einfach rausgezogen«, erwiderte Luce ausweichend. Den nervösen Unterton bildete sie sich nicht ein, oder? »Deine Magie hielt den Stein immer noch oben, also habe ich dich einfach geschnappt und bin mit dir, so schnell ich konnte, unter der Platte hindurchgeschwommen. Als du vollständig das Bewusstsein verloren hast, ist sie auf den Grund des Kellers gesunken. Unsere Gaben können sogar noch nachwirken, wenn wir selbst bereits aufgegeben haben. Dieses Zeitfenster habe ich genutzt, um dich – oder besser gesagt uns – zu retten.«

Erneut legte Kaida ihre Stirn in Falten. Ihr Kopf fühlte sich noch immer an, als hätte ihn jemand ununterbrochen mehrere Tage lang gegen die Mauer des Palastes gedonnert. Ihre Glieder schmerzten und die Kälte des Wassers steckte ihr noch immer tief in den Knochen. Sie wollte nicht mehr durch das zerfallene Schloss laufen und sich ihren Kopf über die Magie der Fae zerbrechen, die sie eh nie ganz verstehen würde. Was kümmerte es sie, ob ihre Gabe nun perfektioniert war oder nicht? Ganz offensichtlich funktionierte sie ja trotzdem ... und solange sich Kaida selbst einigermaßen verteidigen und ihr Jace' Fluch nichts anhaben konnte, war doch alles in Ordnung. *Apropos Jace ...*

»Wir sollten deinen Bruder suchen gehen«, wies sie den Jungen leise an.

»Sorgst du dich um ihn?«, erwiderte Luce, wobei seine Stimme überraschend kühl und emotionslos klang.

»Natürlich«, antwortete Kaida, ohne auch nur einen Wimpernschlag zu zögern. »Auf dieser verdammten Insel könnte jeden Moment die nächste Katastrophe einsetzen, wir sollten nichts riskieren.« Plötzlich schlich sich der Anflug eines Grinsens auf ihre Lippen. »Du hast ja nur keine Lust darauf dir anzuhören, wie unverantwortlich und leichtsinnig es ist, dass du uns gefolgt bist.«

Luce schnaubte verächtlich und griff sanft nach Kaidas Hand, um den Weg durch das zerfallene Schloss mit ihr fortzusetzen. »Ich habe seiner Herzensdame das Leben gerettet, das wird ja wohl hoffentlich Pluspunkte geben.«

Doch auch sein Scherz konnte nicht verhindern, dass Kaida sich auf ihrem Weg durch den Palast nach wie vor unwohl fühlte. Sie wurde einfach das Gefühl nicht los, irgendetwas übersehen zu haben ... etwas, das ihr später noch auf die Füße fallen würde. Doch obwohl sie sich alle paar Schritte umdrehte und nach möglichen Verfolgern Ausschau hielt, konnte sie niemanden entdecken. Ihr Hals fühlte sich seltsam belegt und zugeschnürt an. Sie wurde einfach das Gefühl nicht los, direkt auf die nächste Katastrophe zuzusteuern. Jeder Schritt könnte ihr letzter sein – und doch war Stehenbleiben keine Option ...

Kapitel 19

Schwungvoll zog sich Kaida durch das große Loch in der Steinmauer und landete geschickt auf der anderen Seite des Palastes. Helles Sonnenlicht blendete sie und trieb ihr zunächst Tränen in die Augen. Als sie sich suchend nach Luce umsah, entdeckte sie ihn, wie er gerade ein kleines Holzboot hinter einem großen Rosenbusch hervorzog. Staunend nickte sie ihm zu.

»Sieh an, du bist ja gut vorbereitet. Bist du damit auch zum Palast gekommen?«

»Ja, natürlich. Ich hatte keine Lust darauf, mich auf dem Weg zu dir von Nixen oder Trollen abfangen zu lassen. Mach es dir gemütlich, ich rudere uns rüber.«

Ohne Widerworte schwang sich Kaida in die kleine Nussschale. Luce tat es ihr gleich. Als er anfing zu rudern, hob Kaida überrascht eine Augenbraue. Unter dem dünnen Stoff seines Hemdes konnte sie deutliche Konturen seiner stark ausgeprägten Armmuskeln erkennen, die bei jeder Ruderbewegung leicht hervortraten. Als Kaida in sein Gesicht sah, erwiderte er ihren Blick mit einem sanften Lächeln. Es schien ihm erstaunlicherweise keinerlei Mühe zu bereiten, das Boot über den See zu manövrieren. Nachdenklich runzelte Kaida die Stirn. Selbst wenn er vor seiner Abreise noch ordentlich trainiert hatte, hielt sie es für mehr als unwahrscheinlich, dass der Junge so plötzlich Muskeln zugelegt hatte, die beinah mit denen von Nox konkurrierten. Als sie erneut in seine Augen blickte, strahlte ihr zwar das gewohnte Himmelblau entgegen, doch irgendetwas an ihnen schien anders zu sein als sonst ... Vielleicht lag es an dem Lächeln in seinen Augen, das seltsam aufgesetzt wirkte, fast wie eine billige Kopie der Lebensfreude, die normalerweise den Blick des Jungen erhellte.

Erst hier draußen im Licht der Sonne bemerkte Kaida auch die rötlichen Schatten unter seinen Augen und auf seiner Nasenspitze. Seine Haut wirkte schneeweiß ... kränklich. Luce war ja schon immer ziemlich blass gewesen, doch im Moment wirkte seine Haut auf Kaida sogar noch heller als damals, als sie ihn halb erfroren im Schnee gefunden hatte.

»Alles in Ordnung, Kaida?«, fragte er hörbar nervös. »Du starrst mich so seltsam an. Was ist los?«

»Ich weiß nicht«, antwortete sie langsam und rückte unruhig auf ihrem Platz umher, »sag du es mir.«

»Wie meinst du das?«, erwiderte er kichernd, doch Kaida kaufte ihm die kindliche Unschuld in seiner Stimme nicht ab. Auch sie wirkte einstudiert und gekünstelt. »Du siehst anders aus als sonst. Kränklich.«

Augenblicklich verstärkte sich das gestellte Lächeln auf seinen Lippen. »Oh, du sorgst dich um *mich*?«

Mehr um mich als um dich, dachte Kaida zerknirscht, denn mit einem Mal kam ihr der Junge ziemlich unheimlich vor. Er strahlte eine seltsame Aura aus, die nichts mit dem Fae gemein hatte, den sie so gut kannte.

»Keine Sorge, Kaida, bald wird es mir wieder besser gehen. Das sind nur die Nachwirkungen meiner Gefangenschaft beim Roten Mond. Die Dunkelheit und Kälte da unten haben mir zugesetzt.« Kaida nickte knapp und verkniff sich eine Bemerkung dazu, dass er auch im Kerker nicht so ausgesehen hatte wie jetzt ...

Kaum geriet das Ufer in greifbare Nähe, machte sie sich zum Aussteigen bereit. Als sie sich endlich aus der kleinen Nussschale schwang und wieder festen Boden unter den Füßen spürte, atmete sie erleichtert auf. Sofort sah sie sich nach Jace um, konnte ihn jedoch nirgendwo entdecken. Stattdessen glitt ihr Blick über die dichten Tannen des Waldes, die nur wenige Schritte vom Ufer entfernt standen. Auf dieser Seite des Schlosses war es ruhig – *zu ruhig*. Ein eisiger Windhauch ließ Kaida erschaudern. Als sie ihre Arme um ihren Oberkörper schlang, legten sich prompt noch zwei weitere Arme um ihre Taille. »Ähm ... Luce?«

»Hm?«

»Was machst du da?«

»Ich umarme dich, damit du nicht frieren musst.«

Als sein kühler Atem über Kaidas Hals strich, begann ihre Magie wild zu pulsieren. Alles in ihrem Inneren schrie danach, den Jungen mit ihren Magiefäden von sich fernzuhalten, doch Kaida versuchte dem Drang mit aller Kraft zu widerstehen. Irgendetwas ging hier mächtig schief, aber Luce war immer noch Jace' kleiner Bruder und ihr Freund – sie konnte ihn nicht einfach von sich stoßen.

»Darf ich dich nicht mehr umarmen?«, fragte er vorsichtig. Kaida würgte den Kloß in ihrem Hals herunter und bemühte sich um ein Lächeln. »Luce, was ist zu Hause vorgefallen, nachdem Jace und ich die Hauptstadt verlassen hatten? Du wirkst irgendwie ... verändert. Anders als damals, als ich dich aus dem Versteck des Roten Mondes befreit habe.«

»Findest du? Aber du magst mich doch noch, oder?«

»Natürlich mag ich dich«, entgegnete Kaida, ohne zu zögern, »ich mache mir nur Sorgen ... Hat Oberon dich vielleicht mit irgendetwas erpresst oder dir einen Trank untergejubelt?«

Ohne ihr zu antworten, löste der Junge seine Arme von ihrer Taille und griff stattdessen nach ihrer Hand. Er hielt sich an ihr fest, als wäre er ein ängstliches Kind. Kaida spürte, wie seine kalte Hand in ihrer zitterte.

»Komm, wir müssen Jace finden«, sagte er leise, ehe er sie losließ und ein paar Schritte vor ging. Schweigend lief Kaida ihm nach. Ihre Sorge um den Jungen legte sich wie ein schwerer Gesteinsbrocken auf ihre Lunge und erschwerte ihr das Atmen. Ob Oberon ihn gefoltert hatte? Aber wieso hätte er das tun sollen? Vielleicht hatte er in seiner Gefangenschaft doch etwas über die Fae verraten, was ihnen nun schadete?

Eine ganze Weile lang liefen sie um den See herum, wobei sich der Abstand zwischen ihnen immer weiter vergrößerte. Kaida kam es vor, als würde der verdammte Teich niemals enden, als sie plötzlich laute Rufe hörte.

»Kaida? Kaida, bist du hier irgendwo?«

Erschrocken hob sie den Kopf und sah sich um. Zwischen ein paar dünnen

Baumstämmen entdeckte sie ihn – Jace. Ohne sich noch nach Luce umzusehen, rannte sie auf den Prinzen zu, fiel ihm schwungvoll um den Hals und drückte sich eng an seinen Körper. Als er seine Arme um sie legte und beruhigend über ihren Rücken strich, strömten seine Hände eine solche Wärme aus, dass die von Luce ausgelöste Kälte augenblicklich aus ihren Knochen verschwand. Geradezu gierig saugte sie Jace' Geruch auf und vergrub ihre Nase noch mehr an seinem Hals. Alles an ihm kam ihr so vertraut vor, als hätte sie die letzten einhundert Jahre ausschließlich in seinen Armen verbracht.

»Alles in Ordnung, Kaida?«, raunte er ihr leise ins Ohr. Hastig nickte sie. »Jetzt schon.«

Ein amüsiertes Schnaufen bahnte sich aus seiner Kehle. Er gab ihr einen sanften Kuss auf die Wange, der Kaidas Körper mit Geborgenheit flutete.

»Geht es dir gut, Kleines?«, fragte der Fae leise. »Deine Stupsnase sieht etwas blass aus.«

»Ach ja?«, fragte sie herausfordernd. »Dann sieh dir mal dein Brüderchen an, Luce ist blasser als der Schnee im Gebirge.«

Irritiert zog Jace seine Augenbrauen zusammen. »Luce?«, wiederholte er blinzelnd. »Was hat denn mein Bruder damit zu tun? Er ist doch gar nicht hier.«

Seine Worte trafen Kaida wie ein Pfeilhagel. Langsam löste sie sich aus der Umarmung und drehte sich zu der Stelle um, an der sie Luce vermutete. Und tatsächlich – *nichts.*

Ein hysterisches Lachen kroch über ihre Lippen. »Das kann nicht sein«, sagte sie und schüttelte dabei heftig den Kopf. »Luce hat mich aus dem Wasser gezogen, ohne seine Hilfe wäre ich ertrunken. Er hat sich sicherlich nur versteckt, weil er Angst hat, dass du böse auf ihn bist«, erklärte sie gestikulierend und machte ein paar entschlossene Schritte auf den Wald zu. »Luce, du kannst jetzt rauskommen«, rief sie, doch nichts passierte – absolut gar nichts. Das leise Rascheln der Baumkronen, die sich sanft im Wind wiegten, war das einzige Geräusch weit und breit. Kaida kam es beinah so vor, als würde sie das monotone Rauschen verspotten wollen. Genervt ballte sie ihre Hände zu

Fäusten. »Luce, es reicht. Komm sofort hierher oder dein Bruder ist nicht mehr der Einzige, vor dem du dich fürchten solltest!«

»Kaida«, drang Jace' Stimme sanft an ihr Ohr, »Luce ist in der Hauptstadt. Komm, Kleines, ich muss dir etwas zeigen. Auf dem Weg dahin kannst du mir erzählen, was im Schloss passiert ist.«

»Nein, wir können nicht einfach so gehen«, protestierte Kaida und gestikulierte verzweifelt mit ihren Händen vor Jace' Gesicht herum. »Luce ist hier irgendwo in der Nähe, und er ist ganz allein. Stell dir mal vor, irgendein Schattenfresser kommt vorbei und schnappt ihn sich! Und diesen verdammten Kristall habe ich auch noch nicht gefunden, es sei denn, er hat zufällig die Gestalt eines miefenden Flusstrolls angenommen. Jace, ich –«

Sanft schlang der Prinz seine Arme um ihre Taille und zog sie an seinen Körper, doch Kaidas Blick huschte weiterhin angespannt über die dünnen Baumstämme des Waldes. Wieso versteckte sich Luce vor ihnen? Es war doch seine Idee gewesen, nach Jace zu suchen …

»Kaida«, sprach der Prinz sanft in ihr Haar, »Luce ist nicht hier. Der Palast ist verflucht, wer weiß, welche Kreatur deine Gedanken manipuliert hat.« Sein leises Seufzen strich über ihren Hals und jagte dabei einen angenehmen Schauer über ihren Rücken. »Ich hätte dich da niemals allein reingehen lassen dürfen … Es war eine furchtbar dumme Idee und ich bin froh, dass du heil wieder da rausgekommen bist. Ich war schon kurz davor, dir zu folgen, doch die Nixen und ich hatten große Probleme, bis zu dir vorzudringen, weil auf einmal Schattenfresser und Kobolde aufgetaucht waren und versucht haben den Palast vor uns abzuschirmen. Ich hatte den Eindruck, dass sie uns gar nicht wirklich bekämpfen, sondern nur am Eintreten hindern wollten. Ein Glück, dass du jetzt hier bist, wer weiß, wen oder was sie da drinnen beschützen wollten.«

»Aber … aber Luce … Jace, er war hier!«, beteuerte Kaida eindringlich. Hektisch suchten ihre Augen die Umgebung ab, doch der blonde Fae blieb wie vom Erdboden verschluckt. Vor lauter Aufregung fühlten sich ihre Hände bereits ganz schwitzig an. Trotz der Anspannung, die wie ein Kloß in ihrem Rachen lauerte, zwang sie sich dazu, tief ein- und auszuatmen. »Ich habe ihn gesehen, Jace«, murmelte sie zurückhaltend. Zwar glaubte sie nach wie vor fest daran, dass es tatsächlich Luce gewesen war, der sie durch den Palast begleitet hatte, doch Jace' Worte hatten Unsicherheit in ihr gesät. Was, wenn sie wirklich nur etwas durch den Wind war? »Luce hat mir erzählt, dass Oberon ihn hinterhergeschickt hat, weil er dir eine Nachricht überbringen soll«, versuchte sie sich zu erinnern. »Er sah kränklich aus, Jace. Seine Haut war ganz weiß und seine Augen waren rot unterlaufen. Er –«

»Shh, ganz ruhig, Kleines«, murmelte ihr der Prinz leise ins Ohr. »Es ist alles in Ordnung. Wenn Luce hier wirklich rumirren sollte, wird er uns schon finden – oder wir ihn. Du –«

»Du glaubst mir nicht«, stellte Kaida enttäuscht fest und ließ ihre Schultern sinken. »Wenn du mir glauben würdest, würdest du sofort losziehen und jeden Stein umdrehen, um deinen Bruder zu finden!«

»Es ist nicht deine Schuld ... Wie gesagt, der Palast lässt einen Dinge sehen, die gar nicht existieren. Es liegt an der Magie der getöteten Fae, die ihr jähes Ende im Palast finden mussten.«

Obwohl sie wusste, dass Jace' Begründung logisch und nachvollziehbar klang, spürte Kaida einen leichten Stich in ihrem Herzen. Sie hatte Angst, dass er sie für verrückt halten könnte. Außerdem sorgte sie sich um Luce, der vielleicht allein durch die Wälder zog. Unsicher, wie sie weiter verfahren sollte, blickte sie zu Jace auf.

»Was machen wir jetzt? Ich weiß nicht einmal, ob ich diese seltsame Prüfung bestanden habe oder nicht ... Meinst du, ich sollte noch einmal in den Palast gehen?«

»Nein, das halte ich für zwecklos. Zumindest von außen sieht es so aus, als stünde der gesamte Keller unter Wasser. Solange dir noch keine Kiemen gewachsen sind, denke ich nicht, dass sich eine weitere Suchaktion lohnen würde. Zwar bin ich nach wie vor der Überzeugung, dass es von Vorteil gewesen wäre, wenn du den Kristall gefunden und deine Gabe bezwungen hättest, aber in Anbetracht der Umstände wäre es wohl klüger, wenn wir die Sache vorerst ruhen lassen. Ich könnte dich aufgrund des Fluches nach wie vor nicht begleiten, außerdem wimmelt der See nur von Kreaturen Dunkler

Magie. Wer weiß, wie lange die Nixen uns den Rücken freihalten könnten, zumal wir ja, wie gesagt, nicht mal mehr bis in den Keller vordringen könnten ... Ich habe eine andere Idee, die wesentlich vielversprechender klingt.«

Neugierig neigte Kaida den Kopf. »Ach so?«

»Einer der Nixen ist es gelungen, die Villa ausfindig zu machen, über die wir vor deinem Aufbruch gesprochen haben. Sie hat mir den Weg beschrieben, ich denke, wir sollten dort hingehen.«

Ehe Kaida etwas erwidern konnte, schob Jace plötzlich einen Arm unter ihre Kniekehlen und legte eine Hand auf ihren Rücken. Dann hob er sie schwungvoll hoch.

Instinktiv umschlang sie seinen Hals und krallte sich in dem Kragen seines Hemdes fest. »Und was soll das werden, Prinzlein?«, fragte sie herausfordernd. »Hat man dir nicht beigebracht, dass man Frauen nicht einfach ungefragt an sich reißt?«

»Zwar tut es deiner Schönheit natürlich keinen Abbruch, aber du siehst erschöpft aus«, zog er sich geschickt aus der Affäre. »Ruh dich aus, Kleines, ab hier übernehme ich wieder das Steuer.«

Kapitel 20

Dichte Efeuranken überzogen die alten Steinmauern der Villa, die im Schatten der riesigen Laubbäume fast schon gespenstisch wirkte. Während Kaidas Blick über die zerbrochenen Fensterscheiben glitt, klammerte sie sich noch fester an Jace' Schultern. Mit zusammengezogenen Brauen musterte sie die vielen kleinen Erker und Turmfenster. Goldene Verzierungen an den Außenwänden ließen vermuten, dass das Gebäude einst edel und herrschaftlich ausgesehen haben musste, doch von dem früheren Glanz war heute kaum noch etwas zu erahnen. Als Jace das Gebäude langsam umrundete und sie endlich in der Mitte der Villa ankamen, stellte Kaida fest, dass die komplette linke Hälfte abgebrannt war. Während sie die rote Flügeltür betrachtete, deren gesplittertes Holz im Vorgarten des Hauses herumlag, wurde ihr speiübel. Etwas Schreckliches musste hier vorgefallen sein – und Kaida wurde das seltsame Gefühl nicht los, selbst dabei gewesen zu sein.

»Erinnerst du dich?«, drang Jace' Stimme leise an ihr Ohr. Mechanisch nickte sie. »Ist … ist das …?«

»Ja, vielleicht«, beendete Jace ihren Satz, als Kaida plötzlich verstummte. »Fühlst du dich bereit dazu hineinzugehen? Wenn es dir zu viel ist, kannst du auch hier draußen warten.«

»Nein … Es ist, wie du bereits sagtest: Wenn ich mich meiner Vergangenheit nicht stelle, kann es nicht besser werden. Ich *brauche* diese Antworten, Jace.«

Verständnisvoll nickte er, ehe er sie behutsam wieder auf ihre eigenen Füße stellte. Kaum wurde Kaida die Wärme seines Körpers entzogen, begannen ihre Zähne zu klappern. Frierend rieb sie sich über ihre Oberarme, während sie dem Prinzen zum Eingang der Villa folgte.

Er hatte sich wie ein Schild vor sie geschoben und betrat als Erstes die Schwelle des geisterhaften Gebäudes, das Kaida früher einmal ihr Zuhause genannt hatte. Kaum fiel ihr Blick auf den runden Eingangsbereich und den Kronleuchter, der nur noch an einem dünnen Seil an der Decke hing, kamen ihr die Erinnerungen wie eine riesige Welle entgegen. Sie konnte die Schreie ihrer Mutter förmlich hören; sah, wie ihr Vater am oberen Ende der gewundenen Treppe stand und versuchte die Eindringlinge abzuwehren, die in Scharen auf den steinernen Marmorstufen standen und nach oben drängten ...

»Sieh mal, Kaida«, unterbrach Jace ihre finsteren Erinnerungen. Sie folgte der Richtung seines ausgestreckten Fingers und entdeckte ein großes Porträt an der Wand eines Raumes, der hinter dem Eingangsbereich lag. Wie in Trance lief sie auf das Gemälde zu. Als sie es erreicht hatte, glitten ihre Fingerspitzen behutsam über die Farbe, die in den vergangenen Jahren trocken und bröselig geworden war. Mit großen Augen fuhr sie die Linien nach, die ein begabter Maler vor einer gefühlten Ewigkeit auf die Leinwand gebracht hatte.

»Der Stil ist der gleiche wie bei dem Gemälde in meiner Hütte im Wald«, stellte Jace leise fest. »Diese Familie ... *deine Familie* hatte auf jeden Fall eine Verbindung zum Königshaus, unsere Maler arbeiten ausschließlich im Auftrag meines Vaters.«

Kaida nickte langsam. Ihr Blick war noch immer auf die Familie geheftet, die sie vom Gemälde aus anlächelte. Eine Frau, deren Gesichtszüge ihren eigenen zum Verwechseln ähnlichsahen, lächelte sanft auf sie herab. Auf ihrem Arm trug sie ein kleines Mädchen, deren feuergeküsstes Haar in wilden Locken abstand. Das Kleinkind hatte seine kurzen Ärmchen nach dem Jungen ausgestreckt, der neben der Frau stand und lächelnd zu ihr hinaufsah. Auch er hatte dunkelrotes Haar, allerdings hatte man es relativ kurz geschnitten. Mit einer Hand hielt er die eines hochgewachsenen Mannes fest, der mit stolzem Blick zu seiner Familie sah. Seine meerblauen Augen erinnerten Kaida an ihre eigenen – und die ihres Bruders. Als sie spürte, wie Jace seinen Daumen sanft über ihre feuchten Wangen streifen ließ, blinzelte sie sich in die Realität zurück.

»Ihre Gesichter kommen mir vertraut vor, aber gleichzeitig sind sie mir fremd«, hauchte sie aufgebracht.

»Deine Erinnerungen verblassen langsam, so ist der Lauf der Zeit«, erwiderte Jace ebenso leise. »Aber das Mädchen dort auf dem Gemälde bist zweifellos du, und die Frau sieht dir so verdammt ähnlich, dass sie deine Mutter oder Tante sein muss. Irgendwie habe ich sogar das Gefühl, sie schon mal gesehen zu haben ... muss wohl daran liegen, dass ihr euch so sehr gleicht.«

»Ich hatte nie eine Tante«, murmelte Kaida.

»Dann ist dies hier wohl zweifellos dein altes Zuhause. Ich wünschte, das würde die ganze Sache vereinfachen, aber irgendwie habe ich das Gefühl, dass die Geheimnisse um uns herum immer undurchsichtiger werden.«

Kaida nickte stumm. »Ich glaube, unsere Kinderzimmer waren oben. Vielleicht sollten wir uns dort umsehen.«

Sie wollte sich von dem Gemälde losreißen, doch die blauen Augen ihrer Mutter hatten sie so fest im Griff, dass sie keinen einzigen Muskeln bewegen konnte. Sie war wie zu einer Steinsäule erstarrt, unfähig, ihren Blick von der Familie abzuwenden. Unweigerlich musste sie an den Moment zurückdenken, an dem sie die Augen ihrer Mutter zum letzten Mal gesehen hatte. Auch wenn ihr Gesicht in Kaidas Erinnerung immer blasser wurde, konnte sie sich noch genau an den liebevollen Ausdruck in ihren Augen erinnern, während sie ihre Tochter gen Decke streckte und darauf hoffte, dass sie irgendjemand retten würde.

Erst als Jace einen Arm um ihre Schultern legte und sie sanft mit sich zog, gelang es ihr, sich von dem Anblick loszureißen. Leise schlichen sie in den Eingangsbereich zurück und erklommen die Treppe zum oberen Geschoss. Oben angekommen ächzten die verbliebenen Holzbalken unter ihrem Gewicht. An manchen Stellen konnte man sogar bis zum Erdgeschoss hinabblicken. Ein Fall aus solch einer Höhe wäre sicherlich tödlich.

Vorsichtig balancierten sie über das knarzende Holz und gelangten schließlich in einen Teil des Flures, der zumindest augenscheinlich intakt war. Leise stieß Kaida eine der Türen auf und sah hinein. Ein umgeworfenes Kinderbett lag in einer Ecke des Raumes, durch das eingeschlagene Fenster wuchs bereits die Krone eines Baumes hinein. Die hellblauen Gardinen vor dem Fensterrahmen wehten sanft im Wind umher.

»Wie wollen wir vorgehen?«, fragte Kaida tonlos. »Wollen wir jedes Zimmer auf den Kopf stellen? Haben wir so viel Zeit?«

»Kommt drauf an, wie gründlich wir sein wollen«, entgegnete Jace. »Wir können ja zuerst nach Räumen Ausschau halten, die uns suspekt erscheinen, und wenn wir nichts finden sollten, nehmen wir uns den Rest auch noch vor. Du kannst dich nicht zufällig daran erinnern, wie die Raumaufteilung des Hauses ist, oder?«

»Nein, das weiß ich leider nicht mehr.«

»In Ordnung, dann sollten wir wohl einfach auf gut Glück ein paar Türen aufhebeln. Tu mir bitte bloß den Gefallen und reiß nicht wieder alles ein, so, wie du es mit dem Keller meines Schlosses getan hast.«

Kaida schnaubte verächtlich und verdrehte die Augen. Nachdem sie sich eine Zeit lang in seinen Armen ausgeruht hatte, hatte sie ihm auf dem Weg zur Villa von ihren Erlebnissen im Schloss erzählt, doch Jace schien es trotzdem nicht für nötig zu erachten, sich an die Fakten zu halten. Lieber zog er sie damit auf, dass sie fast das ganze Schloss in Schutt und Asche gelegt hatte. Oder um es in seinen Worten zu sagen: *Mein armes, wunderschönes Schloss. Da übersteht es schon eine der grausamsten und brutalsten Schlachten, die je in Tenebris stattgefunden haben, trotzt Schattenwesen, Trollen und Wetterkapriolen und wird ausgerechnet von einem rastlosen Mädchen eingerissen, das nicht weiß, wohin mit seiner Energie. Tragisch. Vielleicht sollte ich ein Jammerlied oder ein Gedicht darüber verfassen.* Allein bei dem Gedanken daran, wie er seine Worte in dem dramatischsten Tonfall vorgetragen hatte, den sie je gehört hatte, musste sie leise glucksen.

Der Prinz entfernte sich einige Schritte von ihr und stieß eine weitere Tür auf, doch der Raum dahinter war vollkommen leer. Ob schon jemand vor ihnen hier gewesen war und Beweise vernichtet hatte? Denkbar wäre es. Während sie eine Tür nach der anderen öffneten, verstärkte sich in Kaida mehr und mehr das Gefühl, beobachtet zu werden. Immer wieder drehte sie sich um, doch nirgendwo war etwas Verdächtiges zu entdecken. Für einen kurzen Moment meinte sie Luce' blonde Locken am anderen Ende des Ganges zu erkennen, doch als sie sich über die Augen rieb und erneut in die Richtung blickte, war dort niemand zu sehen – nur der Staub, der lautlos aus den Dielen in der Decke rieselte und im schwachen Licht glitzerte.

»Hast du was entdeckt?«, fragte Jace, der ihren konzentrierten Blick wohl bemerkt zu haben schien.

»Nein, es ist –«

Ein lautes Knacken ließ sie herumfahren. Alarmiert blickte sie zu Jace, der blitzschnell nach ihrem Handgelenk griff und sie hinter seinen Körper zog. Vor Anspannung hielt Kaida den Atem an. Ein weiterer Knall zerschnitt die Luft, dann wurde es wieder totenstill. Eine ganze Zeit lang passierte gar nichts. Als sich Jace' Schultern schließlich wieder ein wenig entspannten, stieß auch Kaida erleichtert den Atem aus. »Vielleicht ein Tier?«, mutmaßte er, wobei seine Stimme wenig überzeugend klang.

»Keine Ahnung …«, seufzte sie leise. »Komm, lass uns einen Blick in den Flur dort hinten werfen. Vielleicht verbirgt sich ja etwas in dem kleinen Turmzimmer.«

Der Fae nickte knapp und begann als Erstes über die morschen Holzbalken zu balancieren, die den Flur mit dem hinteren Teil des Ganges verbanden. Vorsichtig folgte Kaida ihm. Das Holz unter ihren Stiefeln ächzte gefährlich laut. Kurz bevor sie dem Prinzen auf den stabileren Teil des Bodens hinterhergehen konnte, hörte sie ein lautes Knacken unter ihren Füßen. Sofort erstarrte sie in ihrer Bewegung. »Ähm, Jac –?« Sie hatte seinen Namen noch nicht ganz ausgesprochen, als sich bereits zwei Hände um ihre Taille gelegt hatten und sie schwungvoll vom Holz hoben. Jace zog sie fest an seine Brust und umklammerte sie schützend, während er einige Schritte zurückwich. Als Kaida ihren Kopf drehte und ihr Blick auf den Holzbalken fiel, auf dem sie einen Wimpernschlag zuvor noch gestanden hatte, entdeckte sie einen tiefen Riss im Holz.

»Der wird uns nicht noch einmal aushalten«, bemerkte Jace leise. Kaida nickte nur stumm und würgte den Kloß hinunter, der sich in ihrem Hals gebildet hatte. Sie griff nach Jace' Hand und lief vorsichtig den Flur hinunter, den Blick fest auf die Zimmertür gerichtet, hinter der sie das Turmzimmer vermutete. Als sie die Tür schließlich erreichte, die im Gegensatz zu den anderen sogar einigermaßen intakt aussah, warf sie Jace noch einen letzten fragenden Blick zu, ehe sie die Klinke langsam herunterdrückte.

Dahinter kam ein rundes Zimmer zum Vorschein. Auch hier waren die großen Fensterscheiben zerstört worden, die Splitter lagen quer über dem dunklen Holzfußboden verstreut. Dutzende Efeuranken hatten sich einen Weg in das Turmzimmer gesucht und überwucherten die Wände. Zwischen den dunkelgrünen Blättern konnte Kaida einige Bücherregale erkennen, die bis unter die Zimmerdecke reichten. In einer Ecke entdeckte sie einen umgeworfenen dunkelbraunen Schreibtisch, dessen drei noch vorhandene Beine in die Luft ragten. Überall lag vergilbtes Papier auf dem Boden, gepaart mit Schreibfedern und kleinen Tintenfässchen.

»Sieht aus wie ein Schreibzimmer«, murmelte Jace leise. Er ließ Kaidas Hand los und griff nach ein paar Papieren, die vor seinen Füßen auf dem Boden lagen. Seine Stirn legte sich in Falten, während er versuchte, die verblassten Tintenzeichen zu interpretieren. Während er sich mit der losen Blattsammlung beschäftigte, lief Kaida neugierig auf die Bücherregale zu. Ihre Fingerspitzen strichen behutsam über die knochigen Buchrücken, während sie versuchte, die Titel zu entziffern. Doch zu ihrem Leidwesen kamen ihr einige der Zeichen nicht einmal wie Buchstaben vor. Vielleicht waren diese Bücher in der alten Sprache der Fae geschrieben worden?

Sie wollte Jace gerade danach fragen, als ihr Finger plötzlich an einem der Buchrücken hängen blieb. Irritiert zog sie ihre Augenbrauen zusammen und fuhr erneut über das Buch, dessen Einband sich anfühlte, als wäre er aus kaltem Stein. Sie warf eines der anderen Werke achtlos aus dem Regal, damit sie ihre Finger leichter um das merkwürdige Buch legen konnte. Als sie daran zog, bewegte es sich keinen Millimeter.

»Jace?«, fragte sie leise. »Jace, irgendetwas stimmt hier nicht.«

»Und das fällt dir jetzt erst auf?«, erwiderte er amüsiert. Als Kaida sich nach ihm umsah, stand er bereits neben ihr. »Das Buch hier ist wie aus Stein gefertigt, außerdem lässt es sich nicht bewegen.«

Ein stolzes Lächeln zog sich über seine Lippen, während der Fae seine Hand ebenfalls nach dem Buch ausstreckte und seine Fingerspitzen behutsam auf den Einband legte. Er murmelte etwas in einer fremden Sprache, dann vernahm Kaida ein leises Klicken. Überrascht sah sie zu ihm auf.

»Fantastisch«, hauchte der Prinz, »du hast eine Geheimtür gefunden! Wir Fae verwenden diese Verstecke schon seit Hunderten von Jahren. Um den Mechanismus zu betätigen, der die Tür öffnet, muss man zuerst den Zauber lösen. Das habe ich soeben erledigt. Möchtest du ...?«

Kaida nickte. Angespannt biss sie sich auf die Unterlippe, während sie ihre zitternden Finger nach dem Buch ausstreckte. Diesmal ließ es sich tatsächlich ein Stückchen aus dem Regal herausziehen. Ehrfürchtig trat Kaida einen Schritt zurück, während sie beobachtete, wie das Bücherregal leise ächzend wie eine Tür aufschwang.

Eine kleine Kammer kam zum Vorschein. Sie war gerade mal so groß, dass Jace und sie darin Platz finden konnten. Die Wände waren von oben bis unten mit Regalen gepflastert, in denen Dutzende Bücher, Kräuter und Fläschchen standen, die mit leuchtenden Flüssigkeiten gefüllt waren.

»Du sagtest doch, dass deine Familie damals von Fae angegriffen wurde, oder?«, fragte Jace leise, während er die Kammer betrat und Kaida mit sich zog.

»Ja«, antwortete sie überrascht, »wieso fragst du?«

»Es wundert mich, dass die ganze Villa wie leer gefegt ist, aber diese Kammer hier noch völlig intakt aussieht. Hätte mein Vater alle Beweise vernichten wollen, hätte er doch sicherlich nach solchen Verstecken wie diesem hier Ausschau gehalten. Mal ganz abgesehen davon, dass er wahrscheinlich derjenige war, der diese Villa hier in Auftrag gegeben hat ...«

Neugierig streckte Kaida ihre Hand nach einem der Bücher aus, das versteckt hinter einem vertrockneten Kräuterbüschel in einem der Regale lag. »Du hast recht«, murmelte sie, während sie den dunkelblauen Einband aufschlug. »Ich habe mich auch schon gewundert, weshalb man das

Familienporträt nicht entfernt hat. Ich meine, wenn dein Vater sein missratenes Experiment vertuschen wollte, wieso lässt er dann die Bewohner gut sichtbar im Flur hängen? Das macht alles gar keinen Sinn …«

»Nein«, stimmte Jace leise zu und griff nach einer kugelförmigen Flasche, auf deren Grund der Rest einer bläulichen Flüssigkeit eingetrocknet war.

Erstaunt hielt er inne. »Kaida, sieh mal … Ich glaube, dass das hier der Rest eines solchen Tranks ist, von dem ich dir erzählt habe. Der Trank, der Luce wie einen Menschen altern ließ, hatte genau den gleichen Farbton. Unsere Zaubertränke haben stets unterschiedliche Schattierungen, damit wir sie auf Anhieb auseinanderhalten können. Natürlich könnte sich die Farbe hier über die Zeit verändert haben, aber –«

»Na, sieh mal einer an«, durchschnitt plötzlich eine schneidende Stimme die Luft.

Erschrocken fuhr Kaida herum. Als sie den Mann erkannte, der mit gespanntem Bogen in der Hand in der Mitte des Arbeitszimmers stand, schob sie sich augenblicklich vor Jace und schirmte ihn, so gut es ging, ab.

»Du scheinst das Spitzohr ja wirklich gern zu haben, *Schwesterchen*«, säuselte Callum und verdrehte arrogant die Augen.

»Was machst du hier?«, fragte Kaida fassungslos. Von all den Ungeheuern, die hier auf der Insel ihr Unwesen trieben, musste sie natürlich ausgerechnet auf ihren Bruder stoßen. Offensichtlich war es ihm wirklich gelungen, unversehrt aus dem Palast zu fliehen – Ob das auch für Nero galt?

»Das Gleiche könnte ich dich auch fragen«, antwortete Callum langsam. Ein diabolisches Grinsen zog sich über seine Lippen, als er die Pfeilspitze etwas höher ausrichtete und auf Jace zielte. »Würdest du bitte zur Seite treten, Kaida? Ich würde deinen Liebhaber gern unschädlich machen, ehe er mich mit seiner verfluchten Gabe rösten kann.«

»Komm doch und hol ihn dir!«, knurrte Kaida zwischen zusammengebissenen Zähnen. Ihre Stimme klang so kalt und furchteinflößend, dass Callums Lächeln augenblicklich erstarb. Unruhig zuckten seine Augen zu der Tür des Turmzimmers hinüber, ehe sie sich wieder auf Kaida legten. »Bitte, Kaida, jetzt ist nicht der Zeitpunkt für deine Machtspiele!«, zischte er leise.

»Ich bin nicht der Einzige hier, der deinem Freund nach dem Leben trachtet. Wenn du nicht aufpasst, gerätst du noch in die Schusslinie von jemandem, der dich *nicht* abgöttisch liebt.«

Kaida hörte den Prinzen hinter sich schnauben. »Du bist ihr Bruder, richtig?«, fragte er gefährlich ruhig.

Callum zog eine Augenbraue nach oben und nickte langsam. »Wir sind uns bereits flüchtig begegnet, Spitzohr. Ich dachte, ihr Fae seid so klug und –«

»Und du behauptest, deine Schwester zu lieben? Wenn ich mich recht erinnere, warst du doch derjenige, der sie an meinen Vater ausgeliefert hat, oder?«

»Pff, willst du mir etwa vorschreiben, *wie* ich mich um *meine* Schwester zu kümmern habe? Ich kenne sie schon ein paar Jahre länger als du, Spitzohr. Und wenn *ich* mich recht erinnern, warst du derjenige, der sie schutzlos einem Drachen ausgesetzt hat.«

Seufzend verdrehte Kaida die Augen, während sie das Buch in ihrer Hand unauffällig unter ihr Oberteil schob und es am Rücken in ihren Hosenbund klemmte. Hatten die beiden Kerle hier wirklich nichts Besseres zu tun, als in ihrer Gegenwart wegen ihr zu streiten? »Was willst du hier, Callum? Verschwinde lieber, bevor ich mich wieder daran erinnere, was du mir in der Vergangenheit alles angetan hast.«

»Was ich *dir* angetan habe?«, wiederholte Callum etwas schrill. »Typisch … vielleicht überlegst du mal lieber, was du *mir* angetan hast? Wir waren ein unschlagbares Team, bis du dich dazu entschieden hast, zu einem Spitzohr ins Bett zu steigen. Ich kann immer noch kaum glauben, dass du dich für *den da* gegen deinen eigenen Bruder gewendet hast.«

»Du hast dich zuerst abgewandt, Callum«, entgegnete Kaida leise. »Als du die Wahl zwischen mir und Nero hattest, hast du dich für ihn entschieden. Wir sind schon lange kein unschlagbares Team mehr.«

Sie konnte deutlich sehen, wie ihr Bruder schwer schluckte. Etwas in seinem Blick veränderte sich. Dann ließ er den Bogen sinken. »Es schmerzt mich sehr zu hören, dass du so über uns denkst. Ich liebe dich, Kaida, mehr als alles andere in dieser verdammten Welt.« Als er einen Schritt auf sie zumachte, stieß Jace hinter ihr ein warnendes Knurren aus. Kaida spürte, wie er seine Hände um ihre Taille legte und sie schützend an seinen Körper drückte. Als sie auf seine Hände hinabblickte, waren diese mit schwarzen Schatten überzogen. An ihrem Rücken konnte sie spüren, wie sich seine Brust rasch hob und senkte. Sie tastete nach seinem Arm, um ihn sanft zu drücken.

»Was willst du, Cal?«, wiederholte sie ein letztes Mal.

»Dich.« Seine Antwort war so schlicht wie beängstigend. Etwas Wildes flackerte in seinen blauen Augen auf. Dann brach Jace hinter ihr zusammen.

»Jace!« Erschrocken fuhr Kaida zu ihm herum und nahm seinen Kopf behutsam in ihre Hände. Seine Augenlider flatterten unkontrolliert und als sie ihre Hand behutsam auf seine Stirn legte, fühlte sie eiskalten Schweiß unter ihrer Handfläche. »Was hast du getan?«, fuhr sie ihren Bruder wutentbrannt an.

»Ich habe ihm die Schmerzen seines Lebens bereitet«, antwortete dieser schulterzuckend. »Ich muss schon zugeben, dein Liebhaber ist ziemlich beherrscht. So sehr musste ich meine Gabe ja noch nie anstrengen ... und dein Freund hat nicht mal geschrien oder sich vor Schmerz die Haare ausgerissen. Welch ein Jammer! Ich hatte so darauf gehofft, ihn ein wenig leiden zu sehen.«

Kaida nahm seine Worte kaum wahr. Ihre Finger strichen behutsam durch Jace' schwarzes Haar und kämmten es ihm aus dem blassen Gesicht. Dunkle Schatten lagen unter seinen Augen, um seinen Mund herum zeichneten sich harte Züge ab. Callum hatte ihn mithilfe seiner Gabe gefoltert und sie hatte es nicht einmal bemerkt. Warum hatte er ihr nicht zu verstehen gegeben, dass etwas nicht stimmte?

»Jetzt hör schon auf, ihn wie ein Baby zu behandeln«, maulte Callum hörbar eingeschnappt. »Vom Alter her könnte er wahrscheinlich unser Ururgroßvater sein.«

»Nimm deine verfluchte Gabe von ihm ...«

»Sonst was? Willst du mir drohen, Schwesterherz?«

Kaida wollte ihm antworten – das wollte sie wirklich. Doch ehe die Wörter über ihre Lippen gleiten konnten, brach die pulsierende Magie in ihrem

Körper aus ihren schützenden Mauern und schoss auf Callum zu. Als er von ihren Magiefäden getroffen wurde, schlug er mit solch einer Wucht gegen die Wand, dass die aufgehängten Bilder scheppernd zu Boden gingen.

Erschrocken über sich selbst versuchte Kaida die Kontrolle über ihre Magie zurückzuerlangen. Ihr Körper glühte vor Anstrengung und kleine Schweißperlen liefen ihr über die Schläfen. Endlich bekam sie die Fäden zu greifen und zog sie mit aller Kraft zu sich. Ächzend drückte sie die Magie wieder in ihren Körper zurück. Als sie sich schwer atmend nach ihrem Bruder umsah, entdeckte sie ihn zusammengekrümmt am anderen Ende des Zimmers. Panisch rappelte sie sich hoch und rannte auf ihn zu.

»Callum! Hey, Cal, sprich mit mir!« Tränen brannten in ihren Augen, während sie die Arme ängstlich um ihren Bruder schlang. Ihr gesamter Körper bebte. Als sie ihr Ohr auf seine Brust presste, konnte sie weder etwas spüren noch etwas hören. Es war leise in seinem Inneren. *Zu leise.* Schluchzend begann Kaida seinen Körper zu schütteln, doch Callums Augen blieben geschlossen. Zitternd schob sie eine Hand hinter seinen Kopf und zog ihn etwas nach vorn. Hinter ihm entdeckte sie ein tiefes Rot, fast so dunkel wie ihre Haarfarbe, welches schmierige Linien auf der Tapete hinterließ.

Kaida spürte, wie ihr Herz ebenfalls aufhörte zu schlagen. Sie hatte ihn umgebracht. Ihren eigenen Bruder. Mit seinem kraftlosen Körper im Arm ließ sie sich langsam zu Boden gleiten, den Mund zu einem stummen Schrei aufgerissen.

Was hatte sie nur getan? Tränen strömten ihr unaufhaltsam über die Wange, während sie Callums Kopf schützend an ihre Schulter legte und mit ihren Händen durch sein weiches Haar fuhr. Er hatte sie gerettet, hatte sich förmlich ein Bein dafür ausgerissen, dass sie auf den Straßen der Städte und Dörfer nicht verhungert war. Auch wenn sie sich nicht immer einig gewesen waren und ihr Verhältnis in den letzten Jahren, besonders in den letzten Monaten, immer angespannter geworden war, so hatte sie ihn doch geliebt. Er war ihre Familie, alles, was ihr noch geblieben war. Und sie hatte nichts Besseres zu tun, als ihn in ihrem gemeinsamen Elternhaus umzubringen.

Schluchzend vergrub sie ihr Gesicht an seinem Hals, stupste ihn immer wieder behutsam an, doch Callums Züge blieben wie versteinert. Kaidas Schultern bebten und ihr Herz krampfte sich so sehr zusammen, dass es unter dem enormen Druck jeden Moment in tausend Splitter zerbrechen musste. »Es tut mir so leid, Callum«, wimmerte sie und drückte ihm behutsam einen Kuss auf die Stirn. »Ich wollte das nicht. Bitte hör auf, mit mir zu schmollen, und mach die Augen auf …«

»Na, sieh mal einer an, meine verlorene Tochter ist zurückkehrt«, höhnte plötzlich eine kalte Stimme aus dem Hintergrund.

Kaida wusste sofort, welche Bestie sich zu ihr gesellt hatte, um sich an ihrem Elend zu nähren, doch sie schenkte ihr nicht den kleinsten Funken Aufmerksamkeit. Stattdessen fuhr sie unbeirrt damit fort, Callums Haar zu kämmen und ihn mit entschuldigenden Küssen zu versehen, bis sich eine eiskalte Hand auf ihre Schulter legte. Die knochigen Finger bohrten sich schmerzhaft in ihr Fleisch.

»Gutes Benehmen hast du wohl immer noch nicht gelernt, Kindchen. Es beruhigt mich aber zu sehen, dass auch Oberon dir keinen Gehorsam beibringen konnte. Das lässt mich weniger an meinen eigenen Erziehungskünsten zweifeln.«

Langsam ließ Kaida ihren Blick über ihre Schulter hinauf zu dem Gesicht des Mannes wandern. Wie immer trug er einen pechschwarzen Kapuzenmantel, doch aus ihrer Position heraus konnte sie direkt in sein Gesicht sehen – oder besser gesagt in das, was mal sein Gesicht gewesen war.

Leuchtend rote Augen bohrten sich wie glühende Kohlen direkt in ihre Seele. Kaidas Blick wanderte über die spitzen Knochen seines Gesichtes, über die sich die dünne grau-weiße Haut spannte. Im Laufe der Jahre hatte sich seine Hautfarbe immer mehr in eine Nuance verwandelt, die Kaida als junges Mädchen häufig als »schimmligen Käse« betitelt hatte. Blaue Äderchen schimmerten um seine blassen Lippen herum, die eingefallenen Augenhöhlen traten unter der Haut hervor und verliehen ihm ein gespenstisches Aussehen. Sie betrachtete seine linke Gesichtshälfte, auf der sich zahlreiche Risse abzeichneten. Die Kratzer sahen aus wie die einer brüchig gewordenen Statue.

Als sich seine roten Augen auf Callum legten, umklammerte Kaida ihren Bruder noch fester. Niemals würde sie ihn freiwillig an den Hexer übergeben, nur über ihre Leiche.

Kopfschüttelnd seufzte Nero. »Welch ein Jammer! Ich habe dem Burschen von Anfang an gesagt, dass du ihm früher oder später noch den Kopf kosten würdest. Aber er wollte ja nicht mit sich reden lassen.«

»Er ist nicht tot«, entgegnete Kaida tonlos, woraufhin ein hämisches Lachen aus Neros Kehle hervorkroch.

»Oh, also wenn du mich fragst, sieht er ziemlich danach aus.« Seine Klauen lösten sich von Kaidas Schultern. Dumpf hallten seine Schritte über den Holzboden, bis sie wenig später wieder verstummten.

»Sag mal, Kaida, wem würdest du eigentlich eher das Leben retten wollen? Deinem Bruder oder dem Fae-Prinzlein?«

Kaidas Blut gefror in ihren Adern. Wie in Trance drehte sie ihren Kopf in Neros Richtung. Der Hexer stand über Jace gebeugt, ein spitzer Gegenstand blitzte in seiner Hand auf. »Wag es ja nicht!«, knurrte sie leise. Sie sammelte ihre Magie, bereit, sie mit aller Kraft gegen den Hexer zu schleudern, doch dieser schüttelte nur schnalzend den Kopf. »Dummes Mädchen.« Seine Stimme klang in Kaidas Ohren schon beinah beleidigt. »Du musst aber auch wirklich jeden Fehler zweimal machen, ehe du dir dessen Tragweite bewusst machst! Willst du wirklich riskieren, dass dir deine Magie wieder aus den Händen gleitet und du deinen geliebten Prinzen an die Wand nagelst, wie du es kurz zuvor mit deinem Bruder getan hast?«

Augenblicklich presste Kaida ihre Magie wieder in ihr Innerstes zurück. Nero hatte recht, sie konnte nicht riskieren auch noch dem zweiten Mann das Leben zu nehmen, der ihr etwas bedeutete. Ihr Kopf fühlte sich jetzt schon an wie Brei und ihre Lunge schien bei jedem Atemzug leicht zu rasseln. Sie könnte nicht gewährleisten, dass die Magie ihren Befehlen gehorchen würde.

»Was muss ich tun, damit du ihn am Leben lässt?«, fragte sie schließlich leise. Sie beide wussten, dass Kaida sich diese Frage auch hätte sparen können – egal, was Nero von ihr verlangen würde – um Jace zu schützen, wäre ihr jedes Mittel recht.

»Ist es nicht köstlich, welche Falltüren das Leben für einen bereithält?«, fragte er, wobei sich seine blassen Lippen zu etwas verzogen, das man mit etwas Fantasie fast als Lächeln durchgehen lassen könnte. »Schau, was für ein zynischer Geselle das Schicksal ist! Callum bat mir damals *sein* Leben für deines an, und jetzt hast ausgerechnet du ihm seines genommen. Nun bietest du mir *dein* Leben für das deines Prinzen an ... Und schau nur, wo du deinen eigenen Bruder ermordet hast. Im Haus deiner Eltern, aus dem deine Mutter mit euch Kindern floh, nur um dann selbst zu sterben. Je länger ich darüber nachdenke, desto mehr Menschen fallen mir ein, dir ihr Leben *für dich* gegeben haben. Zum Glück sind wir keine Verwandten ersten Grades, sonst würde ich ja kaum mehr eine ruhige Nacht haben können!« Amüsiert von seinem eigenen Witz brach Nero in ein schrilles Lachen aus, für das Kaida ihm an liebsten an die Kehle gegangen wäre. Doch so ungern sie es sich auch eingestand – ganz daneben lag der Hexer mit seinen Worten nicht.

»Was willst du von mir, Scheusal?«, wiederholte sie ihre Frage ohne jegliche Emotion in der Stimme. Sollte er sie doch verspotten, darauf kam es nun auch nicht mehr an ...

»Also gut, ich verrate es dir«, antwortete Nero gönnerhaft, »aber ich sage es dir nur, weil du meine Tochter bist.«

Kaida verdrehte genervt die Augen. Sie starrte auf Callums Gesicht hinab, das ihr fremd und vertraut zugleich erschien. Behutsam fuhr sie mit ihrem Zeigefinger über seine Wangenknochen.

»Der Deal ist folgender, kleine Kaida: Du wirst mich artig in die Schwarze Festung zurückbegleiten und dich dort von mir unterrichten lassen. Ich tue das nicht dir zuliebe, sondern weil ich nicht riskieren möchte, dass du mir meine bescheidene Behausung auch noch um die Ohren schleuderst.«

»Und dann? Spielen wir heile Familie oder was?«

»Nicht ganz, kleiner zynischer Abkömmling. Die Fae und ich haben immer noch eine Rechnung offen. Von mir aus kannst du deinen Jace behalten, sein Leben ist mir eigentlich relativ gleich. Ich kannte mal jemanden, dem sein Leben sehr am Herzen lag, weshalb ich bereit bin, Gnade mit dem Spitzohr walten zu lassen. Du behältst also deinen Liebhaber, vielleicht kann ich deinen Bruder ja auch noch mal zusammensetzen, und gemeinsam unterwerfen wir dann ganz Tenebris. Was hältst du davon … Töchterchen?«

Kaidas Blick wanderte erneut auf Callum hinab. Dann zu Jace hinüber. Zuletzt traf er auf die glühenden Kohlen im Gesicht des Hexers. Die Frage, die er an sie gerichtet hatte, stellte sich ihr im Anbetracht ihrer Lage gar nicht. Herausfordernd streckte sie ihren Rücken. »Gut«, antwortete sie ruhig, »aber sei gewarnt, alter Mann – man sollte nicht mit dem Feuer spielen, wenn man es nicht beherrschen kann.«

Kapitel 21

Als ein eisiger Wind durch Kaidas Haar wehte, zog sie die Wolldecke noch fester um ihren Körper. Durch das geöffnete Fenster blickte sie hinaus aufs Meer, das im Vergleich zu den letzten Tagen verdächtig ruhig vor sich hin schwappte. Die Farbe des Wassers wirkte blass und kontrastlos im Vergleich zu dem hellblauen wolkenfreien Himmel.

Kaida saß im Schneidersitz auf dem breiten Himmelbett ihres Zimmers, welches sich in der großräumigen Kapitänskajüte befand. Jace' Kopf ruhte friedlich auf ihrem Schoß. Schon seit Stunden fuhr sie ihm routiniert mit ihren Fingerspitzen durchs Haar, beobachtete das unregelmäßige Zucken seiner Lider und wartete darauf, dass er endlich aufwachte. Seit Nero ihn vor Dutzenden Nächten in der Villa ihrer Eltern zum ersten Mal betäubt hatte, hatte der Prinz nur alle paar Tage aufwachen dürfen, um ein wenig zu trinken und zu essen. Danach hatte Nero ihn sofort wieder ruhiggestellt. Da er neben Kaida der Einzige war, der den Prinzen ohne Gefahr berühren konnte, hatte er es sich natürlich nicht nehmen lassen, ihn während der gesamten Zeit so unsanft wie möglich zu behandeln, ehe er wieder verschwunden war. So ging das nun schon seit einer gefühlten Ewigkeit …

Kaidas Berechnungen nach müsste Jace heute erneut aufwachen. Sie konnte es kaum erwarten, auch wenn er sie im Endeffekt bestimmt nur wieder durch verschleierte Augen ansehen und ihren Namen murmeln würde. Doch allein das Wissen, dass Nero ihm wirklich nur einen Schlaftrank und nichts Schlimmeres verabreicht hatte, beruhigte sie immens.

Jemand klopfte leise gegen die Tür. Sofort ging Kaida in Alarmbereitschaft, doch als der Besucher ohne eine Antwort ihrerseits eintrat, entspannte sie sich wieder ein wenig. Diese meerblauen Augen waren ihr wesentlich lieber als die rot glühenden Kohlestücke des Hexers.

»Hey, Callum«, murmelte sie leise zur Begrüßung. »Möchtest du später noch einmal wiederkommen? Nero war heute noch nicht hier, er könnte jeden Moment auftauchen.«

»Das ist mir egal, schließlich muss ich doch nach meiner Schwester sehen«, antwortete der Rothaarige grinsend. Mit einem zurückhaltenden Lächeln beobachtete Kaida ihn, während er mit sicheren Schritten auf sie zukam. Ihn so zu sehen beruhigte ihr schlechtes Gewissen, das sich auch nach all den Tagen noch tief in ihr Herz bohrte. Wie sich herausgestellt hatte, hatte sie ihn glücklicherweise doch nicht umgebracht. Er hatte zwar ziemlich was abbekommen, aber nachdem Nero noch in der Villa diverse Heilpraktiken durchgeführt hatte, hatte Callum tatsächlich wieder die Augen aufgeschlagen. Trotzdem blieb ein fader Beigeschmack ...

»Wie geht es deinem Liebhaber?«, stellte ihr Bruder die Frage, die er ihr bisher fast jeden Tag gestellt hatte – mehr gab es mitten im Nirgendwo wohl auch nicht zu besprechen.

»Unverändert«, antwortete Kaida und gähnte müde. Die vergangene Nacht war ziemlich kurz gewesen, zu laut hatten die tosenden Wellen gegen das Schiff geschlagen. Ohne Jace' beruhigende Worte fühlte sich die Überfahrt noch schlimmer an als ihre Reise vom Festland zur Fae-Insel. »Und hör bitte auf ihn meinen *Liebhaber* zu nennen, das klingt abwertend.«

Abwehrend hob Callum die Hände. Auf seinem Gesicht spiegelte sich eine Mischung aus Ekel und Spott. Dennoch musste Kaida ihm hoch anrechnen, dass er sie in den letzten Tagen auf dem Schiff in Ruhe gelassen hatte – zumindest was ihre Verbindung zu Jace anging. Man könnte fast denken, er hätte akzeptiert, dass sie dem Fae nicht mehr von der Seite weichen würde.

Ein weiteres Klopfen ließ sie zusammenzucken. Panisch blickte sie zu Callum, doch der schüttelte nur leicht den Kopf. Als die Tür geöffnet wurde, schob sich ein Schattenfresser durch den Türspalt. »Der Meister ruft nach dir«, zischte er in seiner leiernden Stimme und deutete mit einem knochigen Finger auf Callum. Der nickte daraufhin nur knapp und folgte ihm ohne Umschweife aus dem Zimmer.

Ob ihm wohl Ärger drohte? Schließlich hatte Nero ihm verboten Kaida zu besuchen, ohne dass er dabei wäre. Vielleicht hatte der Hexer Angst davor, dass die Geschwister doch noch einen Komplott gegen ihn planen würden; anders konnte sich Kaida sein Verhalten nicht erklären.

Ein leises Seufzen lenkte ihre Aufmerksamkeit wieder auf den Prinzen. Seine Augenlider flatterten unkontrolliert und auch eine Hand, die bis vor Kurzem noch ruhig auf seiner Brust gelegen hatte, begann hektisch zu zittern; ein klares Anzeichen dafür, dass er jeden Moment aufwachen würde.

»Jace«, flüsterte Kaida aufgeregt und strich behutsam über seine Stirn. Ruckartig klappten seine Augenlider nach oben und gaben den Blick auf seine stahlgrauen Augen frei. Sofort bemerkte Kaida den milchigen Schleier in ihnen, doch diesen Anblick war sie ja mittlerweile schon gewohnt. Als Jace seine Stirn runzelte, strich sie so lange über die Fältchen, bis sie sich wieder glätteten.

»Die Luft ist rein, Schneeflöckchen«, murmelte sie lächelnd. »Kannst du mich sehen und hören?«

»Kaida ... wo ... wo sind wir?«, erwiderte er mit tiefer, kratziger Stimme.

»Wir sind noch immer auf diesem verdammten Schiff«, erklärte Kaida geduldig. »Callum geht es gut, Nero leider auch ... Ich schätze, dass wir nach wie vor auf dem Weg zur Schwarzen Festung sind. Hast du Schmerzen? Soll ich dir etwas zu trinken besorgen?«

»Nein, bitte bleib!«, nuschelte er undeutlich und schloss für einen Moment die Augen. Seine Hand tastete blind nach ihrer. Behutsam griff Kaida danach und streichelte beruhigend über seinen Handrücken, bis sich die schwarzen Schatten in Luft auflösten.

Als er erneut die Augen aufschlug, hefteten sie sich auf ihr Gesicht. Er hielt Kaidas Blick fest, als würde er fürchten, sie jeden Moment wieder verlieren zu können.

»Kannst du dich noch daran erinnern, was ich dir beim letzten Mal erzählt habe?«, fragte sie lächelnd.

Jace nickte schwach. »Nero will die Hauptstadt ... stürmen ... und du sollst den Palast in die Luft jagen.«

Kaida nickte. »Ich kann immer noch nicht verstehen, wie er sich das vorstellt. Ich meine, er kann ja wohl kaum glauben, dass ich einfach so seine Befehle ausführen werde.«

»Vielleicht hat er einfach noch nicht so viel ... so viel Erfahrung mit deinem Dickschädel wie ich«, bemerkte Jace schmunzelnd.

Kaida schnaubte belustigt und beugte sich dann nach vorn, um ihm einen beherzten Kuss auf die Stirn zu drücken. So wach war er seit dem Aufbruch von der Insel noch nie gewesen. Sie fragte sich, ob Nero die Dosierung beim letzten Mal zu niedrig angesetzt hatte. Ihr sollte es recht sein.

»Kaida?«

»Hm?«

»Hast du ... hast du das Buch noch bei dir?« Hastig nickte sie und legte sich einen Zeigefinger auf die Lippen. Sie traute dem Frieden hier nicht; es war zu einfach. Als ob Nero ihr anstandslos Jace überlassen und Callum ihr all die Handlungen und Fehltritte verzeihen würde ... Die beiden planten etwas und Kaida drehte sich beim bloßen Gedanken daran der Magen um. Dennoch spielte sie ihr Spiel seit vielen Tagen artig mit; lächelte, wenn es von ihr erwartet wurde, schwieg, wenn den Hexer ihre Fragen stutzen ließen. Sie musste sich zusammenreißen. Wenigstens so lange, bis Jace wieder ganz bei Sinnen war. In dieser Schlangengrube könnte sie ansonsten nicht für seine Gesundheit garantieren.

»Gut«, murmelte der Prinz nach einiger Zeit müde. »Verlier es nicht.« Als sein Blick wieder zum Fenster abschweifte, legte sich seine Stirn erneut in Falten. »Kaida? Siehst du das auch?« Aufmerksam schaute sie ebenfalls auf das Meer hinaus, doch das bläuliche Wasser war verschwunden. Stattdessen konnte sie beim Blick aus dem Fenster nichts anderes erkennen als Berge, die unter einer dicken Schneedecke begraben waren. Als Kaida die schwarze Mauer am Ufer entdeckte, biss sie angespannt die Zähne aufeinander.

»Wir sind da«, murmelte sie leise. »Das ist die Schwarze Festung.«

***

Kaidas Hand klammerte sich fest an Jace' Handgelenk, während sie flankiert von einer Horde Schattenfresser durch die dunklen Gänge der Festung liefen. Callum hatte sich vor einiger Zeit zurückfallen lassen und bildete den Schluss der Truppe. Sie kamen nur sehr langsam voran, was vor allem daran lag, dass Jace noch immer ziemlich wackelig auf den Beinen war. Kaida hatte zeitweise das Gefühl, ihn mehr zu ziehen als zu stützen.

Ihre Wanderung durch das Gewölbe dauerte eine gefühlte Ewigkeit. Selbst Kaidas Füße schmerzten bereits, als die Schattenfresser endlich stehen blieben. Sie konnte sich kaum noch daran erinnern, wie sie früher stundenlang durch die Festung gelaufen war, immer auf der Suche nach neuen Abenteuern oder Geheimnissen. Sie wusste nur, dass ihr die Gänge damals zwar ebenfalls dunkel und unheimlich vorgekommen waren, aber sie wurde das Gefühl nicht los, dass sich diese Wirkung während ihrer Abwesenheit noch verstärkt hatte.

Während sie schweigend dastanden und auf etwas warteten, von dem Kaida gar nicht wissen wollte, was es war, ließ sie ihren Blick argwöhnisch durch die riesige Halle schweifen. Die Schwarze Festung war zur Hälfte in einen Felsen geschlagen worden, und den steinernen, unebenen Wänden zufolge befanden sie sich gerade auf genau dieser Felsseite. Die Decke war enorm hoch, so hoch, dass mehrere Ebenen von den Seiten des Felsens aus in die Halle hineingebaut worden waren und wie künstliche Etagen funktionierten.

»Na, fühlst du dich schon wie zu Hause?«, flüsterte ihr Callum plötzlich ins Ohr, der wohl endlich zu ihnen aufgeschlossen hatte. Verächtlich schnaubte Kaida und verdrehte die Augen. »Nein, definitiv nicht. Eher wie in einem Verlies. Oh, warte, genau das ist es ja auch!«

Seufzend schüttelte ihr Bruder den Kopf. »Ach, Kaida, jetzt hab dich nicht so. Je eher du dein Schicksal akzeptierst, desto angenehmer wird dein Aufenthalt hier. Du willst deinen Liebhaber doch in Sicherheit wissen, oder etwa nicht?«

»Kaida muss mich nicht beschützen«, mischte sich Jace knurrend ein. »Ich würde dir ja vorschlagen, dass wir beide das in einem fairen Kampf klären, aber ein Feigling wie du würde das Angebot sowieso nicht annehmen.«

Lachend warf Callum seinen Kopf in den Nacken. Kaida beobachtete, wie er in seine Tasche griff und einen Schlüsselbund hervorzog. Grinsend schob er sich an ihnen vorbei und verschwand hinter einem der Schattenfresser. »Dieser Trick funktioniert vielleicht bei meiner dickköpfigen Schwester, aber ich verspüre nicht den Drang, dir oder mir etwas beweisen zu müssen. Meine Handlungen sind vielleicht nicht fair, aber dafür effektiv.«

Kaida hörte, wie der Schlüssel in ein Türschloss geschoben wurde. Nervös verlagerte sie ihr Gewicht von einem Bein aufs andere. Die kalte, sauerstoffarme Luft unter dem Berg setzte ihr mehr zu, als sie sich eingestehen wollte. Die Tatsache, dass sie während ihres Aufenthaltes auf dem Schiff kaum geschlafen geschweige denn gegessen hatte, war dabei wenig hilfreich.

Die wabernden Körper der Schattenfresser wichen ein Stück zur Seite und gaben den Blick auf Callum frei, der grinsend in einer geöffneten Tür lehnte. »Zugegeben, es ist nicht ganz so komfortabel wie dein früheres Zimmer, aber immer noch um Welten besser als die Verliese. Wärst du dann so freundlich dein neues Quartier zu beziehen, Schwesterherz?«

Sofort verstärkte sich Kaidas Griff um Jace' Handgelenk. Als Callums Blick auf ihre Finger fiel, verschwand das überhebliche Grinsen augenblicklich aus seinem Gesicht. Kaida wollte sich gerade mit Jace an ihm vorbeischieben, als ihr Bruder plötzlich einen Schritt nach vorn machte und ihr den Weg abschnitt. Er lehnte sich so weit zu ihr herab, dass sich ihre Nasenspitzen beinah berührten. »Dir einzubilden, dass du Gefühle für ihn hegst, wird dein Todesurteil sein. Lass ihn fallen, solange du noch kannst.«

»Oh, du meinst, so, wie du mich hast fallen lassen?«, fragte Kaida unschuldig zurück. »Jace und ich sind ein Paar. Wenn du ihm wehtust, jage ich die ganze verdammte Festung in die Luft. Hast du das verstanden, *Bruderherz*?«

Eindringlich hielt Callum ihren Blick fest, ehe er sie unsanft ins Zimmer schob und sich abwandte. Lautstark fiel die Tür hinter ihm ins Schloss. Als Kaida sich daraufhin in dem kleinen Raum umsehen wollte, traf ihr Blick zuerst auf Jace, der sie amüsiert angrinste. Seine Augen funkelten so hell wie der Sternenhimmel, den sie damals von seinem Häuschen aus zusammen betrachtet hatten. Wehmut schlich sich in ihr Herz. Der gemeinsame Abend schien schon eine Ewigkeit zurückzuliegen; ob sie jemals die Gelegenheit bekommen würden, dort eine weitere friedliche Nacht zu verbringen?

»Also dafür, dass wir uns in den Fängen des mächtigsten und kaltblütigsten Hexers in ganz Tenebris befinden, siehst du ziemlich zufrieden aus«, bemerkte sie stirnrunzelnd. »Steigen dir die vielen Betäubungstränke zu Kopf?«

»Nein, die nicht«, antwortete Jace schmunzelnd und überbrückte den geringen Abstand zwischen ihnen. »Aber du.«

Als er ihr Gesicht mit seinen warmen Händen behutsam umfasste, schien ein Großteil ihrer Sorgen schlagartig von ihr abzufallen. Ihre Schultern entspannten sich, plötzlich fühlte es sich wieder etwas leichter an zu atmen. Als Jace seine Stirn sanft an ihre legte, schloss Kaida zufrieden die Augen. Sein unverwechselbarer Geruch nach Moos und Frühlingstau stieg ihr in die Nase. Sie spürte, wie sich seine weichen Lippen vorsichtig auf ihre Wange legten. Sein Kuss war so behutsam, dass Kaida ihren Kopf ungeduldig in seine Richtung neigte. Es reichte doch schon, dass Callum und Nero ihr auf der Nase herumtanzten – musste er sie nun auch noch ärgern?

»Du hast uns *ein Paar* genannt«, murmelte er zwischen zwei zarten Küssen.

»Und?«, erwiderte sie, wobei es sie all ihre Selbstbeherrschung kostete, ihre Stimme möglichst gleichgültig klingen zu lassen. Jace' Lippen an ihrer Stirn verzogen sich zu einem Lächeln. Sanft setzten seine Küsse ihren Weg über ihre Wange hinab fort, strichen zärtlich über ihre Kieferlinie und jagten einen Schauer nach dem anderen über ihren Rücken.

Als er die empfindliche Haut ihres Halses erreichte, biss Kaida tapfer die Zähne zusammen. Zwar konnte sie das Seufzen, welches ihr bereits auf den Lippen lag, unterdrücken, doch dafür schien sie die Kontrolle über ihre Hände zu verlieren. Ungeduldig zog sie den Prinzen enger an ihren Körper, versenkte ihre Fingerspitzen in seinem Haar und strich dann sanft seinen Nacken hinab zum Kragen seines Hemdes. Als ihre Fingerspitzen einen Weg unter den festen Stoff fanden, brummte er zufrieden.

»Es hat mich nur überrascht, dass du uns so nennst.«

Der raue Klang seiner Stimme zauberte ein zufriedenes Lächeln auf ihre Lippen. Es tat gut zu wissen, dass sie ihn genauso aus der Ruhe bringen konnte wie er sie. »Wie würdest *du* uns denn nennen, hm?«

»Paar trifft es schon ganz gut«, erwiderte der Fae leise. »Es ging mir auch mehr um die Tatsache, dass du mich als deinen Partner siehst und nicht nur als nervigen Prinzen oder unfreiwilligen Weggefährten.«

Kaida stutzte. Sie hatte angenommen, dass sie sich in dieser Angelegenheit mittlerweile auf dem gleichen Stand befanden. Sie wusste, dass Jace sie mochte – ansonsten würden seine Lippen wohl kaum über ihren Hals streifen und so ein starkes Prickeln in ihrem Unterleib auslösen. Trotzdem blieb die Frage, welche Rolle *sie* in seinem Leben einnahm ...

»Als was siehst du mich denn?«, fragte sie vorsichtig, wohlwissend, dass seine Antwort mächtig genug wäre, um ihr Herz in tausend Teile zersplittern zu lassen.

»Gefährtin«, antwortete Jace, wobei sein warmer Atem sanft über die empfindliche Haut an Kaidas Hals strich. »Du bist meine Gefährtin.«

»Klingt wie eine Wegbegleitung, die man bei einer Wanderung kennenlernt«, bemerkte sie trocken. Irgendwie hatte sie sich etwas ... Romantischeres erhofft. Als Jace anfing zu lachen, bereute sie ihre Worte ein wenig; schließlich konnte er nicht gleichzeitig küssen *und* lachen. Als er jedoch seinen Kopf hob und ihr amüsiert in die Augen sah, verzieh sie ihm die Unterbrechung sofort.

»Im Gegensatz zu euch Menschen sind wir Fae der festen Überzeugung, dass Männer und Frauen vollkommen gleichgestellt sein sollten. Wir sehen es darum als eine Art Rückschritt an, wenn wir in Sachen Beziehungen Besitz auf jemanden erheben. Wie du weißt, hat Liebe bei uns einen ziemlich hohen Stellenwert; warum sollten wir also von unseren Seelenverwandten sprechen wie über unseren Koch oder unsere Einrichtung? Wenn sich zwei Fae ineinander verlieben, schließt sich ein Band zwischen ihnen, ein stummes Versprechen, dass sie einander *freiwillig* folgen werden; egal wohin es sie auch verschlagen wird. Darum sprechen wir von Gefährten.«

Staunend sah Kaida ihn an. Seine leisen Worte hatten ihr Herz mit jeder Silbe schneller schlagen lassen. Sie fand es faszinierend, dass die Fae so viel Wert auf ihre Wortwahl legten und dafür sorgten, dass sich niemand benachteiligt fühlte. Je länger sie darüber nachdachte, desto besser gefiel ihr seine Formulierung.

»Hat es dir die Sprache verschlagen, Kleines?«, fragte Jace amüsiert, wodurch er ihre Aufmerksamkeit wieder auf sich lenkte. Anstatt zu versuchen ihre Gedanken in Sätze zu formen, stellte sich Kaida leicht auf die Zehenspitzen und legte ihre Lippen behutsam auf seine. Als ihre Münder miteinander verschmolzen, zog Jace ihren Körper eng an sich heran. Die Wärme seiner Hände konnte sie sogar durch den festen Stoff ihres Oberteils spüren.

Der Kuss wurde immer intensiver. Seufzend ließ Kaida zu, wie die Empfindungen ihr langsam zu Kopf stiegen. Ihre Wangen glühten und das Ziehen in ihrem Bauch wurde immer stärker. Benebelt von Jace' Geruch und dem süßen Geschmack seiner Lippen drängte sie ihn leicht in die Richtung des Bettes, das in der Ecke des Zimmers stand und nur auf sie zu warten schien.

»Kaida«, murmelte Jace rau, »meinst du, dass das eine gute Idee ist?«

»Was meinst du?«, entgegnete sie unschuldig. Ihre Lippen verzogen sich zu einem so breiten Grinsen, dass es ihr unmöglich war, den Kuss fortzuführen. Als sie sich ein Stückchen zurücklehnte, um nach Luft zu schnappen und Jace in die Augen zu sehen, stellte sie zufrieden fest, dass sich das Grau seiner Iriden verdunkelt hatte. Langsam beugte er sich wieder zu ihr hinab und drückte ihr einen sanften Kuss auf die Wange, ehe er sich auf das Bett sinken ließ und einladend neben sich auf die Matratze klopfte. Lächelnd folgte Kaida seiner Aufforderung und legte sich dicht an seinen Körper. Jace schob einen Arm unter ihren Kopf und drehte sich auf die Seite, um sie uneingeschränkt betrachten zu können. Als sein weicher Blick über ihr Gesicht wanderte, konnte Kaida das Prickeln in ihrem Inneren kaum noch ertragen. »Du bist doch der Vernünftige von uns beiden«, murmelte sie atemlos, »also hör auf mich so anzusehen und sorg lieber dafür, dass wir vernünftig *bleiben*.«

Ein leises Lachen drang aus seiner Kehle. »Da machst du es dir ja mal wieder sehr einfach, was? Außerdem sehe ich gar keinen Grund mehr dafür, der Vernünftige zu sein. Wir wissen doch mittlerweile, dass wir uns gefahrenlos berühren können.«

Als hätte ihn ihr jemand vom Leib gerissen, verschwand plötzlich der Schleier, den Jace' Küsse über Kaidas Verstand ausgebreitet hatte. »Einfach ist für mich gar nichts«, erwiderte sie überraschend ernst, während ihr Blick von seinem hübschen Gesicht auf die kahle Felswand hinter seinem Kopf wanderte. Schlagartig wurde ihr wieder bewusst, dass sie nicht in seinem Zuhause waren. Das hier war weder der richtige Ort noch die richtige Zeit, um sich ihren Gefühlen hinzugeben – denn die Schlingen um ihren Hals könnten sich jeden Moment zuziehen.

Während Kaida ihr Gesicht in der Kuhle zwischen seinem Hals und seiner Schulter vergrub, legte sie einen Arm über Jace' Brust und klammerte sich wie ein Äffchen an seinen Körper. Seine Muskeln unter ihren Händen bewegten sich, als er sie ebenfalls mit seinem freien Arm umschlang und fest an sich zog. »So anhänglich kenne ich dich ja gar nicht, Kätzchen«, neckte er sie leise.

»Tja, gewöhn dich schon mal dran«, erwiderte Kaida schulterzuckend. »So lange ich nicht ausschließen kann, dass Nero oder Callum dir wehtun könnten, werden wir ab jetzt immer so schlafen.« Als er leise kicherte, genoss sie das Beben seines Brustkorbs fast so sehr wie das leichte Kribbeln, das sein kreisender Daumen an ihrem Hinterkopf auslöste. Obwohl Kaida bewusst war, dass sie sich immer noch in den Hallen ihres Erzfeindes befanden, fühlte sie sich in den Armen des Prinzens etwas sicherer.

»Woran denkst du gerade, Kleines?« Als sein Flüstern über ihr Ohr strich, stellten sich sofort die Härchen auf ihren Armen auf. »Nichts Besonderes.«

»Erzähl es mir trotzdem«, forderte er sanft.

Kaida brauchte einen Moment, um ihre wirren Gedanken in Worte zu verpacken. »Ich musste daran zurückdenken, wie einsam mein Leben bisher verlaufen ist«, gestand sie schließlich leise. »Mittlerweile könnte ich mir gar nicht mehr vorstellen, monatelang allein durch die Einöde des Nordens zu ziehen. Also, du weißt schon ... ohne dich.«

Sanft wickelte sich Jace ein paar ihrer Locken um seine Finger und zupfte behutsam daran. »Ich weiß, was du meinst«, erwiderte er, wobei seine Stimme etwas belegt klang. »Und im Gegensatz zu dir musste ich nicht nur eine Handvoll Jahre warten, sondern mehrere Hundert. Der einzige Gedanke, der mich darüber hinwegtrösten kann, ist, dass wir noch die ganze Unendlichkeit vor uns haben.«

Kaida schnaubte sarkastisch. »Ja, vorausgesetzt, wir kommen hier lebend raus, verhindern einen Krieg und –«

Plötzlich hob sie so ruckartig den Kopf, dass sie beinah gegen Jace' Kinn geknallt wäre. »Apropos Krieg, ich habe dir ja noch gar nicht erzählt, was mir der Troll unter dem Schloss verraten hat!«, platzte sie aufgeregt hervor. »Nero plant einen erneuten Angriff auf die Hauptstadt.«

Zu ihrer Überraschung zogen sich Jace' Lippen zu einem breiten Grinsen. »Nun, dass er nicht nur zum Kuchenessen vorbeikommen möchte, hatte ich mir irgendwie schon vorher gedacht«, gluckste er, wofür er einen sanften Klaps gegen seine Schulter kassierte.

»Sehr witzig ... Weiß der Schlaumeier auch, dass Nero und Callum auf seiner Insel eine Armee heranziehen und trainieren?«

Nun fuhr Jace genauso ruckartig auf, wie Kaida es zuvor getan hatte. Behutsam nahm er ihr Gesicht in die Hände, während sich seine grauen Augen eindringlich in ihre bohrten. »Was? Bist du dir sicher? Weißt du, wie dieses Heer aussieht?«

»Keine Ahnung«, antwortete Kaida nachdenklich. »Der Troll hat nur gesagt, dass Nero und sein Sohn, womit ja nur mein reizender Bruder gemeint sein kann, die Insel vereinnahmt haben um dort Kreaturen Dunkler Magie heranzüchten.«

»Das würde auch erklären, weshalb wir plötzlich von so vielen Kobolden attackiert worden sind«, murmelte Jace nachdenklich. »Auf dem Festland habe ich schon seit Ewigkeiten keine Koboldschar mehr gesehen, schon gar nicht in so großen Gruppen. Die kleinen Mistviecher streiten sich normalerweise ständig darüber, wer die Gruppe anführen darf und welche Befehle angenommen werden. Die Truppe, die uns vor dem Schloss angegriffen hat, wirkte jedoch auffällig koordiniert.«

Sein Blick war noch immer verdunkelt, während seine Hände gedankenlos zu Kaidas Schultern hinabwanderten und damit begannen, sie fürsorglich zu massieren. Als ein lautes Knacken erklang, verzog er grinsend den Mund. Kaida war überrascht darüber, dass seine Finger so geschickt die Verspannungen unter ihrer Haut ertasten und lösen konnten. Ein weiteres Talent, das er ihr bisher verschwiegen hatte …

»Hat meine kluge Gefährtin denn schon einen Plan, wie wir hier wieder rauskommen können?«, unterbrach seine ruhige Stimme ihre Schwärmereien.

»Ich weiß nicht, wie viele Schattenfresser Nero mittlerweile beherbergt«, antwortete Kaida nachdenklich. »Als ich das letzte Mal von hier geflohen bin, habe ich mich in einem günstigen Moment einfach rausgeschlichen, mir ein Pferd geschnappt und bin losgeritten. Aber ich fürchte, dass Nero dieses Mauseloch mittlerweile ausgebessert hat.«

»Hm. Dann bleibt uns wohl erst mal nichts anderes übrig, als hier tatenlos rumzusitzen und zu warten.«

Ruckartig sah Kaida ihn an. *»Tatenlos rumzusitzen?«*, wiederholte sie empört. »Wer von uns beiden hat denn –«

Der Rest ihres Satzes verlor sich irgendwo zwischen Jace' Lippen, die sich fest auf ihren Mund pressten. Sofort bemerkte Kaida, dass dieser Kuss anders war. Intensiver. Dringlicher. Augenblicklich breitete sich eine brennende Hitze von ihrem Bauch aus in ihrem gesamten Körper aus. Sehnsüchtig schlang Kaida ihre Arme um Jace' Hals. Seine Hände hingegen legten sich auf ihre Hüften und hoben sie behutsam, aber dennoch bestimmt, auf seinen Schoß. Wie von allein schlangen sich ihre Beine um ihn und hielten ihn fest, während ihre Hand bereits über seinen Hals hinauf zu seinem weichen Haar wanderte. Er seufzte zufrieden, als sie mit ihren Fingerspitzen sanft über seinen Hinterkopf kraulte.

Obwohl sie seine Nähe nur allzu deutlich wahrnahm, war er ihr immer noch nicht nah genug. Kaidas Kleidung fühlte sich mit einem Mal fremd und kratzig auf ihrer eigenen Haut an, wie ein Fremdkörper, von dem man sich schnellstmöglich befreien sollte. Anstatt sich aus ihren störenden Kleidern zu befreien, beschloss sie, sich zunächst um die des Prinzen zu kümmern. Während ihre kühlen Fingerspitzen vorsichtig über sein Schlüsselbein hinab zu der Knopfleiste seines Hemdes fuhren, presste Jace seine Lippen noch fester auf ihre. Auch seine Hände begaben sich auf Wanderschaft, fuhren quälend langsam über Kaidas Rücken. Als er den Saum ihres Oberteils erreichte, unterbrach er den Kuss für einen Moment, um ihr in die Augen sehen zu können. Eine stumme Frage lag darin. Kaida nickte, woraufhin er das Hemd behutsam nach oben schob. Das Gefühl des rauen Stoffes in Kombination mit seinen weichen Händen auf ihrem Körper raubte Kaida beinah den Verstand. Ungeduldig tastete sie nach seinem Oberteil und öffnete mehrere Knöpfe auf einmal. Sein sanftes Lächeln erstickte sie in einem weiteren Kuss. Um sich für seine Spielchen zu rächen, ließ sie ihre Fingerspitzen quälend langsam von seiner entblößten Brust über seinen Bauch hinabwandern. Sie unterbrachen ihren Kuss erneut, damit Jace ihr Oberteil über den Kopf ziehen konnte. Kaum hatte er sie aus dem Stoff befreit, fanden sich ihre Lippen erneut.

Während Kaida seine Unterlippe behutsam zwischen ihre Zähne zog, ließ Jace seine Finger zwischen ihren Schulterblättern auf ihren Rücken hinabwandern. Die Hitze in Kaidas Körper trieb sie beinah in den Wahnsinn. Ihre Haut stand in Flammen, genauso wie ihr Herz, welches so heftig gegen ihren Brustkorb schlug, dass es beinah schmerzte. Ein Prickeln erfüllte ihren Unterleib und das Pulsieren ihrer Magie war kaum noch zu unterdrücken. Und dann hielt Jace plötzlich inne und unterbrach ihren Kuss.

Verwundert sah Kaida ihn an. »Was?«, stieß sie atemlos hervor. Dann spürte sie, wie der Prinz etwas aus ihrem Hosenbund hervorzog.

Als er das blaue Notizbuch zwischen sich und Kaida hob, seufzte sie frustriert und strich sich ihre Locken aus dem Gesicht. Fand er dieses unnütze Ding etwa interessanter als sie, obwohl sie gerade fast unbekleidet auf seinem Schoß saß? Ihr Körper glühte noch immer, doch wie es aussah, würde Jace ihr nicht dabei helfen, das Feuer wieder in den Griff zu bekommen.

»Wir haben es noch gar nicht gelesen«, erklärte er atemlos und schlug den Einband des Buches auf, ohne Kaida dabei anzusehen. Einen Moment lang konnte sie ihn nur ungläubig anstarren und blinzeln. Meinte er das ernst? Wie konnte er nur die Frechheit besitzen, sie einfach gegen dieses verdammte Buch auszutauschen? Beleidigt zog sie einen Schmollmund und verschränkte die Arme vor der Brust. »Pff … Dann wünsche ich dir viel Spaß mit deinem langweiligen Wälzer, ich gehe jetzt schlafen.«

Als wüsste er nicht, wieso ihre Stimme mit einem Mal so genervt klang, hob er hastig seinen Blick und schaute ihr verwundert in die Augen. Er schien Kaidas Mimik deuten zu können, denn plötzlich schlich sich ein amüsiertes Schmunzeln auf seine Lippen. Anstatt dieses dämliche Notizheft im hohen Bogen fortzuwerfen, hielt er es jedoch weiterhin fest, während er Kaida einen entschuldigen Kuss auf die Schulter drückte. Kopfschüttelnd kletterte sie von seinem Schoß und drehte ihm den Rücken zu, um nach ihrem Oberteil zu suchen. Eine Mischung aus Scham und Enttäuschung machte sich in ihr breit. Sie wusste nicht recht, was sie von dieser Situation halten sollte. Einerseits verstand sie natürlich, dass dies hier nicht der richtige Ort war, um miteinander vertraut zu werden. Außerdem war es wahrscheinlich gar keine schlechte Idee, mal einen Blick in dieses mysteriöse Buch zu werfen – Aber was, wenn Jace' Unterbrechung am Ende gar nicht an den äußeren Umständen lag, sondern an ihr? Wenn er sie nicht begehrenswert fand oder sie etwas zu überstürzt gewesen war …

Muskulöse Arme schlangen sich von hinten um ihre Taille und zogen sie mit dem Rücken an einen festen Oberkörper. »Ich liebe dich, Kaida«, hörte sie Jace' Stimme so sanft sagen, dass die Unsicherheit in ihr auf einen Schlag verpuffte. Besänftigt lehnte sie sich an seinen Körper und schloss die Augen, während Jace ihr einen flüchtigen Kuss auf die Schläfe drückte. »Ich möchte nicht, dass wir immer an diesen grausamen Ort zurückdenken müssen, wenn wir uns an unsere gemeinsame Zeit erinnern«, murmelte er ihr leise ins Ohr. »Und außerdem: Stell dir mal vor, dein Bruder würde hereinplatzen.«

Erschrocken riss Kaida die Augen auf und verzog angewidert den Mund. Nein, das wollte sie ganz bestimmt nicht …

Behutsam zog Jace ihr wieder ihr Oberteil an. »Abgesehen davon müssen wir trotzdem nicht *allein* schmollen, wir können uns das Buch ja auch *zusammen* angucken«, bot er neckend an, während er sein Kinn auf Kaidas Schulter platzierte und das Buch vor ihren Körper hielt.

Spöttisch sah sie sich zu ihm um. »Klingt *wahnsinnig* spannend, Schneeflöckchen.«

Jace gluckste vergnügt. »*Du* warst doch diejenige, die mir aufgetragen hat, der Vernünftige zu sein.«

Schmunzelnd verdrehte Kaida die Augen und sah auf das Papier vor ihrem Körper herab. Ihr Blick fiel auf die geschwungenen Buchstaben, die zusammengezogen Wörter ergaben, von denen Kaida kein einziges verstand. Der Verfasser schien sie hektisch auf das dünne Papier niedergeschrieben zu haben, denn an einigen Stellen hatte er so fest mit der Feder aufgedrückt, dass das Blatt durchstochen oder mit dunkelblauen Tintenflecken getränkt war. Als Kaida fragend zu Jace aufsah, fielen ihr sofort die dunklen Schatten in seinen Augen auf. Eine leichte Falte zeichnete sich zwischen seinen zusammengezogenen Brauen ab.

»Was steht dort?«, fragte Kaida ungeduldig und tippte auf die unbekannten Schriftzeichen. »Nicht jeder kann die Sprache der Fae –«

Jace legte seine Hand so hastig auf ihre Lippen, dass Kaida vor Schreck die Luft wegblieb. Eindringlich sah er sie an und schüttelte langsam den Kopf. »Nicht so laut, Kleines«, flüsterte er ihr warnend ins Ohr, ehe er seine Hand wieder langsam von ihren Lippen löste. »So, wie es aussieht, hast du wirklich einen Glücksgriff gelandet!«, erklärte er atemlos.

Das Funkeln in seinen Augen machte Kaida neugierig. »Wieso?«, fragte sie so aufgeregt, dass sogar ihr leises Flüstern etwas heiser klang.

Als würde er ihr dadurch mehr Halt und Sicherheit geben können, schlangen sich Jace' Arme zur Antwort noch fester um ihren Körper. »Es stammt von deiner Mutter«, brachte er schließlich zögernd über seine Lippen. »Sie hat es für *dich* geschrieben, Kaida.«

Kapitel 22

»Auch wenn ich aus tiefstem Herzen hoffe, dass du diese Zeilen hier niemals lesen musst, so will ich dich dennoch auf das Schlimmste vorbereiten. Dein Vater und ich haben unser Leben lang versucht dich und deinen Bruder zu beschützen, doch die Dunkelheit im Norden verdichtet sich und die Indizien sprechen eine eindeutige Sprache – die Sprache des Krieges. Sollte es wirklich zu einem Krieg zwischen den Hexern, Fae und Menschen dieses Landes kommen, so musst du gewappnet sein, Kaida. In dir und deinem Bruder schlummert eine Macht, die unsere gesamte Welt entweder ins Gleichgewicht bringen oder ins Chaos stürzen wird ... Mein liebes Kind, ich hoffe, dass ich dir unsere Geschichte einmal persönlich erzählen kann, aber falls alle Stricke reißen, so findest du hier zumindest meinen letzten Rat. In Liebe, deine Mutter Elain.« Jace hielt inne.

Sprachlos starrte Kaida auf die Zeilen vor ihren Augen. Ihre Finger krallten sich so fest in Jace' Unterarme, als würde die Dunkelheit der Schwarzen Festung sie augenblicklich verschlingen, würde sie ihn auch nur für einen Wimpernschlag loslassen. Die hektisch geschriebenen Wörter, die in einer Sprache verfasst worden waren, die Kaida fremder nicht hätte sein können, stammten von ihrer eigenen Mutter. Der Frau, die ihr Leben der Kälte des Meeres geopfert hatte, um das ihres Kindes zu retten ... und endlich, nach all den quälenden Jahren, hatte Kaida ihr Erbe gefunden; versteckt in diesem kleinen, unscheinbaren Notizbuch.

»Lies weiter!«, forderte sie Jace atemlos auf. »Was hat sie noch geschrieben?«

Jace' Finger blätterten durch das feine Papier, das Kaida mit einem Mal kostbarer anmutete als alles, was sie in ihrem Leben je besessen hatte. Seine Augen flogen über die blaue Tinte, ab und an legte er seine Stirn in Falten oder biss sich angespannt auf die Unterlippe. Kaida kam es vor wie eine Ewigkeit, ehe er sich erneut dicht an ihr Ohr heranbeugte. Sein warmer Atem kitzelte an ihrer empfindlichen Haut.

»Ich kann es selbst nicht glauben«, murmelte er hörbar angespannt, »aber deine Mutter schreibt, dass du *meine* Eltern aufsuchen sollst, falls ihr etwas zustoßen sollte … Warte, ich übersetze dir die Passage: König Oberon und seine Frau werden dir und deinem Bruder ein sicheres Dach über dem Kopf bieten, sollte jemals der Tag anbrechen, an dem unser eigenes Haus in Flammen steht. Du kannst ihnen vertrauen, ihnen und sonst niemandem. Wir konnten unser Geheimnis nicht gut genug bewahren, auch andere Wesen dieses Landes haben Wind von den Geschwistern bekommen, in deren Herzen die Zukunft Tenebris' schlummert. Bitte zögere nicht Oberon aufzusuchen. Falls er dich nicht erkennen sollte, so sage ihm, dass die Raben noch immer um das Feuer kreisen. Er wird den verschlüsselten Satz verstehen.«

Als Jace verstummte, wurden Kaidas eigene Gedanken umso lauter. Ihr Kopf arbeitete auf Hochtouren, doch der Sinn schien sich ihr nicht erschließen zu wollen. Oberon hatte ihre Eltern gequält. Er hatte unmenschliche Experimente an ihnen durchgeführt und in der nächsten Generation zwei Monster erzeugt, die sich nun gegenseitig an die Gurgel gingen. Ihre Mutter musste sich irren. Er musste sie manipuliert haben.

»Das ist nicht zufällig die Handschrift deines Vaters?«, krächzte sie und würgte den Kloß in ihrem Hals hinunter.

»Nein, ganz bestimmt nicht. Mir ist so, als hätte ich diese Schrift schon mal irgendwo gesehen. Dieses geschwungene E kommt mir irgendwie bekannt vor. Vielleicht in einem Brief an meinen Vater?«

»Aber das macht doch alles gar keinen Sinn«, flüsterte Kaida aufgebracht. »Er hat ihnen wehgetan und sie wie Versuchskaninchen gehalten, warum sollte sie mich auffordern ihn aufzusuchen?« Nachdenklich sag Jace sie an. Seine Kiefer mahlten aufeinander, während er nach den richtigen Worten zu suchen schien. »Ich werde das Gefühl nicht los, dass wir etwas Wichtiges übersehen haben ... Was, wenn wir die Sache falsch interpretieren? Die Villa sah nicht gerade so aus, als würde mein Vater dort Menschen wie Sklaven halten. Vielleicht –«

Mit feurigen Augen fuhr Kaida zu ihm herum. »Vielleicht *was*? Nur weil dein Vater sie nicht in einem Erdloch versteckt hielt, bedeutet das nicht, dass –«

»Das sage ich doch auch gar nicht«, unterbrach Jace sie in einem verständnisvollen Tonfall. »Ich weiß, dass Oberon ein Ungeheuer sein kann. Ich traue ihm durchaus zu, dass er auch vor Experimenten mit Menschen nicht zurückgeschreckt ist. Alles, was ich sagen will, ist, dass der Text deiner Mutter ziemlich widersprüchlich zu dem ist, was wir bisher angenommen haben. Wir sollten alle Gedanken zu Ende spinnen, meinst du nicht?«

Kaida schnaubte verächtlich und verschränkte die Arme vor der Brust. »Wer sagt denn, dass dieses Buch wirklich von meiner Mutter stammt? Vielleicht hat es ja auch jemand in der Villa platziert, damit ich es finde und in die Falle tappe. Findest du es nicht seltsam, dass ich aus dem ganzen verfluchten Gebäude nur einen einzigen Gegenstand mitgenommen habe und ausgerechnet dieser ganz plötzlich die Lösung für all unsere Rätsel sein soll?«

»Doch, natürlich ist das merkwürdig. Falls deine Eltern wirklich von Fae angegriffen worden sind, hätten diese das Versteck sicherlich gefunden. Es kann also gut sein, dass das Buch dort mit Absicht hingelegt wurde.« Sanft drehte er Kaidas Schultern wieder nach vorn, sodass sie sich an seinen Oberkörper lehnen konnte. Er hob das Buch wieder vor ihren Körper und schlug die nächste Seite auf. »Das hier sind nur Notizen über die Herstellung von Heiltränken und den inneren Aufbau unseres Schlosses«, erklärte er leise, während seine Finger durch die Seiten blätterten. »Rezepte, Bauanleitungen für ein Zelt und ein Floß ... sonst nichts.«

»Dann ist es wohl wirklich eine Falle«, verkündete Kaida schulterzuckend.

»Wieso bist du dir da so sicher?«

»Jace, ich soll deinem Vater in die Arme laufen und mich zu erkennen geben – mehr hatte mir meine Mutter nicht zu sagen, ehe sie die Ewigen Lande betrat?«

»Ich bin mir sicher, dass mein Vater noch viel mehr über deine Geschichte weiß. Wir sollten ihn fragen und –«

Plötzlich fuhr Jace auf. Blitzartig zog er das Buch hinter seinen Rücken, während sein anderer Arm den Griff um Kaidas Taille verstärkte. Dann hörte sie es auch – ein leises Kratzen im Türschloss. Keinen Wimpernschlag später wurde die Tür aufgerissen. Kaidas Blick fiel zuerst auf Callum, dann auf die Meute von Schattenfressern, die sich hinter ihm aufgestellt hatten.

»Planänderung«, verkündete der Rothaarige grinsend, doch seine Augen wirkten so hart wie Fels. »Kaida, du musst deinen Liebhaber kurz mit mir allein lassen. Nero will dich sprechen, die Schattenfresser werden dich zu ihm bringen.«

»Vergiss es!«, entgegnete Kaida wütend und klammerte sich fester an Jace' Arm. Sie konnte ihn unmöglich hier lassen, schon gar nicht mit Callum. Ihr Bruder müsste ihn nicht einmal physisch berühren, um ihn zu quälen; Jace' Fluch war seiner Gabe deutlich unterlegen.

»Schön zu sehen, dass du dich hier wieder so heimisch fühlst, Schwesterherz, aber noch bist du nicht in der Position, um hier die Befehle zu erteilen. Wenn du dann so freundlich wärst, den Schattenfressern zu folgen? Oh, und bitte zieh dir vorher noch etwas mehr an. Ich möchte nicht, dass Nero seine Tochter mit einer Prostituierten verwechselt.«

»Ich bin nicht seine Tochter, genauso wenig, wie du sein Sohn bist«, entgegnete Kaida kalt, doch Callum verdrehte nur die Augen, als würde ihn diese ganze Unterhaltung zu Tode langweilen. Er reckte sich ein wenig und schaute an Kaida vorbei auf Jace. »Hübsche Flügelchen«, bemerkte er spitz. »Ihr Fae könntet theoretisch auch ohne Flügel überleben, nicht? Ich weiß, dass Nero eine Sammlung an Fae-Flügeln besitzt, aber ich glaube, solch herrlich dunkelblaue hat er noch nicht. Ich könnte ihm ja eine Freude machen und ihm deine schenken ... Was meinst du, Schwesterherz? Stören dich die Lumpen auf seinem Rücken nicht sowieso, wenn du ihn berühren willst?«

Kaida schluckte trocken. Ihre Finger bohrten sich fester in Jace' Unterarm, während sie Callum mit ihren Blicken durchbohrte. Früher hätte sie gedacht, dass ihre Worte Einfluss auf ihn hätten, doch nun war sie sich nicht mehr so sicher. Um Nero zu gefallen, würde er auch in Kauf nehmen, ihr Herz zu brechen und Jace zu verletzen. Vor ihrem inneren Auge konnte sie förmlich sehen, wie er den Prinzen erst mit seiner Gabe quälte und ihm dann die feinen Flügel aus dem Rücken riss. In den Augen ihres Bruders stieß sie auf eine Entschlossenheit, die ihr Übelkeit bereitete. Er würde es tun, ohne mit der Wimper zu zucken. Genauso, wie er sie vor einigen Monaten an Oberon verraten hatte.

»Was meinst du, Jace?«, raunte sie dem Prinzen über ihre Schulter zu.

»Ich glaube, dass meine Meinung keine Rolle spielt«, antwortete er ruhig. »Mir scheint, als hätten wir gar keine andere Wahl, Kleines. Ich möchte nicht, dass Nero dich mit Gewalt von mir losreißt, vielleicht sollten wir auf sein Spiel einfach eingehen.«

Kaida nickte knapp. Als sich Jace' Arm um ihren Körper löste, begann sie augenblicklich zu frieren. Sie ließ ihren Bruder nicht aus den Augen, während sie ihre Kleidung zurechtzupfte und auf ihn zulief. Schweigend schob sie sich an ihm vorbei und folgte den Schattenfressern, die sich bei ihrer Ankunft augenblicklich in Bewegung setzten. »Wenn du ihm wehtust, bringe ich dich um.« Ihre Stimme war leise, doch ihre Wörter schnitten wie Dolche durch die angespannte Luft.

»Ich weiß. Das hast du ja schon einmal versucht«, rief Callum ihr nach.

»Stimmt. Aber diesmal meine ich es auch so.«

***

Kaidas Muskeln waren so angespannt, dass sie schmerzten. Ihr Blick verfolgte den Hexenmeister, der langsam vor ihr auf und ab ging. Es war schummrig in dem kleinen Raum, der wohl so etwas wie ein Schreibzimmer darstellen sollte. An einer Wand standen dunkelbraune Bücherregale, die bis unter die hohe Steindecke reichten, an der anderen befanden sich bodentiefe Fenster, die jedoch größtenteils von dunkelgrünen Samtvorhängen verdeckt waren. Nero umkreiste erneut den großen Schreibtisch, der aus dem gleichen Holz gefertigt war wie die Bücherregale. Auf der Tischplatte stapelten sich Papierrollen, Landkarten und Fläschchen, in denen die merkwürdigsten Tinkturen aufbewahrt wurden. Als Kaidas Blick auf ein Auge fiel, das in einem der Gefäße schwamm und ihr starr entgegenglotzte, verzog sie angeekelt den Mund.

Schon seit einer gefühlten Ewigkeit stand sie nun hier, verlagerte ihr Gewicht regelmäßig von einem Bein aufs andere und wartete nur darauf, dass Nero sie anfallen und in Stückchen zerteilen würde. Ihre Gedanken schweiften zum gefühlt hundertsten Mal zu Jace und ihrem Bruder ab, als sich der Hexer plötzlich räusperte und auf sie zukam. Eine Armlänge von ihr entfernt blieb er stehen und musterte sie aus seinen roten Augen. Auf seinen Lippen lag ein Lächeln, welches Kaida das Blut in den Adern gefrieren ließ. Von irgendwo hallte ein spitzer Schrei durch die dicken Felswände zu ihnen herein, doch die Stimme war zu hoch für einen Mann. Kaida kam sich furchtbar vor, als sie sich dabei ertappte, wie sie erleichtert die Luft ausstieß.

»Ach ja, manche meiner unfreiwilligen Gäste haben ein lautes Stimmenorgan«, säuselte Nero und zuckte mit seinen hageren Schultern. »Wie du hörst, sind die Felswände manchmal dünner als gedacht – vielleicht solltest du das im Hinterkopf behalten, wenn dein Liebhaber und du –«

»Erspar dir deine Ratschläge!«, schnitt Kaida ihm scharf das Wort ab und verschränkte die Arme vor der Brust. »Du und Callum könnt ja gern so tun, als wärt ihr eine Familie, aber lasst mich da gefälligst raus. Ich brauche keinen väterlichen Rat, danke.«

Nero schnaubte abfällig. »Mir ist es doch egal, was du und das Spitzohr treiben! Ich habe am eigenen Leib erfahren, wie mächtig die Magie in ihm ist … und deine Magie scheint mir ebenfalls ziemlich außergewöhnlich. Ein Kind von euch beiden wäre sicherlich sehr interessant zu beobachten.«

Kaida wurde speiübel. Die Krämpfe in ihrem Unterleib wurden so stark, dass sie sich ruckartig eine Hand auf den Bauch legte. In ihrem Kopf blitzten Bilder davon auf, wie Nero ein kleines Kind in den langen Klauen hielt und genauso unheimlich anlächelte, wie er es bei ihr getan hatte.

Obwohl sie noch nie darüber nachgedacht hatte, wie es sein könnte, wenn sie und Jace einmal Nachwuchs haben würden, spürte sie mit einem Mal einen mächtigen Beschützerinstinkt in sich aufwallen. »Du würdest das

Kleine niemals in deine gierigen Finger bekommen, Nero – das schwöre ich dir bei meinem Leben! Callum und ich haben am eigenen Leib erfahren, wie du mit Kindern umgehst, die sich vielversprechend für deine perfiden Pläne erweisen könnten. Ich werde nicht zulassen, dass du noch ein weiteres kleines Wesen in den Abgrund stürzt.«

»Zu spät«, antwortete plötzlich eine weitere Stimme, die Kaida merkwürdig bekannt vorkam.

Als sie ihren Kopf drehte, traute sie ihren Augen kaum. »Luce?«, fragte sie schrill. Ihr Herz machte einen Aussetzer. Was hatte der junge Fae hier zu suchen? Ob Nero ihn verschleppt hatte? »Luce, was ist passiert? Wieso bist du auf der Insel vor uns weggelaufen? Du hättest in Sicherheit sein können!«

Stirnrunzelnd sah Nero zu dem blonden Jungen hinüber. Etwas Unruhiges flackerte in seinen Augen auf und Kaida bemerkte, wie er seine Hände angespannt zu Fäusten ballte und wieder öffnete.

»Ihr habt euch also schon kennengelernt«, säuselte Nero spitz. »Ich dachte, ich hätte mich klar ausgedrückt, als ich sagte, dass du dich von ihr fernhalten sollst.«

»Aber sie ist doch meine Schwe –«

»Es reicht!«, schnitt der Hexer dem Jungen hasserfüllt das Wort ab. Er klang so außer sich, als würde Oberon persönlich vor ihm stehen. Sein schwarzer Mantel wehte durch die Luft, während er sich geschwind nach dem Jungen umdrehte und auf ihn zustürmte. Kaida tat es ihm gleich. Als sie Luce erreichte, stellte sie sich schützend vor ihn und breitete ihre Arme aus. »Nimm. Deine. Klauen. Weg.«

»Misch dich da nicht ein, Kaida«, donnerte Neros Stimme autoritär durch das Zimmer, doch Kaida bewegte sich keinen Millimeter. Als der Hexer nur noch eine Armlänge von ihr entfernt war, reckte sie ihm mutig das Kinn entgegen.

»Du verschwindest jetzt wohl besser«, zischte dieser Luce zu und wies mit dem Kopf auf die dunkle Flügeltür. Kaida spürte, wie sich eine Hand behutsam am Saum ihres Hemdes festhielt. Schützend tastete sie mit einem Arm nach dem Jungen und packte ihn ebenfalls an seinem Oberteil.

»Ich habe Kaida im Keller des Schlosses gefunden, sie wäre um ein Haar gestorben. Einer der Flusstrolle hätte sie beinah zum Nachtisch verspeist ... ich dachte, du hättest ihnen befohlen, Kaida nicht anzurühren!«

»Was ist mit Jace?«, umging der Hexer eine Antwort. »Hast du ihm auch schon einen Besuch abgestattet?«

»Nein.« Bei der Kälte in Luce' Stimme runzelte Kaida überrascht die Stirn. Hatte sie etwas Wesentliches verpasst? Sein wann hatte Luce so ein Problem mit seinem Bruder?

»Du gehst jetzt besser, Junge. Und wehe, ich erwische dich dabei, wie du nach Jace oder Kaida suchst, hast du mich verstanden?«

»Ich möchte aber bei Kaida bleiben. Vater, ich –«

Luce' Stimme brach. Neros Augen weiteten sich zu riesigen lodernden Kugeln – und Kaida klappte der Mund auf. Mit weit aufgerissenen Augen sah sie zwischen Luce und dem Hexer hin und her. Hatte er gerade ... *Vater* gesagt?

»Schluss jetzt!« Neros Stimme war so leise, dass sie beinah in der Luft verwehte. Die Endgültigkeit, die in ihr mitschwang, bohrte sich jedoch wie ein Pfeil in Kaidas Brust. Plötzlich legten sich die roten Augen wieder auf ihr Gesicht. Eine knochige Hand schnellte so ruckartig unter dem weiten Ärmel seines Umhangs hervor, dass ihr keine Chance blieb, um auszuweichen.

Die Klauen krallten sich tief in ihr Handgelenk. Kaida spürte, wie Schwarze Magie ihre Sinne benebelte. Nero ließ sie kontrolliert auf sie einströmen und lähmte nach und nach ihren Körper. Kaida wusste, dass ihr früherer Meister sie mit dieser Form der Magie nicht umbringen wollte. Hexer konnten die Auswirkungen ihrer Gaben in einem gewissen Rahmen anpassen, sie mussten nicht immer tödlich verlaufen. Der lähmende Fluch, der sich nach und nach jeden noch so kleinen Muskel in ihrem Körper einverleibte, war Kaida nur allzu schmerzlich bekannt. Nero hatte ihn früher oft bei ihr angewandt ... So oft, dass ihre Atmung auch jetzt die ganze Zeit über ruhig und kontrolliert blieb; selbst dann noch, als ihre Lider zufielen und ihr Körper wie ein nasser Sack zu Boden glitt. Sie spürte, wie zwei Arme sie von hinten umschlagen und festhielten. Ein warmer Atem kitzelte ihre Ohrenspitze.

»Es tut mir so leid, Kaida.«

Kapitel 23

Als Kaida die Augen aufschlug, spürte sie sofort, dass etwas nicht stimmte. Unter ihren Händen ertastete sie den Stoff einer weichen Bettdecke. Der Geruch nach Rosenwasser zog in ihre Nase und benebelte ihre Gedanken, ihr Kopf hingegen fühlte sich an, als wäre eine Horde Pferde darübergetrampelt. Stöhnend griff sie sich an ihre Stirn, die sich unter ihrer Handfläche besorgniserregend warm anfühlte, und richtete sich auf.

Ihr Blick glitt über das leere Doppelbett, über die im Wind flatternden Vorhänge, die so zart waren, dass Kaida durch sie hindurchblicken konnte. In dem geöffneten Fenster erblickte sie den sternenübersäten Nachthimmel, dessen Licht den Schnee auf den Berggipfeln funkeln ließ. Es sah beinah so aus, als hätte jemand Dutzende Perlenketten zerrissen und auf den Felsen verstreut.

»Ach ja, die kleine Kaida«, hörte sie Nero hinter sich seufzen. Augenblicklich gefror das Blut in ihren Adern, hastig wandte sie sich nach dem Hexer um. Sie entdeckte ihn vor einer großen Holztür, die dürren Arme vor der hageren Brust verschränkt. Seine spitzen Zähne schimmerten wie Glassplitter, während er seine trockenen Lippen zu einem hämischen Grinsen verzog. »Du warst schon immer eine Träumerin, den Kopf stets in die Sterne gestreckt. Ich –«

»Warum hat Luce dich *Vater* genannt?«, fragte Kaida vielleicht etwas zu direkt. Augenblicklich erstarb das Lächeln auf den Lippen des Hexers. »Falsche Frage, Kindchen.«

»Wo ist Jace?«

»Ah, bessere Frage!« Sofort tauchte wieder das Grinsen auf seinem verunstalteten Gesicht auf und wurde bei jedem Schritt breiter, den er langsam auf

Kaida zuschlenderte. »Ich will ehrlich mit dir sein, alles andere hat bei deiner Neugierde und deinem Dickkopf eh keinen Sinn«, verkündete er gönnerhaft. »Also, spitz die Ohren! Oh, verzeih mir bitte das Wortspiel, deine Öhrchen sind ja bereits so spitz wie Pfeile ... Möchtest du wissen, warum das so ist?«

»Weil ich eine Fae bin?«, fragte Kaida vorsichtig. Es ärgerte sie, dass Nero so ein leichtes Spiel damit hatte, ihre Neugierde zu entfachen.

»Falsch!« Der Alte klatschte sich in die Hände, als wäre er ein kleiner Junge. »Du bist nämlich keine *echte* Fae. Da ich dich in der Villa deiner Eltern aufgegriffen habe, gehe ich davon aus, dass du bereits auf der richtigen Fährte warst – obwohl es natürlich auch sein könnte, dass dir der Prinz Flausen in den Kopf gesetzt hat. Darum möchte ich dir gern die ganze Wahrheit über deine Herkunft erzählen. Aber ich muss dich warnen, denn sie ist noch viel grausamer, als du dir vorgestellt hast.«

»Ich habe keine Angst«, erwiderte Kaida entschlossen. »Außerdem wirst du mir sowieso nicht die Wahrheit erzählen.«

Rügend schnalzte Nero mit der Zunge. Die Art, wie er sich auf das Fußende des Bettes setzte, die Finger feinsäuberlich im Schoß verschränkt, erinnerte Kaida an einen Großvater, der seinem Enkel eine Gutenachtgeschichte vorlesen wollte – nur fürchtete sie, dass aus Neros Mund ausschließlich Albtraumhaftes kommen würde ...

»Deine Eltern und ich waren gute Bekannte«, erklärte er ruhig. »Du hast nicht nur ihr Aussehen, sondern auch das Temperament deiner Mutter. Sie war wild und unzähmbar, genauso sturköpfig wie du. Eine begnadete Kriegerin, die dem Können deines Vaters in nichts nachstand. Sie lernten einander in der Hauptstadt kennen und genossen viele friedliche Jahre, bis der damalige König einen fatalen Pakt mit Oberon schloss. Unter dem Deckmantel, dass sich die Völker durch diese Aktion näher kommen sollten, schickte Oberon einige seiner treuen Soldaten in die Hauptstadt, während der Menschenkönig ein paar seiner Untertanen auf die Fae-Insel verschiffen ließ. Dein Vater, der in der königlichen Armee als loyaler Soldat galt, wurde ausgewählt; und damit das Schicksal deiner ganzen Familie besiegelt ...

Deine Eltern lebten zunächst friedlich auf der Fae-Insel, bis Oberon sie eines Tages vom Rest der Menschen trennte und in die versteckte Villa nahe dem Palast brachte. In seinen Augen waren deine Eltern diejenigen, die am vitalsten und kräftigsten wirkten – darum begann er sie mit Magie zu behandeln. Sein Gefolge versuchte deren Helle Magie auf deine Eltern zu übertragen, ähnlich, wie ich meine Magie einst auf Jace übertrug. In Oberons Augen galt das Experiment schnell als gescheitert, denn deine Eltern veränderten sich nicht. Weder wurden sie gehorsamer noch lernten sie die Magie zu beherrschen. Er wollte sie schon umbringen, als er feststellte, dass deine Mutter schwanger war. Das hat ihn dazu bewegt, sie am Leb –«

»Du versuchst mir nicht ernsthaft weiszumachen, dass Oberon meine Eltern leben ließ, weil sie ein Kind erwarteten, oder?«, unterbrach Kaida ihn gereizt. »Für wie naiv hältst du mich eigentlich? Oberon schert sich nicht um so etwas!«

»Nein«, erwiderte Nero pikiert. »Aber seine Frau.«

Bei seinen Worten zog sich Kaidas Magen unwohl zusammen. Der merkwürdige, fast schon besessene Glanz in den Augen des Hexers jagte einen kalten Schauer über ihren Rücken. »Jace' Mutter?«

»Ganz genau ... Eine feine Seele, viel zu zart und vergänglich für ein machthungriges, kaltherziges Ungeheuer wie Oberon.«

»Jace hat nicht viel über sie erzählt«, murmelte Kaida, unschlüssig, ob sie überhaupt mehr über die frühere Königin wissen *wollte*.

»Sie war wunderschön, schlau und wortgewandt, glänzend wie der Tau an einem Rosenblatt. Oberon war nicht gut zu ihr, der Dummkopf hat nicht gesehen, was für eine zauberhafte Kreatur an seiner Seite wanderte. Als sie von der Schwangerschaft deiner Mutter erfuhr, widersprach sie ihrem Gatten zum ersten Mal, seitdem sie ihn unfreiwillig geheiratet hatte. Er erfüllte ihren Wunsch, vielleicht weil er zu der Zeit selbst oft von einem weiteren Nachkommen träumte.«

Stirnrunzelnd schlang Kaida die Arme um ihren Oberkörper. Die kühle Nachtluft zog an ihrem dünnen Hemd und ließ sie schlottern. »Wie ging es weiter?«

»Callum kam auf die Welt. Obwohl ihr zwei bisher dachtet, dass sich seine

Gabe erst später entwickelt hat, floss sie bereits bei seiner Geburt durch seine dünnen Adern. Natürlich ist das auch Oberon nicht entgangen. Er war ganz verzückt von der Idee, auf künstliche Weise neue Untertanen heranzüchten zu können. Du musst nämlich wissen, dass Fae nicht so oft schwanger werden wie Menschenfrauen. Trotz Oberons Größenwahnsinnes war ihm durchaus bewusst, dass er und sein Gefolge zahlenmäßig hoffnungslos unterlegen wären, sollte er mich oder das Festland angreifen wollen. Kinder, die zwar die Gabe der Fae in sich trugen, aber alterten wie normale Menschen und schnell zu reproduzieren waren, kamen ihm da gerade recht.«

»Aber wieso wollte er Tenebris überhaupt unterwerfen?«, unterbrach Kaida seine Erzählung. Sie musste sich widerwillig eingestehen, dass Neros Worte in ihr fruchteten. Seine Erklärung der Dinge klang logisch, und auch wenn sie sich dafür hasste, glaubte sie ihm aufs Wort. Oberon als Schurke hinter all dem Leid und Elend in ihrem Leben schien ihr durchaus plausibel. Vielleicht hatte sie dem Hexer ja doch Unrecht getan …

»Macht, Kaida«, antwortete dieser schulterzuckend. »Macht und Gier treiben uns alle an, egal welchem Volk wir angehören.«

Schweigend blickte Kaida wieder hinaus zum Sternenhimmel. *Macht.* War es wirklich so einfach? »Woher kanntest du unsere Eltern?«, fragte sie beiläufig, um die Stille um sie herum zu füllen.

»Nun, verständlicherweise waren sie nach all den Torturen keine Freunde der Fae mehr. Sie kamen auf mich zu und wir entschieden, dass sie von der Insel fliehen mussten. Ich versprach ihnen, im Notfall auf euch Kinder achtzugeben. Darum bin ich auch bereit, dir eine weitere Chance zu geben, kleine Kaida. Aber glaube ja nicht, dass du mir deshalb auf der Nase rumtanzen kannst – denn wenn es mir reicht, reiße ich Jace für deinen Ungehorsam die Flügel aus.«

Wütend mahlte Kaida mit ihrem Kiefer. Jace war nicht hier, sie konnte nicht sicherstellen, dass der Hexer seine Drohungen nicht bereits umgesetzt hatte. Ihr Herz begann so laut zu pochen, dass sie die dumpfen Schläge in ihren Ohren hörte. Sie erinnerte sich an ihren Aufenthalt auf dem Schiff zurück, kurz nach ihrer Entführung. Jace hatte ihr damals erzählt, dass auch

Nox früher einmal prächtige Flügel auf dem Rücken getragen hatte – bis sie ihm schmerzhaft ausgerissen worden waren.

Die Magie in ihrem Körper begann zu pulsieren, die Geschichte ihre Eltern zu verblassen. Kaida wusste, dass sie die Vergangenheit nicht ungeschehen machen konnte. Viel grausamer als der Gedanke, dass Oberon ihre Eltern als Paradebeispiel dafür genutzt hatte, um eine eigene Armee heranzuziehen, fand sie den Gedanken daran, wie Jace gerade auf einer Folterbank gespannt um seine Flügel bettelte.

»Wo ist er?«, presste sie zwischen zusammengebissenen Zähnen hervor und versuchte das Bild aus ihrem Kopf zu verbannen.

»Dein Prinzlein?«, fragte Nero amüsiert. »Nun, Callum und ich sind zu dem Entschluss gekommen, dass wir euch beide doch nicht zusammenlassen können. Ich brauche dich für meinen Krieg, Kaida. Deine Gabe ist so mächtig, dass sie mir einen großen Vorteil im Kampf gegen Oberon verschaffen wird. Auch er kann seine Gabe ohne Körperkontakt einsetzen, aber wenn wir es richtig anstellen, kannst du seiner Magie trotzen und ihn mit deiner eigenen Kraft besiegen. Klingt das nicht verlockend? Das ist doch genau das, was du immer wolltest – das Gefühl nach Selbstbestimmtheit und Rache an den Spitzohren ... Beides ist zum Greifen nah.«

»Mag ja sein, aber du kannst vergessen, dass ich jemals wieder einem deiner Befehle gehorchen werde.« Kaida schwieg einen Moment und blickte nachdenklich auf ihre kribbelnden Fingerspitzen hinab, in denen die Magie nur darauf wartete, freigelassen zu werden. Ihr schwebte schon länger etwas im Kopf herum, das sie Nero im Tausch für ihre Freiheit anbieten könnte. Der einzige Grund, weshalb sie es noch nicht angesprochen hatte, war Jace – genauer gesagt seine Familie. Doch so langsam gingen ihr die Alternativen aus ...

Als sie ihren Blick wieder hob, trafen ihre Augen direkt auf die roten Kohlen im Gesicht des Hexers. Er grinste selbstsicher. Wahrscheinlich richtete er sich gedanklich bereits in Oberons Gemächern ein. Erneut blitzte ein Bild des leidenden Jace' vor Kaidas innerem Auge auf. Stumm ballte sie ihre Hände zu Fäusten. Er würde sie für ihre nächsten Worte hassen, doch ihr blieb keine andere Wahl ...

»Ich habe ein anderes Angebot an dich.«

Interessiert neigte Nero den Kopf. »Ach ja?«

»Wir beide wissen, dass ich dich verachte«, begann sie ehrlich, »aber wir wissen auch, dass ich Oberon nicht wirklich lieber habe. Ich habe das Elend dieser Welt viel zu lange beobachtet, die ganze Sache macht mich einfach nur noch müde. Darum werde ich nicht in deinen Krieg ziehen – aber auch nicht in seinen. Gib mir Jace und einen magischen Schwur darauf, dass du uns von nun an in Ruhe lassen wirst, und ich werde mich aus den Geschehnissen dieser Welt heraushalten. Der Palast, die Hauptstadt, die Lebewesen dieses Landes –« Kaida schluckte schwer, als plötzlich die Gesichter von Nia, Nox und Jace' anderen Freunden in ihrem Kopf auftauchten. Ihre Schicksale wären ohne seine und ihre Hilfe besiegelt, niemand würde sie mehr retten können. Und dennoch – ihr blieb keine andere Wahl, wenn sie wenigstens den Prinzen in Sicherheit wissen wollte. »Der Palast, die Hauptstadt ... du kannst sie haben. Du kannst *alles* haben, Nero. Es kümmert mich nicht mehr.«

Der Hexer schnaubte reserviert und schüttelte ungläubig den Kopf. »Du würdest mir also Jace' Familie überlassen? Die wenigen Liebsten, die dem armen Jungen geblieben sind?«

Kaida wollte ihm antworten, doch ihre Lippen waren wie versiegelt. Die Worte auf ihrer Zunge, die so bitter nach Verrat schmeckten, dass ihr bereits übel wurde, wollten Kaida einfach nicht über die Lippen gleiten. Stattdessen nickte sie nur knapp, wobei das Gewicht ihrer Schuld schwer auf ihrem Nacken und ihren Schultern lastete. Jace wäre furchtbar enttäuscht von ihr.

Ein hämisches Glucksen stieg aus der Kehle des Hexers auf. Er legte seinen Kopf in den Nacken und brach in lautes Gelächter aus. Kaida hatte ihn in all den Jahren noch nie so herzhaft lachen hören. Als er sich wieder aufrichtete, rieb er sich glucksend über die Augen. »Ach, Kaida, da sieht man es mal wieder: Wer sich auf dich verlässt, *ist* verlassen. Ich muss sagen, dass es mich schon fast ein wenig mit Stolz erfüllt zu sehen, wie du aus deinen eigenen Motiven heraus über Leben und Tod bestimmst und deine Loyalität wechselst wie andere ihre Kleidung. Herrlich amüsant! Du bist eben doch meine Tochter.«

Die letzten Worte bohrten sich wie Messerstiche in Kaidas Herz und brachten es ins Stolpern. Hatte Nero recht? War sie ihm vielleicht wirklich ähnlicher, als sie sich eingestehen wollte? Ihre Augen begannen zu brennen. Jace würde sie abgrundtief hassen, sollte er jemals von dem hier erfahren. Das quälende Gefühl von Schuld drohte ihr Herz von innen heraus zu zerfressen, ähnlich wie Würmer einen faulen Apfel.

»Na, Kindchen, wie fühlt es sich an, die eigenen Prinzipien zu verraten? Ich kann dir versprechen, dass der Krieg kommen wird – früher, als euch allen lieb ist – und ich nicht ein einziges Häuschen in der Hauptstadt stehen lassen werde, wenn ich mit meiner Armee über euch hereinfalle. Wie dir sicherlich aufgefallen ist, ist meine physische Verfassung alles andere als gut ... die Erschaffung meiner Kämpfer kostet mich all meine Energie. Du weißt, was für ein grausamer Krieg uns bevorsteht, darum willst du dir dein Prinzchen schnappen und fliehen, wie du es schon dein ganzes Leben lang getan hast. Aber ich werde dich nicht gehen lassen. *Nie. Wieder.*«

Rasender Hass begann in Kaidas Adern zu kochen. Die Aussichtslosigkeit ihrer Lage setzte ihr schwer zu, doch wie so oft gelang es ihrer Wut, die Angst und Furcht in ihrem Herzen zu überschatten. Kaida ließ es zu; ließ zu, wie die kochenden Flammen des Hasses bis in die kleinsten Teile ihres Körpers vordrangen; ließ zu, wie sie den Kessel ihrer Magie zum Kochen brachten. Sie tastete nach ihren Magiefäden und wob sie um ihre Finger, hoffentlich unsichtbar für Nero, aber gut sichtbar für sich selbst. Und dann ließ sie der Gewalt freien Lauf.

Die Magiefäden preschten wie ein glühendes Lasso auf den Hexer zu. Schützend hob er seine Hände vor den Körper und sprang von der Bettkante auf. Kaida konnte sehen, wie schwarze Nebelwolken um seine hageren Handgelenke kreisten und versuchten ihre Fäden von seinem Körper fernzuhalten. Ein ohrenbetäubender Knall, so laut, als hätte eine Armee mit dem Beschuss der Schwarzen Festung begonnen, zerriss Kaida beinah das Trommelfell. Sie schrie, zuerst vor Schreck und dann vor Schmerz, als die kalte Magie des Hexers auf ihre eigene Gabe traf. Ihre Kräfte rangen miteinander wie zwei angeschossene Raubvögel im Sturzflug. Auch Neros Schreie zerfetzten die Luft.

Kaidas Rücken krümmte sich durch die enorme Spannung in ihrem Körper, ihre Muskeln brannten wie Brennnesseln. Die Magiefäden drückten mit aller Kraft gegen die Schatten des Hexers. Und dann spürte Kaida es – ein penetrantes Stechen hinter ihrer Schläfe. Der leichte Schmerz wandelte sich schnell zu immer stärker werdenden Kopfschmerzen. Ihr ganzer Schädel begann zu pochen, als würde man ihn kontinuierlich gegen eine Wand schlagen. Zwar konnte Kaida das laute Knistern der aufeinandertreffenden Magie immer noch deutlich hören, doch gleichzeitig spürte sie auch, wie ihr Körper langsam erschlaffte. In der Luft hing ein schwerer Geruch nach verbranntem Fleisch, Schweiß und Erschöpfung.

»Na, Kaida, machst du etwa schon schlapp?«, höhnte der Hexer, doch zu ihrer Erleichterung hörte Kaida, dass auch seine Stimme angeschlagen klang. Sie wusste, dass dieser Kampf nur durch die Ausdauer entschieden werden würde, die sie einander entgegenzusetzen hatten; denn kräftemäßig nahmen sie einander gar nichts.

»Nein, du etwa?«, rief sie zwischen zusammengebissenen Zähnen zurück. Zur Antwort verstärkte sich der Druck gegen ihre Gabe und zwang sie dazu, sich mit einem Arm auf dem Bettgestell abzustützen. Ächzend versuchte sie sich auf ihre Magie zu konzentrieren, die wie wild von innen gegen ihren Körper schlug. Vor Schmerzen sackte sie immer weiter in sich zusammen, bis sie wie ein Häufchen Elend an der Bettkante kauerte. Die wenigen Magiefäden, die sich der Nebel des Hexers noch nicht einverleibt hatte, zogen sich langsam in ihren geschundenen Körper zurück.

Kaidas Magie war restlos aufgebraucht. Auch wenn sie sich nach wie vor nicht so gut mit Gaben auskannte, war sie sich sicher, dass ihr Körper sich selbst zerstören würde, sollte sie auch nur einen einzigen Magiestrang erneut nach dem Hexer ausstrecken. Über die Bettkante hinweg erkannte sie zwischen den schweißnassen Haarsträhnen, wie sich Nero ebenfalls zu Boden sinken ließ. Sein Atem klang rasselnd und seine Gestalt wirkte schmaler als noch zuvor. Nicht einmal er würde leugnen können, dass Kaidas Magie ihm ordentlich zugesetzt hatte. Wie gern hätte sie sich jetzt aufgerappelt, wäre zu ihm hinübergelaufen und hätte ihn ein für alle Mal einen Kopf kürzer gemacht … einen Riegel vor ihre Vergangenheit geschoben, Jace in Sicherheit gebracht und ganz nebenbei die Welt gerettet. Doch als sie vorsichtig in ihren Körper hineinhorchte, war da nichts als brennender Schmerz. Ihre Beine würden sie nicht einen einzigen Schritt weit tragen können, ganz zu schweigen davon, dass sie den Hexer mit bloßen Händen hätte töten müssen. Sie war sich sicher, dass sie mit ihren zitternden schweißnassen Fingern niemanden mehr erwürgen könnte …

»Deine Gabe ist mächtiger, als ich mir je erträumt hätte«, hörte sie Nero schnaufend sagen. »Du bist meine Geheimwaffe, Kaida! Mit dir an meiner Seite werde ich mir den Thron einverleiben und Oberon ein für alle Mal –«

»Habe ich dich am Kopf getroffen?«, unterbrach sie ihn spöttisch, wobei auch ihre Stimme zittrig und rasselnd klang. »Ich habe gerade versucht dich umzubringen … und ich werde es wieder tun. Immer und immer wieder, bis ich alles Leben, oder was auch immer da noch in deinen vertrockneten Adern fließt, aus dir herausgepresst habe wie aus einer überreifen Beere.«

»Meinst du?«, erwiderte der Hexer lachend. »Und was wird dann aus deinem Prinzlein, Kaida? Bist du bereit, sein Leben zu opfern, damit du deine persönliche Rache genießen kannst? Du wirst mich nicht töten können, dummes Mädchen, ich bin zu mächtig für dich. Ab heute werde ich immer Callum dabeihaben, der mich im Kampf gegen dich unterstützen wird, solltest du noch einmal wagen, so aufmüpfig zu sein. Und weißt du, was ich dann mit deinem Prinzen mache?«

Als er seine zitternde knochige Hand in Richtung seiner Manteltasche bewegte, keimte eine böse Vorahnung in Kaida auf. Mit einem Mal wurde ihr speiübel. »Für jedes freche Wort, jede unangebrachte Handlung, werde ich deinen Liebhaber mehr verletzen. Ich werde ihn so lange foltern und kleine Andenken daran für dich aufbewahren, bis du ihn selbst wieder zusammenpuzzeln kannst. Hier, sieh nur: Den Anfang habe ich bereits gemacht.« Als er das kleine Stück feiner Membran aus seiner Manteltasche zog, welches im Licht des Mondes bläulich schimmerte, musste sich Kaida wirklich übergeben. Hustend und würgend beugte sie sich vor und entleerte ihren Mageninhalt neben die Füße des Bettes.

»Das werde ich dir heimzahlen, Nero«, knurrte sie hasserfüllt, »jeden Kratzer, den du ihm zufügst, werde ich rächen. Und selbst wenn wir beide am Ende dabei umkommen sollten – dich zu töten kann gern das Letzte sein, was ich tue.«

Grinsend rappelte sich Nero auf und klopfte mit seinem Handrücken leise gegen die Holztür, die kurz darauf aufgeworfen wurde. Schattenfresser reckten ihre langen Hälse in den Raum hinein und fixierten Kaida mit ihren leblosen Augen.

»Die Wette gilt, Kaida«, höhnte Nero, ehe er sich von zwei der Kreaturen stützen ließ. »Mal sehen, wer von uns beiden scheitern wird. Ruh dich jetzt aus, von mir aus auch in deinem eigenen Erbrochenen – meine Gastfreundschaft ist hiermit beendet.«

Ein eisiger Schauer jagte über Kaidas Rücken. Sie konnte nur inständig hoffen, dass Nero seinen Groll ihr gegenüber nicht an Jace auslassen würde. Bei dem bloßen Gedanken daran, wie Nero wohl das Stück Membran erlangt hatte, begannen Kaidas Schulterblätter zu brennen. Am liebsten hätte sie sich auf dem Boden gewunden, an ihren Haaren gerissen und sich die Seele aus dem Leib geschrien, doch sie wusste, dass sie selbst dieses letzte kleine bisschen Selbstachtung nicht vor Neros Augen verlieren durfte. Sie musste all die Wut, all den Schmerz und all den Hass bündeln und tief in ihrem Herzen verschließen, denn diese Emotionen würde sie brauchen, wenn sie ihren nächsten, wenn nicht sogar letzten Anschlag auf den Hexer verüben würde. Vielleicht dachte Nero, er hätte sie gebrochen – doch da irrte er sich gewaltig. Dieser Mistkerl wollte wissen, was für ein Monster er im Schatten seiner Festung herangezogen hatte? Bitte. Kaida würde es ihm nur allzu gern zeigen.

Kapitel 24

Kaidas Körper funktionierte. Jeden Morgen schaffte er es, sich irgendwie aus dem Bett zu hieven und hinaus zu den Schattenfressern zu gehen, die sie auf ihrem täglichen Weg durch die Festung begleiteten. Es gelang ihm, das Training durchzustehen, all die Schmerzen und die Qualen, ehe er Kaida bei Einbruch der Nacht wieder in ihr Zimmer zurücktrug und seine Arbeit für beendet erklärte. Schlaff lag sie dann in ihrem Bett und starrte an die Decke, ließ ihre Gedanken zu Jace abschweifen und malte sich aus, wie Nero an seinen zerbrechlichen Flügeln zog. Obwohl sie seine Schmerzensschreie noch nie gehört hatte, hallten sie grausam real in ihrem Kopf wider. Kaida sah die dunklen Schatten auf seiner Haut, die leeren Augen ... konnte fühlen, wie er in den kalten Steingemäuern unter der Festung fror. Ihr Körper funktionierte – ihr Geist tat es nicht.

Als sie eines Morgens die Augen aufschlug, warf sie wie gewohnt einen leeren Blick auf die Wand neben der Tür. Dutzende Striche, die sie mit den Resten der Kaminkohle an die Wand gezeichnet hatte, höhnten ihr entgegen. Als ihre Augen erkannten, dass sie heute einen weiteren 20er-Block beenden würde, begann ihr Herz aus seinem Tiefschlaf zu erwachen. Holprig schlug es gegen ihren Brustkorb, war es in den letzten Tagen doch fast stillgestanden.

Auch ihr Körper hatte es plötzlich eiliger als sonst in die Rüstung zu steigen, die Nero ihr stets zum Training bereitlegte. Mit zitternden Fingern griff Kaida nach dem Stück Kohle, welches auf dem Sims des Kamins lag, und zeichnete den zwanzigsten Strich in die fünfte Reihe.

Als sie die Tür aufriss und auf den Flur trat, richteten sich zahlreiche Augen auf ihr Gesicht. Die Schattenfresser hatten heute große Mühe damit, ihren raschen Schritten durch die Flure zu folgen. Kaida fand den Weg zu Neros Arbeitszimmer auch allein, schließlich hatte er sie als Kind oft hierher befohlen. Als sie die Tür aufriss und in das geräumige Zimmer trat, fiel ihr eine immense Last von der Brust.

Ohne auf Nero und Callum zu achten, die sich hinter dem Schreibtisch aufgebaut hatten, rannte sie auf den Mann mit den grauen Augen zu. Sie warf sich so schwungvoll um seine Mitte, dass sein Körper ein wenig zurücktaumelte. Seine Arme legten sich sanft um ihre Taille. Sofort bemerkte sie, dass Jace schon wieder dünner geworden war. Sie lehnte sich ein Stückchen zurück und schaute zu ihm auf, während sie ihren Handrücken behutsam über seine Wange gleiten ließ.

»Hallo, Schneeflöckchen«, murmelte sie, die Stimme kratzig und ungeübt. Kaida konnte sich nicht daran erinnern, wann sie ihre Lippen zum letzten Mal zum Sprechen benutzt hatte.

»Hallo, Kleines«, antwortete er lächelnd. Auch seine Stimme klang rauer als sonst. Zwar wirkte sein Lächeln echt, doch die dunklen Schatten unter seinen Augen sorgten trotzdem dafür, dass sich Kaidas Herz zusammenzog.

»Wie geht es dir?«, fragte sie zaghaft, obwohl sie bereits wusste, dass Jace ihr sowieso nichts Negatives erzählen würde. »Alles gut, Kaida, mach dir um mich keine Sorgen. Noch sind meine Flügel dran. Hast du deine Gabe schon besser im Griff?« Sie nickte knapp. Bei dem Gedanken an die zahlreichen Trainingseinheiten, zu denen Nero sie gezwungen hatte, erstarb das Lächeln auf ihren Lippen. Sie hatte mittlerweile aufgehört zu zählen, wie oft sie durch die Kraft seiner Magie gegen Wände geschleudert worden war oder die Kontrolle über ihre Gabe verloren und sich dabei selbst verletzt hatte. Sie redete sich ein, dass nur das Endergebnis zählte – und das konnte sich tatsächlich sehen lassen.

»Es wird immer besser«, antwortete sie schließlich und nickte heftig mit dem Kopf. »Ich kann nun viel genauer einschätzen, wie lange ich meine Magie unter Kontrolle halten kann und wann der Punkt erreicht ist, an dem ich lieber aufhören sollte.«

»Welch wunderbarer Fortschritt, nicht wahr, Jace?«, höhnte Callum. »Ist dir eigentlich bewusst, dass sie genau diese neu gelernten Fähigkeiten anwenden wird, um deinen Vater zu bekämpfen?«

»Ich hoffe ja noch darauf, dass sie vorher dich umbringen wird«, erwiderte Jace herausfordernd. Callum schnaubte verächtlich und kam langsam auf die beiden zugeschlendert. Kaida spürte, wie sich der Griff des Prinzen um ihre Mitte verstärkte und er ihren Körper fester an sich drückte.

»Halt dich fern von uns, Callum«, warnte sie ihren Bruder bedrohlich ruhig. Sie hatte immer noch nicht vor, ihn umzubringen, doch wenn er Jace zu nahe kommen sollte ...

»Beruhige dich, Kaida, ich will ihn dir nicht wegnehmen. Das Spitzohr kannst du gern behalten.« Augenblicklich zuckte Kaidas Blick zu Callums Ohren hinüber, doch unter den roten Haarsträhnen konnte sie die Spitzen nicht ausmachen. Plötzlich bemerkte sie, dass ihr Bruder seine Hand nach Jace ausstreckte. Blitzschnell schossen ihre eigenen Finger nach vorn und schlugen ihm heftig auf den Handrücken.

»Spinnst du?«, fuhr sie ihn aufgebracht an, doch Callum legte nur lachend den Kopf in den Nacken.

»Wie niedlich. Hast du mir nicht eben noch mit dem Tod gedroht, sollte ich deinen geliebten Prinzen anfassen?«, fragte er spöttisch. Kaida presste ihre Lippen aufeinander und ballte ihre Hände zu Fäusten.

»Das reicht jetzt«, verkündete Nero leise. »Genug geplaudert, Jace und Callum haben sicherlich auch noch einiges zu bereden.« Er machte eine Handbewegung, woraufhin mehrere Schattenfresser vorsichtig an Jace herantraten.

Sofort griff Kaida nach seinen Händen und hielt sie fest, während sie ihm eindringlich in die Augen sah. Er neigte kaum merklich den Kopf, unwissend, was sie im Schilde führte. Mit einem Mal spürte sie, wie Callum noch näher an sie herantrat.

Als er sprach, war seine Stimme so leise, dass nur sie ihn hören konnte. »Lass es, Kaida«, zischte er, »das wird nicht funktionieren.«

Sie schluckte trocken. Ihr Magen zog sich zusammen, während sie unsicher zwischen ihrem Bruder und Jace hin und her sah. Sie konnte den Prinzen nicht schon wieder gehen lassen und so tun, als wäre sie mit Neros Methoden einverstanden. In all der Zeit, die sie nun schon in seiner Gefangenschaft lebte, hatte sie sich artig an die Regeln gehalten; doch nun hatte sie das Gefühl, dass ihr Körper und ihr Geist endlich trainiert genug waren, um den irrwitzigen Plan umzusetzen, der sich vor mehreren Nächten in ihren Kopf gebrannt hatte. Wenn sie es nur schaffen würde, Nero und Callum für kurze Zeit auszuschalten, könnten sie vielleicht –

»Was soll das werden?«, unterbrach Neros misstrauische Stimme ihre Gedanken. Kaida hörte, wie seine Schritte langsam näher kamen. Ihr Herzschlag beschleunigte sich und ihre Nervosität führte dazu, dass es ihr zunehmend schwerer fiel, das Pulsieren ihrer Macht unter Kontrolle zu halten. Die Magie rebellierte gegen ihre Kraft, versuchte, aus den unsichtbaren Schranken auszubrechen.

»Kaida ist sicherlich nur etwas müde, darum schaut sie so konzentriert«, erklärte Callum ruhig und trat einen Schritt von seiner Schwester zurück. »Wir sollten Jace das Serum verabreichen, damit unser Prinzlein wieder in seiner Traumwelt verschwinden kann.«

»Ich möchte, dass Jace weiterhin bei mir bleibt«, forderte Kaida und sah dem Hexer direkt in die glühenden Augen.

»Und warum sollte ich dir diesen Wunsch erfüllen, Kindchen?«

»Weil ich dir bisher sehr gehorsam war.«

»Richtig«, stimmte Nero ihr zu und nickte bekräftigend, »aber du verwechselst gerade Ursache und Wirkung. Wäre Jace die ganze Zeit über an deiner Seite gewesen, würdest du mir längst auf der Nase herumtanzen. Außerdem ist dein Liebhaber der Sohn des Fae-Königs und ich wette mit dir, dass er entgegen seiner eigenen Behauptung jede Menge Geheimnisse seines Volkes bewahrt.«

Aus dem Augenwinkel beobachtete Kaida, wie sich ein Schattenfresser noch näher an Jace anpirschte und seinen knochigen Arm hob. Als eine Klinge zwischen seinen Fingern aufblitzte, feuerte Kaida sofort einen Magiefaden auf ihn ab. Ihre Gabe traf ihn so heftig, dass er quer durch den Raum flog.

Eine Fensterscheibe klirrte, kurz darauf wehte kalte Luft zu ihnen und wirbelte die losen Papiere auf dem Schreibtisch auf. Der Schattenfresser war verschwunden.

Ohne Vorwarnung beschwor nun auch Nero seine Magie herauf und schickte dunkle Nebelschwaden in Kaidas Richtung. Ruckartig ließ sie Jace los, schob sich vor ihn und ihren Bruder und streckte schützend eine Hand vor ihrem Körper aus, um die Magie des Hexers abzublocken. Ein lautes Knistern und der Gestank nach verkohltem Laub erfüllten den Raum, als ihre Gaben aufeinandertrafen.

»Du störrisches Weib«, rief Nero ihr wütend zu, »immer musst du versuchen, dich mit mir zu messen. Gib auf, vielleicht lasse ich dann Gnade mit deinem Prinzen walten.«

»Das wirst du sowieso«, entgegnete Kaida genauso grimmig, »schließlich bist du an seinem Wissen über die Fae interessiert.«

»Dein Leben ist kostbarer als seines!«

»Du wirst mein Leben verlieren, wenn du seines beendest!«

Knurrend erhöht der Hexer den Druck, den seine Magie auf Kaida ausübte. »Wer hat denn gesagt, dass ich deinen Liebhaber *umbringen* will? Ich werde ihm seine hübschen Flügel ausreißen und über dein Bett hängen!«

Wie aus dem Nichts tauchte ein Schatten auf und flog an Kaidas Kopf vorbei auf den Hexenmeister zu. Eine Vase aus teurer Keramik zersprang an Neros Schulter und ließ ihn vor Schmerzen aufheulen. Als Kaida einen Blick nach hinten über ihre Schulter riskierte, sah sie, wie Jace einen Brieföffner aus einem der Wandregale hervorzog und auf den Hexer zielte. Hastig wendete sie ihren Blick wieder nach vorn.

»Callum«, krächzte Nero wütend, »unternimm gefälligst etwas! Wenn du zu schwach bist, um deine Schwester anzugreifen, dann halte mir wenigstens Jace vom Leib!«

»Wage es ja nicht«, rief Kaida ihm ebenfalls zu. Sie wollte sich nach ihrem Bruder umsehen, doch ihre Magie forderte ihre gesamte Aufmerksamkeit. Als Nero erneut den Druck seiner Gabe erhöhte, wurde Kaidas Körper von einer solchen Wucht erfasst, dass sie beinah das Gleichgewicht verloren hätte. Sie torkelte nach hinten und versuchte der Kraft des Hexers standzuhalten, doch ihre Knie gaben immer mehr nach. Ihr ganzer Körper wurde von einem starken Zittern erfasst und Schweißperlen bildeten sich auf ihrer Stirn. Sie sah, wie Jace einen Schritt auf den Hexer zumachte und den schweren Brieföffner nach ihm warf, doch im letzten Moment tauchte Callum neben Nero auf und fing den Brieföffner in der Luft auf. »Ich werde dich im Anschluss an diesen Kampf so lange quälen, bis du vor Schmerzen deinen eigenen Namen vergisst, Kaida!«, fauchte der alte Mann.

Ruckartig drehte Callum seinen Kopf in Neros Richtung. »Du hast mir versprochen, dass du vorsichtig mit ihr umgehen wirst.«

»Glaubst du wirklich, dass ich auf dieses Biest noch Rücksicht nehmen werde, wenn *das hier* vorbei ist?«, schrie Nero zurück. »Meine Geduld ist am Ende! Es ist mir egal, in welchem seelischen Zustand sie die Hauptstadt erreichen wird. Hauptsache, sie kann ihre Magie noch gegen Oberon einsetzen.«

»Aber wenn sie sich jetzt ergibt, können wir sie doch mit einem blauen Auge davonkommen lassen, oder«, versuchte Callum einzulenken, doch der Hexer schnaubte nur abfällig.

»Ich lasse sie erst gehen, wenn ich jeden einzelnen Knochen ihres Leibes zersplittert habe. Willst du mal sehen, wie mächtig meine Dunkle Magie ist, Kaida? Du bist doch sonst immer so neugierig!«

Kaum hatte er es ausgesprochen, brach eine weitere Welle aus schwarzen Nebelschwaden über Kaida hinein. Mit aller Kraft versuchte sie ihre Magiefäden wie ein schützendes Netz vor ihren Körper aufzuspannen, doch die Macht des Hexers war einfach zu stark. Wie hatte sie sich auch nur einen Moment lang einbilden können, dass sie ihm ansatzweise ebenwürdig war? Nachdenklich betrachtete sie die Nebelschwaden. Ob sie seine Magie vielleicht manipulieren könnte? Einen Versuch war es in Anbetracht ihrer Lage sicherlich wert ... Angestrengt fokussierte sie den Nebel und stellte sich vor, wie sie die Rauchwolken wieder zurückdrängte. Für einen kurzen Moment bildete sie sich tatsächlich ein, dass das Wabern von ihr zurückwich, doch gerade als sie erleichtert durchatmen wollte, brach die Dunkle Magie wie eine Sturmflut über sie herein. Diesmal gelang es ihr nicht, ihr Netz aus

Fäden aufrecht zu erhalten. Panik brach in ihr aus, als sie plötzlich spürte, wie etwas ungefragt in ihren Körper eindrang. Es dauerte einen Augenblick, ehe sie realisierte, dass dieses *Etwas* die Magie des Hexers war, die sich rasend schnell durch ihren Körper fraß und wie Lehm in ihren Adern klebte.

»Jace, ich glaube, seine Magie ist –«

Doch weiter kam sie nicht, denn der Zauber in ihren Adern begann zu brennen wie glühende Kohle und der Schmerz schnürte ihr die Luft ab. Kaida schrie und versuchte mit aller Kraft die Magie irgendwie wieder aus ihrem Körper zu bekommen, doch sie hatte keine Chance …

»Verstehst du jetzt, Närrin?«, höhnte Nero. »Ich bin ein Hexer, ein Meister der Dunklen Magie! Eigentlich hätte selbst dir aufgehen müssen, dass du niemals die Macht besessen hättest, meinen Zauber zu kontrollieren. Aber so hast du dir den Feind sprichwörtlich ins Haus geholt, Kaida … Und nun sieh zu, wie der ungebetene Gast es in Flammen setzt!«

»Nero, nein!« Callums Schrei klang so verzweifelt, dass sich Kaidas Herz zusammenzog.

Während sie langsam auf ihre Knie sank, beobachtete sie, wie Jace plötzlich hinter dem Hexer auftauchte und auf ihn zuschlich. Sie hatte gar nicht gemerkt, dass er sie umrundet hatte. Auch Nero und Callum schienen ihn noch nicht bemerkt zu haben, denn niemand drehte sich nach ihm um, als er bereits seine Hände nach dem Hexer ausstreckte.

Kaida spürte schon so etwas wie Hoffnung in sich aufkeimen, als ihr wieder einfiel, was Neros Fluch bei der ersten Berührung mit Jace angestellt hatte. Wie auch bei seinen Schattenfressern konnte Nero Schwarze Magie manipulieren, die im Körper eines anderen wanderte … also auch die, die in Jace' Adern floss!

Am liebsten hätte Kaida ihn angeschrien, doch dadurch würde sie auch Neros Aufmerksamkeit auf den Prinzen lenken. In ihrer Not blickte sie panisch zu ihrem Bruder hinüber, der ihren Blick stirnrunzelnd auffing. Unwohl sah er sich in dem Zimmer um, reckte seinen Hals … Dann weiteten sich seine Augen und er fuhr herum. Als sein Blick auf Jace traf, schien sein

Körper kurzzeitig zu Eis zu erstarren. Dann griff er blitzschnell nach einem Stuhl und drückte ihn gegen Jace' Oberkörper, um ihn vom Hexer fernzuhalten. Verwirrt sah der Fae ihn an, während Callum wild gestikulierte.

»Ich habe keine Lust mehr auf deine Spielchen, Kaida!«, rief Nero mit hassgetränkter Stimme und zwang Kaida somit dazu, ihre Aufmerksamkeit von ihrem Bruder und Jace abzuwenden. Der Druck auf ihre Magie wuchs stetig an. Sie konnte förmlich hören, wie ihre Knochen unter dem hohen Gewicht ächzten. Lange würde sie das hier nicht mehr aushalten können.

»Es reicht, Nero!«, mischte sich Callum ein.

»Es reicht erst, wenn sie wimmernd und schluchzend am Boden liegt!«, drang Neros Stimme dumpf durch das Chaos. Am liebsten hätte Kaida ihm gesagt, dass er diesen Zustand schon längst erreicht hatte, als sie spürte, wie ihre Magiefäden den Kampf aufgaben und kraftlos zu Boden fielen.

Als die Schwarze Magie in ihrem gesamten Ausmaß auf Kaidas Körper traf, schien sie zu explodieren. Ihr Sichtfeld verschwamm und sie wurde von einem heftigen Schwindelanfall erfasst, der sie wie ein angeschossenes Reh zur Seite fallen ließ. Ihre Finger krallten sich in den weichen Teppich unter ihren Handflächen. Nero würde sie umbringen. Kaida wusste es.

Plötzlich zerriss ein weiterer dumpfer Knall die Luft. Augenblicklich riss der Strudel an Magie um Kaida herum ab. Das Brennen des Zaubers, auch das Pulsieren und der Druck auf ihre Knochen verschwand. Ihre Wange strich über den weichen Teppich, während sie mühsam den Kopf hob und nach Nero Ausschau hielt. Verwirrt blinzelte sie. War sie etwa doch schon gestorben und bildete sich das alles nur ein? Oder standen Jace und Callum wirklich nebeneinander und warfen sich verschwörerische Blick zu, während der Prinz die schwere, gusseiserne Buchstütze in seiner Hand sinken ließ? »Was ... was habt ihr ...?«

»Shhh ... nicht bewegen, Kaida«, erklärte Callum und gestikulierte besänftigend mit seinen Händen in der Luft herum. Jace warf die Buchstütze währenddessen achtlos beiseite, die daraufhin mit einem lauten Knall auf dem Fußboden landete, und eilte auf Kaida zu. Behutsam schob er eine Hand unter ihren Kopf und die andere unter ihren Oberkörper, um sie aufzurichten. Ihr

Körper war so kraftlos, dass sie in seinen Armen zusammensackte. Hätte sie sich nicht gegen Jace lehnen können, wäre Kaida sicherlich erneut mit dem Gesicht auf dem Teppich gelandet. Als er sie langsam hochhob, begannen ihre Augenlider unruhig zu flackern.

»Was habt ihr vor?«, nuschelte sie unverständlich. Callums Gesicht tauchte kurz in ihrem Sichtfeld auf, ehe er einen leichten Stoff über ihren Körper legte. Die Dunkelheit gefiel ihr gar nicht.

»Du musst dir ebenfalls einen Mantel anziehen, Jace«, hörte sie die gedämpfte Stimme ihres Bruders.

»Sehr witzig, wo ich doch gerade so viele Hände freihabe.«

»Gut, dann halt eben still, ich werfe dir einen über.«

Kaida konnte das Rascheln von Stoff hören, dann setzte sich Jace plötzlich mit ihr auf dem Arm in Bewegung. »Ich werde euch hier rausschleusen«, hörte sie Callum leise erklären, »macht bloß keinen Mucks!«

»Aber ... aber Nero wird dich umbringen!«, keuchte Kaida entsetzt.

»Keine Sorge, Schwesterherz. Du kannst es gerade nicht sehen, aber Nero mach nicht gerade den Eindruck, als würde er so schnell wieder zu Bewusstsein kommen ... Außerdem bin ich ebenfalls vermummt und die Schattenfresser halten sich aktuell in den unteren Ebenen auf, die Luft sollte rein sein – zumindest wenn wir die richtigen Gänge benutzen. Kommt jetzt, wir dürfen keine Zeit verlieren.«

Während die beiden Männer mit ihr durch die geheimen Flure der Festung huschten, driftete Kaidas Geist immer wieder ab. Zeitweise verlor sie sogar das Bewusstsein und schreckte dann wieder japsend auf. Sie konnte nicht sehen, wo sie entlangliefen, also konzentrierte sie sich stattdessen auf die Gerüche um sie herum, die immer kälter werdende Luft und die leisen Schritte auf dem Steinboden.

»Hinter dieser Tür liegt ein weiterer Gang, der euch direkt in den Pferdestall bringen wird. Nehmt irgendeines der Tiere, sie sind alle gut trainiert und gehorsam. Das nächste Dorf liegt ziemlich weit östlich, ihr werden wohl mindestens einen Tagesritt brauchen.« Callums Stimme klang ruhig, doch Kaida konnte ihm die Nervosität dennoch anmerken.

»Was hast du vor, Callum?«, fragte sie besorgt und versuchte sich von dem Stoff zu befreien, doch jemand zog ihn sofort wieder an Ort und Stelle.

»Mach dir um mich keine Sorgen, ich werde mir schon eine gute Ausrede einfallen lassen. Sieh lieber zu, dass du dich nicht noch einmal schnappen lässt. Das Gleiche gilt übrigens auch für deinen Prinzen.«

»Aber ... aber wieso hilfst du uns auf einmal?«

Durch den Stoff über ihrem Kopf konnte sie spüren, wie ihr jemand sanft die Stirn tätschelte.

»Ach, Schwesterherz, hast du wirklich geglaubt, dass ich dich im Stich lassen würde?«

»Hm, du meinst, nachdem du mich mehrmals verraten, deine Hand gegen mich erhoben und mich in die Festung verschleppt hast? Ehrlich gesagt, ja.«

Er schnaubte leise. »Zugegeben, ich habe es dir nicht leicht gemacht, mir zu vertrauen. Meine Loyalität gilt zwar noch immer dem Hexer, aber dein Wohl stand und steht für mich an erster Stelle, Kaida. *Immer.* Darum habe ich dich ja auch gerade gerettet.«

»Pff, du meinst wohl eher, dass du dabei zugesehen hast, während *ich* sie gerettet habe«, mischte sich Jace spöttisch ein. Erneut drang ein genervtes Schnauben aus Callums Kehle. Kaida konnte förmlich sehen, wie er die Augen verdrehte.

»Gut, dann habe ich eben nur zugelassen, dass du Nero eins überbraten konntest – das läuft aber auf das Gleiche hinaus, Spitzohr. Weißt du noch, worüber wir beide im Kerker gesprochen haben?«

Neugierig neigte Kaida den Kopf. Nur zu gern hätte sie gewusst, worauf ihr Bruder gerade anspielte, doch Jace kam ihr zuvor.

»Natürlich ... aber ich denke, in dieser Hinsicht ist alles Wichtige gesagt. Wir sollten zusehen, dass wir hier rauskommen.«

»Guter Einwand«, pflichtete Callum dem Prinzen bei. »Eine Sache gibt es allerdings noch: Ich möchte, dass du gut auf meine Schwester achtgibst, klar? Sollte ich herausfinden, dass sie in deiner Obhut unglücklich ist, werde ich deinen verfluchten Palast stürmen und dich einen Kopf kürzer machen!«

»Du hast mein Wort«, erwiderte Jace überraschend ernst. Kurz herrschte

Schweigen zwischen den beiden Männern, dann hörte Kaida, wie erneut etwas über den Steinboden schleifte.

»Pass auf dich auf, Callum!«, rief sie hastig, doch zur Antwort erhielt sie nur das Klicken der Tür, als diese erneut ins Schloss fiel. Eine tiefe Traurigkeit breitete sich in ihr aus, denn obwohl Callum eine Menge unverzeihlicher Dinge angestellt hatte, sorgte sie sich um ihren Bruder. Sie liebte ihn. Und nun hatte sie sich nicht einmal richtig von ihm verabschieden können ...

»Er muss schnell wieder auf seinen Posten zurück, ehe jemand von seinem Verrat erfährt«, flüsterte Jace einfühlsam, doch selbst seine Worte vermochten sie nicht zu trösten. Schweigend ließ sich Kaida von ihm durch den besagten Gang tragen. Nach kurzer Zeit nahm sie den Geruch von Heu und Pferd wahr. Ihre Nase begann unangenehm zu kribbeln und sie hatte große Mühe damit, ein lautes Niesen zu unterdrücken. Mit einem Mal zog ihr Jace ohne Vorwarnung den Stoff vom Gesicht. Erschrocken kniff Kaida ihre Augen zusammen, die vom hellen Licht geblendet anfingen zu tränen. Sie sah sich blinzelnd in der schmalen Pferdebox um und beäugte misstrauisch das pechschwarze Tier, das nur eine Armlänge von ihr entfernt stand und sie aus unruhigen Augen musterte. Ehe sie protestieren konnte, hob Jace sie behutsam auf den Pferderücken. Natürlich konnte sich Kaida immer noch nicht aus eigener Kraft im Sattel halten, doch glücklicherweise setzte sich Jace rasch hinter sie und gab ihr zusätzlichen Halt. Er warf ihr den Mantel über, legte seine Arme schützend um ihre Seiten und zog sie eng an seine Brust. Seine Körperwärme ging augenblicklich auf Kaida über.

Als er dem Tier sanft in die Flanken stieß, setzte es sich schnaufend in Bewegung. Kaidas Blick glitt wehmütig durch den Stall. Wie oft hatten sie und Callum als Kinder im Heu Verstecken gespielt, die Pferde gestreichelt und auf ihren Rücken gesessen, um sich vorzustellen, wie es wäre, auf ihnen durch das Land zu reiten? Doch nun flüchtete Kaida bereits zum zweiten Mal aus der Dunkelheit der Festung – und wieder ohne ihren Bruder ...

»Jace?«, murmelte sie leise.

»Hm?«

»Er wird Nero überlisten und nachkommen, sobald er kann, nicht wahr?«

Der Prinz räusperte sich leise und zog sie noch fester an sich heran. »Ich weiß nicht, ob er nachkommen wird. Aber ich bin mir sicher, dass er schlau genug ist, um Nero auszutricksen. Und sollte Callum jemals vor unseren Toren stehen und um Verzeihung für die Verbrechen bitten, die er im Namen eures Meisters begangen hat, dann –«

Kaida hörte, wie Jace angespannt schluckte. Er schwieg einen Moment, ehe er sich über ihre Schulter hinabbeugte und seine Lippen sanft über ihre Ohrenspitzen tanzen ließ. »Sollte dieser Fall jemals eintreffen, dann werde ich dafür sorgen, dass ihm in unseren Hallen Zuflucht gewährt wird.«

»Versprochen?«, fragte Kaida leise.

»Versprochen«, erwiderte er entschlossen und trabte mit ihr in den Schneesturm hinaus.

Kapitel 25

Angestrengt konzentrierte sich Kaida auf Jace, der hinter ihr auf dem Pferd saß und seine Arme wärmend um sie gelegt hatte. Wie so oft in den letzten Stunden hatte er sein Gesicht an ihrem Hals vergraben und gab keinen Mucks von sich, während sie durch die unbarmherzige Kälte des Nordens ritten. Man konnte fast meinen, er würde friedlich vor sich hinschlummern – doch Kaida wusste es besser. Während er ruhig an ihrer Schulter lehnte, wütete in ihrem eigenen Körper schiere Panik: Denn Jace' Leben hing am seidenen Faden.

Gut anderthalb Tage war es nun her, seit sie gemeinsam aus der Schwarzen Festung geflohen waren; gut einen Tag, seit sie ihm das Hemd ausgezogen hatte, als sie sich verliebt in eine Höhle zurückgezogen hatten, um ihre neu gewonnene Zweisamkeit zu genießen. Kaida war zufällig auf die tiefen Kerben und Wunden gestoßen, die auf Jace' Rücken prangten. Er hatte ihr bis dahin nicht verraten, *wie* schlimm ihn Nero und Callum wirklich zugesetzt hatten ... wie sie ihn in den Tiefen der Festung gequält und ausgepeitscht hatten, wie sie mit Dolchen um seine Flügelansätze herumgeschnitten hatten, weil ihnen natürlich bewusst gewesen war, wie schmerzempfindlich Fae an dieser Stelle waren. Jace hatte das alles mit keinem Sterbenswörtchen erwähnt, genauso wenig wie die Tatsache, dass sich die Wunden entzündet hatten und er seit einer Weile unter starkem Fieber und Schüttelfrost litt. Kaida hatte all das nicht gewusst – und nun schien es ihr fast schon zu spät zu sein, um ihren Gefährten zu retten.

Als sie am heutigen Morgen an seinen Schultern geschüttelt hatte, um ihn wieder wach zu bekommen, hatte er zunächst nicht auf sie reagiert – *überhaupt* nicht. Panik hatte ihr Herz ergriffen und es zum Rasen gebracht. Erst als sie ihm vor Verzweiflung eine leichte Ohrfeige verpasst hatte, hatte er seine Lider aufgeschlagen und sie aus milchigen Augen angesehen. Ein Blick auf seinen Rücken hatte ausgereicht, um Kaida in Angst und Schrecken zu versetzen.

Während sie sich nun daran zurückerinnerte, wurde ihr ganz schwindelig vor Sorge ... Um Jace' Flügelansätze herum hatte sich eine so dicke Kruste aus Blut und Eiter gebildet, dass sie nicht einmal mehr hatte erahnen können, wo seine Flügel in seinen Rücken übergingen. Kaida hatte versucht, die Wunde mit getautem Schneewasser zu säubern, welches sie zuvor in ihren Händen aufgewärmt hatte, doch ihre Behandlung hatte kaum Erfolg gezeigt. Sie hatte größere Schmutzteilchen in der Wunde entdeckt, die Jace wahrscheinlich schon seit der Schwarzen Festung mit sich herumschleppte, doch ohne geeignetes Werkzeug war es ihr nicht möglich gewesen, die Fremdkörper zu entfernen. Kurzzeitig hatte sie darauf gehofft, vielleicht ein Rezept für entsprechende Medizin im Notizbuch ihrer Mutter zu finden, doch Jace hatte ihr gestanden, dass er es bereits in einem Kamin in der Schwarzen Festung verbrannt hatte, ehe Callum ihn ins Verlies verschleppt hatte. Jace hatte befürchtet, dass Nero oder seine Schattenfresser ihn untersuchen und das Notizbuch in ihre schmierigen Klauen bekommen könnten.

Kaida konnte ihm sein Handeln nicht verübeln, auch wenn es sie trotzdem traurig stimmte, das vermeintlich einzige Erbstück ihrer Mutter verloren zu haben ... Als sie vor dem Aufsitzen zum letzten Mal eine Hand auf Jace' Stirn gelegt hatte, hätte sie beinah vorgeschlagen, diese als Wärmequelle für die nächste Essenszubereitung zu nutzen, wäre die Lage nicht so ernst gewesen; und seitdem versuchte sie nun, ihn und sich so gut wie möglich auf dem Pferd zu halten und lebendig durch den Norden zu führen.

Kaida selbst war bereits bis auf die Knochen durchgefroren und einige ihrer Muskeln zuckten von Zeit zu Zeit unkontrolliert. Wäre da nicht diese stechende Sorge um Jace gewesen, die sich wie ein Dolch in ihr Herz bohrte, hätte sie sich wahrscheinlich schon längst ihrer Verzweiflung hingegeben und aufgegeben. Doch sie wusste, dass der Prinz an ihrer Stelle *niemals* aufgegeben hätte – und dieser Gedanke trieb sie an. Stundenlang, immer geradeaus durch das erbarmungslose Schneetreiben ...

Sie wollte gerade unter einer einsamen Tanne haltmachen und dem Pferd eine kurze Rast gewähren, während sie sich um Jace kümmerte, als sie plötzlich ein lautes Schnaufen in der Nähe vernahm. Sofort legten sich ihre Ohren an und sie reckte aufmerksam den Hals. Durch ihre vereisten Wimpern hindurch erkannte sie eine dunkle Gestalt, die vielleicht hundert Schritte von ihr entfernt durch die Schneewüste lief. Bei dem Anblick der Kreatur bekam Kaida Bauchschmerzen. Irgendetwas stimmte nicht mit ihr ... Sie strahlte eine unangenehme Aura aus, die Kaida zwar bekannt vorkam, von der sie aber dennoch nicht sagen konnte, woran sie sie erinnerte.

Unvermittelt hob die Gestalt ihren Kopf. Aufgrund des Schneesturmes konnte Kaida nicht erkennen, ob das Wesen sie anstarrte oder nicht. Ihre Frage wurde jedoch jäh beantwortet, als es seinen Kopf in den Nacken riss und einen so markerschütternden Schrei ausstieß, dass Kaida ein kalter Schauer über den Rücken jagte.

»Verdammt!«, fluchte sie aufgebracht und drückte dem Pferd die Hacken ihrer Stiefel in die Seite, um es wieder anzutreiben.

»Was ist los?«, meldete sich Jace leise zu Wort.

»Schattenfresser«, antwortete sie knapp. »Sie haben uns eingeholt.«

»Wie viele?«

»Keine Ahnung. Ehrlich gesagt will ich das gar nicht wissen ... Kannst du dich einigermaßen auf dem Pferd halten?«

»Hm«, murmelte der Prinz so schwach, dass seine Stimme beinah im Tosen des Windes unterging. »Mach dir um mich keine Sorgen.«

Trotz seiner Worte – oder gerade deswegen – machte sich Kaida natürlich *sehr wohl* Sorgen um ihn, doch das behielt sie in Anbetracht der Lage lieber für sich. Der Schnee unter ihnen wurde durch den schnellen Galopp des Pferdes so sehr aufgewirbelt, dass er ihr bis zur Hüfte flog. Verbissen drehte sich Kaida nach der Kreatur um. Hinter ihr waren wie aus dem Nichts ein ganzes Dutzend Schattenfresser aufgetaucht, allesamt zu Pferd. Das laute Wiehern und Schnaufen der Tiere hallte in ihrem Kopf. Sie wusste nicht, wohin sie reiten sollte – sie wusste nur, dass sie hier so schnell wie möglich wegmusste.

Die Pferde der Schattenfresser schienen wesentlich mehr bei Kräften zu sein als ihres, denn das Geräusch der Hufe wurde immer lauter. Kaida konnte förmlich spüren, wie die vordersten Wesen bereits ihre knochigen Klauen nach ihr ausstreckten. Wenigstens schienen auch sie keine Bögen oder Armbrüste bei sich zu tragen, ansonsten hätte Kaida wahrscheinlich schon längst eine Pfeilspitze im Nacken gehabt – oder Jace.

»Kaida, gib mir die Zügel«, rief er ihr gegen den Sturm zu. »Wieso das denn? Kannst du überhaupt klar sehen?«

»Kannst du es denn?«, entgegnete er spöttisch.

Kaida zuckte gleichgültig mit den Schultern.

»Wenn ich das Pferd übernehme, kannst du dich vielleicht besser auf deine Magie konzentrieren.«

»Meine Magie?«, wiederholte sie verblüfft, woraufhin Jace leicht genervt schnaubte.

»Sag bloß, du hast noch gar nicht versucht sie gegen die Schattenfresser einzusetzen?«

»Nein, natürlich nicht«, erwiderte sie grummelnd, drückte dem Prinzen jedoch kommentarlos die Zügel in die Hand. »Ich habe meine Magie noch nicht so lange, manchmal vergesse ich eben, dass sie da ist.«

Ohne seine Antwort abzuwarten, begann sich Kaida auf die pulsierende Kraft in ihrem Körper zu konzentrieren und blendete den Rest der Welt aus. Behutsam tastete sie nach der Magie und ließ sie aus ihrem Körper wandern. Als sie einen Schattenfresser neben sich wahrnahm, ließ sie ihre Fäden auf ihn zuschnellen und wickelte sie ihm so fest um den Hals, dass sie hören konnte, wie sein Genick unter dem Druck ihrer Gabe zersplitterte. Ein zufriedenes Grinsen legte sich auf ihre Lippen. Auch wenn Neros Methoden schmerzhaft und grausam gewesen waren, hatten sie ihr tatsächlich dabei geholfen, ihre Gabe besser zu verstehen. Ihre Magie zu lenken fiel ihr nun wesentlich leichter als zuvor, die ganze Prozedur wirkte kontrollierter und beherrschter. »Gut gemacht, Kaida«, hörte sie Jace' Stimme dumpf in ihren Ohren.

Sie hatte nicht die Nerven, um auf ihn einzugehen, aber sein Kompliment löste trotzdem ein angenehmes Prickeln in ihrem Inneren aus. Sie konzentrierte sich auf den nächsten Schattenfresser und ließ auch seinen Schädel zerspringen wie eine Porzellankaraffe. Erneut drehte sie sich um und fokussierte die vielen Monster, die direkt hinter ihnen galoppierten. Konzentriert sammelte sie ihre Magie und schickte einen ganzen Schwall an Fäden auf die Beine der Pferde. Sie wollte die Tiere nicht für etwas bestrafen, für das sie nichts konnten, darum entschied sie sich im letzten Moment dagegen, ihnen direkt die Knöchel zu brechen. Stattdessen spannte sie ihre Gabe wie eine unsichtbare Stolperwand vor ihnen auf. Kreischend gingen die Schattenfresser und ihre tierischen Begleiter zu Boden.

»Siehst du das dort hinten auch?«, unterbrach Jace plötzlich ihre Konzentration. Überrascht wandte Kaida ihr Gesicht wieder nach vorn und kniff die Augen zusammen. Am Horizont waren merkwürdige Umrisse aufgetaucht, die sie sehr stark an Häuser erinnerten.

»Das ist ein Dorf«, stellte sie leise fest. Augenblicklich stieg Hoffnung in ihr auf. »Vielleicht können wir dort Unterschlupf finden und uns mit Nahrung und Medizin eindecken!«

»Das wäre gut«, murmelte Jace zustimmend. »Ich hoffe nur, dass sie uns nicht gleich als Fae erkennen. Die nordische Bevölkerung hat sich schon vor vielen Jahren gegen uns gewandt, wir sollten lieber vorsichtig sein.«

Kaida nickte zustimmend. Jace hatte recht, jeglicher Kontakt zu den Menschen stellte ein Risiko dar ... Nichtsdestotrotz kam ihr dieser Gedanke absurd und fremd vor. Vor vielen Monaten war sie noch Teil genau dieser Menschenwelt gewesen, die den Fae nach dem Leben trachtete, und nun war sie selbst zum Feindbild geworden ... ganz zu schweigen davon, dass sie eine Beziehung mit dem Fae-Thronfolger führte.

Als sie sich den Häusern näherten, wurde Kaida das Gefühl nicht los, diesen Ort bereits zu kennen. Die Konstellation der Straßen erinnerte sie sehr an das Dorf, in dem sie sich versteckt gehalten hatte, ehe Jace in ihr Leben gestolpert war und sie verschleppt hatte.

Die Mehrheit der Häuser war bereits eingestürzt oder kurz vor dem Verfall.

Weiße Nebelschwaden krochen über das Kopfsteinpflaster am Boden und ein fauliger Geruch hing in der Luft. Unbewusst spannte Kaida jeden ihrer Muskeln an. Sie wurde das Gefühl nicht los, dass ihr die Situation entglitt – *schon wieder.* Nervös tasteten ihre Hände nach denen von Jace. Sie legte ihre Finger auf seine, die noch immer die Zügel des Pferdes umklammerten. Kaum berührten sie einander, löste Jace seinen Griff und strich stattdessen behutsam mit dem Daumen über Kaidas Handrücken.

»Wie geht es dir?«, fragte sie vorsichtig.

»Na ja, gab schon bessere Tage«, drang Jace' Stimme leise an ihr Ohr.

Allein die Tatsache, dass er nun zum ersten Mal ehrlich auf ihre Frage antwortete und nicht länger leugnete, dass es nicht gerade rosig um ihn stand, ließ Kaidas Herz zusammenkrampfen. Es musste ihm wirklich scheußlich gehen – und es gab nichts, das sie für ihn tun konnte.

»Wollen wir uns in einer dieser Ruinen verstecken und Rast machen? Die Schattenfresser werden wohl nicht so leicht aufgeben«, schlug er leise vor.

»Gut Idee. Ich möchte mir nur noch kurz einen ersten Überblick verschaffen, mit etwas Glück finden wir vielleicht sogar einen Heiler.«

»Seit wann haben *wir* denn Glück?«, schnaufte er sarkastisch.

»Na, mit uns beiden, oder?«, antwortete sie neckend.

»Das stimmt.« Das Lächeln, das sie in seiner Stimme hörte, zauberte Kaida ein Wohlgefühl in den Bauch.

Sie lenkte das Pferd zu einem Häuschen und schwang sich als Erste hinunter. Jace folgte ihr, doch als er mit seinen Füßen auf dem Boden aufkam, konnte Kaida deutlich hören, wie er scharf die Luft einzog. Sie reagierte sofort und legte sich seinen Arm über ihre Schulter, um ihm Halt zu geben. Nur langsam gelang es ihnen, über den eingefallenen Türrahmen zu steigen und das Innere des Hauses zu betreten. Kaida setzte Jace an einer Wand ab, die nicht danach aussah, als würde sie bei der ersten Berührung in sich zusammenfallen, und lehnte ihn mit dem verletzten Rücken behutsam dagegen. Sanft fuhr sie ihm durchs Haar und gab ihm einen leichten Kuss auf die Stirn, ehe sie wieder nach draußen eilte und das Pferd ebenfalls ins Haus holte. Als sie zurückkehrte, sah Jace sie stirnrunzelnd an.

»Meinst du, dass das eine gute Idee ist? Wenn jemand vorbeikommt und das Pferd hört, erwecken wir vielleicht Verdacht.« Kaida nickte, während sie das Tier an einem Querbalken anband. »Kann sein ... aber wenn es draußen vor der Tür steht, wird es auch auffallen. Glaub mir, ich kenne das Dorfleben. Hier gibt es so wenig zu tun, dass jeder Neuzugang auffällt – sei er nun von menschlicher oder tierischer Natur.« Sie zog noch ein letztes Mal an den Zügeln, ehe sie auf Jace zulief und sich neben ihn auf den kalten Fußboden setzte. Als er seinen Arm um ihren Rücken legte und sie behutsam an seine Seite zog, wurde sie von einer plötzlichen Müdigkeit überrascht. Mit einem Mal fühlten sich ihre Glieder so schwer an wie Blei und all die verbliebene Kraft aus ihren Muskeln verschwand. Seufzend legte sie ihr Gesicht an Jace' Hals und schloss die Augen. Seine Hand fuhr behutsam über ihren Rücken, knetete sanft ihre Schultern und strich ihr das Haar aus dem Gesicht. Er murmelte etwas, doch abgesehen von dem tiefen Klang seiner Stimme kam in Kaidas Ohren nichts an.

»Was hast du gesagt?«, nuschelte sie undeutlich.

Jace' Körper vibrierte leicht, als ihm ein leises Lachen über die Lippen glitt. »Ich sagte, dass du dich gefälligst ausruhen sollst. In den letzten Tagen hast du kaum geschlafen. Ich will nicht, dass du meinetwegen vor Erschöpfung umkippst.«

»Ich habe ... geschlafen«, widersprach sie müde.

Sanft kniff Jace in ihre Ohrenspitze. »Lügnerin. Meinst du, ich hätte nicht gemerkt, wie du ständig geprüft hast, ob ich noch normal atme?«

»Du hättest ... genauso ...«

»Shh ...« Sein warmer Atem kitzelte leicht über Kaidas Ohr und jagte ein wohliges Prickeln durch ihren Körper. Je länger die Kälte des Bodes ihre Knochen hinaufkroch, desto mehr vermisste sie seine Gemächer im Schloss. Sie konnte es kaum erwarten, endlich wieder nach Hause zu kommen.

***

Als Kaida erneut die Augen aufschlug, war es stockdunkel um sie herum. Sie hörte, wie der Wind leise durch das baufällige Haus pfiff. Fröstelnd schmiegte sie sich enger an den weichen Körper an ihrer Seite.

»Jace?«, murmelte sie leise, doch der Prinz antwortete ihr nicht. Er musste ebenfalls eingeschlafen sein, Kaida konnte es ihm nicht verdenken. Zu wissen, dass er sich endlich von den Strapazen der letzten Tage erholen konnte, beruhigte sie ein wenig.

Lächelnd ließ sie ihre Finger durch sein weiches Haar wandern. Ob er jemals träumte? Sein Körper wirkte so ruhig und still, dass man beinah glauben könnte, er wäre tot …

Kaidas Lächeln erstarb.

Kapitel 26

»Jace!«, zischte sie ihn erneut an, doch der Fae regte sich kein bisschen. Kaida hatte sich vor ihn gekniet und schüttelte an seinen Schultern, die Panik krallte sich wie eine knochige Klaue in ihr Herz. Während ihr Atem raste wie ein Pferd im Galopp, schien Jace' Puls wie eingefroren. Kaida presste ihm eine Hand auf die Stirn, die andere auf seine Brust. Zwar glühte sein Kopf unter ihrer Handfläche, doch unter der anderen Hand war es beängstigend still. Ob es an der Kleidung lag, die er trug? Andererseits waren Hemd und Mantel nicht besonders dick ... Tränen brannten in ihren Augen, während sie wiederholt an ihm herumriss. Sie sagte seinen Namen wie ein Mantra vor sich hin – bis sie plötzlich ein leises Knarzen neben sich hochschrecken ließ.

Als ihr Blick auf die braunen Augen traf, die sie ungläubig anstarrten, glaubte sie beinah zu träumen; ein Fiebertraum, kalt und angsteinflößend, aus dem man so schnell wie möglich wieder erwachen wollte.

»Kaida?«, fragte der Mann leise. »Kaida, bist das wirklich du?« Mechanisch nickte sie. Als seine braunen Augen auf Jace trafen, zogen Schatten in ihnen auf. Der Mann legte seine Stirn in Falten und trat langsam auf die beiden Fae zu. Blitzschnell drehte sich Kaida zu ihm um und schirmte Jace, so gut es ging, vor ihm ab. Eine Mischung aus Schmerz und Eifersucht blitzte in den dunklen Augen auf. »So ist das also«, sagte er ruhig.

Kaida nickte. »Ja, genau so ist das ... Hast du jetzt vor mich zu töten?«

»Nein. Dich nicht.«

»Hör auf damit, Elrik«, bat sie ihn leise. »Ich möchte mich nicht zwischen euch beiden entscheiden müssen, aber wenn du wirklich vorhast, ihm wehzutun –«

»Sag es nicht, Kaida«, unterbrach er sie mit einem traurigen Lächeln auf den Lippen. »Wenn du mir jetzt auch noch drohst, zerspringt mein Herz in tausend Teile ... aber gut, wenigstens kennst du noch meinen Namen.«

»Natürlich kenne ich noch deinen Namen, wie könnte ich ihn oder dich vergessen?«, entgegnete sie aufgebracht. »Ich habe mir große Sorgen um dich gemacht!« Versöhnlich streckte sie eine Hand nach dem jungen Schmied aus, die er nach kurzem Zögern sogar behutsam in seine nahm und drückte; mehr Vertrautheit schien es nach all den Monaten wohl nicht mehr zwischen ihnen zu geben.

»Trotzdem machst du nun gemeinsame Sache mit den Spitzohren«, sagte er ruhig und fuhr sich durch das braune Haar. »Ich dachte immer, sie hätten dich entführt, aber so wie es aussieht –«

»Sie *haben* mich entführt, Elrik. Ich wurde auf ein Schiff verschleppt und in die Hauptstadt gebracht. Dort haben sie mich gezwungen an grausamen Wettkämpfen teilzunehmen, bei denen ich beinah umgekommen wäre. Gegen Drachen und Schattenfresser musste ich mich verteidigen, mal ganz abgesehen von den Intrigen, die Oberon um mich herum gesponnen hat.«

»Und warum liegt dann der Prinz in deinen Armen?«, fragte Elrik unterkühlt. »Sag bloß nicht, dass er *ganz anders* ist, als alle sagen, und eine weiche Seite hat. Er ist ein Spitzohr, Kaida, unser gemeinsamer Feind – zumindest war das mal so.«

Voller Sorge blickte Kaida auf Jace hinab. Wie konnte Elrik ihn nur so sehr hassen, wenn sie ihn doch sehr liebte? Vorsichtig schob sie ihm eine Hand unter das Hemd und legte sie auf seine Brust. Erst als sie spürte, wie sich sein Brustkorb ein kleines bisschen bewegte, richtete sie ihre Aufmerksamkeit wieder auf den Schmied. »Ganz genau, Elrik, das *war* einmal. Soll ich dir zeigen, was mich zum Umdenken gebracht hat?« Irritiert runzelte er die Stirn. Ohne auf eine Antwort zu warten, strich sich Kaida ihr Haar hinter die Ohren. Als Elriks Augen auf ihre Spitzen fielen, weiteten sie sich geschockt. Er taumelte ein paar Schritte zurück, bis er die Zimmerwand in seinem

Rücken spürte. Ungläubig rieb er sich über die Augen. »Aber … aber wie ist das möglich? Du warst ein Mensch!«

»Nein«, erwiderte sie ernst, »ich war schon immer eine Fae. In mir schlummert Magie – und wenn ich ehrlich bin, weiß ich das schon seit einer ganzen Weile. Ich konnte es nur nicht beim Namen nennen.«

Für eine lange Zeit starrten sie einander einfach nur an. Kaida hörte das Pfeifen des Windes, irgendwo heulte ein Hund oder ein Wolf. Schließlich räusperte sie sich und würgte den Kloß in ihrem Hals hinunter. »Nun, da die Fronten geklärt sind –«, begann sie vorsichtig, doch Elrik unterbrach sie mit einer scharfen Handgeste.

»Du willst mich nicht ernsthaft fragen, ob ich deinem *Freund* helfen werde, oder?«

»Doch, genau das hatte ich vor.«

»Wieso sollte ich das tun? Du hast mich im Stich gelassen, Kaida. Wenn du es gewollt hättest, hättest du einen Weg zu mir zurückgefunden. Ich habe wirklich gedacht, wir wären enge Freunde. Aber wenn ich mir das so angucke, keimt in mir der starke Verdacht auf, dass du mich von Anfang an nur ausgenutzt hast. War überhaupt irgendwas von dem, was du mir erzählt hast, wahr?«

»Natürlich«, beteuerte sie mit brennenden Augen, »nichts war gelogen. Du bist noch immer mein engster Freund, Elrik. Ich wollte dich damals einfach nur um jeden Preis beschützen. Was glaubst du denn, was passiert wäre, wenn ich wieder ins Dorf zurückgekommen wäre? Oberon hätte mich bis in jeden noch so entlegenen Winkel dieses Landes gejagt, genauso wie Nero. Die letzten Monate haben wir eingesperrt in seiner Festung verbracht, wir sind noch immer auf der Flucht. Er will einen weiteren Krieg anzetteln, Elrik, das ganze Land wird im Chaos versinken! Jace und ich müssen so schnell wie möglich wieder in die Hauptstadt zurückkehren, um die anderen zu warnen. Vielleicht lässt sich der Krieg so noch verhindern!«

»Der Krieg ist unvermeidbar«, erwiderte Elrik schlicht. »Nachdem du verschwunden bist, hat Nero unserem Dorf einen Besuch abgestattet, so, wie er es mit den meisten Dörfern und Siedlungen getan hat, die Oberon nach seiner Eroberung fallen gelassen hatte. Der Hexer hat mir erzählt, wie er dich aufzog und trainierte. Er war in wahnsinniger Sorge um dich und hat alles darangesetzt, dich irgendwie aus dem Schloss zu befreien.

Weißt du eigentlich, warum es hier so leer und ausgestorben ist? Nero hat uns angeboten, dem Roten Mond beizutreten. Die meisten von uns sind in die Hauptstadt gezogen, durch die Hilfe des Hexers konnten sie sich dort ein neues Leben aufbauen. Es wird auf jeden Fall zu einem Krieg kommen, aber wir Menschen wissen, wer in diesem Spiel der Gute und wer der Böse ist. Weißt du es auch, Kaida?«

Verzweifelt fuhr sie sich durchs Haar und begann nervös an ihren Fingernägeln zu knabbern. Was hatte sie dem Schmied schon entgegenzusetzen? »Im Krieg gibt es kein Gut und Böse«, murmelte sie schließlich leise. »Im Krieg gibt es nur die Überlebenden und die, die ihr Leben dabei lassen. Keine Gewinner, nur Verlierer. Bist du wirklich so naiv zu glauben, dass Nero euch Menschen den Thron zurückgibt? Denn das wird er nicht tun, Elrik. Er wird euch unterwerfen und seine Herrschaft wird grausamer sein als alles, was Oberon bisher angerichtet hat. Möchtest du das wirklich riskieren?«

Nachdenklich blickte Elrik auf seine Fußspitzen hinab. Er wippte leicht vor und zurück, die Zähne fest zusammengebissen. »Es ist mir egal, ob Nero die Welt ins Chaos stürzen wird ... denn ich weiß, dass er auf *dich* achtgeben wird, Kaida. Du bist bei ihm am sichersten.«

»Nein, das bin ich ganz bestimmt nicht.« Ohne zu zögern, griff sie nach ihrem Oberteil und zog es bis unter ihre Brust hoch. Eisiger Wind streifte über ihre blasse Haut und verursachte eine Gänsehaut. Elriks Augen weiteten sich, als sein Blick auf die zahlreichen Narben fiel, die sich leicht von der restlichen Haut abhoben.

»Das ist Neros Werk«, beantwortete sie seine unausgesprochene Frage. »Er hat mir das angetan, nicht die Fae, nicht Oberon und auch nicht Jace. Der Hexer hat von Anfang an ein falsches Spiel mit mir gespielt. Er hat von Anfang an gewusst, dass ich kein normaler Mensch bin, und dieses Wissen für seine eigene Zwecke missbraucht. Ich soll für ihn in den Krieg ziehen und dabei sterben; Hauptsache, die Fae gehen mit mir unter. Ist es das, was du für mich willst, Elrik?«

»Nein, natürlich nicht!«, hauchte er fassungslos. Seine Pupillen wirkten noch immer riesig, während sein Blick nach wie vor an ihrem Bauch heftete. Als er ihn hob, wirkten seine Augen klar wie der Nachthimmel. »Schwörst du mir, dass du mir die Wahrheit sagst? Dass du bei *ihm* sicherer bist als bei Nero?« Sein Zeigefinger deutete auf Jace, der noch immer scheinbar reglos neben ihr lag.

Kaida nickte. »Ich liebe ihn, Elrik. Jace bedeutet mir alles – und wenn ich *dir* jemals etwas bedeutet haben, dann hilfst du mir dabei, ihn zu heilen.«

Nachdenklich sah Elrik auf den Prinzen hinab. In seinen Augen konnte Kaida beobachten, wie seine Emotionen von Neid zu Hass, von Hass zu Verachtung und schließlich zu tiefem Schmerz wechselten. Dann nickte er knapp. »Gut, ich werde euch helfen«, flüsterte er leise. »Aber bilde dir ja nicht ein, ich würde mich auf die Seite der Fae schlagen. Meine Unterstützung wird auch weiterhin Nero gelten. Ich mache das hier nur dir zuliebe.«

Kaida nickte knapp. Eine Träne rollte ihr über die Wange, während sie Elriks Blick festhielt. Sie hatten einander so nahegestanden, wenn auch auf eine völlig andere Art und Weise, wie sie und Jace … Und jetzt waren sie beinah so etwas wie Feinde.

»Er hat eine entzündete Wunde auf dem Rücken und Fieber«, murmelte sie leise und löste ihren Blick von Elriks braunen Augen. Der nickte knapp und wandte sich zum Gehen. »In Ordnung, ich werde sehen, was ich für ihn tun kann. Bis gleich.«

***

Es fühlte sich an wie eine Ewigkeit, ehe Elrik wieder zurückkehrte. Kaida hatte sich in der Zwischenzeit versichert, dass Jace immer noch atmete. Zwar war er sehr schwach gewesen, doch immerhin hatte sie vorhin einen leichten Herzschlag bei ihm feststellen können. Trotzdem hatte sie sich währenddessen die schlimmsten Szenarien ausgemalt und mit jedem Wimpernschlag mehr bereut, dem Schmied so offen von ihrer Situation erzählt zu haben. Als sie nun feststellte, dass er zumindest allein wiederkam und nicht Nero oder Callum im Schlepptau hatte, fiel ein Stein von ihrem Herzen ab. Elrik setzte sich ohne Umschweife neben sie auf den kalten Fußboden und legte ein zusammengebundenes Tuch vor sich ab. Geschickt öffnete er den Knoten und breitete den Stoff sorgsam auf dem Boden aus.

Kaidas Blick fiel auf mehrere Kräuter, die von einem dünnen Stoffbändchen zu einem Bund zusammengefasst waren. Kleine Fläschchen mit farbenprächtigen Tinkturen rollten leise über den Stoff des Tuches, ehe Elrik nach ihnen griff und sie auf einem großen Stoffband ablegte, das er ebenfalls im Tuch transportiert hatte.

»Zeig mir seine Wunde«, forderte er leise. Der Ausdruck in seinen Augen wirkte genauso kalt wie seine Stimme, doch Kaida wusste, dass der Schmied Jace' einzige Hoffnung war. Er hatte auch sie damals wieder zusammengeflickt, nachdem er sie völlig unterkühlt und ausgehungert im Schnee gefunden hatte. Auch Kaida hatte damals einige Wunden auf ihrem Körper getragen, die sich aufgrund mangelnder Versorgung stark entzündet hatten. Wenn jemand Jace retten könnte, dann Elrik.

Behutsam zog Kaida den Fae an seinen Schultern nach vorn und legte ihn bäuchlings auf den Fußboden, als wäre er eine Porzellanfigur. Sein Hemd hatte sie bereits zuvor aufgeknöpft, weshalb sie es nun einfach von seinem Rücken abstreifen konnte. Jace' Kopf bettete sie auf ihre Oberschenkel, ehe sie wieder zu Elrik aufsah. Seine braunen Augen hatten sich konzentriert auf Jace' Rücken gerichtet, auf seiner Stirn bildeten sich nachdenkliche Fältchen. Als er seine Hand nach den schimmernden Flügeln ausstreckte, wurde Kaida ganz mulmig zumute. Sie hielt vor Spannung den Atem an, während Elrik die Flügel behutsam hin- und herbewegte, um einen besseren Blick auf die verklebten Flügelansätze zu erhaschen. Schließlich nickte er knapp und zog sich vom Prinzen zurück.

»Sieht nicht gut aus«, verkündete er schlicht, während er ein Fläschchen öffnete und dessen blassblaue Tinktur über ein paar Kräuter goss, »aber ich werde mein Bestes geben, um ihn wieder auf die Beine zu bekommen. Die Wunde muss zunächst gereinigt werden, hierfür eignet sich ein Gemisch aus

Tausendglöckchenkraut und einem Heilmittel, das aus Nixentränen hergestellt wird. Wahrscheinlich wird dies der schmerzhafteste Teil werden … Obwohl ich ihn nicht leiden kann, hoffe ich ehrlich gesagt für deinen Prinzen, dass er nicht ausgerechnet *jetzt* wieder zu Bewusstsein kommt.«

Sorgsam verteilte er die in der Flüssigkeit getränkten Kräuter um Jace' Flügelansätze herum. Kaida spürte, wie sich der Kopf des Fae plötzlich leicht bewegte. Beruhigend fuhr sie durch sein rabenschwarzes Haar. In den letzten Monaten war es welliger geworden, vielleicht, weil es nicht mehr ständig geschnitten und frisiert wurde. Behutsam wickelte sie sich die feinen Strähnen um den Zeigefinger und beobachtete, wie sie ihr über die Hand flossen.

»Kaida?«, riss sie Elriks leise Stimme aus ihrer Trance.

»Ja?«

»Vertraust du ihm? Also … also bist du dir wirklich sicher, dass er es ernst mit dir meint? Dass er nicht doch das Ungeheuer ist, von dem alle erzählen?«

Bei dem Gedanken daran, was sie dem Prinzen gegenüber fühlte, legte sich ein leichtes Lächeln auf ihre Lippen. »Ja, ich bin mir sicher. Ich erwarte nicht, dass du mir glaubst, aber ich schwöre dir, dass Jace gut für mich sorgt. Ich fühle mich bei ihm sicher. Er versteht mich, ohne dass ich ihm sagen muss, was in mir vorgeht.« Sie schnaubte kopfschüttelnd. »Manchmal glaube ich, dass er mich sogar besser kennt als ich mich selbst.«

»Gut«, erwiderte Elrik ruhig. »Wenn du ihm so sehr vertraust und wirklich der Überzeugung bist, dass er dich beschützen kann, beruhigt mich das ein wenig.«

Auf seine Worte folgte ein weiteres Mal Stille, die so unangenehm und penetrant auf Kaidas Brustkorb drückte, dass ihr das Atmen schwer wurde. »Würdest du wirklich für Nero in den Krieg ziehen?«, fragte sie zaghaft.

Elrik zuckte desinteressiert mit den Schultern. »Krieg ist ein großer Begriff für das, was wir vorhaben. Kann es sein, dass du die Macht deiner spitzohrigen Freunde maßlos überschätzt, Kaida? Ich meine, führe es dir doch mal vor Augen: Wir, das sind der mächtigste Hexer, den das Land je gesehen hat, die Mehrheit aller Menschen und dazu noch die unzähligen Schattenkreaturen wie Trolle, Kobolde und Schattenfresser, gegen eine

Handvoll Fae, die sich in einem gestohlenen Schloss versteckt halten. Meinst du wirklich, ihr hättet auch nur den Hauch einer Chance?«

»Aber ... aber Nero ist doch das viel größere Übel!«, erwiderte sie verunsichert. Es wollte einfach nicht in ihren Kopf, dass Elrik wirklich auf der Seite des Hexers kämpfen würde – dem Ungeheuer, das sie die letzten Monate in seiner Höhle versteckt und gefoltert hatte ... und ihre ganze Kindheit hindurch ebenso.

»Damals, vor vielen Dutzenden Monden, haben wir mal darüber gesprochen, unter wessen Herrschaft wir lieber leben würden, erinnerst du dich?«, fragte Elrik leise, während er nach einem anderen Kraut griff, das Kaida nicht annährend bekannt vorkam. »Ja«, murmelte sie. »Wir waren uns einig, dass beide furchtbare Herrscher sind. Wieso glaubst du nun, dass Oberon schlimmer ist?«

»Weil er nicht in der Lage ist, das Land unter seiner Kontrolle zu halten. Vor fünfzehn Jahren, als der Krieg seinen Höhepunkt erreichte, ist es Oberon zwar gelungen, unseren Thron an sich zu reißen – aber er hat den fatalen Fehler begangen, ihn nur halbherzig zu besetzen. So viele Wesen, egal ob Menschen oder magische Geschöpfe, haben ihre Leben in den sinnlosen Schlachten zwischen Nero und Oberon gelassen, dabei weiß bis heute kaum jemand, was der *wahre* Grund für den Ausbruch des Krieges war. Oberon und Nero können nicht zusammen auf dem gleichen Fleckchen Erde leben – einer von beiden muss weichen, damit der andere freie Fahrt hat und unser Land endlich wieder zu Normalität bringen kann. Sieh sie dir an, unsere hungernden Dörfer! Oberon ist nicht in der Lage, das ganze Land zu führen und zu versorgen. Stattdessen sitzt er sich seinen Fae-Hintern platt und denkt, dass sich alles von allein fügen wird – aber das wird es nicht, Kaida. Den Menschen ist es mittlerweile egal, wer ihren Thron besetzt. Alles, was sie wollen, ist Frieden und die Aussicht auf ein Leben, das sie mit Freude erfüllt und nicht mit ständiger Angst. Die Konflikte müssen aufhören – und Nero ist nun mal der Einzige, der unser Land mit strammer Hand regieren könnte.«

Nachdenklich blickte Kaida auf Jace hinab. Seine Augenlider zuckten leicht, doch noch hielt er sie fest geschlossen. Ob er hören konnte, was Elrik über seinen Vater sagte? Wenn sie versuchte, seine Worte neutral auf sich wirken zu lassen, musste sie ihm tatsächlich zustimmen: Oberons Herrschaft über das Land war ein Witz, praktisch nicht existent. Vielleicht hatte er sein eigenes Volk gut anführen können, damals, als es noch abgeschieden auf der Fae-Insel lebte, doch als Herrscher des gesamten Landes hatte er sich nicht gerade mit Ruhm bekleckert. Rückblickend würde Kaida sogar behaupten, dass er abgesehen von seiner Suche nach rothaarigen Frauen und dem Verfolgen seiner eigenen Interessen rein gar nichts getan hatte – weder für das Land noch für sonst jemanden.

Ihr Kopf schmerzte von all den Gedanken, die wirr in ihr herumschwirrten. Eine leise Idee keimte in ihr auf, so zart und zerbrechlich wie ein Schneeglöckchen, das versuchte, durch die schwere Decke des Winters zu brechen. Könnte das die Lösung sein? Ließe sich ein Krieg dadurch verhindern? Je länger sie darüber nachdachte, desto kräftiger drückte der zarte Keim gegen die Schneedecke. Der Plan war waghalsig, furchtbar naiv und undurchdacht, aber vielleicht – *nur ganz vielleicht* – würde er funktionieren.

Plötzlich spürte sie, wie sich etwas auf ihrem Bein bewegte. Jace riss die Augen auf und blickte starr geradeaus, den Mund geöffnet und gierig nach Luft schnappend. Kaida wäre vor Erleichterung beinah in Tränen ausgebrochen, hielt sich aus Rücksicht auf Elrik aber zurück. Jace lebte – die Behandlung schien anzuschlagen. Als der Schmied erneut Kräuter auf seinem Rücken platzierte, zuckte der Fae bei der Berührung erschrocken zusammen. »Kaida?«, japste er atemlos und versuchte den Kopf zu drehen, doch diese drückte ihn behutsam zurück. »Shhh ... alles gut, Jace, du bist in Sicherheit. Wir versorgen gerade deine Wunden, es wird dir bestimmt bald besser gehen.«

»*Wir*?«, wiederholte er krächzend. »Wer ... wer ist *wir*?«

»Ich und ... Elrik«, antwortete Kaida zögerlich. Ihr Blick huschte zu dem Schmied hinüber, der Jace mit hochgezogenen Augenbrauen spöttisch musterte. »Du erinnerst dich wahrscheinlich nicht mehr daran, aber Elrik war derjenige, der mich damals zum See begleitet hat.«

»Ach ja«, nuschelte der Fae leise. Seine Augen wanderten rastlos umher, doch gleichzeitig schienen sie ins Nirgendwo zu starren. Sanft strich Kaida ihm sein Haar aus dem Gesicht und klemmte es hinter seinen spitzen Ohren fest. Jace' Atmung begann sich wieder ein wenig zu beruhigen. Er schloss seine Augen und ließ die Prozedur protestlos über sich ergehen.

Als Kaida erneut zu Elrik hinübersah, warf dieser ihr einen vielsagenden Blick zu. Schweigend entfernte er die Kräuter von Jace' Schulterblättern, wobei er peinlichst genau darauf achtete, den Fae nicht zu berühren. Neugierig reckte Kaida ihren Hals und richtete ihren Blick auf Jace' Flügelansätze. Die Wunden leuchteten in einem tiefen Rot und sie hatte beinah das Gefühl, dass sie noch mehr angeschwollen waren als zuvor. Argwöhnisch blinzelte sie zu Elrik hinüber, der gerade die nächste Tinktur öffnete und auf ein paar Kräutern verteilte. Das Misstrauen fraß sich in ihr Herz wie ein Wurm in einen Apfel. Was, wenn er dem Prinzen mit Absicht schadete?

»Ich habe vor einer Weile deinen Bruder kennengelernt«, sagte der Schmied unvermittelt, den Blick wieder konzentriert auf Jace' Rücken gerichtet. »Er scheint dich sehr zu lieben, Kaida. Wann hast du ihn zum letzten Mal gesehen?«

»In der Schwarzen Festung«, antwortete sie langsam. »Er und Nero machen gemeinsame Sache, aber das weißt du ja wahrscheinlich schon ...«

»Ja. Soweit ich weiß, hat er vor einigen Monaten das Kommando über den Roten Mond übernommen. Es wundert mich, dass du nicht an seiner Seite kämpfst. Hast du zumindest mal darüber nachgedacht, wie es wäre, wenn ihr gemeinsam –«

»Ja«, unterbrach ihn Kaida schroff, »aber es war nur ein sehr kurzer Gedanke. Mein Platz ist bei den Fae – genauso wie Callums, auch wenn er das noch nicht begriffen hat.«

»Hm«, nuschelte Elrik nachdenklich, während er weitere Kräuter auf Jace' Flügelansätzen platzierte. »Die Wunden sind ziemlich tief, dein Spitzohr kann froh sein, dass seine Flügel überhaupt noch dran sind; obwohl, sicher bin ich mir dabei noch nicht ... Vielleicht kleben sie nur durch den Schorf an seiner Haut fest und lösen sich, wenn ich die Kräuter wieder abnehme.«

»Das ist nicht lustig«, erwiderte Kaida kopfschüttelnd. Ihre Finger kreisten noch immer sanft über Jace' Kopfhaut, doch ihr Blick war so scharf und tödlich wie die Klinge eines Dolches.

Als Elrik kurz von den Wunden aufsah und flüchtig in ihre Richtung blickte, riss er erschrocken die Augen auf und hob abwehrend die Hände. »Ist gut, Kaida, ich habe es verstanden! Ich denke nicht, dass ihm die Flügel abfallen werden. Natürlich kann ich nicht zaubern und die Kräuter und Tinkturen, die du hier siehst, sind lange nicht so mächtig wie die Heilmittel der Fae – aber es wird reichen, um ihn wieder reisefähig zu bekommen. In der Hauptstadt wird sich sicherlich jemand finden, der ihn wieder vollständig herstellen kann. Allerdings werdet ihr eine Weile unterwegs sein, vielleicht solltest du dich schon mal auf die Suche nach Proviant und wärmerer Kleidung machen, während ich ihn verarzte.«

Ein verächtliches Schnauben glitt über Kaidas Lippen. »Und dich solange mit ihm allein lassen? Vergiss es!«

»Früher hast du mir auch vertraut«, entgegnete er leise.

»Richtig. Früher habe ich dir *mein* Leben anvertraut – heute würde ich *seines* nicht in deine Hände legen.«

»Gut, wie du meinst. Ich kann es dir nicht verübeln, aber dennoch solltest du gewarnt sein – Nero und seine Anhänger treiben sich oft in der Nähe des Dorfes herum, wahrscheinlich ist es nur eine Frage der Zeit, bis sie dich und deinen Freund hier suchen.«

»Lass das mal meine Sorge sein«, entgegnete Kaida knapp. »Kümmere du dich bitte einfach darum, dass Jace wieder auf die Beine kommt.«

Schweigend fuhr Elrik mit der Prozedur fort. Kaida musste ihre Zähne fest aufeinanderbeißen, als er mit einer kleinen Pinzette in Jace' Wunde herumstocherte. Sollte ihr Gefährte auch nur den bloßen Eindruck erwecken, dass Elrik ihm gerade wehtat, würde sie den Schmied sofort stoppen. Doch zu ihrer Erleichterung gab der Prinz nicht den leisesten Ton von sich, obwohl Elriks Vorgehen ziemlich schmerzhaft aussah.

Als er die Pinzette zurückzog und an einem dünnen Tuch abstrich, blieben Unmengen Schmutzpartikel an ihm hängen. Auch größere Klümpchen holte der Schmied aus den Wunden hervor, ehe er die Pinzette schließlich endgültig beiseitelegte und erneut in Tinktur getränkte Kräuter auf den Flügeln verteilte.

»Das muss einen Moment einziehen, danach müsste sein Fieber eigentlich bald sinken. Wenn er wieder komplett bei Bewusstsein ist, können wir seine Wunden noch mit Bandagen abbinden, damit sie sich nicht noch einmal entzünden können. Sobald ihr in der Hauptstadt ankommt, solltet ihr die Wunden regelmäßig säubern – aber das wird euch der Heiler eures Vertrauens dann schon erklären.«

»Danke«, murmelte Kaida aufrichtig. »Ich weiß es sehr zu schätzen, dass du ihm geholfen hast, anstatt uns an Nero auszuliefern.«

»Hm, wie gesagt: Überzeugt bin ich von deiner Art, die Dinge zu sehen, nicht. Aber wegen allem, was zwischen uns war, und trotz allem, was heute zwischen uns steht, könnte ich dir niemals ein Haar krümmen, Kaida. Ich hoffe nur, dass du weißt, was du tust.«

Nachdenklich blickte sie auf Jace' rabenschwarzes Haar hinab. Ein leises Rascheln ließ sie vermuten, dass Elrik bereits die Bandagen vorbereitete. Seine Worte stimmten sie nachdenklich. Einerseits spürte sie tiefe Erleichterung, dass er wenigstens keinen Hass ihr gegenüber zu hegen schien. Dass er Jace geholfen und sie beide nicht verraten hatte, war mehr, als sie sich zu wünschen gewagt hatte. Dennoch blieb ein bitterer Beigeschmack auf ihrer Zunge zurück ... Daran zu denken, dass Elrik sich in ihrer Abwesenheit dem Hexer und seiner Armee angeschlossen hatte, beunruhigte sie zutiefst. Obwohl Nero in all der Zeit, die sie bei ihm gelebt hatte, beinah täglich das Wort »Krieg« in den Mund genommen hatte, kam es Kaida surreal vor daran zu denken, dass dieser Krieg nun wirklich vor der Tür stand. Natürlich hatte sie schon immer die Spannungen zwischen den Völkern Tenebris' wahrgenommen und gewusst, dass irgendwann der Tag kommen würde, an dem jemand Oberon die Stirn bieten würde; doch obwohl Nero sie in ihrer Kindheit auf genau diese Auseinandersetzung vorbereitet und gedrillt hatte, konnte sie nicht wirklich glauben, dass dieses theoretische, weit entfernte Konstrukt nun zu einer greifbaren Bedrohung heranwachsen würde – und schon gar nicht, dass sie in dieser Situation *nicht* auf der Seite ihres Meisters und *nicht* auf der Seite ihres Bruders kämpfen würde.

Ihre Gedanken wurden jäh unterbrochen, als sich Jace' Kopf plötzlich bewegte. Seine Augenlider flatterten unruhig und sein Kopf zuckte in unregelmäßigen Abständen, doch noch war er nicht wieder bei Bewusstsein.

»Jace?«, fragte Kaida sanft. »Jace, kannst du mich hören?« Seine Stirn legte sich in Falten, doch seine Augen blieben nach wie vor geschlossen. Ungeduldig begann Kaida leicht an seinen Schultern zu rütteln.

»Der arme Kerl«, hörte sie Elrik spotten, »deine Ungeduld konnten dir wohl selbst die Fae nicht ausgetreiben, was? Dabei hast du durch deine Unsterblichkeit doch alle Zeit der Welt gewonnen.«

»Nein, das habe ich nicht«, antwortete Kaida kühl. »Fae können nicht aufgrund ihres Alters sterben oder weil sie sich erkälten – aber an entzündeten Wunden oder einem machthungrigen Hexenmeister durchaus ...«

»Machthungrig? Glaubst du wirklich, dass dies das Einzige ist, was Nero antreibt?«

Verblüfft hob Kaida ihren Blick und blinzelte zu Elrik hinüber. »Wie ... wie meinst du das? Natürlich ist es die Gier nach Macht, die ihn lenkt – was sollte es sonst sein?«

Tadelnd hob Elrik seine Augenbrauen. »Der gleiche Grund, der auch dich jahrelang angetrieben hat?« Als er zur Antwort nur einen fragenden Ausdruck auf Kaidas Gesicht bekam, seufzte er frustriert. »*Rache*, Kaida! Er will Rache.«

»Wofür denn?«, entgegnete sie verwirrt. »*Er* war doch derjenige, der die Fae angegriffen und von ihrer Insel vertrieben hat. Hätte er Oberon nicht aufgescheucht, wären die Fae dem Festland ferngeblieben und er hätte ungestört seinen Machenschaften nachgehen können. Der letzte Menschenkönig gab viel auf seinen Rat, Nero hätte ihn einfach manipulieren und sich selbst auf den Thron hieven können. Stattdessen griffen er und die anderen Hexer vereint mit der Unterstützung ihrer Schattenkreaturen die Fae an und zwangen sie zur Umsiedelung. Wusstest du, dass Nero die anderen Hexer nach dem Angriff überlistet und getötet hat, nachdem er ihnen einen großen Teil ihrer Magie genommen hatte? Sein Hunger nach Macht hat ihn dazu verleitet, seine Verbündeten, ja, seine ganze Art, abzuschlachten, nur damit er noch mehr an Einfluss gewinnen kann. Wofür sollte *er* sich schon rächen wollen?«

»Für das *eine*, das ihm seit jeher verwehrt wurde – und nun unerreichbar ist. Hat Callum nie mit dir darüber gesprochen?«

Kaida stutzte. »Nein, das hat er nicht ... Was soll es denn in dieser Welt geben, nachdem sich ein Ungeheuer wie Nero sehnt? Nun gut, abgesehen vom Thron und Oberons Kopf vielleicht ...«

Elrik schluckte unbehaglich. Kaida konnte an dem Ausdruck in seinen Augen ablesen, dass er seine Anspielung bereute. Er kannte sie, wusste, wie sturköpfig sie sein konnte – und wie furchtbar neugierig. Eine gefährliche Kombination, die ihn dazu bringen könnte, sich um Kopf und Kragen zu reden.

Erneut blickte sich der Schmied aufmerksam um. Er legte einen Finger auf die Lippen und deutete Kaida, ebenfalls still zu sein. Angestrengt lauschte sie in die Dunkelheit des Hauses, doch abgesehen von dem pfeifenden Wind und dem leisen Knarzen der Holzbalken war es totenstill. Verschwörerisch funkelte Elrik sie an, ehe er sich über Jace zu ihr herüberbeugte, um nicht so laut sprechen zu müssen.

»Callum hat es mir eines Abends erzählt, als er sehr betrunken war. Ne –«

»Callum trinkt?«, zischte sie aufgebracht dazwischen. »Seit wann das? Er hasst Alkohol, ich –«

»Seit er realisiert hat, dass du nicht länger nach seiner Pfeife tanzt«, antwortete der Schmied leise. »Du fehlst ihm, Kaida. Und als er und seine Männer hier im Dorf ankamen, um uns zu rekrutieren, hat er noch am selben Abend im Wirtshaus dem Alkohol zugesagt. Genau genommen hat er das jede Nacht getan, die er hier war. Wir haben uns gut verstanden, darum hat er sich wohl ausgerechnet mich ausgesucht, als er jemandem im Suff von seinem Leben erzählen wollte. Dabei ... dabei hat er erzählt, dass –«

Kaida hörte ein Zischen, etwas schoss schnell wie ein Blitz durch die Luft. Sie fuhr so ruckartig mit dem Kopf herum, dass sie sich fast ihren Hals verrenkte. Mit zusammengekniffenen Lippen legte sie sich eine Hand auf die verspannte Stelle und sah sich suchend um, doch zunächst konnte sie nichts entdecken – bis sie aus einem kleinen Loch in der Wand hinaussah und einen blonden Jungen entdeckte, der nicht weit vom Haus entfernt stand. In seinen blassen Händen hielt er einen Bogen. Als sein Blick auf Kaida traf, wandte er sich hastig um und rannte davon.

»Luce?«, rief Kaida ihm verwundert nach, doch der Junge war bereits von der Dunkelheit verschluckt worden. »Hey, Elrik, hast du das …?«

Ihr Herz blieb stehen, und mit ihm die ganze Welt um Kaida herum. Blinzelnd sah sie in Elriks Gesicht, das ihr in diesem Moment seltsam vertraut und unheimlich fremd zugleich vorkam. Nur langsam schlich sich die Erkenntnis in ihre benebelten Sinne, während sie in seine weit aufgerissenen Augen starrte, die ihren Blick leer erwiderten. Sein Mund stand offen, genauso wie ihrer – nur mit dem Unterschied, dass sie weiterhin Luft bekam. Dunkelrote Linien flossen zähflüssig über die leichten Gräben auf Elriks Stirn, tropften über seine Nasenspitze auf seine Unterlippe und sein Kinn hinab. Mitten in seiner Stirn steckte ein Pfeil.

»Elrik?«, fragte Kaida leise, doch ihr Gegenüber blieb stumm.

Nun blieb auch ihr die Luft weg. Ihre Hände wurden klatschnass, ihr Herzschlag nahm mit aller Wucht an Fahrt auf. Sie hörte das laute Hallen ihres Atems. Fassungslos starrte sie den jungen Schmied an – den Mann, der ihr damals das Leben gerettet hatte. Der sie bei sich aufgenommen hatte, als Kaida bewusst geworden war, dass es in der großen weiten Welt scheinbar keinen Platz für sie gab. Der ihr geholfen hatte, zu ihrer alten Stärke zurückzufinden, der ihr ein Zuhause geschenkt hatte – und den Willen, ein besserer Mensch zu werden. Und jetzt saß er dort, halb in sich zusammengesackt an einen Holzbalken gelehnt … *tot*. Mausetot. Ihretwegen.

Das Funkeln in seinen Augen war erloschen und würde auch nie wieder zurückkehren. Niemals würden sich seine Mundwinkel wieder zu einem Lächeln verziehen, niemals würden seine warmen Hände mehr über ihren Kopf streichen. Sie waren erkaltet – und mit ihnen alles Leben, das einst so stark in ihm pulsiert hatte.

Kaidas Augen brannten wie Feuer. Elrik hätte leben können – stattdessen hatte er es an sie vergeudet. Das hier war ganz allein ihre Schuld. Sie hätte den erneuten Kontakt zu ihm niemals zulassen dürfen …

Suchend tasteten ihre Hände über den Boden. Sie wollte sich abstützen und aufrappeln, musste raus aus diesem Zimmer, in dem der Geruch des Todes in der Luft schwebte. Stattdessen spürte sie etwas Weiches unter ihren Handflächen.

»Kaida?«, hörte sie Jace' leise Stimme. »Kaida, was ist los?«

Starr blickte sie zu dem Prinzen hinab, der sein Gesicht angestrengt in ihre Richtung drehte. Seine grauen Augen betrachteten sie besorgt, eine leichte Falte hatte sich zwischen seinen Augenbrauen gebildet. »Was … was ist geschehen?«

»Du lebst«, hörte Kaida ihre eigene Stimme tonlos sagen. »Ich muss dich in Sicherheit bringen. Bleib liegen!«

Mechanisch schob sie seinen Kopf von ihrem Schoß und stand auf. Ihre Beine fühlten sich taub und steif an, wie eine Holzpuppe lief sie um Jace herum und griff nach den Bandagen, die neben Elriks offener Hand lagen. Ihre Finger waren eiskalt, als sie nach dem Stoff griff und ihn langsam aufhob. Sie kniete sich tonlos wieder neben den Fae-Prinzen, wickelte die Bandagen vorsichtig um seine Flügelansätze und knotete sie fest. Erneut tastete ihre Hand über den Boden, diesmal auf der Suche nach Jace' Oberteil. Schweigend zog sie es ihm über den Kopf, fädelte seine Arme durch die weiten Hemdsärmel hindurch und zog am Saum, um den Stoff zu glätten.

»Du musst aufstehen«, erklärte sie knapp und griff ihm zeitgleich unter die Arme, »wir müssen los. Jetzt!«

Als sie Jace aufrichtete, hörte sie, wie er scharf die Luft einzog. Augenblicklich begannen Kaidas Knie zu zittern – war er etwa auch getroffen worden? Panik schnürte ihr den Hals zu, doch zu ihrer grenzenlosen Erleichterung drehte sich Jace aus eigener Kraft zu ihr um und schaute ihr in die Augen – nirgendwo konnte sie einen Pfeil in seinem Körper entdecken.

»Was ist passiert?«, fragte der Fae atemlos und deutete mit seinem Zeigefinger auf Elrik. »Hat er dich angegriffen?«

Mechanisch schüttelte Kaida ihren Kopf. Er fühlte sich wie leer gefegt an, als hätte jemand alle Gedanken aus ihm hinausgetragen. *Fast alle* – denn der letzte hatte sich bereits wie ein Brandmal in ihren Kopf geprägt.

»Ich muss dich in Sicherheit bringen. Wir reden darüber, wenn wir hier weg sind. Komm jetzt, Jace!« Ihre Stimme klang so ruhig und neutral, als würde sie die Bestandsliste einer Waffenkammer durchgehen. Kaida wusste selbst nicht, wie ihr das gelang, doch irgendwie schaffte sie es, den Vulkan in ihrem Inneren zu verschließen und seine Explosion hinauszuzögern. Ihr Kopf hatte auf *Überleben* umgeschaltet, *Überleben und Beschützen*.

Steif griff sie nach Jace' Handgelenk und zog ihn zu dem Pferd, das noch immer angebunden in dem Häuschen stand. Gemeinsam schafften sie es, ihn irgendwie auf das Tier zu bekommen. Als Kaida vor ihm auf den Pferderücken kletterte und die Zügel zwischen ihre Finger nahm, fühlten sie sich taub an, fast wie eingefroren.

»Kaida, jetzt sprich bitte mit mir!«, hörte sie Jace leise bitten, doch sie war noch immer nicht in der Lage, ihm zu antworten.

Der blonde Junge tauchte vor ihrem inneren Auge auf; die großen himmelblauen Augen hatten sich tief in ihr Gedächtnis eingebrannt. Sie hatte ihn sofort erkannt – den Fae, den sie vor vielen Monden im Schnee gefunden hatte. Sie hatte ihm das Leben geschenkt und zum Dank hatte er Elriks beendet. Kaidas Kopf begann furchtbar zu schmerzen. Die ganze Zeit über hatte sie mit dem Verrat hinter sprichwörtlich jeder Ecke gerechnet – hatte versucht zu verstehen, welche Ziele Oberon, Callum oder gar Jace heimlich verfolgten. Sie hätte jedem von ihnen an einem gewissen Punkt zugetraut, ihr einen Dolch in den Rücken zu rammen – nur nicht *ihm*. Luce. Der Junge mit den unschuldigen Augen. Sie hatte sich sein Erscheinen auf der Insel nicht eingebildet, genauso wenig wie sein plötzliches Auftauchen in der Schwarzen Festung ... Luce war real gewesen – und ebenso sein Verrat. Allein bei dem Gedanken daran, was während ihrer Abwesenheit alles in der Hauptstadt passiert sein konnte, wurde Kaida ganz schwindelig vor Sorge ...

Kühle Nachtluft wehte ihr um den Körper und jagte einen eisigen Schauer über ihren Rücken. Elrik hatte recht gehabt, sie hätte sich und Jace noch mit

Proviant und wärmerer Kleidung ausstatten sollen, ehe sie sich erneut in die eisigen Klauen des Nordens begaben – doch Kaida hatte keine Zeit mehr zu verlieren. Sie musste weg von hier. Musste Jace in Sicherheit bringen und dafür sorgen, dass er wieder zu Kräften kam. Jetzt, wo feststand, dass Luce ein doppeltes Spiel trieb, traute Kaida niemandem mehr. Die Hufe des Pferdes stampften laut im feinpulvrigen Schnee, während es aus dem Dorf hinausgaloppierte.

»Kaida …?« Jace' Stimme klang ruhig und einfühlsam, doch sie brachte den Vulkan in ihrem Innerem dennoch erneut zum Kochen. Sie konnte nicht einmal darüber nachdenken, wie sie ihm die Situation erklären sollte, ohne dass ihr dabei Tränen in die Augen stiegen. Elriks leerer Blick tauchte vor ihr auf, bohrte sich tief in ihre Seele hinein. Das schlechte Gewissen umschlang ihr Herz wie eine Dornenranke …

»Gib mir bitte die Zügel, Kaida.« Die Stimme des Prinzen ließ Elriks Gesicht wie eine Seifenblase zerplatzen. Kaida blinzelte orientierungslos, rieb sich über die brennenden Augen. Nur langsam fand sie den Weg aus ihren wirren Gedanken zurück in die Wirklichkeit. Sie spürte Jace' Hände an ihrer Seite, seinen warmen Atem an ihrer Ohrenspitze. Wie in Trance reichte sie ihm die Zügel. Kaum hatte er sie ihr abgenommen, zog er sie kräftig zu sich. Wiehernd riss das Pferd seinen Kopf herum und bremste so stark ab, dass Kaida beinah gefallen wäre.

»Wir waren viel zu schnell«, erklärte Jace leise. »Egal was da vorhin in der Hütte vorgefallen ist – du bist definitiv nicht in der Verfassung, das Pferd zu führen, Kaida.«

Ein leises Wimmern kämpfte sich seinen Weg über ihre Lippen, die wie Espenlaub zitterten. Augenblicklich verstärkte sich der Griff um ihre Taille. Kaida spürte, wie Jace ihr einen sanften Kuss auf die Schulter drückte. »Es wird alles gut, Kleines. Gib mir das Tier, ich werde uns führen. Ich kann verstehen, dass du aufgelöst bist, aber bitte erzähl mir, was vorhin im Dorf geschehen ist.«

Zwar nahm Kaida seine Worte wahr, doch so sehr sie es auch wollte: Sie schaffte es einfach nicht, ihm von den Ereignissen zu erzählen. Kaum rollten die ersten Tränen über ihre Wange, gefroren sie zu kleinen Eiszapfen. Jace würde sie nicht beschützen können – weder sie beide noch sich selbst. Die ganze Welt schien sich gegen sie verschworen zu haben. Kaida zog Unheil und Tod magisch an, man könnte fast meinen, dass *dies* ihre Gabe wäre und nicht die Magiefäden. Mit jedem Wimpernschlag, den Jace an ihrer Seite verweilte, zog sich die Schlaufe um seinen Hals fester zu. Hätte er sie damals einfach im See ertrinken lassen, wäre er niemals von Nero gefangen genommen und gefoltert worden. Er hätte nicht kreuz und quer durch Tenebris reisen müssen, nur um am Ende schwer verwundet, aber dennoch mit leeren Händen in die Hauptstadt zurückzukehren. Denn genau so war es: Ihre Reise hatte sie nicht weitergebracht. Im Gegenteil, sie hatte ihnen nur noch mehr Probleme beschert und neue Fragen aufgeworfen. Sie hatte unschuldige Leben gekostet – und wofür?

Ohne Vorwarnung griff Kaida nach den Zügeln. Das Pferd blähte schnaubend die Nüstern und stellte sich wiehernd auf die Hinterbeine. Sie spürte, wie sich Jace' Finger fest in ihre Seiten bohrten. Kaum landete das Tier mit den Vorderbeinen wieder fest auf dem verschneiten Boden, ließ Kaida die Zügel los, wandte sich aus Jace' Griff und rutschte vom Pferderücken hinab. Sie verschränkte ihre Arme vor der Brust und kämpfte sich durch die Schneemassen, die ihr fast bis zur Mitte des Oberschenkels reichten. Hinter ihr hörte sie Jace nach sich rufen, schenkte ihm jedoch keine Beachtung. Auch als sie plötzlich von warmem Pferdeatem angepustet wurde, hielt sie ihren Blick starr auf den Schnee vor ihrem Körper gerichtet.

Sie rechnete damit, dass Jace ihr eine Standpauke halten würde, doch erstaunlicherweise sagte der Fae keinen Ton. Er versuchte nicht einmal, sie dazu zu überreden, wieder auf das Pferd zu steigen. Doch schon nach kurzer Zeit spürte Kaida, wie die Kälte ihre Knochen und Muskeln lähmte. Es war der reinste Kraftakt, überhaupt auch nur *einen* Schritt durch den hohen Schnee zu machen. Der eisige Wind blies ihr mit solcher Wucht ins Gesicht, dass ihre Haut brannte, als hätte ihr jemand Dutzende Male ins Gesicht geschlagen. Sie kämpfte eine ganze Weile gegen die eisige Kälte an, gegen sich selbst und gegen die Dornenranke, die sich noch immer fest um ihr Herz schlang; dann gaben ihre Knie nach und sie ließ sich kraftlos in den Schnee fallen. Bereit zu erfrieren – so, wie sie es schon damals hätte tun sollen, bevor Elrik sie gerettet hatte. Diesmal würde er ihr nicht zur Hilfe eilen …

Schluchzend kauerte sich Kaida zu einer kleinen Kugel zusammen, zog ihre Knie eng an ihren Körper und vergrub ihr Gesicht unter ihren Haaren. »Es ist alles meine Schuld, Jace«, rief sie, wobei ihr Brustkorb so sehr bebte, dass es schmerzte. »Ich kann nicht mehr. Und ich möchte auch nicht mehr. Es ist mir egal, wer mich hier zuerst finden wird: Nero, Oberon oder der Tod. Ich habe keine Lust mehr auf diesen Wahnsinn.«

Warme Hände schoben sich unter ihren zitternden Körper und versuchten sie aufzurichten, doch Kaida drückte sich mit aller Kraft gen Boden. »Wenn ich kein Fieber und keinen halb offenen Rücken hätte, würde ich dich einfach hochheben«, hörte sie Jace sanft sagen. »Meinst du, es ist gut, wenn ich mich in dem Zustand so anstrenge?«

Schniefend versuchte sie durch die Schneeflocken und ihr Haar zu ihm aufzusehen. »Das ist gemein!«

»Ja, aber mir fällt kein anderer Weg ein, wie ich dich vor dem Kältetod retten könnte. Wenn du mir also den Gefallen tun und dich wenigstens aufsetzen würdest?«

Widerwillig löste Kaida ihre Haltung und ließ zu, dass Jace sie in die Aufrechte zog. Sie hatte erwartet, dass er versuchen würde sie schnellstmöglich wieder auf das Pferd zu hieven, doch stattdessen ließ er sich einfach neben ihr im Schnee nieder. Der Fae schlang seine Arme und Beine um ihren immer noch zusammengekauerten Körper und legte seinen Kopf behutsam auf ihren.

Als seine Wärme auf Kaida überging, gab es für sie kein Halten mehr. Schluchzend und bebend kauerte sie sich in seine Umarmung und ließ zu, dass der Vulkan in ihr explodierte. Tiefer Schmerz brach über ihre Sinne, gemischt mit dem Gefühl der Wut und der Hilflosigkeit. Alles kam ihr so schrecklich sinnlos vor. Sie hatten Elrik verloren, wahrscheinlich auch ihren Bruder. Jace schwebte in großer Gefahr, ganz zu schweigen von den vielen Lebewesen, egal ob Mensch, Magiegeschöpfe oder Fae, die in den bevorstehenden Krieg ziehen mussten. Würden sie es überhaupt noch rechtzeitig in die Hauptstadt schaffen?

Vielleicht lag ja bereits alles in Trümmern, wenn sie dort ankommen würden; *wenn überhaupt* ... vielleicht schafften sie es ja auch gar nicht. »Elrik wurde von einem Pfeil getroffen«, flüsterte Kaida schließlich heiser an Jace' Schulter. Sie spürte, wie er leicht nickte. »Konntest du sehen, wer es war?«

»Ja. Aber du würdest mir sowieso nicht glauben.«

»Wieso bist du dir da so sicher?«

»Weil ich ... weil ich Luce gesehen habe.«

Jace schwieg. Eine ganze Weile lang sagte er gar nichts, fuhr nur sanft über Kaidas Rücken und versuchte sie warm zu halten. Sie konnte fühlen, wie er trocken schluckte.

»Ich weiß«, hauchte er schließlich leise.

Ruckartig fuhr Kaida zu ihm herum. »Was?«

»Als du mir auf der Insel von ihm erzählt hast, habe ich dir zuerst nicht geglaubt ... Aber in der Schwarzen Festung bin auch ich ihm begegnet. Ich dachte, ich hätte es mir eingebildet – aber wenn du sagst, dass er Elrik erschossen hat, wird es wohl kein Albtraum, sondern bittere Realität gewesen sein.«

»Aber wieso?«, fragte Kaida schniefend und legte ihre Stirn an die von Jace, um ihm besser in die Augen sehen zu können. »Luce ist doch so ein Sonnenschein, es passt absolut nicht zu ihm, dass –«

»Nein, das tut es nicht«, unterbrach Jace sie sanft. »Ich denke, dass er entweder von Magie kontrolliert wird oder von Nero manipuliert wurde. Vielleicht hat er ihm versprochen uns zu verschonen, wenn er dafür Gefälligkeiten für ihn übernimmt. Ich ... ich hoffe nur, dass –«

»Dass ... was?«, fragte Kaida mit bebender Stimme.

»Ich hoffe, dass er noch keine Dummheiten in der Hauptstadt angestellt hat. Er würde Nia und Nox niemals wehtun können, vor allem nicht Nia – aber ich mache mir Sorgen um ... um Oberon. Auch wenn ich ihn für viele seiner Taten verachte, so ist und bleibt er doch mein Vater. Wir müssen umgehend nach Hause zurückkehren, hier draußen, mitten im Nirgendwo, werden wir wohl kaum die Antworten finden, die wir suchen. Bist du bereit, wieder auf das Pferd zu steigen?«

Entschieden schüttelte Kaida den Kopf, wobei ihre Nasenspitze sanft über seine strich. »Nein, das bin ich nicht«, murmelte sie mit einem traurigen Lächeln auf den Lippen. Sie verlor sich in den grauen Augen des Fae-Prinzen, ertrank förmlich in ihrem warmen Ausdruck. Und dann fand sie ihn – den Grund, weshalb es sich eben doch lohnte, wieder auf das Pferd zu steigen. »Ich liebe dich.«

Kurz flackerte Verwunderung in seinen Augen auf, doch schon einen Wimpernschlag später strahlten sie heller als der Sternenhimmel über ihren Köpfen. Er lächelte sanft, ehe er den geringen Abstand zwischen ihren Lippen überbrückte und ihr einen tröstenden Kuss schenkte. Seine Lippen berührten die ihren so behutsam, als könnten sie jeden Moment in tausend Scherben zerspringen. »Ich liebe dich auch, Kaida.« Lächelnd schlang sie ihre Arme um seinen Hals und vergrub ihr tränengetränktes Gesicht in der Kuhle zwischen seinem Hals und seinen Schultern. Als ihr sein unverkennbarer Duft in die Nase zog, schmiegte sie sich noch fester an seinen Körper.

Natürlich vermochte selbst sein Lächeln nicht, die Wunden auf ihrer Seele zu heilen – doch zumindest verhinderte es, dass sie noch weiter aufrissen. Konzentriert fokussierte Kaida ihre Sinne auf seinen Atem, der leicht über ihre Wange strich, auf die Wärme, die von seinem Körper ausging. Sie konnte spüren, wie sein Herz kräftig gegen seinen Brustkorb schlug. Und solange dies der Fall war, würde sie sich immer wieder hochraffen. Wenn schon nicht für sich selbst, dann wenigstens für ihn. Kaida würde später noch die Zeit finden, ausgiebig und angemessen um Elrik zu trauern; doch jetzt war nicht der richtige Moment, um in Trübsal und Verzweiflung zu ertrinken. Sie musste wieder aufstehen, musste für diejenigen kämpfen, die sie noch nicht verloren hatte.

»Ich werde nicht aufgeben, ehe ich Neros widerliche Fratze auf einen Speer gespießt und vor den Toren der Hauptstadt aufgestellt habe«, verkündete sie leise.

An ihrer Wange spürte sie, wie sich Jace' Lippen zu einem Grinsen verzogen. »Na, das klingt doch schon wieder viel mehr nach meinem Lieblingssturkopf! Und wenn es so weit ist, werde ich dir für dein Vorhaben den prachtvollsten Speer anfertigen lassen, den mein Volk je geschmiedet hat.«

Kapitel 27

Angespannt versuchte Kaida unter dem Rand ihrer dunklen Kapuze hindurchzusehen. Überall in den engen Gassen der Hauptstadt lag Schutt, ab und zu zerrissen Schreie die bedrückende Stille. Sie konnte einen Blick in das Gesicht eines Kindes erhaschen, dessen Gesicht beinah komplett mit Staub und Asche bedeckt war. Nur die braunen Augen des Jungen funkelten klar unter dem Schmutz hervor und musterten Kaida neugierig.

Dieses Braun ... Kaida senkte vor Schmerz den Blick. Auch wenn es bereits gut zwei Wochen her war, dass sie in Elriks leere Augen geschaut hatte, verfolgte sie das Bild noch immer bis in ihre tiefsten Träume. Der Schmerz war ebenso stark wie damals – nur mit dem Unterschied, dass es Kaida gelungen war, ihn unter einer Decke aus Wut und Rachedurst zu verbergen.

»Die Reisenden, die uns vor ein paar Tagen ihre Vorräte verkauft haben, hatten also doch recht«, murmelte Jace' tiefe Stimme gegen den Stoff ihrer Kapuze.

Kaida nickte stumm. Sie hätte sich gewünscht, dass die Erzählungen über die Attacken von Schattenfressern und dem Roten Mond nur Schauermärchen gewesen wären, doch die eingestürzten Gebäude und die vielen Schuttteile im türkisfarbenen Wasser der Kanäle sowie der Anblick Dutzender Tote und Verletzte raubte ihr jede Illusion. Kaida hatte gehofft, dass Nero zumindest die Zivilisten verschonen würde, doch anscheinend wollten er und seine Schergen alles Leben ausrotten, das sich nicht freiwillig für seine Sache opferte. Umso mehr wunderte es sie, dass scheinbar so viele Menschen in der Hauptstadt versuchten neutral zu bleiben. Irgendwie hatte sie erwartet, dass die Menschen jubelnd zu Nero überlaufen würden, doch so, wie es aussah, waren die Bewohner der Hauptstadt wesentlich zufriedener mit Oberons Herrschaft als der Rest des Landes …

»Wie weit ist es noch?«

»Wir sind fast da«, antwortete Jace leise. »Ist dir aufgefallen, dass die Schäden an den Gebäuden immer weniger werden? Vielleicht haben wir Glück und Nero und seine Verbündeten sind noch gar nicht bis zum Palast vorgedrungen.«

Jace' Optimismus sollte ausnahmsweise recht behalten. Als sie die ersten Palastmauern passierten, an denen seltsamerweise gar keine Soldaten standen, wagte es Kaida, ihre Kapuze ein Stückchen hochzuziehen. Während ihr Blick über den weißen Stein wanderte, seufzte sie erleichtert und lockerte ihre angespannten Muskeln. »Die Mauern sehen völlig intakt aus«, berichtete sie Jace zufrieden. Sie hatte es ihm bisher noch nicht gesagt, aber insgeheim hatte sie bereits befürchtet, eine ähnliche Ruine vorzufinden wie das Schloss auf der Fae-Insel.

»Das ist gut«, drang seine Stimme leise an ihr Ohr, »aber wir sollten uns nicht zu sicher fühlen. Du hast mir doch erzählt, dass laut deinem Bruder Spione im Palast arbeiten … Außerdem wissen wir immer noch nicht, was Luce da drinnen eventuell angestellt hat.« In der Art, wie er den Namen seines kleinen Bruders aussprach, lag so viel Schmerz, dass Kaida ihn in ihrem eigenen Herzen widerklingen spürte. In den letzten Tagen hatten sie oft darüber gerätselt, wie Luce nur so tief in die Zwickmühle hatte geraten können, doch stets hatten sie ihre Überlegungen in so dunkle Ecken geführt, dass sie die Gedanken nie zu Ende gesponnen hatte. Sie hatte es immer noch nicht über sich gebracht dem Prinzen zu verraten, wie vertraut Luce den Hexenmeister angesprochen hatte, aus Angst davor, den Schmerz nicht ertragen zu können, der sich bei ihrem Geständnis in Jace' Augen abzeichnen würde.

Als sie das Tor des Palastes erreichten, wurde ihnen der Weg tatsächlich durch eine Handvoll Soldaten versperrt. Jace schwang sich zuerst vom Rücken des Pferdes und half Kaida dabei, ebenfalls abzusteigen. Als er seine

Kapuze zurückzog und ihm schwarze Haarsträhnen in die Stirn fielen, erklang ein kollektives Aufatmen.

»Mein Prinz«, platzte einer der Soldaten erschrocken hervor, »welch Freude, Euch wieder in der Stadt zu wissen. Euer Vater und Eure Schwester werden sehr erleichtert sein. Vor mehreren Monaten hat der König eine Truppe zu unserer alten Heimat gesandt, die nach eurem Wohl schauen sollte. Als sie nur die toten Soldaten fanden, die Euer Vater Euch mitgeschickt hatte, war Oberon krank vor Sorge!«

»Ach ja?«, schnaubte Jace verächtlich. »Kann ich mir bei ihm gar nicht vorstellen.«

»Ihr solltet ihm trotzdem einen Besuch abstatten, er und euer Geschwister müssten sich im Thronsaal aufhalten. Die aktuelle Lage hat Eurem Vater stark zugesetzt, bitte erschreckt Euch nicht, wenn Ihr ihm gegenübertretet.«

Aus dem Augenwinkel sah Kaida, wie Jace seine Lippen öffnete, doch sie kam ihm zuvor. »Seine *Geschwister*? Welche denn?«

»Na alle, denke ich«, antwortete der Soldat schulterzuckend und tauschte einen ratlosen Blick mit seinem Kameraden, »aber auf jeden Fall Nia und Luce. Über Nox' Verbleib bin ich nicht ausreichend informiert.«

Kaida spürte, wie ihr das Blut in den Adern gefror. Als sie zu Jace hinübersah, krochen tiefschwarze Schatten über seinen Hals. Sein Gesicht hatte sich zu einer undurchschaubaren Maske verwandelt. Wenn Luce bei den anderen war, schwebten sie vielleicht in Lebensgef –

»Haltet sie!«, drang plötzlich ein lauter Ruf aus dem Inneren des Schlosses. Die Tür hinter den Soldaten wurde mit einem Mal schwungvoll aufgestoßen. Als Kaida in die Augen einer grauhaarigen Fae blickte, stockte ihr der Atem.

»Sie arbeitet für meinen Bruder!«, rief sie geistesgegenwärtig und deutete mit ihrem Zeigefinger auf die vermeintliche Heilerin. »Sie war diejenige, die mir in seinem Namen eine Botschaft hat zukommen lassen. Außerdem wünschte sie mir, dass mir der Rote Mond den Weg leiten würde!«

Ruckartig drehten sich die Soldaten zu der Fae um. Ihre Augen verengten sich zu Schlitzen, doch der brennende Hass in ihnen war trotzdem nicht zu übersehen.

»Verräterin«, zischte sie Kaida zornig an, ehe sie wie aus dem Nichts einen Dolch hinter ihrem Rücken hervorzog und diesen in den ungeschützten Hals eines Soldaten rammte, der ihr am nächsten stand.

Obwohl es nicht das erste Mal war, das Kaida jemanden sah, dem der Hals aufgeschnitten wurde, fühlte sie sich durch den Anblick kurzzeitig wie gelähmt. Auch die anderen Soldaten konnten die Fae nur mit geweiteten Augen anstarren, während die ihren Dolch zurückzog und auf Kaida zustürmte. Doch bevor die Dolchspitze auch nur in die Nähe ihres Halses gelangen konnte, sah Kaida einen Schatten in ihrem Augenwinkel. Es war Jace, der seinen Arm blitzschnell nach dem erhobenen Handgelenk der Fae ausstreckte und seine schlanken Finger darumlegte.

Mit großen Augen beobachtete Kaida, wie die pechschwarzen Schatten über seinen Handrücken flossen. Sie krochen in seine Fingerspitzen und von dort aus auf das Handgelenk der Fae, die keinen Wimpernschlag später schreiend ihren Kopf in den Nacken warf. Rote Äderchen tauchten in ihren weit aufgerissenen Augen auf, die sich in Sekundenschnelle Schwarz färbten. Ihr Schrei war so schrill, dass Kaida ein eiskalter Schauer über den Rücken floss. Gebannt beobachtete sie, wie die Fae langsam auf ihre Knie sank, während Jace ihr Handgelenk noch immer fest umklammert hielt. Die Schatten hatten sich bereits bis auf ihren Hals ausgebreitet und fraßen sich langsam ihr Gesicht hinauf. Der Todesschrei wurde immer schriller, schon bald übertönte er sogar die Frequenz, zu der normalerweise nur Nixen in der Lage waren. Dann sackte ihr Körper wie eine leere Hülle in sich zusammen. Ihr Schrei verstummte, doch ihr Mund blieb weit aufgerissen. Ein letztes Japsen, dann wurde es mit einem Schlag still. Als Jace ihr sein Gesicht zuwandte, konnte Kaida ihn nur sprachlos anstarren.

Ein trauriges Lächeln legte sich auf seine Lippen. »Verstehst du jetzt, wieso ich nicht wollte, dass du mich berührst? Warum ich nicht mit Luce in der Stadt umherbummeln konnte?«

Kaida nickte steif. »Die Erzählungen über deine Gabe kannte ich schon vorher, aber … aber sie mit eigenen Augen zu sehen, ist noch mal etwas anderes.«

»Mich würde brennend interessieren, wieso du immun gegen sie bist.«

»Mich auch ... Aber solange es funktioniert, bin ich zufrieden«, erwiderte Kaida immer noch überrumpelt von dem Todeskampf, der sich vor ihren Augen abgespielt hatte.

Jace ließ das Handgelenk der Fae fallen wie einen gammligen Fisch. Er warf seinen Soldaten einen prüfenden Blick zu, die gerade ihren verletzten Kameraden begutachteten, doch so, wie der Wachmann mit allen vieren ausgestreckt am Boden lag, bezweifelte Kaida, dass ihm noch zu helfen war. Ein weiterer Fae in goldener Rüstung tauchte schwer atmend im Türrahmen auf. Sein Blick fiel zuerst auf den Verletzten, dann auf Kaida und Jace. Hektisch deutete er eine Verbeugung an. »Mein Prinz, welch eine Freude Euch zu sehen«, keuchte er atemlos. »Wie ich sehe, ist es Euch gelungen, die Spionin zu ergreifen. Eure Schwester hat sie dabei erwischt, wie sie eine Giftmischung in Nox' Medizin gerührt hat. Hätte er sie eingenommen, wäre er elendig krepiert. Wir –«

»Wieso braucht Nox Medizin?«, unterbrach Jace ihn angespannt und machte einen Schritt auf das Tor zu. »Ist er verletzt?«

Eilig nickte der Soldat. »Er und ein paar unserer Soldaten haben ein Versteck des Roten Mondes hochgenommen, dabei hat er ein paar Treffer einstecken müssen. Aber soweit ich weiß, müsste er mittlerweile stabil sein.«

Jace warf Kaida über seine Schulter hinweg einen eindringlichen Blick zu. Tiefe Sorge lag darin. Sofort schloss sie zu dem Prinzen auf und nickte ihm zu. Vielleicht wäre es klüger, erst einmal nach Luce und Oberon zu suchen – doch Kaida wusste, dass Jace keinen klaren Gedanken fassen konnte, solange er sich kein Bild von Nox' Verfassung gemacht hatte.

Während sie durch den Palast eilten, nahm Kaida die vielen Soldaten in den Hallen nur am Rande wahr. Mehrmals mussten sie einer Kanone oder einem Haufen an Schwertern, die jemand in den Fluren abgelegt hatte, ausweichen. Die Indizien waren so klar wie der See vor Jace' Waldhütte – man bereitete sich auf den Krieg vor.

Als sie in einen breiten Flur bogen, erkannte Kaida sofort, dass sie die Krankenstation erreicht hatten. Der metallische Geruch von Blut zog ihr in die Nase, überall saßen verwundete Fae auf dem Boden und lehnten sich an die Wände. In der Luft hing ein bedrückender Gestank aus Wundflüssigkeiten und Kräutern. Vielleicht schwang auch ein Hauch Verwesung in ihr mit; Kaida wollte es gar nicht so genau wissen. Angestrengt atmete sie durch den Mund und versuchte nicht auf die vielen blutüberströmten Körper zu starren, oder auf die, die sich schon gar nicht mehr bewegten.

Als ihnen eine Heilerin entgegenkam, deutete sie sofort auf eine der vielen Türen an den Seiten des Flures. Jace griff nach Kaidas Hand und stürmte mit ihr auf die dunkelbraune Holztür zu. Schwungvoll riss er sie auf, gab Kaida einen vorsichtigen Schubs hinein und knallte das Holz hinter sich zu. Mit großen Augen starrten sie auf die zwei Fae, die in dem breiten Bett lagen.

»Ähm … hallo?«, brachte Kaida angespannt über die Lippen. Sofort kam Bewegung in Nias Körper, Nox öffnete nur verschlafen die Augen.

»Jace!«, schluchzte die Prinzessin und sprang augenblicklich aus dem Bett. Kaida konnte gerade noch den Ärmel ihres blassgrünen Kleides greifen und sie daran zurückziehen, ehe sie ihrem Bruder in die Arme gefallen wäre. »Jace, wie konntest du mir das nur antun?«, fragte sie schluchzend, während sie versuchte Kaidas Griff zu entkommen. »Ich dachte, du seist tot!«

»Wir verstehen ja, dass du Abstand von hier brauchtest, von der Hauptstadt, von Vater und natürlich auch von uns, aber du hättest ruhig mal ein Lebenszeichen hinterlassen können«, mischte sich Nox leise in die Diskussion ein. Seine Augen waren leicht gerötet, außerdem prangte eine große verschorfte Wunde auf seiner Schläfe.

Als sein Blick auf den von Kaida traf, bemühte er sich um ein freundliches Lächeln. »Schön zu sehen, dass ihr beide noch unter den Lebenden weilt. Wo habt ihr euch denn so lange rumgetrieben?«

Mit einem kräftigen Ruck riss sich Nia aus Kaidas Griff und lief zurück auf das Bett zu. Sie setzte sich neben Nox und griff behutsam nach seinen Fingern, mit ihrer freien Hand hingegen nahm sie eines der Kissen auf und warf es ohne Vorwarnung gegen Jace' Brust. »Die Ohren lang ziehen kann ich dir ja nicht«, erklärte sie schulterzuckend.

Jace kommentierte ihren Angriff lediglich mit einem verächtlichen Schnaufen.

»Wir haben leider nur Zeit für die Kurzfassung«, mischte sich nun auch Kaida ein, »wir müssen zu Oberon.«

»Du glaubst doch nicht ernsthaft, dass ich euch gehen lasse, bevor ihr mir *alles* erzählt habt!«, entgegnete Nia aufgebracht. »Ich wäre in den letzten Monaten beinah tausend Tode gestorben! Wieso hast du dich nicht bei mir gemeldet, Jace?« Ihre Stimme brach, Flüsse aus Tränen rannen ihr über die Wangen. Als ein Schluchzen ihren Körper so sehr zum Beben brachte, dass sie sich beinah verschluckte, spürte Kaida so etwas wie Mitleid in sich aufkeimen. Auch wenn ihre eigene Beziehung zu der Prinzessin etwas ... nun ja ... *kompliziert* war, so konnte sie doch nachvollziehen, wie sehr Nia in den letzten Monaten gelitten haben musste. Ein Seitenblick zu Jace zeigte ihr, dass es dem Prinzen ähnlich schlecht ging. Sehnsucht stand so klar in seine Augen geschrieben wie mit Tinte auf weißem Papier. Nox legte Nia beruhigend eine Hand auf den Rücken und redete leise auf sie ein. Zwar beäugte Jace das Ganze ziemlich argwöhnisch, doch er hielt sich überraschenderweise mit seinen Kommentaren zurück. Erst als Nox der Prinzessin einen leichten Kuss auf die Wange drückte, wanderte seine Augenbraue in die Höhe. »Wie lang geht das mit euch eigentlich schon?«

»Es gibt doch wohl Wichtigeres zu besprechen, findest du nicht?«, erwiderte Nia leise, woraufhin Jace zustimmend mit dem Kopf nickte. »Stimmt ... Warum habt ihr es vor mir geheim gehalten?«

»Wir wollten dich nicht verletzen«, gab Nox leise zu. »Wir dachten, dass du die Sache vielleicht in den falschen Hals bekommen könntest.«

»Du meinst, ihr hattet Angst davor, dass ich euch den Kopf abreiße«, entgegnete Jace pikiert.

Kurz überlegte Kaida sich einzumischen, doch dann entschied sie, dass das hier nun wirklich nicht ihre Angelegenheit war. Solange die Geschwister die Sache nicht ausdiskutiert hatten, würde immer etwas zwischen ihnen stehen – und das war inmitten eines Krieges denkbar unvorteilhaft.

»Nox und ich sind schon seit Ewigkeiten zusammen«, gestand Nia leise. »Erst nur so halb und irgendwann dann ganz.«

»Wie lange?«, hakte Jace tonlos nach. Nox und Nia wechselten einen vielsagenden Blick, ehe sich die Prinzessin wieder ihrem Bruder zuwandte. »Mutter wusste bereits davon.«

»*Vor* Luce' Geburt?«, platzte Kaida nun doch überrascht hervor, wodurch sie prompt einen vernichtenden Blick von Nia erntete. »Ja, so lange schon ... Erst war es, wie gesagt, nichts Ernstes und ich hatte einfach keine Lust auf eine Moralpredigt meines kleinen Bruders. Als es dann mehr wurde, hat sich einfach nie die richtige Gelegenheit ergeben. Luce hat uns vor ein paar Jahren erwischt, aber wir wollten nicht, dass er zwischen die Fronten gerät, darum haben wir ihm aufgetragen zu schweigen.« Schlagartig fiel Kaida wieder eine Bemerkung ein, die Luce damals bei ihrem gemeinsamen Frühstück gemacht hatte. *Das habe ich von Nox gelernt,* hatte er auf die Frage geantwortet, woher er mit einem Mal Anmachsprüche kannte. Von wegen, Jace würde die Person, bei der Nox diese Sprüche angebracht hatte, nicht kennen – er musste bereits damals von Nia gesprochen haben. »Natürlich wäre ich erst einmal verwirrt gewesen«, hörte sie Jace leise sagen, »aber durch euer Schweigen habt ihr es noch viel schlimmer gemacht ... Wie dem auch sei, wir sollten uns nicht länger daran aufhalten.«

»Du ... akzeptierst es also?«, fragte Nox vorsichtig.

»Natürlich. Ihr akzeptiert ja auch, dass ich mit Kaida zusammen bin.« Nias Kinnlade klappte hinab, Nox' goldene Augen sprangen förmlich aus seinem Kopf heraus. Jace hingegen schmunzelte amüsiert und griff nach Kaidas Hand. Behutsam zog er sie etwas näher an sich heran, als wäre er stolz, sie nun offiziell als seine Gefährtin präsentieren zu können.

Geräuschvoll schnappte Nia nach Luft. »Das kann nicht dein Ernst sein. Hast du schon vergessen, dass sie uns verraten hat? Sie ist Neros Novizin, sie –«

»Nein, das ist sie nicht. Ich habe keine Zeit, dir die ganze Geschichte zu erzählen, denn wie bereits gesagt müssen wir zuerst Oberon einen Besuch abstatten ... Aber wenn Nox laufen kann, könnt ihr ja mitkommen. Dann spar ich mir wenigstens eine Geschichtsstunde und wir können endlich überlegen, wie wir Nero loswerden können.«

Nox und die Prinzessin wechselten erneut einen vielsagenden Blick. Dann nickten sie einvernehmlich. »Gut, dann lasst uns keine Zeit verlieren.«

Sanft zog Jace Kaida mit sich zur Tür und wartete dort geduldig, bis seine Geschwister zu ihm aufgeschlossen hatten. Während sie gemeinsam durch die Flure des Palastes eilten, spürte Kaida eine immer größer werdende Nervosität in sich aufkeimen. Wenn sich der Soldat am Tor nicht geirrt hatte, würde sie nicht nur Oberon, sondern auch Luce im Thronsaal vorfinden … Den unschuldig anmutenden Jungen mit den großen Augen, den niedlichen Locken und dem herzerwärmenden Lächeln – den eiskalten Mörder ihres besten Freundes. Kaida wusste, dass sie weder Jace noch den anderen beiden Fae zumuten konnte, ihren eigenen Bruder zu töten, falls das die Situation erfordern würde – diese Aufgabe würde wohl zwangsläufig an ihr hängen bleiben. Doch war sie überhaupt bereit dazu, diese Last auf sich zu nehmen? Könnte sie wirklich den Jungen umbringen, der ihr längst ans Herz gewachsen war – und das auch noch vor den Augen seiner Geschwister, die ihn abgöttisch liebten?

War sie bereit, ein weiteres Mal über Leben und Tod zu entscheiden?

Kapitel 28

Die Türflügel knallten scheppernd gegen die Marmorwand. Jace trat zuerst in den lichtdurchfluteten Thronsaal, Kaida dicht an seiner Seite. Sofort fiel ihr Blick auf den König, der wie so oft den Anschein machte, als würde ihn die Lage um ihn herum gar nichts angehen. Er lehnte so gelassen in seinem Thron, die Beine baumelnd über der Armlehne, den Rücken gekrümmt, dass er den Eindruck erweckte, auf einem gemütlichen Lesesessel zu sitzen. Als er die kleine Truppe wahrnahm, zog er neugierig eine Augenbraue hoch und hielt ihnen sein Weinglas entgegen, als wolle er mit ihnen anstoßen.

»Na, sieh mal einer an«, polterte seine Stimme durch den leeren Saal, »der verlorene Sohn ist zurückgekehrt.«

»Was machst du da?«, herrschte Jace ihn mit tiefer Stimme an und schritt entschlossen auf seinen Vater zu. »Du solltest diese Stadt auf den Krieg vorbereiten, stattdessen gammelst du hier rum, als wäre das alles nur ein Spiel!«

»Was soll ich denn deiner Meinung nach tun, hm? Hat dich schon jemand darüber informiert, wie groß das Heer ist, mit dem Nero auf dem Weg zu uns ist? Wir haben keine Chance.«

»Na, wenn das so ist, hast du natürlich recht! Da können wir auch einfach tatenlos rumsitzen und auf den Tod warten – das hat ja auch schon beim letzten Königreich, das deiner Herrschaft unterlag, *so gut* funktioniert.«

Erschrocken weiteten sich Kaidas Augen. Es überraschte sie, dass Jace seinem Vater so unbeirrt entgegentrat. Einerseits sorgte sie sich zwar ein wenig darum, dass er die Linie überschreiten und die Situation eskalieren könnte, aber andererseits war sie auch mächtig stolz auf den Prinzen. Während sie sich Oberon näherten, fielen Kaida die tiefen Schatten unter den Augen des Königs auf. Keine Frage, er sah noch immer stark und majestätisch aus, doch irgendetwas an seiner sonstigen Ausstrahlung war verloren gegangen. Vielleicht lag es daran, dass er innerlich bereits aufgegeben hatte und nur noch darauf wartete, dass der Tod ihn von seiner Last erlösen würde ...

»Ich werde nicht noch einmal dabei zusehen, wie du unser Volk im Stich lässt – zu welchem seit deiner Eroberung übrigens auch die Menschen zählen, die gerade *deinen* Krieg austragen. Hast du eigentlich mal aus dem Fenster gesehen? Die äußeren Ringe der Stadt liegen bereits in Schutt und Asche, die Menschen brauchen unsere Unterstützung!«

Der Zorn in Jace' Stimme brachte auch Kaidas Blut in Wallung. Er hatte recht: Sie mussten handeln, solange sie noch konnten. Wenn Nero und seine Armee direkt nach ihrer Flucht aus der Festung aufgebrochen waren, könnten sie jeden Augenblick hier ankommen. Wenn sie Glück hatten, brauchten sie aufgrund der Kriegsmaschinerie ein paar Tage länger als sie und Jace, aber viel Zeit blieb ihnen wohl nicht mehr ...

»Hier«, unterbrach Oberon Kaidas Überlegungen. Ihr klappte beinah der Mund auf, als der König plötzlich eine Krone unter seinem dunkelblauen Mantel hervorzog und Jace entgegenstreckte. In seinen Augen spiegelte sich so viel Desinteresse, dass ihr ganz schwindelig wurde. Das Land brauchte einen *König*, der sich Nero entgegenstellte – ansonsten hatte sich die Schlacht bereits entschieden.

»Vergiss es!«, zischte Jace gereizt. »So leicht werde ich dich nicht aus deiner Verantwortung kommen lassen. *Du* bist der König, also wirst *du* auch derjenige sein, der unser Volk durch den Krieg führt. Diesmal gibt es kein anderes Land, keine andere Insel, auf die wir fliehen könnten. Du musst kämpfen, Vater! Was, glaubst du, würde Mutter von uns denken, wenn sie uns jetzt so sehen könnte?«

»Lass sie aus dem Spiel.« Die Stimme des Königs war so scharf, dass Kaida ein kalter Schauer über den Rücken jagte. Wut flammte in seinen Augen auf, während er sich wie ein lauerndes Raubtier zu seinem Sohn hinunterbeugte.

»Wieso?«, entgegnete dieser genauso schneidend. »Weil du weißt, dass sie sich deinetwegen im Grab umdrehen würde? Weil du weißt, dass sie niemals zugelassen hätte, dass du dich so gehen lässt?«

»Jace!«, zischte Nia ihrem Bruder erschrocken zu, doch dieser hielt dem brennenden Blick seines Vaters problemlos stand.

Gerade als der König seinen Mund öffnete, flog plötzlich eine weitere Tür auf. Jace drehte sein Gesicht in die Richtung des Geräusches und erblasste.

Als Kaida seinem Blick folgte, drehte sich ihr der Magen um.

»Jace!«, quiekte Luce aufgeregt und kam direkt auf seinen Bruder zugerannt. »Jace, du bist wieder da! Ich war ja so in Sorge um dich ... Und um Kaida auch!«

Braune Augen blitzten vor Kaidas innerem Auge auf. Sie sah Elrik, wie er sie mit leerem Blick anstarrte, wie das Blut langsam über seine Stirn rann ... und den blonden Jungen mit dem Bogen in der Hand.

Der Damm, der ihre Gefühle in den letzten Wochen zurückgehalten hatte, brach innerhalb eines Wimpernschlags zusammen. Als Kaida ihre Hand blitzschnell nach Luce ausstreckte und ihn am Hals griff, schrie Nia erschrocken auf. Aus dem Augenwinkel sah sie, wie sich auch Oberon mit verdutztem Gesichtsausdruck in seinem Thron aufrichtete und sie mit seinen Augen fixierte. Jace hingegen blieb wie erstarrt.

»Kaida!«, japste Luce erschrocken und blickte sie aus seinen großen, unschuldigen Augen an. »Kaida, was tust du da? Wieso ... wieso würgst du mich?«

»Die Frage ist wohl eher, wieso ich dich *nur* würge und dir *noch nicht* das Genick gebrochen habe!«

»Was soll das?«, fuhr Nia sie erneut an und machte einen Schritt auf Kaida zu, doch Jace hob warnend seinen Arm und schob ihn vor seine Schwester.

»Jace, bist du von allen guten Geistern verlassen? Dieses Miststück würgt gerade *deinen* Bruder! Wenn das Biest ihn nicht gleich loslässt, dann –«

»Wieso hast du das getan?«, fuhr Kaida den Jungen unbeeindruckt an, dessen Augen bereits verdächtig glänzten. »Wieso bist du uns auf die Insel gefolgt, wieso warst du in der Schwarzen Festung, wieso hat Nero dich nicht gefangen genommen, wieso hast du ihn ›Vater‹ genannt, und warum, zur Hölle, hast du Elrik erschossen?!«

Mit einem Schlag wurde es totenstill im Thronsaal. Niemand sagte etwas, nicht einmal Luce schnappte nach Luft, obwohl Kaida ihm noch immer den Hals zudrückte. Ihre Augen bohrten sich tief in die des Jungen, versuchten Antworten auf ihre Fragen zu finden, doch abgesehen von schrecklicher Angst und enormer Verwirrung konnte sie nichts in ihnen entdecken ...

»Lass ihn los!«, durchschnitt Oberons leise Stimme plötzlich die Stille. »Kaida, er hat damit nichts zu tun.«

»Ich kann das alles bestätigen«, mischte sich Jace genauso ruhig ein. Seiner Stimme war dennoch anzuhören, wie sehr er unter seinen Worten litt ... Wie sehr es ihn zerriss, seinen eigenen Bruder beschuldigen zu müssen, wohlwissend, dass er die Wahrheit sprach.

»Nein«, erwiderte Oberon schlicht und setzte sich kerzengerade auf. »Luce war die ganze Zeit über bei mir. Derjenige, der euch das alles angetan hat, ist ein anderer.«

Genervt verdrehte Kaida die Augen. »Ich würde mir auch wünschen, dass es jemand anderes gewesen wäre, aber –«

»Es war sein Zwilling.«

Stille. Alle Augenpaare im Raum richteten sich auf den König, der sichtlich unwohl auf seinem Thron herumrutschte. Langsam wandte Kaida ihr Gesicht wieder Luce zu, dem vor Schreck die Kinnlade heruntergeklappt war. Während sie ihn musterte, fiel ihr auf, dass seine Haut irgendwie gesünder aussah als noch zuvor in der Schwarzen Festung. Seine Augen leuchteten mehr, sein Gesicht wirkte jünger ... Langsam löste sie ihre Finger von seinem Hals und trat einen Schritt zurück. Verdammt, Oberon hatte recht!

Luce holte tief Luft und schüttelte sich. »Ich ... ich habe einen Zwilling?«, fragte er sichtlich überrumpelt. »Seit wann? Und wo ist er?«

»Du bist ein Monster, Vater«, fand nun auch Nia ihre Stimme wieder, »ein widerwärtiges, verachtenswertes Monster. Wieso hast du uns nie von dem anderen Kind erzählt? Was hast du mit ihm gemacht?«

»Experimente, so wie mit meinen Eltern«, antwortete Kaida an Oberons Stelle schroff.

»Er lügt«, stimmte jetzt auch Nox mit ein, »Luce hat keinen Zwilling, das kann einfach nicht sein!«

Seufzend verdrehte Oberon die Augen. Er fuhr sich durch sein feines Haar und nippte erneut an seinem Weinglas.

Als auch der letzte Schluck der roten Flüssigkeit in seine Kehle geflossen war, beäugte er das Glas missmutig und winkte damit. Keinen Wimpernschlag später tauchte ein Diener mit einer neuen Flasche in der Hand auf und schenkte dem König nach.

Oberons Blick legte sich währenddessen wieder auf Kaida. Er betrachtete sie nachdenklich, die Augen leicht verengt.

Nur zu gern hätte sie seine Gedanken erraten. Er wusste mehr, als er zugeben wollte – so viel stand fest. Sollte das Notizbuch ihrer Mutter echt sein, dann schien Elain dem Fae-König tatsächlich vertraut zu haben. Warum sonst sollte sie ihre Tochter anweisen, in Not ausgerechnet Hilfe bei *ihm* zu suchen?

»Du schuldest mir Antworten«, sagte Kaida leise.

Oberons Mundwinkel zuckten leicht. »Ich weiß.«

»Zuallererst schuldest du *uns* Antworten«, mischte sich Nia aufgebracht ein. »Was hat es mit Luce' Zwilling auf sich? Warum hast du nie von ihm erzählt?«

»Weil sein Schicksal eng mit dem eurer Mutter verknüpft ist und ich nicht darüber sprechen konnte. Mein Schweigen hat Luce das Leben gerettet.«

»Dein Schweigen hat doch in erster Linie nur dir selbst gedient, oder?« Jace' Stimme klang so eisig, dass Kaida zusammenzuckte. Oberon presste die Lippen fest aufeinander und erwiderte den Blick seines Sohnes. Langsam nickte er. »Das … hat bestimmt dazu beigetragen, ja. Aber den meisten Nutzen daraus hatte tatsächlich Luce. Außerdem wusste ich die ganzen Jahre lang gar nicht, ob sein Zwilling überhaupt noch lebt.«

»Na dann«, brummte Jace kopfschüttelnd. Seine Schatten waren mittlerweile genauso schwarz wie sein Haar. Der Stoff seines Umhangs raschelte, als Oberon sich plötzlich aufrichtete und von seinem Thron herabstieg. Er griff nach Luce' Handgelenk, das Kaida sofort ohne Gegenwehr losließ, und zog ihn auf Jace zu. Argwöhnisch beobachtete Kaida die Szenerie – was hatte der Fae nur vor?

»Habt ihr euch wirklich nie darüber gewundert, dass Luce als einziges meiner Kinder blonde Haare hat? Wieso er eurer Mutter sogar ähnlicher sieht als Nia?«

»Vielleicht war die Hure, die du geschwängert hast, auch blond«, antwortete Nia schulterzuckend. »Spuck aus, was du uns zu sagen hast, und rede nicht ständig um den heißen Brei herum! Meine Geduld mit dir ist am Ende, uns steht ein Krieg bevor, verdammt.«

Überraschenderweise begann Oberon langsam zu nicken. Er atmete noch einmal tief durch, ehe er seine Hände behutsam auf Luce' Schultern legte und ihm tief in die Augen sah. »Du bist nicht *mein* Sohn, aber der meiner geliebten Frau.«

Kaida klappte die Kinnlade herunter. Sie hörte, wie jemand scharf die Luft einzog. Luce sah den König mit riesigen Augen an, völlig überrumpelt von der Bedeutung hinter dessen Worten.

»Vielleicht verstehst du jetzt, wieso ich dich nach ihrem Tod nicht in meiner Nähe haben konnte. Du erinnerst mich eben nicht nur an sie, sondern auch an das Ungeheuer, das einst unsere Familie zerstörte.«

»Mutter wäre niemals fremdgegangen«, herrschte Jace seinen Vater an und trat auf ihn zu, »hör auf, dich weiter in deinen Lügen zu verstricken!«

Als Oberon zu seinem Sohn hinabsah, stand nichts als Schmerz in seinen Augen. Kaida spürte, wie sich ein Kloß in ihrem Hals bildete. Sie wurde das Gefühl nicht los, dass die viel größere Enthüllung noch bevorstand … Dann fiel es ihr wie Schuppen von den Augen.

Keuchend legte sie sich eine Hand auf die Brust. Ihr Herz schmerzte, als hätte jemand einen Dolch hindurchgestoßen. Sie bekam keine Luft mehr, während das Rauschen in ihren Adern immer lauter wurde. Die Erkenntnis über das, was sich ihr in Gedanken gerade erschlossen hatte, riss ihr förmlich den Boden unter den Füßen weg. Als Oberon zu ihr hinübersah und sich ihre Blicke trafen, formten sich seine Lippen zu einem traurigen Lächeln.

»Schlau wie deine Mutter«, sagte er so leise, dass Kaida es beinah überhört hätte.

Auf einmal spürte sie, wie sich Jace' Arme um ihre Taille legten und sie festhielten. »Du musst atmen«, raunte er ihr leise ins Ohr. Kaida nickte, doch so ganz wollte ihr seine Anweisung nicht gelingen. »Das ist der Grund für den Krieg, oder?«, brachte sie krächzend hervor.

Erneut nickte der König ihr zu. »Ja. Mit Luce' Leben hat all das Chaos in unserem Land begonnen. Mit seinem und dem seines Zwillingsbruders, um genau zu sein.«

»Kaida«, fuhr Nia sie plötzlich von der Seite an, »bitte lass diese Dramatik und erzähl uns stattdessen, was du weißt!«

»Hör auf, sie so anzugehen!« Jace' Stimme klang so tief und bedrohlich, dass Nia nur beleidigt die Arme verschränkte und die Wangen aufblies.

»Luce ist ... Neros Sohn«, hörte Kaida ihre Stimme sagen. Sie selbst war noch immer so überrumpelt von der Tragweite der Wahrheit, dass sie nur mit verschleiertem Blick zu Oberon starren konnte – unfähig, auch nur einen Blick auf die Geschwister zu werfen. »Ich kann mich vage daran erinnern, dass ich kurz nach meiner Ankunft in der Schwarzen Festung eine blonde schwangere Frau gesehen habe. Das war deine Frau, Oberon, nicht wahr?«

Langsam nickte der König. Seine Augen glänzten, doch seine Körperhaltung war nach wie vor kerzengerade und autoritär. Der Schmerz, der ihm in sein Gesicht geschrieben war, löste auch in Kaida eine so tiefe Traurigkeit aus, dass ihre Augen anfingen zu brennen. »Sie war seine Gefangene. Er ... er muss sie ...« Ihre Stimme brach, doch Kaida war sich sicher, dass die anderen trotzdem wussten, was sie hatte sagen wollen.

»Ihre Eltern hatten sie bereits an Nero versprochen, als sie noch ein Kind war«, erzählte Oberon mit rauer Stimme. »Ihre Eltern gierten nur nach dem Gold, das ihnen der Hexer in Aussicht gestellt hatte. Als ich ... als wir uns ineinander verliebten und sie mir von dem Vertrag erzählte, kaufte ich sie frei. Zwar war ich damals noch kein König, aber auch einem Thronfolger schlägt man einen solchen Handel nicht aus. Ihre Eltern erhofften sich dadurch eine höhere Stellung an meinem Hof, obwohl sie bereits ziemlich einflussreich und wohlhabend waren. Uns war das egal, Hauptsache, über ihrem Kopf kreisten nicht mehr ständig die Klauen des Hexers. Ihm hat das natürlich gar nicht gefallen. Ihre Schönheit und ihre liebevolle Persönlichkeit mussten ihn fasziniert haben … Ich denke bis heute nicht, dass es wirklich Liebe war, was ihn antrieb, sondern eher eine Art der Besessenheit. Ständig versuchte er sie in seine Hände zu bekommen. Während ihrer Schwangerschaften mit Nia und später auch mit Jace mussten wir sie tief in unserem Palast verstecken, sie durfte nicht einmal hinaus in den Garten – zu groß war das Risiko, dass Nero sie schnappen würde. Ich wollte sie von ihrer Last befreien und habe natürlich mehrmals versucht, den Hexer loszuwerden, doch da er gute Beziehungen zu dem Menschenkönig und den anderen Hexern hatte, waren wir zahlenmäßig stets unterlegen. Und eines Tages ist es ihm dann tatsächlich gelungen – er hat sie entführt und in seine Höhle geschleppt.«

Die Stimme des Königs verstummte. Betreten sah er auf die Spitze seiner Lederstiefel hinab, die Hände hinter seinem Rücken verschränkt. Mühevoll Kaida riss ihren Blick von ihm los und sah stattdessen zu Jace auf, der sie immer noch fest in den Armen hielt. Seine Augenbrauen waren ungläubig zusammengezogen, seine Lippen leicht geöffnet. Es schmerzte Kaida zu wissen, dass Oberon ihm das Schicksal seiner Mutter verschwiegen und ihn angelogen hatte. Nur allzu gut konnte sie sich vorstellen, wie sich der Prinz in diesem Moment fühlen musste. Gleichzeitig bemerkte sie, wie ihre anfängliche Wut auf den König mit jedem Wimperschlag weniger wurde. Seinen Kindern die Wahrheit zu beichten musste ihn Unmengen an Kraft gekostet haben – ganz zu schweigen von den Wunden auf seiner eigenen Seele, die er durch seine Worte vermutlich erneut aufgerissen hatte …

»Zu Beginn war Nero wohl noch relativ fürsorglich, doch als er merkte, dass er sie auf diese Weise trotzdem nicht für sich gewinnen konnte, hat ihn das fast in den Wahnsinn getrieben. Er verstand nicht, wieso sie ihn nicht anhimmelte, obwohl er sie mit Luxus und Aufmerksamkeiten überhäufte. Darum änderte er seine Strategie und begann ihr auch körperlich wehzutun. Ich erspare euch an dieser Stelle die Details … Am Ende wurde sie jedenfalls von ihm schwanger, etwas, von dem niemand wusste, ob das überhaupt gut gehen würde. Es ist bekannt, dass unsere Magieformen eigentlich nicht kompatibel sind. In unserer Geschichte kam es noch nie vor, dass Wesen Dunkler und Wesen Heller Magie miteinander Nachwuchs gezeugt haben. Darum konnte nicht einmal Nero wissen, wie sich das Leben in ihr entwickeln würde – oder ob das, was da in ihr heranwuchs, *überhaupt* lebensfähig wäre.«

Oberon hob seinen Blick und sah schmerzerfüllt zu Luce, der ihn mit großen Augen anstarrte. Der arme Junge war gleich zu Beginn seiner Enthüllung zu einer Steinsäule erstarrt und hatte sich seitdem kaum bewegt. Tränen glitzerten in seinen Augen, außerdem war er im Gesicht beinah so weiß wie Maribels Haar. Am liebsten wäre Kaida zu ihm gegangen und hätte ihn in den Arm genommen, versucht, ihn vor dem Unheil und den Grausamkeiten zu schützen, die in sein Leben gekommen waren; doch in Anbetracht dessen, dass während Oberons Erzählung ihre eigenen Knie zittrig geworden waren, verharrte sie lieber in Jace' Armen.

»Was ist nach der Geburt geschehen?«, hörte sie Nox leise fragen. Als sie sich nach ihm umdrehte, entdeckte sie ihn neben Nia. Er hatte seine Arme um sie geschlungen und sie tröstend an seine Brust gezogen. Tränen flossen in Strömen über die Wangen der Prinzessin, während sie versuchte, ihr Schluchzen mit einer Hand zu verbergen.

»Sie gebar zwei Söhne«, fuhr Oberon leise fort. »Kurz nach der Geburt gelang es mir, endlich in die Schwarze Festung vorzudringen. Als ich sie fand, hatte sie nur eines der beiden Kinder bei sich. Ich habe zunächst gar nicht begreifen können, dass das kleine Lebewesen in ihren Armen *ihr* Kind war. Geistesgegenwärtig erzählte sie mir, dass Nero das zweite Kind aus ihrem Zimmer entführt hatte und auf der Suche nach einem Stofftier sei, um es zu beruhigen. Ihren Ausführungen nach hätte das zweite Baby nur geschrien und sei etwas kränklicher gewesen als das, was in dieser schicksalhaften Nacht friedlich in ihren Armen schlief.

Uns blieb nur wenig Zeit um sie aus der Festung zu befreien, denn meine Männer und ich hätten kaum eine Chance gegen die Armee von Schattenfressern gehabt, die Nero in den Tiefen seines Versteckes heranzüchtete und ausbildete. Darum … darum habe ich nur eure Mutter geschnappt und wollte fliehen, doch sie flehte mich schluchzend an, ihre Kinder mitzunehmen.« Der König schluckte schwer, dann bemühte er sich um ein schwaches Lächeln. »Ihr wisst ja, wie sie war. Auch wenn sie den Vater der Kinder verachtete, so liebte sie diese Babys doch genauso wie euch. Dennoch konnte ich ihren Wunsch nicht ganz erfüllen, schließlich hätten wir uns nicht einfach auf die Suche nach Nero und dem zweiten Baby machen können. Also überzeugte ich sie stattdessen, nur das eine Kind mitzunehmen – und brach ihr damit das Herz.«

»Ihr … ihr habt meinen Bruder einfach zurückgelassen?« Luce' Stimme klang so verletzt, dass sich eine Träne aus Kaidas Augenwinkel stahl. Die Art, wie der Junge vor seinem vermeintlichen Vater stand, zitternd und in sich zusammengesunken, brach ihr das Herz. Sie hatte Luce als wahren Sonnenschein kennengelernt; nun dabei zusehen zu müssen, wie er einging wie eine welke Blume, schmerzte sie. Er stand ganz allein vor seinem Vater, niemand war da, um ihn vor der Grausamkeit zu beschützen, die ihm gerade widerfuhr. Entschlossen löste sie Jace' Hände von ihrer Taille und legte sie stattdessen auf ihre Schultern. »Luce«, rief sie den Jungen leise und streckte ihre Arme vor ihrem Körper aus. Sofort drehte er sich in ihre Richtung und kam auf sie zugelaufen – die zitternden Finger vor der Brust ineinandergeflochten, die Wangen feucht von den Tränen, die ihm ungehalten aus den Augenwinkeln flossen. Als er sie endlich erreichte, zog Kaida ihn schützend in ihre Arme.

»Hat Nero nie versucht, ihn zurückzuholen?«, fragte Jace ruhig. Seine Stimme klang gefasst, doch Kaida konnte sein Herzrasen an ihrer Schulter spüren.

»Nein. Auf dem Weg nach Hause kamen wir an einem Dorf vorbei, in dem wir auf eine Mutter trafen, die gerade ihr Kind verloren hatte.«

Als sich der König leise räusperte, wünschte sich Kaida nichts sehnlicher, als dass er die Theorie nicht aussprechen würde, die in ihrem Kopf umherkreiste. »Ich … ich gab ihr eine Menge Gold … und im Gegenzug gab sie uns das … Nun, ihr wisst schon. Es war ungefähr im gleichen Alter wie Luce, außerdem sehen sich Babys ja sowieso alle ziemlich ähnlich. Wir wickelten es in meinen Königsumhang und platzierten es so offensichtlich, dass es die Schattenfresser, die uns dicht auf den Fersen waren, finden *mussten*. Als wir endlich wieder auf der Insel ankamen, wurde ziemlich schnell klar, dass eure Mutter die Geschehnisse der Schwarzen Festung nicht überwinden konnte. All das Leid, all das Elend hatten sie gebrochen. Es gab nichts, das sie hätte heilen können. Ich hatte so darauf gehofft, dass sie sich im Kreise unserer Familie wieder erholen würde – doch eines Tages kündigte sie mir an, dass es an der Zeit für sie wäre zu gehen. Ich konnte sie nicht allein ziehen lassen, also habe ich sie begleitet und ihre Hand gehalten, als –«

Seine Stimme brach. Kaida biss ihre Zähne fest aufeinander. Sie wollte sich seinetwegen nicht schlecht fühlen, schließlich rechtfertigten diese Taten moralisch gesehen trotzdem nicht all die Untaten, die er in den letzten Jahren begangen hatte. Aber dennoch – Kaida verstand nun, wie er zu dem unnahbaren, berechnenden Mann geworden war, der heute vor ihr stand. Und sie konnte es ihm beim besten Willen nicht verübeln.

»Sie nahm mir das Versprechen ab, für euch zu sorgen – für euch *alle*, auch für Luce. Außerdem erzählte sie mir von ihrer Begegnung mit dir, Kaida. Damals habe ich geglaubt, dass sie Geister gesehen hatte, denn schließlich dachten wir, dass du und dein Bruder bei dem Überfall auf das Schiff ertrunken wart … aber nachdem mir in den letzten Jahren so viele Gerüchte von dir zu Ohren gekommen waren und ich von dem Vorfall am Nixensee gehört hatte, wurde mir klar, dass du wirklich überlebt haben musstest. Dies ist auch der Grund, weshalb ich den Wettbewerb veranstaltet habe – denn wenn ich schon nicht meine Frau und ihr viertes Kind retten konnte, dann wenigstens das Kind von –«

Erneut brach seine Stimme ab. »Nein, diese Geschichte muss ich dir ein anderes Mal erzählen. Das Leid *deiner* Familie auch noch auszubreiten, ertrage ich heute nicht mehr.«

»Aber –«

»Nein, Kaida. Du hast mein Wort, dass ich es dir erzählen werde, aber im Moment fehlt mir dazu einfach die Kraft. Stattdessen sollten wir uns ein wenig Zeit gönnen, um die anderen Informationen zu verarbeiten.«

Erneut biss Kaida ihre Zähne fest aufeinander. War es selbstsüchtig von ihr, dass das Schicksal von Oberons Frau sie plötzlich nur noch halb so sehr berührte wie zuvor, weil sie alles dafür gegeben hätte, auch von ihrer eigenen Vergangenheit zu erfahren?

»Auch wenn es eigentlich offensichtlich sein müsste, möchte ich es dennoch aussprechen«, hörte sie die Stimme des Königs dumpf sagen. »Nero griff unsere Insel damals an, um sich für den Verlust seines vermeintlich toten Sohnes zu rächen. Außerdem hatte er zuvor erfahren, dass eure Mutter ... nicht mehr unter uns weilte ... und gab natürlich mir die Schuld dafür. So sinnlos es auch klingen mag, aber dies ist tatsächlich der Grund dafür, warum es überhaupt zu diesem schrecklichen Krieg kam. Darum mussten viele unschuldige Fae ihr Leben lassen – weil ich es nicht geschafft hatte, meine Familie zu beschützen.

Die Tarnung, dass Luce *mein* Bastard wäre, hat Nero zunächst geschluckt – doch je älter der Junge wurde, desto mehr ähnelte er seiner Mutter. Eines der wenigen Mitglieder des Hohen Rates, dem ich Luce' Schicksal anvertraut hatte, hat uns schließlich an den Roten Mond verraten. Und genau das ist der Grund, warum Nero und seine Schergen bereits auf dem Weg hierher sind.«

Für einen Moment wurde es erneut totenstill im Thronsaal. Niemand traute sich, seine Gedanken auszusprechen. Die Stille legte sich wie eine schwere, luftraubende Decke über die anwesenden Fae. Kaida spürte, wie sich der Schmerz aller Beteiligten ähnlich wie ein Gewicht auf ihre Brust legte und ihr das Atmen erschwerte. So viele zerstörte Leben – und das alles nur wegen einer verschmähten Liebe ... Mit einem Mal kamen ihr wieder Elriks letzte Worte in den Sinn. Nun verstand sie endlich, was er damit gemeint hatte, dass Nero auch von Rache angetrieben wurde – Rache für etwas, das ihm in seinen Augen genommen worden und nun unerreichbar war. Wut stieg ihren Hals hinauf und beschleunigte ihren Puls. Elrik hatte gesagt, dass er es von Callum wisse. *Ihr* hatte er nie davon erzählt. Wann ihr Bruder wohl von der ganzen Geschichte erfahren hatte?

Plötzlich nahm sie eine Bewegung in ihren Armen wahr. Sie sah auf Luce hinab, der sich leicht zurücklehnte und den Kopf hob. Mit großen Augen blickte er an Kaidas Gesicht vorbei, wahrscheinlich zu Jace, der immer noch hinter ihr stand und seine Hände auf ihren Schultern ruhen ließ.

»Es tut mir so leid, Jace«, brachte er mühevoll über die bebenden Lippen, »es tut mir so leid, was ich euch angetan habe. All das Chaos, dieser verdammte Krieg ... Das ist alles meine Schuld.«

»Sag das nicht, Luce«, erwiderte der Prinz sanft, doch Kaida konnte ihm den Schmerz deutlich anhören. »Du kannst nichts dafür, Kleiner. Mach dir keinen Kopf. Wir können die Vergangenheit nicht ändern, alles, was uns übrig bleibt, ist dafür zu kämpfen, dass die Zukunft besser wird.«

»Aber ... aber hast du mich denn überhaupt noch gern?«

»Natürlich! Du bist doch trotzdem mein Bruder, egal ob wir uns nun die gleiche Mutter oder den gleichen Vater teilen. Und selbst wenn Oberon uns erzählt hätte, dass wir überhaupt nicht blutsverwandt sind, dann wärst du trotzdem noch mein kleiner Bruder – und das wirst du auch für immer bleiben, Luce. Versprochen!«

Ein leises Wimmern glitt über die Lippen des Jungen. Bevor Kaida ihn aufhalten konnte, ließ er sie los und streckte seine Hände nach seinem Bruder aus. Er klammerte sich an Jace' Arm fest und vergrub sein Gesicht an dessen Schulter. »Ich habe dich lieb, Jace.«

Erschrocken drehte sich Kaida um und traf auf den Blick des Prinzen, der sie aus schockgeweiteten Augen anstarrte. Überall krochen Schatten über seinen Körper, flossen über seinen Hals und seine Arme ... Jace stand so still, als wäre er zu Eis erstarrt. Nicht einmal sein Brustkorb bewegte sich mehr. Vorsichtig wanderte sein Blick zu Luce hinab, der lächelnd zu ihm aufsah. Es dauerte ein paar Augenblicke, bis auch sein Lächeln gefror und Panik in seine Augen stieg. Er ließ Jace so ruckartig los, als hätte er sich verbrannt. Mit großen Augen sah er auf seine Handflächen, über die dunkle Schatten tanzten; doch bereits auf Höhe seiner Handgelenke wurden sie so blass, dass Kaida sie kaum mehr erkennen konnte.

»Und hier kommt die nächste große Enthüllung«, schallte Oberons Stimme plötzlich durch den Saal. »Ob ihr mir glaubt oder nicht, aber ich weiß von dieser Möglichkeit tatsächlich erst, seitdem Nia damals Kaida gegen Jace geschubst hat: Luce ist durch seine Abstammung immun gegen den Fluch. Jace' Körper leidet durch den Fluch, weil er es nicht gewohnt ist, Schwarze Magie in sich zu tragen. Es war von der Natur nie so angedacht, dass er eines Tages beide Magieformen in sich vereinen würde. Bei Luce hingegen – und auch bei Kaida – war aufgrund ihrer Abstammung von Anfang an klar, dass beide Magieformen durch ihre Adern strömen werden. Ihr könnt durch dieses Phänomen zwar Jace gefahrenlos berühren, doch genauso, wie wir Fae uns gegenseitig mit unserer Magie verletzen können, könnt auch ihr von Schwarzer Magie getötet werden. Es kommt darauf an, wie der Hexer seine Gabe einsetzt: Ein Fluch, dessen Ziel es ist, Dunkle Magie in den Körper eines anderen Wesens zu pressen, ist für euch ungefährlich – daher auch die Immunität bei Jace.«

Überrascht zog Kaida eine Augenbraue hoch. Ein kurzer Seitenblick zu dem Prinzen zeigte ihr, dass es ihm genauso ging. »Aber Moment, wieso sagtest du, dass ich ebenfalls –«

»Das heißt, dass ich Jace gefahrenlos berühren kann?«, fiel Luce ihr aufgeregt ins Wort. Als Oberon nickte, breitete sich ein so glückliches Strahlen auf dem Gesicht des Jungen aus, dass Kaida ihm sein Dazwischenreden bereitwillig verzieh. Er wippte wie ein aufgeregtes Kind auf seinen Füßen und sah mit leuchtenden Augen zu Jace auf, der ihn ungläubig beobachtete. Einen Wimpernschlag später hatte sich Luce bereits fest an seine Brust gedrückt, die Arme eng um seinen Oberkörper geschlungen. Etwas steif erwiderte Jace die Geste, argwöhnisch, als würde er dem Frieden nicht wirklich trauen ...

Als all die Anspannung von Kaida abfiel, weil sich Luce auch nach längerem Körperkontakt mit seinem Bruder nicht schreiend zu Boden warf, schlich sich ein amüsiertes Lächeln auf ihre Lippen. Es war ein kleiner Moment des Friedens in einer Welt, die kurz davor war, in Flammen aufzugehen. Kaida wusste, dass die Sache mit der Königin noch nicht erledigt war. Die Geschwister mochten noch unter Schock stehen oder vielleicht nicht alle Informationen, die Oberon ihnen gerade gegeben hatte, verarbeitet haben, aber früher oder später würde sich der Fae-König sicherlich noch einmal mit der Vergangenheit auseinandersetzen müssen. Und *ihr* schuldete er auch noch eine ganze Menge Antworten …

Als ihr Blick auf seine Augen traf, lächelte der König schwach. Seine Schultern hatten sich gelockert, seine Haltung wirkte insgesamt entspannter als noch zuvor. Auch wenn es ihn wahrscheinlich furchtbar geschmerzt hatte, sich an die schlimmste Zeit seines Lebens zurückzuerinnern, schien ihn die Richtigstellung seiner Lügen und Geheimnisse befreit zu haben.

»Jetzt, wo wir das endlich geklärt haben, seid ihr an der Reihe«, verkündete er, während er sich mit seinen schlanken Fingern das Haar über die Schultern strich. »Ich möchte wissen, wo ihr euch die letzten Monate rumgetrieben und warum ihr es nicht geschafft habt, uns wenigstens eine kurze Nachricht zukommen zu lassen.«

Kaida und Jace wechselten einen vielsagenden Blick. »Nun, Vater, ich fürchte, das wird eine lange Geschichte …«

»Dann werdet Ihr das wohl besser auf dem Weg ins Arbeitszimmer besprechen«, schaltete sich plötzlich ein Soldat ein, den Kaida zuvor gar nicht bemerkt hatte. »Unsere Kundschafter haben gerade gemeldet, dass Nero und ein riesiges Heer an Schattenfressern, Kobolden und Trollen nur einen halben Tagesritt von uns entfernt sind. Sie werden vermutlich noch diese Nacht angreifen … Was sollen wir also tun, Eure Hoheit?«

Kapitel 29

Frustriert wischte Kaida mit ihrem Arm über den kleinen Rundtisch und fegte dadurch zahlreiche Holzfiguren von der Tischplatte. Dumpf landeten die symbolhaften Fae-Soldaten, Oberon, Nero und die Schattenfresser auf dem Boden.

»Das funktioniert so nicht«, seufzte sie genervt und fuhr sich unsanft durchs Haar. Zum gefühlt hundertsten Mal in den vergangenen Stunden heftete sich ihr Blick auf die Karte, die auf dem Tisch ausgebreitet lag. Sie zeigte die Hauptstadt und einen kleinen Teil der ihr vorgelagerten Ländereien, außerdem hatte Nox sämtliche Wachtürme eingezeichnet.

»Es *muss* funktionieren«, entgegnete Oberon streng. »Deine Alternativen sind viel zu gewagt. Viel zu viele müssten ihr Leben dafür lassen, wenn deine Idee scheitern sollte.«

»Sollten wir die Schlacht verlieren, werden die meisten Bewohner der Stadt sowieso sterben«, entgegnete Kaida trocken. »Du versuchst in allen Ecken der Stadt gleichzeitig zu sein, aber das wird nicht funktionieren. Dafür sind wir einfach zu wenige. Sollten wir uns allerdings doch dafür entschließen, die Menschen –«

»Niemals!«, zischte der König wütend. Er gab dem Soldaten am Rande des Arbeitszimmers einen Wink, woraufhin dieser an den Tisch eilte und die kleinen Holzfiguren vom Fußboden aufsammelte. »Ich finde Kaidas Vorschlag nicht schlecht«, mischte sich Jace mit ruhiger Stimme ein. Von all den Anwesenden war er der Einzige, der seine Emotionen bisher im Griff gehalten hatte. Im Gegensatz zu Kaida und Oberon hatte er immerhin weder geschrien noch Morddrohungen ausgesprochen. Selbst Nox und die Kommandanten der Armee hatten ihre Stimmen mehrmals erhoben, nur Jace hatte stets einen kühlen Kopf bewahrt. Aus dem nervösen Tippen seiner Finger auf der Tischkante folgerte Kaida jedoch, dass auch ihm bald der Geduldsfaden reißen würde. Ihnen rannte die Zeit davon, die Sonne kam dem Horizont bereits gefährlich nah.

»Warum wundert mich das nicht?«, brummte Oberon sarkastisch.

»Wie oft muss ich es eigentlich noch erklären?«, fuhr Kaida ihn an, ehe Jace weitersprechen konnte. »Wenn wir Nero umbringen, töten wir sie alle. Schlagen wir seinen Kopf ab, stirbt der restliche Rattenschwanz mit ihm. Er hat die Schattenfresser aus seiner Magie erschaffen, doch wenn die bindende Magie durch seinen Tod erlöscht, wird sich sein Gefolge ebenfalls in Luft auflösen. Natürlich hätten wir dann noch die Trolle und Kobolde am Rockzipfel, aber mit denen würden wir schon fertig werden.«

»Aber sag mir, kluge Kaida, wenn dein Plan doch so simpel und effektiv ist, wieso hat ihn dann noch niemand vor dir umgesetzt?«

Bei dem krampfhaften Versuch, dem König nicht ihre Faust ins Gesicht zu rammen, bohrten sich Kaidas Fingernägel tief in ihre Handflächen. »Weil Nero sich seit der Schlacht auf eurer Insel selten vor die Tür wagt oder stets gut bewacht wird?«, presste sie zwischen zusammengebissenen Zähnen hervor. »Laut deinen Kundschaftern ist er aber dieses Mal mit von der Partie. Wir sollten seinen Übermut zu unserem Vorteil nutzen, ihn vom Rest seiner Armee trennen und dann eliminieren. Das kann doch nicht so schwer sein, warum geht das einfach nicht in deinen Schädel hinein?«

»Weil wir für diesen Plan alle Männer auf Nero konzentrieren müssten und niemand mehr da wäre, um unsere Mauern und die Kampfunfähigen zu beschützen, Dummkopf!«

»Beruhigt euch!«, fuhr Jace dazwischen, doch weder sein Vater noch seine Gefährtin würdigten ihn eines Blickes. Stattdessen starrten sie einander wütend über den Tisch hinweg an, Kaida mit verschränkten Armen, Oberon mit gerunzelter Stirn.

»Du willst dich nur auf ein einziges Ziel fokussieren«, knurrte er leise,

»aber wenn zehn Bogenschützen auf dich schießen, konzentrierst du dich doch auch nicht darauf, nur einen einzigen Pfeil zu blocken, oder?«

»Und du willst überall gleichzeitig sein«, entgegnete Kaida genervt, »aber hast du schon mal versucht eine Mauer aus drei Steinen zu bauen? Wir sind ihnen zahlenmäßig heillos unterlegen, Oberon. Das wird so nichts, wenn du an jeder Ecke nur einen einzigen Soldaten abstellst. Was sollte dieser schon ausrichten können? Ab spätestens drei Gegnern wird deine Rechnung nicht mehr aufgehen. Kein Wunder, dass es hier extra einen Schatzmeister gibt, der sich um deine Finanzen kümmert – rechnen scheint ja nicht unbedingt deine Stärke zu sein.«

»Das führt doch so zu nichts«, unterbrach Jace die hitzige Diskussion erneut, als sich die Ohrenspitzen seines Vaters gefährlich rot färbten.

»Stimmt«, presste dieser leise hervor. »Und deshalb wird Kaida jetzt den Raum verlassen.«

»Vater, sie …«

»Entweder so oder ich werde sie aus dem Turmfenster werfen.«

»Gut«, erklärte sich Kaida schulterzuckend einverstanden, »dann verlier eben ein zweites Mal gegen den Hexer. Ich werde mich dann mal um einen Notfallplan kümmern, der greifen wird, sobald *deine* lächerliche Idee in ihre Einzelteile zerfallen ist.«

Ohne seine Reaktion abzuwarten, deutete Kaida eine tiefe Verbeugung an, die sie natürlich vollkommen ironisch meinte, und verlies mit hochgerecktem Kinn das Arbeitszimmer. Sie hörte, wie ihr Schritte folgten, setzte ihren Weg aber dennoch unbeirrt fort. Sie durchquerte Dutzende Flure, von denen einer aussah wie der andere, und hielt suchend nach einem Ausgang oder wenigstens einem Treppenhaus Ausschau, doch sie wurde einfach nicht fündig. Als sie in einen Flur einbog, der in einer Sackgasse endete, verdrehte sie genervt die Augen und raufte sich seufzend das Haar.

»Ausdauerlauf beendet?«, hörte sie Jace hinter sich spöttisch fragen. Verächtlich schnaufte sie und fuhr zu ihm herum. »Du hättest mir ja auch einfach den Weg aus diesem verdammten Schloss zeigen können.«

»Woher sollte ich denn wissen, wonach du suchst?«, entgegnete er amüsiert.

»Ich weiß nicht. Wir sind doch noch *Gefährten,* oder? Können die nicht die Gedanken des jeweils anderen lesen?«

»Nein, wie kommst du denn darauf?«, fragte der Prinz lachend und zog sie behutsam in seine Arme.

»Schade, wäre wohl auch zu einfach gewesen«, brummte sie missmutig gegen seine Brust. »Wieso hast du eigentlich so gute Laune? Hast du keine Angst vor dem, was vor uns liegt? Die Chancen stehen nicht schlecht, dass wir den nächsten Morgen nicht mehr erleben werden ...«

»Oh, Kaida! Ich bin sehr angespannt und die Sorge um mein Volk und die Menschen gräbt sich wie eine Klaue in mein Herz. Aber nachdem du so eindrucksvoll bewiesen hast, dass du Hitzkopf dich mühelos gegen meinen Vater behaupten kannst, mache ich mir mehr Sorgen um Nero als um uns.«

Kaida schnaubte sarkastisch und lehnte sich ein wenig in seinen Armen zurück, um zu ihm aufschauen zu können. »Sehr witzig.« Seine Worte trösteten sie, obwohl sie innerlich wusste, dass auch sie keine Lösung für die anstehende Schlacht boten. Während Kaida seine Lippen betrachtete, die sich zu einem sanften Schmunzeln verzogen hatten, knotete sich plötzlich etwas in ihrem Bauch zusammen ... Wer konnte schon sagen, ob das hier nicht bereits das letzte Mal war, dass sie sein Lächeln sah?

»Jace?«

»Hm?«

»Werden wir sterben?« Ihre Stimme klang weder dramatisch noch hysterisch oder weinerlich. Sie klang so neutral und desinteressiert, als hätte sich Kaida nach dem Wetter erkundigt. Sie war sich nicht sicher, ob das eine gute oder schlechte Sache war ... Hatte sie die bittere Wahrheit vielleicht schon längst akzeptiert? Brauchte sie überhaupt noch eine Antwort von Jace?

»Nein, werden wir nicht«, antwortete er genauso neutral. »Wir sollten unser Schicksal zwar dennoch nicht zu sehr herausfordern, weshalb ich dafür bin, dass wir uns jetzt an unseren Notfallplan machen, aber ich denke, dass unsere Chancen ganz gut stehen. Überleg doch mal, wie oft wir dem Tod in den letzten Monaten von der Schippe gesprungen sind. Ich wurde zwar stets zur Bodenständigkeit erzogen, aber ich denke nicht, dass es zu viel vom Leben verlangt wäre, wenn endlich mal etwas nach Plan laufen würde.«

Lächelnd stellte sich Kaida auf ihre Fußspitzen und legte ihre Lippen auf seine. Der Kuss war zärtlich und unschuldig, dennoch erkannte Kaida das stumme Versprechen, das sich in ihm verbarg. Es war ein Versprechen zwischen ihnen und der Zukunft, die noch vor ihnen liegen würde, wenn sie diese Schlacht gewinnen sollten. Ein stummes Versprechen, dass sie auf den anderen achtgeben würden; ein Versprechen an das Leben – und Kaida hatte nicht vor, es zu brechen.

***

Kühle Abendluft wehte ihr um den Körper, während Kaida dicht an Jace' Seite gedrängt durch die Gassen der Hauptstadt lief. Sie überquerten mehrere Brücken, die über das türkisfarbene Wasser führten, und liefen an zahlreichen Häusern vorbei, ehe sie endlich einen weitläufigen Platz erreichten, in dessen Mitte eine Tribüne errichtet war. Sie bestand aus Holz und man konnte ihr deutlich ansehen, dass sie in den letzten Jahren mit Desinteresse gestraft worden war. Die Balken wirkten morsch, an einigen Stellen bogen sie sich bereits durch. Früher hatte der Menschenkönig diese Tribüne wohl oft genutzt, um zu seinem Volk zu sprechen, doch Oberon hatte sich laut Jace nie hierher begeben. Sie befand sich in einem der Stadtteile, in denen die Menschen eng zusammengepfercht in baufälligen Häusern wohnten und ein unangenehm penetranter Geruch nach Essensabfällen und Abwasser in der Luft hing. Das Kopfsteinpflaster war an vielen Stellen beschädigt, einige Fensterläden an den Häusern schienen nur noch an einem einzigen Nagel festzuhängen. Es war kaum zu übersehen, dass hier der ärmere Teil der Stadtbewohner lebte. Ein Teil der Bevölkerung, der nicht nur von Oberon, sondern auch von allen vorherigen Königen geflissentlich übersehen worden war. Niemand hatte den Menschen hier jemals zugehört, ihnen je das Gefühl gegeben, Teil dieser Stadt zu sein. Oberon hätte sich nie hierher verirrt – und genau *deshalb* war Kaida hier goldrichtig.

Sie zog die Kapuze ihres Mantels tiefer in ihr Gesicht und umklammerte

Jace' Arm, den sie seit ihrem Aufbruch nicht ein Mal losgelassen hatte, noch ein wenig fester. Am Rande des Platzes hörte sie ein paar Hühner gackern, die von einem Jungen in zerrissener Kleidung über die Pflastersteine getrieben wurden. Aus einer anderen Gasse erklang das Gebell eines Hundes, aus der nächsten das Grunzen eines Schweines. Als sie die Tribüne erreichten, half Jace ihr behutsam auf das morsche Konstrukt. Kaum ächzte das Holz unter ihren Sohlen, drehten sich die Gesichter der Menschen in ihre Richtung. Erleichterung durchflutete Kaida, als sich Jace neben sie stellte. Fast gleichzeitig legten sie ihre Kapuzen ab. Totenstille stellte sich ein, gefolgt von vereinzelten Rufen und fliegenden Kartoffeln. Jace duckte sich im letzten Moment unter einem der Geschosse weg; um ein Haar hätte es ihn am Kopf erwischt. Das ging ja gut los ...

Es dauerte nicht lange und der ganze Platz wurde von Menschen besiedelt, die sich eng aneinanderdrängten. Die hasserfüllten Rufe wurden immer lauter, und zu den fliegenden Kartoffeln gesellten sich auch Eier und matschige Äpfel. Angespannt sog Kaida die übel riechende Luft ein.

»Das war eine ziemlich dämliche Idee, oder?«, fragte sie so leise, dass nur Jace sie hören konnte.

Zu ihrer Überraschung schüttelte er den Kopf. »Nein, es war die einzig richtige Idee. Dieser ganze Hass konnte sich nur anstauen, weil niemand diesen Menschen hier Gehör geschenkt hat. Mit ihnen zu sprechen ist notwendig, wenn nicht sogar überlebenswichtig.«

Kaida nickte. »Gut, dann los!« Sie hörte, wie sich Jace leise räusperte. Als sie zu ihm hinübersah, zog er gerade seine Schultern zurück und reckte das Kinn.

»Ich denke, dass ich mir meine Vorstellung sparen kann«, verkündete er in einem so gefassten Tonfall, dass er Kaida augenblicklich an seinen Vater erinnerte – nur mit dem feinen Unterschied, dass in Jace' Stimme weder Arroganz noch Verachtung mitschwang. »Neben mir steht meine Gefährtin, Kaida, eine ehemalige Novizin des Hexenmeisters, der gerade auf dem Weg zu uns ist, um alles in dieser Stadt kurz und klein zu schlagen. Er wird keinen Unterschied zwischen Menschen und Fae machen, sondern seinem Gefolge auftragen, alles zu vernichten, was nicht in seinen eigenen Reihen steht. Ich weiß, dass einige von euch, wenn nicht sogar die Mehrheit, darüber nachgedacht haben, sich Nero anzuschließen. Jeder hier kennt den Roten Mond und das Versprechen, dass der Hexenmeister seinen Unterstützern anbietet: die Unterwerfung der Fae und Rückeroberung der Hauptstadt. Doch leider ist die Sache nicht so einfach, wie sie erscheinen mag – denn Nero wird den Thron sicher nicht an euch Menschen zurückgeben. Er ist ein machthungriges Monster, ein gieriges Ungeheuer, das –«

»Also genauso wie dein Vater!«, schrie eine Frau wütend dazwischen. Schnell stimmten die anderen Zuschauer in das Gegröle mit ein, beleidigten Jace und seine Familie und wünschten den Fae die schlimmsten Krankheiten an den Hals, von denen Kaida jemals gehört hatte.

»So ist es«, stimmte Jace schließlich mit fester Stimme zu. »Genau wie mein Vater.«

Augenblicklich verstummte das Stimmengewirr. Die Menschen starrten Jace so ungläubig an, als hätte er gerade verkündet, dass er jeden von ihnen mit Gold überhäufen würde. Schulterzuckend blickte er in die Menge. »Ich habe keinen Grund, wieso ich euch diesbezüglich anlügen sollte. Sowohl mein Vater als auch der Hexenmeister sind Ungeheuer, denen man lieber nicht begegnen möchte. Zugegeben, ich persönlich wüsste trotzdem, wen von beiden ich lieber als König hätte, aber im Grunde muss jeder von euch selbst entscheiden, wer das kleinere Übel ist. Und ja, ihr *müsst* euch entscheiden – denn einer von beiden *wird* auf dem Thron sitzen, daran führt kein Weg vorbei. Die Frage ist nur, wem ihr euch anschließen werdet. Ich möchte vollkommen ehrlich zu euch sein: Wir Fae mögen durch unsere Magie zwar sehr mächtig sein, doch auch wir sind beinah machtlos dem riesigen Heer gegenüber, mit dem sich Nero der Hauptstadt nähert. Wir sind darauf angewiesen, dass alle Bewohner dieser Stadt, egal ob Mensch oder Fae, arm oder reich, Mann oder Frau, zusammenhalten.«

»Damit ihr verfluchten Spitzohren es euch nach der Schlacht wieder in unserem Palast gemütlich macht und uns mit Verachtung straft, wie ihr es seit dem Einfallen in unsere Stadt getan habt?«, fragte ein Mann aufgebracht.

Wieder erklang zustimmendes Gemurmel, doch die Wurfgeschosse blieben aus.

Kaida und Jace wechselten einen vielsagenden Blick. Sie hatten einen Handel ausgeklügelt, einen Handel, dem Oberon nur über seine Leiche zustimmen würde. Doch Kaida und Jace waren sich sicher, dass dies der einzig richtige Weg war. Es war egal, was Oberon davon hielt. Trotzdem konnte Kaida dem Prinzen ansehen, wie schwer ihm seine nächsten Worte fielen. Er atmete tief durch und schloss für einen kurzen Moment die Augen. Als er sie wieder öffnete, lag eine feste Entschlossenheit in ihnen – die Entschlossenheit eines Königs.

Kapitel 30

»Fürs Erste wären wir hier dann wohl fertig«, verkündete der Hüne von Mann, der sich vor Kaida aufgebaut hatte. Sie nickte zustimmend, während sie die letzten Vorräte der Pfeile und leicht entzündbaren Tinkturen in die Holzkiste sortierte, die vor ihr auf dem Tisch standen. »Sehr gut«, verkündete sie, während sie den schweren Deckel auf die Kiste legte und zu dem Mann hinüberschob. »Diese Kiste muss noch auf die Kutsche, die in den fünften Stadtteil fährt. Damit sollten die Kämpfer eine Weile auskommen, falls sich doch ein Schattenfresser in ihr Gebiet verirren sollte.«

Der Mann nickte zustimmend und griff nach der schweren Kiste, wobei feine Sehnen auf seinen breiten Oberarmen hervortraten. »Der Prinz wartet übrigens bereits am Hinterausgang auf dich.« Hastig griff Kaida nach dem Bogen, den sie für Jace beiseitegelegt hatte, überprüfte ein letztes Mal die zwei Schwerter an ihrem Gürtel und verließ dann ihren Arbeitsplatz in der hintersten Ecke der großen Halle, in der sie ihre letzten Stunden verbracht hatte. Jace war es zuvor tatsächlich gelungen, die Menschen auf dem Platz von seinem Handel zu überzeugen – ob ihm das auch bei seinem Vater gelingen würde, stand jedoch noch in den Sternen. Im Moment spielte Oberon aber auch noch keine große Rolle in ihrem Plan, der so riskant war, dass sich selbst Kaida noch schwer damit tat.

Dennoch hatten sie durch ihre Vereinbarungen mit den Menschen bereits einen großen Erfolg verzeichnen können. Nicht nur, dass sich die Menschen des Armenviertels angeschlossen hatten – die Nachricht hatte sich wie ein Lauffeuer verbreitet und dazu geführt, dass nun auch die meisten anderen

Bewohner der Stadt ihre Unterstützung zugesagt hatten. Durch die Anschläge des Roten Mondes in den vergangenen Wochen war die Stimmung in der Stadt so sehr gekippt, dass sich die Menschen tatsächlich lieber Oberon anschließen würden als Nero. Einige der Bewohner, mit denen Kaida in den letzten Stunden gesprochen hatte, hatten ihr von Vorfällen erzählt, bei denen sich geheime Waffenlager des Roten Mondes entzündet hatten. Bei der folgenden Explosion waren mehrere Häuser von unbeteiligten Anwohnern zerstört worden. Eine Frau hatte ihr außerdem erzählt, dass Mitglieder des Rotes Mondes sie eines Nachts in einer Kneipe bedrängt hätten und daraufhin von den anderen Besuchern verprügelt und rausgeworfen worden waren. Auch wenn Kaida Mitgefühl mit den Menschen hatte, die bei diesen Vorfällen zu Schaden gekommen waren, hatte sie sich während der Gespräche doch mit aller Kraft zusammenreißen müssen, um nicht breit zu grinsen. Der Rote Mond war in der Vergangenheit eine ernsthafte Bedrohung für die Fae geworden – hätte er noch mehr Sympathisanten und Unterstützung bekommen, hätte diese Organisation die Spitzohren vielleicht sogar im Alleingang besiegen können. Doch die Mitglieder waren zu übermütig geworden, und während Callums Abwesenheit war ihnen der Größenwahn zu Kopf gestiegen. Sie waren unvorsichtig geworden und hatten sich zu viele Fehler erlaubt, bei denen sie ihre Sympathie verspielt hatten. Der Rote Mond hatte sich ohne ihren klugen Kopf selbst sabotiert und wertvolle Ressourcen verspielt – besser hätte es für Kaida und die Fae gar nicht kommen können.

Während sie durch die Halle lief, ließ sie ihren Blick aufmerksam über die vielen Werkbänke und Materialien wandern, die überall verteilt standen. Sie beobachtete eine Gruppe Frauen dabei, wie sie einen Korb mit Kräutern und Bandagen packten und ein paar Kinder, die fleißig Pfeile schnitzten und ordentlich in dunkle Köcher einsortierten. Ein rauchiger Geruch hing in der stickigen Luft, wahrscheinlich stammte er von der angrenzenden Schmiede. Als sich der beißende Dampf giftiger Tinkturen und stark duftender Kräuter in ihrer Nase vermischte, begannen Kaidas Schläfen leicht zu pochen. Sie hatte schon viel zu lange in der spärlich beleuchteten Lagerhalle am Stadtrand ausgeharrt, auf ihrer Zunge konnte sie den Staub und Schmutz förmlich schmecken. Ihre Schleimhäute fühlten sich ausgetrocknet an, durch den beißenden Gestank begannen ihre Augen zu brennen und zu tränen. Genervt wischte sie sich über das Gesicht und hielt weiterhin Ausschau nach Jace. Als sie ihn endlich neben einer Wand entdeckte, an der Dutzende Schwerter aufgestellt waren, seufzte sie erleichtert. Bisher hatten sie das große Glück gehabt, dass Nero und seine Armee noch nicht eingetroffen waren. Allerdings könnte es jeden Moment so weit sein – und es gab noch einiges vorzubereiten.

Als Jace' Blick auf ihren traf, breitete sich ein sanftes Lächeln auf seinen Lippen aus. Seine Schultern sackten nach unten und die feinen Falten auf seiner Stirn glätteten sich. Kaum hatte sie ihn erreicht, zog er sie schützend in seine Arme und drückte ihr einen sanften Kuss auf die Schläfe. »Alles in Ordnung?«, fragte er leise, wobei sein Atem über ihre Ohrspitze strich.

»Ja, mir geht es gut. Meine Gruppe hat alles vorbereitet, die Kisten werden gerade auf die Kutschen geladen und in der Stadt verteilt. Wie ist der Stand bei dir?«

»Wir konnten eine überraschend große Menge an Waffen zusammentragen, ein paar davon stammen aus ehemaligen Verstecken des Roten Mondes, andere habe ich aus den Fae-Waffenkammern besorgt.«

»Du warst im Palast?«, fragte Kaida überrascht und legte den Kopf in den Nacken, um in Jace' graue Augen sehen zu können. Lächelnd schüttelte er den Kopf. »Nicht direkt, ich habe einen unserer obersten Kommandanten durch Zufall vor unseren Palastmauern angetroffen. Vater hatte seine ganze Einheit damit beauftragt, die Mauern auszubessern und zu verstärken.«

Seufzend verdrehte Kaida ihre Augen. »Er verschwendet die Stärke seines Heeres damit, *Löcher* in der Palastmauer auszubessern? Das ist so töricht, dass ich es kaum glauben kann. Seine lächerliche Mauer wird ihn sowieso nicht lange beschützen können, ganz egal, wie sehr er sie auch ausbessern lässt. Wenn Nero hier ankommt, kann Oberon nicht nur um sein dämliches Schloss kämpfen, er muss die ganze Stadt im Auge behalten. Wie stellt er sich das überhaupt vor? Meint er, Nero würde die ganze Stadt in Schutt und Asche legen und dann vor seinen Mauern haltmachen, um friedlich um ihn herum zu herrschen?«

»Ich habe keine Ahnung«, erwiderte Jace seufzend. »Er war schon immer ein Meister darin, sich einzuigeln und die Welt vor seinen Toren auszublenden … Immerhin ist es mir gelungen, den Kommandanten davon zu überzeugen, uns mit Ressourcen aus dem Palast zu unterstützen. Er weist gerade die anderen Heerführer an, sich bereitzuhalten, um unsere Befehle entgegenzunehmen. Laut ihm ist die Stimmung im Palast schrecklich, kaum jemand glaubt an die Strategie meines Vaters. Sollte es hart auf hart kommen, werden sie sich auf unsere Seite schlagen und dafür sorgen, dass unsere Armee unsere Anweisungen befolgen wird.«

»Sehr gut«, erwiderte Kaida erleichtert. Sie konnte förmlich spüren, wie ein weiterer Brocken der Last von ihrem Herzen abfiel. Sie war sich nicht sicher gewesen, ob es Jace wirklich gelingen würde, sein Volk für ihre Sache zu begeistern, schließlich waren die Fae bekannt dafür, ihren Königen bedingungslos bis in den Tod zu folgen.

»Wir sollten uns auf unsere Positionen begeben, ehe Nero hier einfällt«, schlug Jace leise vor. Kaida nickte knapp. »Wir haben nicht zufällig noch genug Zeit, um einen kurzen Abstecher in deine Hütte zu unternehmen?«

Der Prinz schnaufte amüsiert, ehe er ihr erneut einen Kuss auf die Schläfe drückte. »Nein, Kleines, ich fürchte, das muss warten. Aber wenn wir den ganzen Mist hier überstanden haben, werde ich veranlassen, dass wir die nächsten Monate nur in meinem Häuschen verbringen – ungestört, versteht sich.«

»Klingt nach einem guten Plan«, erwiderte Kaida lächelnd. Sie schaute tief in Jace' graue Augen, versuchte, sich jedes noch so kleine Detail genauestens einzuprägen. In ihrem Herzen stiegen bei seinem Anblick die unterschiedlichsten Emotionen auf, von unbändiger Freude und Liebe bis hin zu lähmender Angst. Was, wenn ihr Plan doch nicht aufgehen sollte? Wenn sie ihn verlieren würde, so, wie sie Elrik verloren hatte? Auch sein Tod schmerzte sie noch immer, doch Kaida war überzeugt davon, dass sie Jace' Tod *niemals* überwinden könnte.

»Woran denkst du?«, riss sie die ruhige Stimme des Fae-Prinzen aus ihren Gedanken.

Etwas verwirrt blinzelte sie ein paarmal, dann hoben sich ihre Mundwinkel zu einem vorsichtigen Lächeln. Anstatt ihm zu antworten, stellte sie sich auf die Zehenspitzen und legte ihre Lippen auf seine. Diesmal zog Jace sie, ohne zu zögern, fest an seinen Körper heran, vergrub eine Hand in ihrem Haar und legte die andere auf ihren Rücken. Ihre Lippen verschmolzen miteinander und Kaida konnte spüren, wie sich ein starkes Prickeln von ihrem Unterleib aus in ihrem ganzen Körper ausbreitete. Der Geschmack seiner Lippen machte sie süchtig. Seufzend schlang sie ihre Arme um seinen Hals und zog sich so fest an ihn heran, dass jede Stelle ihres Körpers den seinen berührte. Sie konnte seinen kräftigen Herzschlag spüren und stellte zufrieden fest, wie Jace' Geruch sie einhüllte und den Gestank der Halle aus ihrem Kopf vertrieb. Auch Nero und die bevorstehende Schlacht zogen sich in den hintersten Teil ihres Kopfes zurück.

Als Jace sich ein klein wenig zurückzog, legte sie geistesgegenwärtig eine Hand an seinen Hinterkopf und hielt ihn an Ort und Stelle. Sie wollte um jeden Preis verhindern, dass sie sich mental wieder in die reale Welt begeben musste, die immer mehr auseinanderzubrechen schien, in der das Böse nur darauf wartete, seine Klauen um ihre Kehle zu legen …

Doch als Jace als Reaktion auf ihren Protest in leises Lachen ausbracht, musste sie sich wohl oder übel geschlagen geben. Als sie ihre Augen wieder öffnete, funkelten seine so hell wie die Lichter der Stadt, wenn man sie nachts von seinem Fenster aus betrachtete.

»Warum musst du es mir immer so schwer machen?«, fragte er grinsend. Seine Stimme klang etwas rauer als sonst, ein Umstand, der Kaida eine leichte Gänsehaut auf die Arme zauberte.

»Das Gleiche könnte ich dich auch fragen«, entgegnete sie, »schließlich zwingt dich ja niemand dazu, ständig den Moralapostel zu spielen.«

Sanft legte Jace seine Lippen erneut auf Kaidas, doch dieses Mal war der Kuss viel behutsamer und unschuldiger als zuvor. Als er seine Berührungen quälend langsam beendete, lächelte er sanft zu ihr hinab. »Versprichst du mir, dass wir *damit* fortfahren, sobald du Neros aufgespießten Kopf vor unseren Toren platziert hast?«

Augenblicklich nickte sie. »Wenn du mir das gleiche Versprechen geben kannst? Ich … ich könnte es nicht ertragen, wenn –«

Ehe sie es aussprechen konnte, verschluckten seine Lippen ihre nächsten Worte. »Ich liebe dich, Kaida«, murmelte Jace leise. Lächelnd sah Kaida zu ihm auf. »Ich liebe dich auch, Jace.«

Plötzlich riss sie ein lauter Knall zurück in die Wirklichkeit. Ruckartig fuhr Kaida herum und entdeckte einen jungen Mann in einfacher Kleidung, der sich schwer atmend mit seinen Händen auf den Oberschenkeln abstützte. »Sie … sie sind –«

»Tief durchatmen«, wies Kaida ihn an, woraufhin der Mann so heftig nickte, dass sein dunkles Haar wild durch die Luft flog.

»Nero und seine Armee … in den Vororten … Alles steht in Flammen.«

»In den Vororten?«, wiederholte Jace das undeutliche Gemurmel des Mannes, der daraufhin erneut nickte. Sofort richtete sich der ernste Blick des Prinzen auf Kaidas Gesicht. Trocken würgte sie den Kloß in ihrem Hals hinunter. Jace musste gar nicht in Worte fassen, was diese Information zu bedeuten hatte; Kaida verstand es auch so. Energisch stieß sie die Luft aus und nickte entschlossen. Jetzt gab es kein Zurück mehr. Keinen Weg drumherum, keine Zeit, um die Strategie noch mal zu überdenken. Jetzt mussten sie handeln.

Kapitel 31

Als sie hinaus auf die Straße traten, wehte ein so kühler Wind um Kaidas Körper, dass ihre Zähne anfingen zu klappern. Um sie herum war es verdächtig ruhig. Beinah hätte man denken können, die ganze Stadt sei in einen Tiefschlaf versunken. Trotzdem hing eine gewisse Anspannung in der Luft, die so bedrückend war, dass Kaida sie förmlich greifen konnte. Um sich zu entspannen, legte sie den Kopf in den Nacken und hielt nach den Sternen Ausschau, die bereits am Himmelszelt aufgezogen waren. Ein merkwürdiges rötliches Licht schimmerte durch die Wolken hindurch. Kaida schätzte, dass es sich dabei um das Leuchten der Flammen handelte, die in den Vororten der Hauptstadt wüteten. Unvermittelt Jace griff nach ihrer Hand und umklammerte sie so fest, dass es beinah wehtat. »Jace, was –« Das Blut in Kaidas Adern begann zu gefrieren. Mit großen Augen starrte sie in die Richtung, in die auch Jace sah – direkt in den riesigen Mond, der die Farbe von Blut angenommen hatte.

»Was zum ...?«, murmelte sie langsam, doch keines der Wörter, die ihr in den Sinn kamen, schien das Gefühl auch nur annähernd beschreiben zu können, das ihren Körper lähmte und ihr die Luft abschnürte.

»So viele Zufälle kann es doch gar nicht geben«, platzte es nach einiger Zeit aus ihr hervor, »als ob ausgerechnet heute ein roter Mond am Himmel stünde!«

»Magie und Schicksal ... das sind zwei Sachen, die man wohl besser nicht hinterfragt«, murmelte Jace zustimmend.

Als Kaida ihren Blick von dem Himmelskörper losriss und auf die grauen Augen des Prinzens lenkte, in denen sich das rötliche Licht des Himmels spiegelte, konnte sie tiefes Unbehagen erkennen. Besorgt kniff sie ihre Lippen zusammen. Als Jace dieses Naturphänomen zum letzten Mal gesehen hatte, hatte der Hexenmeister kurz zuvor seine Heimat zerstört und sein Volk abgeschlachtet ...

»Wenn man den Legenden und Erzählungen glaubt, könnte man diesen Anblick fast so interpretieren, als würde sich der Kreislauf schließen«, sagte er nach einer Weile leise. »Bei unserer Ankunft auf dem Festland beobachtete uns der Mond dabei, wie wir die Menschen vertrieben und die Macht an uns rissen – und nun wird er uns dabei beobachten, wie *wir* diese Macht wieder verlieren und aus der Stadt vertrieben werden.«

»Hat es am Tag des Angriffs geregnet?«, fragte Kaida ruhig. Überrascht blinzelte Jace. »Ja, wieso?«

»Hast du an jedem darauffolgenden Regentag damit gerechnet, dass Nero erneut über euch herfallen könnte?«

»Nein, natürlich nicht. Aber –«

»In unserer Welt mag es viele merkwürdige Zufälle und Ereignisse geben, die sich auf den ersten Blick nur durch Magie oder Schicksal erklären lassen. Auch ich habe mir oft eingeredet, dass ich nichts verändern kann, weil sowieso alles vorherbestimmt ist. Aber mittlerweile bin ich überzeugt davon, dass es solche Zufälle zwar geben mag, wir unser Leben aber eigentlich immer noch selbst in den Händen haben. Du suchst gerade nach einem Zeichen, einem Grund, einer Ausrede, weshalb unsere Chancen schlecht stehen sollten. Aber so, wie sich manchmal ein Gewitter ankündigt und doch nur in einem kleinen Regenschauer endet, müssen wir jetzt nicht davon ausgehen zu verlieren, nur weil sich dieser verdammte Mond heute dazu entschieden hat, wie eine Tomate auszusehen.«

Jace schwieg einen Moment, den Blick starr auf den roten Himmelskörper gerichtet. Dann zuckten seine Mundwinkel. »Ich glaube zwar nicht, dass der Mond über seine Erscheinung bestimmen kann, aber deine Argumentation beruhigt mich ein wenig«, antwortete er amüsiert.

»Sehr gut«, erwiderte Kaida zufrieden und drückte seine Hand, »dann können wir ja endlich loslegen.«

Eilig hasteten sie durch die immer dunkler werdenden Gassen der Hauptstadt. Die Kanäle, die am Tage noch wie Diamantadern gefunkelt hatten, wirkten in der heraufziehenden Dunkelheit nur noch wie eine trostlose graue Masse. Kaida fiel auf, dass viele Bewohner ihre Fenster mit zusätzlichen Holzbalken zugenagelt hatten. Auf einigen Balkonen konnte sie Pfeilköcher erkennen, an anderen Stellen hatten die Menschen bereits damit begonnen, Straßenbarrikaden zu errichten. Sie selbst hatte ihnen geraten, alte Möbel und Holzgegenstände zusammenzutragen und damit die Hauptstraßen zu verstopfen. Hinter einigen Barrikaden konnte sie brennende Holztonnen erkennen, aus denen hohe Flammen loderten. Obwohl die Straßen wie leer gefegt waren, hatten sich einige Grüppchen um die Barrikaden versammelt. Viele der Menschen grüßten Kaida und Jace sogar.

Je näher sie dem Palast kamen, desto mehr Fae fanden sich in den Gassen und Wachtürmen, die eher provisorisch auf flachen Hausdächern errichtet worden waren. Als sie gerade in eine Seitenstraße einbiegen wollten, schob sich wie aus dem Nichts ein Soldat in dunkler Rüstung hinter der Hausecke hervor und hielt die beiden auf. Jace packte Kaida augenblicklich am Handgelenk und zog sie schützend hinter sich. Erst als er realisierte, dass sein Gegenüber auch ein Fae war, ließ er seine Schultern wieder fallen und öffnete seine Finger um Kaidas Handgelenk.

»Mein Prinz, euer Vater möchte, dass ihr und Kaida sofort zu ihm in den Palast zurückkehren. Er sagte mir, dass er euch drinnen brauchen würde.«

»Wieso, ist etwas passiert?«, fragte Jace schroff.

»Nun, der Hexer hat unsere Stadtgrenzen erreicht ... Der König möchte seine Familie um sich haben, ist das nicht Grund genug?«

»Nein«, antwortete plötzlich eine feste Frauenstimme hinter dem Soldaten. Neugierig reckte Kaida ihren Hals. Sie staunte nicht schlecht, als sie Nia entdeckte, die mit verschränkten Armen neben Nox stand und ihnen frech entgegengrinste.

»Was macht ihr hier?«, fragte Jace. Seine Stimme klang wenig begeistert.

»Vater und Luce haben sich tief im Palast verschanzt und sind erst mal in Sicherheit«, antwortet Nox zufrieden. »Die Stimmung da drinnen lässt allerdings … *zu wünschen übrig*. Überall laufen hysterisch weinende Zofen umher und die jüngsten Soldaten schlottern so sehr, dass man das Klappern ihrer Rüstungen durchs ganze Schloss hören kann. Darum haben wir beschlossen, lieber nach euch zu suchen und an der Front mitzukämpfen. Da ihr zwei das Chaos ja magisch anzuziehen scheint, könnt ihr zwei zusätzliche Paare Augen, Ohren und Arme wohl gut gebrauchen.«

Mit einem amüsierten Funkeln in den Augen trat Kaida hinter Jace hervor. Nox' Einstellung gefiel ihr, außerdem hatte er recht: Seine Feuergabe würde sich sicherlich als sehr hilfreich erweisen. Ganz davon abgesehen, dass sie es kaum erwarten konnte zu sehen, wie Nias Gabe sich in einer Schlacht machte. Ob sie stark genug war, um ein Kriegsgerät zu verschieben? Vielleicht könnte sie mit ihrer Gabe ja auch das Wasser aus den Kanälen blasen und –

»Nox kann bleiben, Nia kehrt in den Palast zurück«, befahl Jace in einem so strengen Tonfall, als würde er ein Kind rügen, »der Soldat hier wird dich nach Hause bringen.«

»Kommt gar nicht infrage«, erwiderte Nia und verschränkte eingeschnappt die Arme vor der Brust, »ich werde mir nicht von meinem kleinen Bruder vorschreiben lassen, wo ich mich aufzuhalten habe.«

»Du benutzt deine Gabe kaum und bist nicht vorbereitet«, fuhr Jace unbeirrt fort, »es ist einfach zu riskant.«

»Wieso benutzt sie ihre Gabe denn nicht gern?«, fragte Kaida neugierig dazwischen.

»Ihr Geist ist nicht stark genug, die Magie vollständig zu kontrollieren. Sie hat Angst vor dem Gefühl der Macht, Angst davor, die Kontrolle zu verlieren.«

»Ich werde das schon irgendwie hinbekommen … Beim letzten Mal habe ich mich artig mit Luce im Palast versteckt – und wir wissen alle, wie das ausgegangen ist. Also hör auf dich so aufzuspielen, Jace. Wenn du mir nicht sagst, wie ich mich nützlich machen kann, werde ich einfach allein losziehen und mir Nero vorknöpfen.«

»Das wirst du nicht tun.« Jace' Stimme klang gefährlich ruhig, aber gleichzeitig schneidend wie ein Dolch – sie erinnerte Kaida stark an Oberon. In Situationen wie diesen wurde ihr immer deutlich bewusst, *wessen Sohn* Jace eigentlich war. Nia öffnete den Mund, um etwas zu erwidern, als ein ohrenbetäubendes Glockenläuten über sie alle hereinbrach. Kaida zuckte erschrocken zusammen und presste sich ihre Hände fest auf die Ohren. Trotzdem konnte sie das Meer aus Stimmen hören, das plötzlich aus allen Winkeln und Ecken der Stadt drang. Jeder hier wusste, was die Glocken zu bedeuten hatte – Nero hatte sich zu seinen Schergen gesellt und nun auch persönlich mit dem Angriff auf die Hauptstadt begonnen. Nun ging es *richtig* los.

»Wir müssen sofort auf die Dächer«, rief Jace über die unzähligen Stimmen hinweg, »wir müssen uns einen Überblick verschaffen!« Kaida nickte und lief auf die erstbeste Hauswand zu, die sich zum Klettern anbot. Die Steine des Hauses waren so uneben gemauert worden, dass sie mühelos Halt an ihnen fand. Hastig kletterte sie an der Wand hinauf, dicht gefolgt von den anderen. Als sie sich über die Dachkante zog, eilte sie über das flache Dach hinweg zur gegenüberliegenden Seite.

»Jace!«, rief sie erschrocken und streckte ihren Zeigefinger gen Himmel. Als der Fae neben ihr auftauchte, ballte er seine Hände angespannt zu Fäusten. »Verdammt«, fluchte er leise. »Die Bastarde haben tatsächlich ihre Katapulte mitgebracht.«

»Wir müssen die Dinger sofort außer Gefecht setzen, sonst haben wir keine Chance«, drängte Kaida aufgebracht. Mit großen Augen verfolgte sie einen riesigen Felsbrocken, der direkt auf sie zuhielt. Es war abzusehen, dass er nicht ganz bis zu ihnen vordringen würde, doch die Entfernung vom Abschussort war dennoch ziemlich beachtlich. Nero und seine Armee würden nicht mehr weit voranschreiten müssen, um mit den Katapulten den Palast unter Beschuss nehmen zu können.

»Der da fliegt beängstigend gut!«, hörte sie Nox neben sich sagen. Er deutete auf einen weiteren Felsbrocken, der wirklich rasend schnell und in einer ziemlich weiten Flugkurve auf sie zukam. »Vielleicht sollten wir lieber in Deckung gehen«, bemerkte Kaida nervös.

Plötzlich bremste der Klotz in seiner Rotation ab. Er wurde immer langsamer, bis er wie von Geisterhand in der Luft umdrehte und in die entgegengesetzte Richtung rotierte. Er beschleunigte wieder auf sein vorheriges

Tempo und flog die gleiche Bahn, auf der er ursprünglich in die Luft geschleudert wurde, zurück. Ein lautes Scheppern ertönte, gefolgt von Dutzenden schrillen Schreien.

»Schattenfresser!«, stieß Kaida überrascht aus und fuhr zu Nia herum, die mit ausgestreckten Armen hinter ihr stand. »Du hast sie getroffen!«

»Tja, sieht so aus, als könnte ich euch doch nützlich werden, nicht wahr?«

»Ewig wirst du das nicht durchhalten«, entgegnete Jace pikiert.

»Nein, aber das muss ich ja auch gar nicht. Es würde ja schon mal reichen, wenn ich die Steine wenigstens von unseren Köpfen wegbewegte, oder?«

Ehe Jace antworten konnte, ertönte ein weiterer ohrenbetäubender Knall. Als Kaida herumfuhr, konnte sie nur noch mit ansehen, wie auch die letzten Reste eines benachbarten Turms in sich zusammenfielen. Staub wirbelte auf und zog aus den Gassen bis zu ihnen aufs Dach.

»Wir müssen Nero finden«, sprach Jace ihre Gedanken aus. »Ansonsten wird bald nichts mehr übrig sein, was wir vor ihm beschützen könnten.«

Kapitel 32

»Kaida, bleib hier«, zischte Jace ihr leise zu und hielt sie an ihrem Arm zurück, »wenn wir noch näher an sie herantreten, werden sie uns entdecken!«

»Und wenn schon«, flüsterte Kaida zurück, während sie versuchte trotz Jace' Griff hinter einer Hausecke hervorzuschielen. »Sollen sie doch kommen, ich werde sie kurz und klein schlagen!«

»Woher kommt denn auf einmal dieser Übermut? Auf dem Hausdach klang das gerade noch ganz anders.«

»Ja, weil ich mir nicht vorstellen konnte, dass der Plan funktionieren würde. Aber jetzt sind wir ja tatsächlich hier. Sieh nur, da hinten ist der erste Schwung Schattenfresser!«

»Ja, aber was hast du nun vor? Wir beide müssen unsere Kräfte für Nero aufsparen, lass uns lieber weitersuchen.«

Widerwillig ließ sich Kaida zurück hinter die Hausecke ziehen. Jace stützte seine Arme rechts und links neben ihren Kopf und schirmte ihren Körper mit seinem ab. Vorsichtig beugte er sich ein Stückchen zur Seite und lugte ebenfalls hinter der Hauswand hervor. »Ich kann weder Nero noch Callum sehen«, berichtete er leise. »Nur eine riesige Horde Schattenfresser … Glaubst du, die Menschen werden mit ihnen fertig?«

»Wenn Nia und Nox erfolgreich waren und ein paar Fae-Soldaten auf die Gruppen verteilen konnten, dann ja … wahrscheinlich. Schattenfresser sollte man nicht unterschätzen, aber wenn man sie einmal eingekesselt hat, lassen sie sich gut in den Griff bekommen.«

Plötzlich sah Kaida aus dem Augenwinkel, wie kleine Lichtpunkte durch die Luft flogen. »Jace!« Blitzschnell drehte sich der Fae um, erfasste die Situation und zog Kaida weiter hinter die Hausecke. »Brennende Pfeile, wahrscheinlich von unseren Leuten.«

»Woher weißt du, dass es nicht Neros Mannschaft ist, die auf uns schießt?«

Ein schriller Schrei lenkte ihre Aufmerksamkeit auf sich. Als Kaida ihr Gesicht zur Seite drehte, entdeckte sie einen Schattenfresser, dessen wabernder Körper lichterloh in Flammen stand. Schreiend rannte er an ihnen vorbei, ohne sie überhaupt zu bemerken. Als er stolperte und zu Boden fiel, schien das Feuer ihn förmlich aufzufressen. Gebannt beobachtete Kaida den dunklen Nebel, die restliche Schwarze Magie, die in den Nachthimmel aufstieg und vom Wind davongetragen wurde.

»Gut, wahrscheinlich sind es doch unsere Leute, die auf sie schießen«, sagte sie schulterzuckend. »Lass uns weitersuchen.« Gemeinsam rannten sie durch die engen Gassen, die oft von Schutt und Asche versperrt wurden, und versteckten sich bei jedem verdächtigen Geräusch hinter Hauswänden. Zusammen mit Nia und Nox hatten sie ausgetüftelt, dass sie sich bereits in den Teil der Stadt vorwagten, der momentan von Neros Schergen heimgesucht wurde. Nia und Nox hielten sich stattdessen im inneren Schutzkreis auf. Durch die Vorbereitungen war es ihnen gelungen, überall in diesem Kreis Bogenschützen und Kundschafter zu verteilen, die jeden Vorstoß des Feindes sofort weitermeldeten. Der Großteil der Stadtbevölkerung hatte sich in diesem Kreis versammelt, bis unter die Zähne bewaffnet und bereit, sich dem Hexenmeister entgegenzustellen. Verletzte, Kranke, Frauen und Kinder hatten auf Jace' Befehl hin Schutz hinter den Schlossmauern gefunden. Was Oberon von ihrem Vorgehen hielt, wusste Kaida nicht, doch bisher hatte sie niemand darüber informiert, dass der König sich ihnen widersetzte. Vielleicht hatte er sich bereits in seinem Arbeitszimmer verschanzt und hoffte, so den Sturm überstehen zu können.

Zu Beginn ihrer Reise hätte Kaida niemals gedacht, dass der König so ein Feigling war. Stets hatte er geprahlt und so getan, als wäre er mindestens genauso kalt und mächtig wie Nero, doch anscheinend waren viele seiner Worte nichts als heiße Luft gewesen ...

Als sie um eine weitere Hausecke bogen, blieb Kaida abrupt stehen. Sie konnte *ihn* fühlen. Als sie ihren Kopf langsam zur Seite drehte, traf ihr Blick auf Augen, die den ihren so ähnlich waren, dass es schmerzte. »Callum«, hauchte sie leise. Neben ihr hörte sie, wie Jace nach seinem Schwert griff.

Callums Mundwinkel zuckten amüsiert, während sein Blick zwischen ihnen hin- und herwanderte. »Mein Schwesterchen und ihr Liebhaber, welch ein Zufall!«

»Wieso kämpfst du noch für ihn?«, fragte Kaida ohne Umschweife. »Und wo versteckt er sich?«

Überrascht zog ihr Bruder seine Augenbrauen zusammen. »Wie kommst du auf die Idee, ich hätte die Seiten gewechselt?«

»Du ... du hast mir und Jace bei der Flucht geholfen«, antwortete Kaida stotternd, »ich ... ich hatte gehofft, dass –«

»Dass ich deshalb gleich zu den Spitzohren überlaufe?«

»Du bist selbst ein Spitzohr, Callum.«

»Nein, das bin ich nicht. Du auch nicht, nebenbei bemerkt. Hat dir dein Liebhaber nicht erzählt, was sein feiner Vater unseren Eltern angetan hat? Er hat sie eingesperrt und gehalten wie Tiere. Experimente an ihnen durchgeführt, die ihre Gene zerstört haben. Wir mögen Magie in unseren Adern tragen, aber wir sind ganz bestimmt keine Spitzohren. Versuche nicht dir einzureden, es wäre anders, Kaida. Du gehörst genauso wenig zu den Fae wie zu den Menschen. Wir beide hingegen gehören zusammen wie Pech und Schwefel. Also tu mir den Gefallen und schließ dich uns an. Möchtest du Oberon wirklich *damit* davonkommen lassen? Dein Leben in seinen Dienst stellen?«

»Ich diene nur mir selbst«, antwortete Kaida so kalt, dass Callum verwundert den Kopf neigte. »Ich lasse mich nicht zur Marionette machen, weder von Oberon noch von Nero noch von dir. Ihr habt alle drei mit meinem Leben gespielt und versucht mich mit euren Intrigen auszubeuten, aber die Fäden, mit denen ihr mich einst gelenkt habt, werde ich nun selbst als Waffe missbrauchen. Ich werde sie jedem um den Hals legen, der es wagt, sich zwischen mich und meine Ziele zu stellen.«

Anerkennend nickte Callum. »Sieh an, sieh an! Und diese Drohung gilt auch für deinen eigenen Bruder?«

»Wusstest du von Luce' Zwilling?«

»Ja, natürlich wusste ich von ihm. Ich bin ihm öfter begegnet, da mich Nero beinah täglich zu geheimen Trainingseinheiten, von denen du nichts wusstest, in seine Gemächer bestellt hatte. Dort hielt er den Jungen versteckt. Gut, meistens hielt er ihn in irgendwelchen Verliesen eingesperrt, aber abends war er häufig in Neros Nähe.«

»Warum wusste ich nichts davon? Warum hast du mir nie erzählt, weshalb Nero so einen Hass gegen die Fae hegt? Die Frau, von der ich dir eines Nachts erzählt habe, war die Mutter der beiden Jungen!«

»Ich weiß, aber das konnte ich dir natürlich nicht sagen«, erwiderte Callum schulterzuckend. »Nero vertraute dir nicht und befahl mir darum, den Jungen vor dir geheim zu halten. Natürlich hat er mir die Geschichte von ihm und Oberons Frau erzählt, aber um ehrlich zu sein, ist es mir herzlich egal, aus welchen Motiven er die Fae hasst. *Wir* haben einen gemeinsamen Feind und *er* hat die Mittel, um diesen Feind zu besiegen.«

»Ich konnte den Fae verzeihen und meinen Hass beilegen«, sagte Kaida leise, die Stimme kaum mehr als ein Hauch. »Warum kannst du es nicht, Callum? Wir –«

Lachend riss er seinen Kopf in den Nacken und legte seine Hände auf den Bauch. Als er ihr wieder sein Gesicht zuwandte, wischte er sich glucksend über die feuchten Wangen. »Fragst du dich das ernsthaft? Hm, mal überlegen ... vielleicht besitze ich einfach genügend Selbstachtung und Intelligenz, um mich nicht vom Aussehen eines Prinzleins blenden zu lassen? Vielleicht habe ich höhere Ziele im Leben, als es unter die Bettdecke eines Schönlings zu schaffen, der mich bei der erstbesten Gelegenheit wie eine heiße Kartoffel fallen lassen wird? Nero und ich haben noch mal eine ziemlich interessante Unterhaltung über dich und die Fae geführt ... und wie ich dir bereits bei deiner Flucht sagte: Meine Loyalität gilt dem Hexer.«

»Stimmt«, erwiderte Kaida kühl. »Du jagst lieber der Vergangenheit nach, weil du nie über den Tod unserer Eltern hinweggekommen bist. Es ist schon auffällig, dass du scheinbar eine autoritäre ältere Person brauchst, die dich mit Lob und Anerkennung überschüttet, die dich an die Hand nimmt und dir sagt, was du zu tun hast. Also wenn ich die Wahl zwischen deinem Abhängigkeitsproblem und Jace' Bett hätte, würde ich Letzteres immer vorziehen.«

Knurrend machte Callum einen Schritt auf Kaida zu, doch Jace schob sich unauffällig vor sie.

»Ich bin stärker als er«, zischte Kaida leise, »ich kann ihn besiegen!«

»Ich weiß«, antwortete Jace genauso ruhig, »aber glaub mir, Kaida, das *willst* du nicht. Er ist immer noch dein Bruder. Wenn du ihn tötest, wirst du dir das nie verzeihen können. Lass mich auf dich achtgeben, ich will nicht, dass du diese Last auf deinen Schultern tragen musst.«

»Wie heroisch von dir«, höhnte Callum, »vielleicht solltest du dich lieber so heldenhaft vor deinen verlogenen Vater stellen, der müsste nämlich genau in diesem Moment –«

Callums Stimme brach abrupt ab.

»Was?«, fragte Kaida herausfordernd. »Was soll gerade mit Oberon geschehen, hm? Traust du dich nicht es auszuspucken?«

»Warum sollte ich dir unsere Pläne verraten? Ich –«

Sein Blick glitt plötzlich an Kaidas Gesicht vorbei auf etwas, das hinter ihr zu sein schien. Dann zerriss ein qualvoller Schrei die Luft.

»Nia!«, rief Jace schockiert und machte einen Schritt auf seine Schwester zu, die sich vor Schmerzen windend auf den Boden kauerte. Ruckartig schnellte sein Kopf zu Callum herum. »Lass sie in Ruhe, oder –«

»Oder was, Prinzlein? Wollen wir *noch einmal* testen, wie lange du meiner Gabe standhalten kannst? Hast du Kaida eigentlich erzählt, wie du weinend wie ein Baby zusammengekauert im Verlies um Gnade gewinselt hast?«

Kaida hatte große Mühe damit, ihre Gabe nicht augenblicklich auf ihren Bruder loszulassen. Vor ihrem inneren Auge blitzten die Bilder von Jace' geschundenem Rücken auf, von den vielen Narben und Kratzern, die sich über seinen Körper zogen ... Callum wusste, wie viel ihr der Prinz bedeutete. Er hatte das Wichtigste in Kaidas Leben angegriffen, ihm wehgetan – und dabei wissentlich in Kauf genommen, dass er jeden Kratzer, den er Jace zufügte, auch in Kaidas Seele einbrannte. Wut schoss durch ihre Adern, benebelte ihre Sinne. Ihr Herz begann so laut zu pochen, dass es auch von außen hörbar sein musste. Dann stürmte sie ohne Vorwarnung auf ihren Bruder zu.

Erschrocken weiteten sich Callums Augen. Als er sich zur Flucht abwandte, verstummten Nias Schreie. Dafür konnte Kaida hören, wie Jace ihren Namen rief, doch sie dachte gar nicht daran, stehen zu bleiben. Sie fühlte sich wie in einer Art Rausch, während sie ihrem Bruder nachjagte, der in einem beachtlichen Tempo durch die Straßen rannte. Kaida beachtete weder die Schattenfresser noch die Trolle, Kobolde und Menschen, die sich in den dunklen Gassen blutige Kämpfe lieferten. Sie sah die Welt um sich herum wie durch einen schmalen Tunnel, dessen Ende fest auf Callum gerichtet war. Sie hatte schon immer eine gute Ausdauer gehabt, es war eine der Fähigkeiten, die sie die monatelange Flucht durch den Norden gelehrt hatte. Trotzdem begann ihre Lunge nach einiger Zeit zu brennen, ihre Muskeln zu schmerzen. Der Staub in der Luft, der sich wie ein Teppich auf ihrer Zunge ausbreitete, trocknete ihre Mundhöhle aus.

Plötzlich sah sie, wie Callum in einen Hauseingang einbog. Als sie ihm folgte, konnte sie noch im letzten Moment sehen, wie sein Schatten hinter einer Tür verschwand, die unter einer morschen Treppe eingebaut war. Als Kaida ihm hinterherstürmte, stellte sie überrascht fest, dass sich unter der Treppe eine weitere Treppe verbarg, die tief in den Erdboden hinabführte. Ob Callum in einen Keller gerannt war? Vielleicht könnte sie ihn dort stellen – vorausgesetzt, es war keine Falle. Sie konnte nicht sehen, was dort unten auf sie lauerte. Vielleicht Schattenfresser? Vielleicht Nero persönlich? Entschlossen ballte sie ihre Hände zu Fäusten und stieg die Treppe hinab.

Sie staunte nicht schlecht, als sie in einen schmalen Gang gelangte, der gerade hoch genug war, um darin stehen zu können. Es war zu dunkel, um etwas erkennen zu können, doch Kaida konnte deutlich hören, wie Callums Schritte über den Boden rannten. Hastig folgte sie dem Geräusch, das sie quer durch den gesamten Tunnel führte. Als sie endlich das Ende erreichte und auf eine weitere Treppe stieß, war ihr Atem so laut, dass man ihn wahrscheinlich bis ans andere Ende des Ganges hören konnte. Erschöpft stützte sie ihre Hände auf ihren Oberschenkeln ab, ehe sie die Treppe erklomm. Es kümmerte sie nicht im Geringsten, wer oder was am oberen Ende vielleicht auf sie warten würde. Die Jagd nach ihrem Bruder benebelte jegliche Vernunft, sie folgte nur noch dem Drang, ihn zu fassen. Sie musste ihn finden und aus der Schussbahn bringen, ehe ihn jemand verletzten könnte – koste es, was es wolle. Doch als Kaida die Holztür am Ende der Treppe aufstieß, konnte sie zunächst gar nicht glauben, was sie vor ihren Augen sah.

Sie fand sich in einem pompösen Saal wieder, dessen Wände mit Marmor gefliest waren. Goldene Kronleuchter hingen von der hohen Decke hinab und ließen den Raum in einem warmen Licht erstrahlen. In der Mitte des Saales entdeckte sie zwar nicht ihren Bruder, aber dafür ein anderes Ungeheuer, das sie bis tief in ihre Träume verfolgte.

»Oh, herzlich willkommen!«, säuselte Nero vergnügt. »Schau, Oberon, meine verlorene Tochter ist zu uns gestoßen. Kannst du sie überhaupt erkennen? Deine Augen sehen so geschwollen aus … Vielleicht hättest du lieber zur Waffe greifen sollen als zur Flasche, aber ich habe eh kein Gewissen, von daher kann ich dich auch reuelos im betrunkenen Zustand umbringen. Kaida, du möchtest mir nicht zufällig zur Hand gehen?«

Kapitel 33

»Kaida, Kindchen, würdest du vielleicht …«

Ehe er aussprechen konnte, ließ Kaida ihrer Magie freien Lauf. Die Gabe traf den Hexer so heftig und unerwartet, dass er quer durch den Saal flog und am anderen Ende gegen die Wand knallte. Feine Risse begannen sich durch den Marmor zu fressen, während Kaida den Druck auf Neros Brustkorb immer weiter erhöhte. Ob es ihr möglich war, seinen Körper mithilfe ihrer Magiefäden bersten zu lassen wie eine hohle Nuss?

Nero knurrte und fauchte vor Wut. Mit einem Mal schien er sich daran zu erinnern, dass auch er Magie besaß, denn eine Welle aus Schatten zischte auf Kaida zu und warf sie ebenfalls zu Boden. Vor Schreck konnte sie ihre eigene Magie nicht länger aufrecht halten, die Fäden fielen kraftlos zu Boden.

Als sie sich wieder aufrappelte, zielte ihr Blick auf Oberon, der sich an die Seite des Saales geflüchtet hatte. *So ein verdammter Feigling,* schoss es ihr durch den Kopf, *er hätte mir ja wenigstens zur Hand gehen können, wenn ich schon meinen eigenen Kopf für ihn und seine Fehler hinhalte.*

Plötzlich schlangen sich die Schatten wie Ranken um ihre Handgelenke und rissen sie erneut zu Boden. Die Schwarze Magie grub sich schneidend in ihre Haut und hinterließ ein unangenehmes Brennen, welches sich immer tiefer in ihren Körper hineinfraß. Verzweifelt tastete Kaida nach ihrer Magie, doch die Ablenkung durch die Schmerzen war so groß, dass sie sich nicht gut genug konzentrieren konnte. Ächzend versuchte sie der Tortur standzuhalten, doch als sich eine Schlinge um ihre Kehle schlang und langsam zuzog, brach Panik in ihr aus. Ihre Atmung ging so schnell und flach, dass ihr schwindelig wurde; sie japste nach Luft, doch nichts schien in ihrer Lunge anzukommen.

»Tja, Kaida, das hier hätte auch anders ausgehen können«, hörte sie Nero aus einer dumpfen Ferne höhnen. »Ich wollte dich damals in den Palast der Fae locken, weil ich die Hoffnung hegte, du würdest ihn mit deiner unkontrollierbaren Gabe in die Luft sprengen ... so, wie du es auch mit dem Nixensee getan hast. Dir und Callum habe ich damals zwar erzählt, dass du Oberon im Alleingang töten sollst – aber insgeheim hatte ich die Hoffnung, euch beide mit einem Schlag loszuwerden. Als ich aber herausfand, dass du deine Gabe doch kontrollieren kannst, wollte ich dir eine zweite Chance in meiner Festung geben, doch du dummes Ding hast dich ja gegen mich entschieden. Tragisch, nicht wahr? Denn nun musst du sterben, meine ungeliebte Tochter! Ich werde –«

Ein lautes Piepen in Kaidas Kopf verschluckte seine letzten Worte und überschattete sogar das Rauschen ihres Blutes und das Pochen ihres rasenden Herzens. Das Bild vor ihren Augen verblasste, ihre Gegenwehr begann zu brechen. Ihre Arme und Beine wurden langsamer und hörten auf, an den Fäden zu ziehen, nach und nach erschlaffte jeder einzelne ihrer Muskeln. Wie hatte sie auch nur einen Wimpernschlag daran glauben können, Nero im Alleingang besiegen zu können? In seiner Festung hatte er sich wohl mit seiner Macht zurückgehalten, doch nun, wo das Ziel für ihn zum Greifen nah war, gab es für ihn kein Halten mehr. Erschöpft schloss Kaida die Augen.

Dann zerriss plötzlich ein lauter Schrei den Nebel in ihrem Kopf. Die Schattenranken zogen sich zurück und Sauerstoff fand seinen Weg in ihre Lunge. Gierig japste Kaida nach Luft und riss die Augen auf. Als sie ihren dröhnenden Kopf hob und sich keuchend umsah, entdeckte sie Oberon, der einen Pfeil nach dem anderen auf den Hexer abschoss.

»Greif ihn an, Kaida«, rief er ihr streng zu, »wenn er sich auf mehrere Ziele gleichzeitig konzentrieren muss, wird seine Magie schwächer!«

»Das glaubst aber auch nur du, Oberon!«, schrie Nero so hasserfüllt, dass Kaidas Herz einen erschrockenen Sprung machte. Eine riesige Nebelwolke aus Schatten schoss auf den Fae-König zu und presste ihn gegen die Wand in seinem Rücken. Sofort ließ er seinen Bogen fallen und schrie voller Schmerz auf.

»Du hast sie mir weggenommen«, rief Nero wütend, »deinetwegen ist sie gestorben! Sie hat mir gehört, Oberon, mir ganz allein!«

Endlich gelang es Kaida, sich aus ihrer Schockstarre zu lösen. Sie griff nach ihrer Magie und schleuderte sie mit aller verbliebenden Kraft Nero entgegen, dessen Knie daraufhin gefährlich einknickten. Oberons Schreie verstummten, doch die Dunkle Magie fixierte ihn noch immer an der Wand. »Du hast mir meine Frau genommen und meinen Sohn!«, fauchte der Hexer mit hassgetränkter Stimme.

»*Du* hast sie in den Tod getrieben, nicht ich!«, erwiderte Oberon angestrengt. »Luce hier aufwachsen zu lassen war das Beste, was dem armen Jungen hätte passieren können. Er ist *mein* Sohn und du wirst ihn nur über meine Leiche in deine dreckigen Klauen bekommen!«

Überrascht zog Kaida ihre Augenbrauen hoch, während sie ihre Arme vor ihren Körper ausstreckte, um die Magie aus ihren Handflächen strömen zu lassen und besser lenken zu können. Seit wann lag Oberon so viel an Luce? Gut, er hatte ihn nie körperlich angegriffen, zumindest nicht in ihrer Gegenwart; aber den Eindruck, als würde ihm etwas am Leben des Jungen liegen, hatte er auch nicht erweckt. Wo sich Luce wohl gerade versteckt hielt?

»Warum hast du mir nie von den beiden erzählt?«, rief Kaida Nero über das laute Zischen und Fauchen der kollidierenden Magieformen hinweg zu. »Wieso habe ich deinen Sohn nie kennengelernt?«

»O doch, das hast du«, entgegnete der Hexer höhnisch. »Kannst du dich noch daran erinnern, dass ich dir öfter Spielzeug gestohlen habe, wenn du mich durch dein Handeln enttäuscht hast? Ich habe es stets an Solum weitergegeben.«

»*Solum?*«, wiederholte sie verwundert. »Den Namen hast sicherlich du ihm gegeben, oder?«

»Wer sonst? Ich fand ihn sehr passend für das Schicksal des Jungen, den dieser gierige Fae-König hier von seiner Mutter und seinem Zwilling getrennt hat. Der Junge war oft bei dir im Kerker und hat dich besucht, Kaida, aber im Gegensatz zu dir hat er meine Anweisungen stets befolgt. Ich habe ihm verboten dich anzusprechen oder sich dir zu zeigen, darum hast du ihn nie körperlich wahrgenommen. Erinnerst du dich noch daran, dass du Callum oft davon erzählt hast, dass du dich beobachtet fühlst? Dass du Schritte hinter dir hörst, wenn du durch meine Hallen und Gänge läufst, aber niemanden sehen kannst?«

Magensäure stiegt Kaidas Hals hinauf und hinterließ einen bitteren Geschmack auf ihrer Zunge. Bei dem Gedanken daran, dass ihr ständig jemand gefolgt war, dass sie ständig die wachsamen Augen eines Fremden auf sich ruhen hatte, jagte ein eisiger Schauer über ihren Rücken. Sie konnte sich kaum vorstellen, dass dieser Junge in all der Zeit, die sie einsam und verängstigt in Neros Kerkern verbracht hatte, in ihrer Nähe gewesen sein sollte. Was, wenn es gar nicht normale Luft gewesen war, die manchmal über ihre zitternden Schultern gestrichen hatte – sondern Solums Atem?

»Was ist seine Gabe?«, fragte Kaida beunruhigt.

»Er kann sich unsichtbar machen«, erwiderte Nero bereitwillig. »Er war dir ständig auf den Fersen, Kaida, du warst für ihn eine Bezugsperson, auch wenn du nicht einmal von seiner Existenz wusstest. Im Gegensatz zu dir konnte ich mich immer auf Solum verlassen – gut, zumindest *fast* immer.

Ich hatte ihm aufgetragen, dich auf der Fae-Insel zu meiden, aber stattdessen hat der Kleine dich und Jace auf jeden Schritt verfolgt, den ihr auf den Boden dieses verdammten Eilands gesetzt habt. Er wusste die ganze Zeit über, wo ihr euch aufgehalten habt, hat es mir aber nicht erzählt. Der kleine Verräter fühlt sich mit dir verbunden, weil ihr beide ein einsames Leben in der Dunkelheit meiner Festung fristen musstet und weil ihr euch das Spielzeug, teilweise sogar die Kleidung, geteilt habt. Es schmerzt mich zu sehen, dass seine Loyalität mehr dir gilt als mir, aber vielleicht ändert sich das ja, wenn ich dich endlich beseitigt habe.«

Scheppernd schlug die Flügeltür des Saals auf. Als Kaida ihren Bruder im Türrahmen erkannte, zog sich ihr Herz schmerzlich zusammen. Seine Augen huschten ungläubig über die Kämpfenden, dann rannte er auf Kaida zu. Sie versuchte sich in Erinnerung zu rufen, was er ihr alles angetan hatte, versuchte sich einzureden, dass es richtig wäre ihn auszuschalten – doch als sich seine muskulösen Arme um ihren Oberkörper legten und ihre Hände fest auf ihre Brust drückten, blieb sie wie erstarrt. Ohne die Unterstützung ihrer Hände konnte sie ihre Gabe nicht länger lenken, denn ihre Gedanken waren viel zu zerstreut, um die alleinige Kontrolle über die Magie aufrechterhalten zu können. Erneut stieß Oberon einen qualvollen Schrei aus, als Nero seine Schatten wieder ausschließlich auf ihn richtete.

»Lass mich los, Callum«, bat Kaida leise, »bitte lass mich los!«

»Ich kann nicht, Schwesterchen«, flüsterte er sanft in ihr Ohr, »ich kann meinen Hass auf die Fae nicht überwinden. Glaub mir, wenn ich dir sage, dass ich in den letzten Wochen oft versucht habe meine Rachsucht beizulegen, aber es will mir einfach nicht gelingen. Er muss sterben, vorher kann ich keinen Frieden finden.«

Der zarte Keim der Hoffnung in Kaidas Herzen erstickte bei seinen Worten. Callum klang so entschlossen, so entschieden, dass ihn wohl nichts mehr vom Gegenteil überzeugen konnte – nicht einmal seine eigene Schwester. Eine Träne löste sich aus ihrem Augenwinkel und floss langsam ihre Wange hinab. »Cal ... was, glaubst du, würden unsere Eltern von uns denken, wenn sie uns jetzt sehen könnten?« Sie wandte sich so lange in seinem Griff, bis sie zu ihm aufsehen konnte. In seinen Augen konnte sie sehen, wie seine Entschlossenheit tatsächlich ins Wanken geriet ... »In unserem alten Zuhause habe ich ein Buch gefunden«, sprudelte sie hastig hervor, »es stammte von unserer Mutter! Sie hat geschrieben, dass wir uns an Oberon wenden sollen, falls uns je etwas zustoßen sollte. Weißt du, wieso sie uns das aufgetragen hat? Vielleicht –«

»Ich weiß nichts von diesem Buch«, unterbrach er sie harsch und verstärkte den Griff um ihren Oberkörper. »Es war sicherlich eine Fälschung. Er hat mit ihnen experimentiert, warum sollte sie uns auftragen, ausgerechnet zu diesem Monster zurückzukehren?«

»Weil Elain und ich gute Freunde waren«, hallte Oberons kratzige Stimme plötzlich durch den Saal. »Sie hat mir das Versprechen abgenommen, auf euch beide achtzugeben, falls ihr etwas zustoßen sollte. Eure Eltern waren Fae. Es gab nie Experimente an Menschen, dieses Gerücht haben wir uns nur zunutze gemacht, um eure Familie zu beschützen.«

Die kalte Maske auf Callums Gesicht fiel. Ungläubig öffnete er seine Lippen, runzelte die Stirn, doch seine Sprache schien er noch nicht wiedergefunden zu haben.

»Was redest du da?«, antwortete Kaida an seiner Stelle, »wieso sollte sie ausgerechnet *dich* darum gebeten haben, auf uns achtzugeben?« Auf einmal fiel ihr wieder der Satz ein, den ihre Mutter in dem Notizbuch erwähnt hatte. *»Die Raben kreisen noch immer um das Feuer«*, hauchte sie ehrfürchtig. Natürlich! »Raben« bezog sich auf das schwarze Haar des Königsgeschlechts und »Feuer« auf die Haarfarbe ihrer eigenen Familie. Als sie zu Oberon aufblickte, lag ein stolzes Lächeln in seinem Blick. »Weil euer Vater mein Bruder war«, antwortete er nun auf ihre vorherige Frage.

Kaida klappte die Kinnlade hinunter. Nur langsam drang die Bedeutung seiner Worte zu ihr durch. Es hatte nie Experimente an ihren Eltern gegeben. Sie waren echte Fae, reinblutig und für Fae-Maßstäbe völlig normal – keine Monster, für die Kaida sich und ihren Bruder immer gehalten hatte. Aber wenn ihr Vater Oberons Bruder war, machte sie das nicht auch zum Teil der königlichen Familie? Zu einer … Prinzessin? Die Erkenntnis traf sie wie ein Schlag in die Magengrube. Schweiß bildete sich an ihrem Haaransatz und lief langsam ihre Schläfen hinab. Ihr Herz schlug vehement gegen sein Gefängnis. »Aber … aber dann sind ja Jace und ich … «

»Nein, ihr seid nicht blutsverwandt«, beantwortete Oberon ihre unausgesprochene Frage. Seine Stimme klang furchtbar erschöpft von den Qualen des Hexers – lange würde er wohl nicht mehr standhalten können. »Bei meiner Geburt starb meine Mutter, weshalb feststand, dass ich niemals leibliche Geschwister bekommen würde. Außerdem war ich der Erstgeborene und damit der rechtmäßige Thronfolger. Mein Vater adoptierte euren, da auch er seine Eltern früh verloren hatte. Wir wuchsen auf wie Brüder, genauso wie Jace und Nox. Wir –«

Oberons Stimme formte sich zu einem so markerschütternden Schrei, dass Kaida sich am liebsten die Ohren zugehalten hätte. Sie versuchte sich von Callum loszureißen, doch sein Griff um ihren Körper war so fest, dass sie keine Chance gegen ihn hatte. Als Oberons Schrei plötzlich verstummte, begannen ihre Augen zu brennen. Nero musste ihn umgebracht haben und mit ihm die ganze Wahrheit über ihr Leben. Schmerz fraß sich durch ihre Adern, Schmerz und unbändiger Hass. Sie würde diesen verdammten Hexer zugrunde richten.

Zu ihrer Überraschung schien jemand anderes den gleichen Plan zu hegen. Schreiend warf sich Nero zu Boden, krallte seine knochigen Finger so fest in seinen Schädel, dass Kaida damit rechnete, ihn jeden Moment zersplittern zu sehen.

»Sprich weiter, Oberon!«, zischte Callum angestrengt neben ihrem Ohr. »Sprich, oder ich werde zu Ende bringen, was Nero begonnen hat!«

»Lass mich los, Callum, ich kann dir helfen!«, zischte Kaida aufgebracht, kaum dass sie realisiert hatte, dass ihr Bruder derjenige war, der den Hexer in Schach hielt.

»Nein«, presste er knapp hervor, »du hältst dich da raus.«

»Unsere Familien verband seit jeher eine tiefe Freundschaft«, antwortete Oberon schließlich hustend, »eure Mutter war die Zofe meiner Frau und ihre engste Freundin. Während wir relativ früh Kinder bekamen, ließen sich eure Eltern ziemlich lang Zeit. Ich stellte sie von ihrem Dienst frei und gestattete ihnen, sich ihren Wunsch zu erfüllen und das Festland zu bereisen. Dort lebten sie dann viele Jahre unter den Menschen. Als sie schließlich auf die Insel zurückkehrten, zogen sie in das Anwesen nahe dem Palast, um sich in Ruhe ihren Forschungen zu widmen. Sie kamen oft zu Besuch und unsere Familien standen sich auch nach wie vor sehr nahe, aber durch Nia, Jace und die Regentschaft hatten wir so viel zu tun, dass wir uns weniger sahen als zuvor. Wenn meine Frau und ich deine Eltern besucht haben, dann häufig ohne die Kinder oder getrennt voneinander. Als Elain eines Tages mit der Königin spazieren war, wurden sie von Nero angegriffen. Eure Mutter war eine beeindruckende Kämpferin, doch diesem Bastard gelang es dennoch, sie mit seinem Fluch zu belegen – dem gleichen Fluch, der viele Jahre später auch Jace treffen sollte. Wir konnten meine Frau zwar im letzten Moment aus den Krallen des Hexers retten, ehe er mit ihr aufs Festland geflohen wäre, doch für eure Mutter kam jede Hilfe zu spät. Als einer meiner Soldaten sie zum Palast tragen wollte, brach unerwartet der Fluch aus ihr heraus und tötete ihn. Binnen weniger Wimpernschläge war eure Mutter wieder auf den Beinen. Aus Angst, Nero könnte davon erfahren und auf die Idee kommen, noch mehr von uns mit diesem Zauber zu belegen, mit dem er eigentlich nur seine Schattenfresser erschuf, versteckten wir sie in eurem Anwesen. Da wir ja auch nicht wissen konnten, wie sich der Fluch auf sie auswirken würde, ob sie plötzlich zu einem Wesen Schwarzer Magie mutierte oder doch noch an den Folgen verendete, haben wir dem Volk Elains Tod verkündet und das aufkommende Gerücht, dass ich in der Villa an Menschen experimentieren würde, zur Abschreckung genutzt. So konnten wir trotzdem täglich nach ihrem Wohl schauen und sicherstellen, dass sie gut versorgt war.«

»So ein Blödsinn!«, fauchte Callum erbost. Als Kaida zu ihm aufsah, konnte sie sehen, wie ihm der Schweiß überall über sein Gesicht floss. Sein Kiefer zitterte vor Anstrengung, seine blauen Augen wirkten seltsam verschleiert. »Wie hätten Kaida und ich dann zur Welt kommen sollen, hm? Unsere Eltern hätten sich ja nicht mehr berühren können.«

»Du warst schon geboren, Callum«, erklärte Oberon schwach, während er sich mühsam aufrichtete und an die Wand in seinem Rücken lehnte. »Als der Fluch Elain traf, trug sie Kaida bereits unter ihrem Herzen.«

»Pff, da hast du dir ja eine schöne Geschichte ausgedacht«, erwiderte Callum und schnaubte verächtlich.

Neros Schreie verstummten. Ruckartig fuhr Kaida zu ihm herum und beobachtete mit schreckgeweiteten Augen, wie er sich wieder auf seine Füße stemmte.

»Callum!«, schrie sie aufgebracht und versuchte erneut aus seinem Griff auszubrechen. »Callum, er wird dich umbringen! Du musst weitermachen oder mich loslassen, aber du darfst nicht zulassen, dass er dich angreift!«

»Hast du Beweise?«, rief ihr Bruder Oberon unbeeindruckt zu. »Wieso habt ihr uns aus unserer Villa vertrieben, wenn ihr doch so eng befreundet wart, hm?«

»Den Beweis hältst du in deinen Armen, Callum.«

Langsam glitten seine Augen auf seine Schwester hinab, die seinen Blick erwiderte. Worauf wollte Oberon hinaus? Inwiefern stellte sie denn einen Beweis für seine Geschichte dar? Nachdenklich sah sie zu ihrem Bruder, dann zu Oberon.

»Erinnerst du dich nicht mehr daran, dass ich vorhin sagte, dass du und Luce euch sehr ähnelt? Dass ihr beide in der Lage seid, Jace zu berühren, weil –«

»Weil in uns beiden sowohl Helle als auch Dunkle Magie fließt«, hauchte Kaida perplex, ehe sie sich wieder ihrem Bruder zudrehte. Er fing ihren Blick ungläubig auf. Stumm kommunizierten sie miteinander, wie sie es auch früher als Kinder oft getan hatten. Sie konnten in den Augen des jeweils anderen lesen wie in einem offenen Buch, keine noch so kleine Emotion blieb ihnen verborgen.

»Das kann nicht sein!«, fauchte Nero und wankte etwas hölzern auf seinen Beinen umher, »Kaida und Callum sind das Resultat deiner Experimente, Elain kann meinen Fluch unmöglich überlebt haben! Meine Spione haben mir damals von zwei Kindern mit enormen Magievorkommen erzählt, die du in dieser Villa versteckt hieltest, um sie eines Tages als Geheimwaffe gegen mich einzusetzen. Die beiden sind keine Fae, und in Kaida kann unmöglich Dunkle Magie fließen!«

»Deine *Spione*?«, wiederholte Callum zornig. »Du hast uns erzählt, dass du unsere Eltern persönlich kanntest.«

»Natürlich, sonst hättet ihr zwei Gören ja kein Vertrauen zu mir gefasst«, entgegnete Nero schulterzuckend. »Ich wusste von euch, weil mir meine Spione von euch erzählt haben. Natürlich konnte ich nicht zulassen, dass zwei so mächtige Wesen in Oberons Obhut leben. Darum –«

Nero verstummte, doch da hatte Kaida das fehlende Puzzleteil schon längst in das Gesamtbild eingesetzt. »Du warst das«, hauchte sie ungläubig. »Du hast unser Haus von deinen Fae-Verbündeten angreifen lassen, das war gar nicht Oberon!«

»Und der plötzliche Angriff auf unser Schiff?«, stimmte Callum mit ein. »Warst das etwa auch du?«

»Natürlich!«, antwortete der Hexer gleichgültig. »Ich konnte nicht riskieren, dass Oberon euch doch noch retten würde. Eigentlich hatte ich gehofft, eure Mutter ebenfalls in meine Hände zu bekommen, aber am wichtigsten für mich wart ihr.«

Langsam drehte Kaida ihren Kopf wieder zu Oberon, der sie mitfühlend ansah. Die Gedanken in ihrem Kopf kreisten rasend schnell umher, jeder versuchte den jeweils anderen zu übertönen. Ihr dämmerte, was sich damals wirklich ereignet hatte. Dass Nero in Wahrheit derjenige war, der ihr Leben zerstört hatte. *Ihre Familie*. Er war das Monster, nicht Oberon. »Der Wettbewerb ...«, murmelte sie ungläubig, woraufhin der König leicht nickte.

»Ich habe ihn nur ausgerichtet, um dich zu finden. Meine Frau erzählte mir nach ihrer Rückkehr aus der Festung von dir, versicherte mir, dass sie Elains Tochter gesehen hatte, aber ich habe ihr nicht geglaubt. Der Tod deiner Eltern hat sie damals sehr mitgenommen, ich dachte, sie hätte sich dich nur eingebildet. Aber nachdem ich die Gerüchte von einem rothaarigen Mädchen mitbekam, das einen Nixensee in der Nähe der Schwarzen Festung zerstört hatte, musste ich sofort an dich denken. Deine Eltern haben dir und deinem Bruder damals den gleichen Trank verabreicht, den auch Luce bekommen hat. Der Krieg stand unmittelbar bevor, sie wollten auf das Schlimmste vorbereitet sein.« Er schluckte schwer und räusperte sich krächzend, ehe er seine Sprache wiederfand. »Ich hatte all meine Versprechen gebrochen: Ich konnte weder meine Frau beschützen noch die Frau meines Bruders bewahren noch das zweite uneheliche Kind meiner Gefährtin retten. Dadurch, dass ich auch mein Wort bezüglich Luce nicht einhalten konnte, da ich ihn eben nicht so liebevoll aufzog, wie ich es meiner Frau einst geschworen hatte, bliebst du das letzte Versprechen, das ich noch hätte einhalten können; das Versprechen an meine Frau und deine Eltern, dass ich auf dich und deinen Bruder achtgegeben würde. Als ich dich dann vor meinen Augen sah, habe ich die Ähnlichkeit zu deiner Mutter erst nicht erkannt, weil ich ihr Gesicht genauso aus meinen Gedanken verbannt hatte wie das der anderen, die ich im Stich gelassen hatte. Aber nachdem du Jace' Fluch überlebt hattest, war ich mir sicher, wen ich vor mir hatte.«

»Und trotzdem hast du mich mit ihm ziehen lassen?«, fragte Kaida verblüfft.

»Ich habe meine Frau hinter dicken Mauern verschlossen und trotzdem verloren«, erwiderte Oberon kühl, »ich habe deine Eltern hinter dicken Mauern verschlossen und ebenfalls verloren. Es kam mir töricht vor, diese Strategie noch ein drittes Mal auszuprobieren. Außerdem war Jace ja bei dir, und auf der Flucht wart ihr wesentlich sicherer, als wenn ihr hier auf den Tod gewartet hättet. Euer einziger Fehler war es, zu uns zurückzukehren.«

»Was für eine rührende Geschichte«, mischte sich Nero heuchlerisch ein, »aber so leid es mir auch tut, ich schätze, dass diese Idylle nicht lange bestehen bleiben wird. Ich werde mir jetzt meinen zweiten Sohn zurückholen und die Stadt in Schutt und Asche legen, bis es keine Überlebenden eures verachtenswerten Volkes mehr gibt.«

Als Kaida ihren Blick von Oberon losriss und zum Hexer hinübersah, bemerkte sie, dass er sich bereits in der geöffneten Tür des Saales befand und hämisch zu ihr herübergrinste.

»Ach ja, und Callum: Durch deinen Verrat und die Tatsache, dass deine Schwester viel außergewöhnlicher und mächtiger zu sein scheint als du, da sie im Gegensatz zu dir zwei Magieformen in sich vereint, weil ihr Erbgut durch meinen Fluch bereits im Mutterleib angepasst wurde, benötige ich deine Dienste nicht länger. Du bist frei, mein Sohn – frei, bis der Tod uns scheidet.«

Tiefschwarze Schattenranken schossen aus seiner Richtung. Ehe Kaida realisieren konnte, was dort vor sich ging, riss Callum sie herum und versteckte sie hinter seinem Körper. Als sich die Ranken um ihn legten, riss er schreiend den Kopf in den Nacken und ging in die Knie. Kaida stimmte in seinen Schmerzensschrei mit ein, obwohl sie die Schatten gar nicht berührten – ihr Herz zersplitterte dennoch in tausend Scherben. Aus dem Augenwinkel sah sie, wie Nero durch die Tür verschwand, doch sie beachtete den Hexer gar nicht mehr. Sie hatte nur noch Augen für ihren Bruder, der sich vor Schmerzen auf dem Boden zusammenkrümmte, den Mund weit aufgerissen, ebenso wie die Augen.

Obwohl Nero den Raum verlassen hatte und die Reichweite seiner Magie nicht mehr bis zu ihnen heranreichen sollte, hörte Callum nicht auf zu schreien. Als Kaida ihre Hand nach ihm ausstreckte, hörte sie mit einem Mal Oberon ihren Namen rufen, doch sie beachtete ihn nicht. Mit schreckgeweiteten Augen beobachtete sie die schwarzen Schatten, die sich durch Callums Adern zogen. Sie flossen durch seinen Körper und breiteten sich wie Spinnweben unter seiner blassen Haut aus. Plötzlich spürte sie, wie sich zwei kräftige Arme um ihre Taille schlangen und sie von ihrem Bruder wegzogen.

»Nein!«, schrie Kaida und strampelte wie eine Wilde mit Armen und Beinen. »Nein, lass mich los! Ich muss ihm helfen!«

»Du kannst ihm nicht helfen«, drang Oberons Stimme sanft an ihr Ohr, »das ist der Fluch, mit dem auch Jace belegt wurde. Ich würde die Anzeichen überall wiedererkennen, diese Prozedur habe ich nun schon zweimal miterlebt. Du kannst ihn nicht retten, Kaida – er muss sich jetzt selbst helfen.«

»Aber er ist doch mein Bruder!«, schrie sie völlig außer sich.

»Wenn er so stark ist wie seine Mutter, hat er vielleicht Chancen zu überleben.«

»Meinst du?«, schluchzte Kaida verzweifelt. Es gelang ihr, wenigstens eine Hand nach Callum auszustrecken und behutsam über seinen Kopf zu fahren. »Bitte, lass mich los, Oberon, ich muss ihn beschützen!«

»Ich denke nicht, dass –«

»Eure Hoheit«, schrie plötzlich ein aufgebrachter Soldat von der Tür des Saales aus, »mein König, Schergen des Hexers haben Luce' Versteck gefunden! Prinz Jace ist bei ihm, aber Nero scheint auch auf direktem Weg zu ihnen zu sein. Wir brauchen Verstärkung!« Kaidas Herz blieb für einen Moment stehen. *Jace.* Nero durfte ihn nicht in die Finger bekommen. Panisch blickte sie zu Callum hinab, der ihren Blick sanft erwiderte, während das Schwarz in seinen Augen immer dunkler wurde. »Ich komme schon klar«, krächzte er, »du musst Jace finden, ehe Nero … ehe Nero ihn …«

»Shhh«, machte sie leise und strich ihm sanft über die Wange, »aber du brauchst mich doch auch!«

»Oberon hat recht, ich muss das hier allein schaffen«, erwiderte er leise. »Ich liebe dich, Kaida. Es tut mir so leid, dass ... dass ich Nero mehr vertraut habe als dir. Ich habe uns ... damals in seine Höhle ...«

Seine Stimme brach, doch zu Kaidas Erleichterung hob und senkte sich sein Brustkorb noch immer relativ gleichmäßig. »Geh ... zu ihm ... Kaida«, flüsterte er leise, seine Worte kaum mehr als ein Hauch. »Ich werde hier auf dich warten, Schwesterchen. Rette deinen Prinzen und ... und sag ihm, dass ich ihm sehr böse sein werde, wenn er sich so idiotisch benimmt wie ... wie ich und ... dich in Gefahr bringt.«

Mühsam hob Callum seine Hand und drückte sanft die seiner Schwester. Kaidas Wimmern war für eine ganze Weile das einzige Geräusch im Raum. »Hohl ... ihn dir, Kaida«, murmelte er schwach. »Bitte, du musst jetzt gehen.«

»Ich werde bei ihm bleiben«, versprach Oberon leise. Als Kaida sich zu ihm umdrehte und ihm in die Augen sah, wirkte sein Blick aufrichtig. Schluchzend drückte Kaida die Hand ihres Bruders, ehe sie sich schweren Herzens aufrichtete. Er lächelte ihr schwach zu, als sie sich noch einmal über ihn beugte und einen sanften Kuss auf seiner Stirn platzierte. »Ich liebe dich, Callum. Versprich mir, dass du da sein wirst, wenn ich zurückkehre.«

»Versprochen, Schwesterchen.«

Kaida nickte. Tränen liefen ihr über die Wangen, als sie sich von ihm abwandte und auf die Tür des Palastes zulief. Mit jedem Schritt spürte sie, wie ihre Seele ein kleines bisschen mehr litt. Am liebsten hätte sie sich ihrer Trauer gänzlich hingegeben, wäre neben ihrem Bruder zusammengesackt und hätte sich die Augen aus dem Kopf geheult – doch Kaida wusste es besser. So sehr sie es sich auch wünschte, sie würde ihrem Bruder nicht mehr helfen können. Er musste allein gegen die Dunkle Magie ankommen, diesen Kampf konnte sie nicht für ihn austragen; doch für Luce und Jace bestand immer noch Hoffnung – und für sie die Möglichkeit, Nero endlich ein für alle Mal aus der Welt zu schaffen.

Entschlossen atmete sie tief durch und ballte ihre Hände zu Fäusten. Ein wilder Ausdruck legte sich in ihre Augen, während sich ihr Blick fest auf die Tür des Saals heftete.

Als sie die Flügeltür schließlich erreichte, hatten die Tränen auf ihrer Wange angefangen zu trocknen. All ihre Emotionen waren unter dem glühend heißen Feuer der Wut verbrannt, die sich in jedem noch so kleinen Teil ihres Körpers ausgebreitet hatte. Sie wusste, dass es am Ende nur noch einen von ihnen geben könnte: sie oder Nero. Und der Wunsch danach, seinen Kopf vor den Stadttoren aufspießen zu können, gab ihr Hoffnung. Sie war bereit – war der Hexer es auch?

Kapitel 34

Ein Soldat begleitete Kaida durch den Palast. Als sie ihren Blick nebenbei aus einem der Fenster schweifen ließ, blickte sie hinab auf ein Meer aus Flammen. Die ganze Hauptstadt schien zu brennen. Dumpfe Schreie drangen durch die dicken Glasscheiben der Fenster an ihr Ohr, gemischt mit dem Geräusch einstürzender Gebäude. Obwohl man ihr versichert hatte, dass der Palast noch nicht in Flammen stand, waberte Rauch durch die Luft. »Wie weit noch?«, presste sie angestrengt zwischen den Zähnen hervor.

»Wir müssten gleich da sein«, erwiderte der Soldat, »sie befinden sich wohl in dem Saal vor der königlichen Dachterrasse. Wir haben die entsprechende Etage bereits erreicht, lediglich diesen Flur müssen wir noch durchqueren. Seht ihr die dunkle Flügeltür dort hinten?«

Kaida nickte stumm. Ein Beben erschütterte die Mauern des Palastes und brachte die Kronleuchter ins Wanken, doch erstaunlicherweise spürte sie dennoch nicht den kleinsten Funken Angst. Ob Nia und Nox den Schergen des Hexers immer noch standhielten? Die Prinzessin hatte sicherlich schon viele Wurfgeschosse abgewehrt, vielleicht war sie bereits am Ende ihrer Kräfte – oder schlimmer. Kopfschüttelnd verdrängte Kaida den Gedanken. Sie hatte sich vorgenommen, an niemanden mehr zu denken außer an Jace und Luce. Das Schicksal der anderen lag nicht in ihrer Hand.

Als der Soldat die Tür aufstieß, spannte Kaida jeden einzelnen Muskel an. Entschlossen trat sie in den großen Raum. Hinter einem der Möbelstücke entdeckte sie Jace, der Luce schützend hinter sich gezogen hatte. Schwarze

Ranken wanden sich um seine Handgelenke und fixierten ihn an Ort und Stelle, dunkle Ringe prangten unter seinen Augen.

Ohne darüber nachzudenken, stürmte Kaida auf Nero zu, der sich vor dem Sofa aufgebaut hatte. Seine roten Augen weiteten sich ungläubig, als er ihr sein faltiges Gesicht zuwandte. Kaida riss ihn mit sich zu Boden, setzte sich auf seinen Brustkorb und schlug ihm mit ihrer Faust voller Wucht ins Gesicht. Er keuchte schmerzhaft auf und drehte sein Gesicht hustend zur Seite, um einen Schwall Blut auszuspucken. Keinen Wimpernschlag später wurde Kaida von so einer starken Magiewelle getroffen, dass sie ans gegenüberliegende Ende des Raumes geschleudert wurde. Sie hatte schon vorher damit gerechnet, dass ihr Schlag den Hexer nicht ewig ausschalten würde, aber dennoch hatte er sie zutiefst befriedigt und war es allemal wert gewesen.

Blitzartig griff sie nach ihrer Gabe und ließ die Magiefäden vor ihrem Körper zu einem Netz verflechten, das den Schwall der Magie wie ein Schild abblockte. Ihr Flug wurde jäh abgebremst und sie stemmte sich mit aller Kraft gegen den Boden, damit ihre Knie nicht nachgeben würden.

»Luce, du verschwindest von hier«, hörte sie Jace aufgebracht rufen, »ich bleibe bei Kaida.«

Sie beobachtete, wie der Prinz plötzlich neben dem Hexer auftauchte, der sich bereits wieder aufgerappelt hatte, und mit einem Schwert nach dessen Kopf schlug. Leider bemerkte Nero sein Vorhaben ebenfalls, denn ehe die Klinge seine Kehle berühren konnte, duckte er sich geschickt unter ihr weg und zog ebenfalls eine Klinge unter seinem Mantel hervor.

Während er und Jace sich einen erbitterten Schwertkampf lieferten, ließ der Druck seiner Gabe auf Kaida nach. Oberon hatte wohl recht gehabt – der Hexer konnte seine Kräfte nicht auf mehrere Angreifer gleichzeitig verteilen. Kaida nutzte den Moment, um die Kraft ihrer Gabe zu erhöhen. In ihrem Bauch breiteten sich so furchtbare Krämpfe aus, dass sie am liebsten zu Boden gegangen wäre. Das Pulsieren ihrer Gabe wandelte sich in ein schmerzhaftes Brennen, das sie von innen heraus zu lähmen drohte. Ihre Kräfte schienen am Ende zu sein, doch Kaida wusste, dass Aufgeben keine Option war. Mittlerweile empfand sie nur noch Gleichgültigkeit bei der Vorstellung daran, dass sie sich durch das Überanspruchen ihrer Magie selbst umbringen konnte. Hauptsache, sie würde den verdammten Hexer mit sich in den Tod reißen. Plötzlich sah sie, wie Nero seine Klinge in Jace' Schulter vergrub. Mit einem schmerzvollen Schrei ging der Prinz zu Boden, doch es gelang ihm immerhin mit seinem Bein so fest gegen Neros Knie zu treten, dass ein lautes Knacken ertönte und der Hexer ebenfalls zu Boden fiel. Langsam lief Kaida auf ihn zu, die zitternden Arme eisern vor ihrem Oberkörper ausgestreckt, die Zähne verbissen zusammengepresst. Ihre Magieschlingen zogen sich fest um den Hals des Hexers und schnürten ihm die Luft ab. Windend und japsend griff Nero nach ihren Fäden, klammerte sich an ihnen fest und versuchte die Schlaufe aufzuziehen, doch Kaida gab keinen Millimeter nach.

»Bereit zu sterben, Nero?«, presste sie schwer atmend hervor.

Ein widerliches Grinsen breitete sich auf den Lippen des Hexers aus. »Wenn ich sterbe, erlöscht das Leben aller Wesen, denen ich meine Magie eingehaucht habe«, würgte er angestrengt hervor. »Zwar werden Geschöpfe Dunkler Magie, wie zum Beispiel Nixen und Trolle, auch weiterhin bestehen, aber alle Magie, die *ich* gewirkt habe, wird verloren gehen. Du, Luce und Solum mögen vielleicht durch die ganze Erbgut-Geschichte unbeschadet bleiben, da ihr als eine Art Mischwesen unabhängig von meiner Magie leben könnt – aber meine anderen Schöpfungen ... Natürlich zählen dazu auch die Schattenfresser ... Aber was passiert eigentlich mit Jace und deinem Bruder? Was glaubst du, wie ihre Körper darauf reagieren werden, wenn ich ihnen meine Magie entziehe?«

Erschrocken weiteten sich Kaidas Augen. Während sie noch über seine Worte nachdachte, wurde sie von einem so starken Schwindelanfall ergriffen, dass ihre Knie einknickten wie geschmolzene Butter. Sie landete auf ihren Händen neben dem Hexer auf dem Boden. Das letzte bisschen Rest ihrer Magie kroch geschunden und entkräftet in ihren Körper zurück, doch die Bauchschmerzen blieben.

Als sie versuchte ihren Kopf zu drehen, geriet ihre ganze Welt ins Wanken. Ihr Kopf war leer, nur ein einziger Gedanke war geblieben: Was, wenn das Monster recht hatte?

»Kaida«, hörte sie Jace keuchen. Er kniete plötzlich neben ihr und zog sie schützend in seine Arme. Mit einem Mal wurde ihr so übel, dass sie damit rechnete, sich gleich auf seine Schulter übergeben zu müssen.

»Jace ...«

»Alles gut, Kaida, ich werde dich beschützen.«

»Gerade das ist es ja, was mir Angst macht!«, antwortete sie panisch. Sie lehnte ihren Kopf an seine Schulter, lauschte dem Klopfen seines Herzens. Warme Flüssigkeit klebte sich an ihre Schläfe, wahrscheinlich das Blut aus seiner Schulterverletzung. Als sie aufsah, konnte sie Neros verschwommene Umrisse erkennen. Der Hexer hatte sich vor ihnen aufgebaut, in seinen geöffneten Händen schwebten schwarze Schatten.

»Bereit zu sterben, Kaida?«, stellte er ihr dieselbe Frage, die sie kurz zuvor an ihn gerichtet hatte.

Mit letzter Kraft legte sie ihre Arme um Jace' Schultern, eine Hand versenkte sie schützend in dem dichten Haar an seinem Hinterkopf. Sie würde nicht zulassen, dass er sich einfach so für sie opfern würde – wenn, dann sollten sie beide untergehen.

»Nein«, murmelte sie leise, »aber darum geht es hier wohl nicht.« Ein letztes Mal tastete Kaida nach ihrer Gabe, doch sie war restlos versiegt. Das Einzige, was an die Oberfläche drang, waren ihre Tränen. Sie wollte nicht sterben; viel zu verlockend waren die Träume, die sich in den letzten Monaten in ihren Kopf geschlichen hatten. Schmerz erfüllte ihr Herz, als sie daran dachte, wie sie mit Jace in seinem Häuschen am See saß. Wie sie zusammen durchs Land reisten, befreit von all dem Grauen und all den Pflichten, die sie ihr Leben lang herumgetragen hatten. Wenn sie jetzt starben, wäre der Krieg entschieden. Die Menschen in der Stadt hätten ihr Leben genauso sinnlos verschwendet wie Elrik. Und all das nur, weil sie, Kaida, versagt hatte ...

Ihre Sicht war noch immer verschwommen, als sie plötzlich etwas hinter Neros Schulter entdeckte – einen blonden Jungen, der ein Schwert in der Hand hielt, welches viel zu groß und schwer für seine dünnen Arme schien. Mühevoll hob er die Klinge neben Neros Nacken, dann schwang er sie mit aller Kraft auf den Hals des Hexenmeisters hinab.

Kaida konnte hören, wie sich die Klinge tief in dessen Fleisch grub. Nero fiel auf die Knie, die knochigen Finger verkrampft, den Mund zu einem überraschten Schrei verzogen. Kein Laut drang aus seiner Kehle, als das rote Glühen in seinen Augen erlosch. Bevor sein Körper vornüberfallen konnte, löste er sich in schwarzen Rauch auf, der von einer leichten Windböe erfasst und davongetragen wurde. Noch bevor Kaida begriff, was sich da gerade vor ihren Augen abgespielt hatte, noch ehe die Euphorie ihren Körper vereinnahmen konnte, spürte sie, wie sich Jace' Arme fester um sie schlangen. Dann wich plötzlich jegliche Kraft aus dem Prinzen und er sackte leblos in sich zusammen.

Epilog

»Bist du so weit, Kaida?« Eine leichte Windböe wehte ihr durchs Haar. Mechanisch nickte Kaida und trat einen Schritt von dem Grab zurück. Tränen rollten ihr über die Wangen, dennoch schafften es ihre Lippen, sich zu einem leichten Lächeln zu verziehen. Er hätte gewollt, dass sie weiterlebte. Dass sie sich nicht von dem Schmerz auffressen lassen würde, dass sie weiter für das kämpfte, was noch vor ihr lag: ihr unendliches Leben als Fae.

Ihre Hand zitterte, während sie sich langsam vor die weiche, aufgeschobene Erde kniete und eine einzelne Rose auf das Grab legte. Luce hatte sie ihr geschenkt, sie stammte aus seinem privaten Garten. Er hatte sie abgeschnitten, obwohl sie besonders farbenprächtig und groß gewesen war, und hatte ihr aufgetragen, sie in seinem Namen hier niederzulegen. Er selbst hatte es nicht tun können.

Kaida schniefte leise, während sie sich etwas grob über die geröteten Augen strich. Sie wollte nicht weinen. Sie musste stark sein, für ihn, für die Fae, für alle. Er hätte es so gewollt. Es kostete sie enorm viel Mühe, sich wieder aufzurichten und einen Schritt zurückzutreten. Ihr tränengefüllter Blick wanderte über den dunklen Stein, in den der königliche Bildhauer geschwungene Buchstaben hineingemeißelt hatte. Kaida selbst hatte sie mit goldener Farbe ausgefüllt, damit sie gut zu lesen waren. Jeder, der hier an diesem Grab vorbeikam, sollte wissen, wer dort lag – wer sein Leben gegeben hatte, um ihres zu retten.

»Kaida?«, drang Maribels zarte Stimme an ihr Ohr. »Kaida, das Schiff ist bereit zum Ablegen. Ich habe dein Gepäck bereits an Bord gebracht, alle warten nur noch auf dich. Aber ich möchte dich nicht drängen, falls du noch mehr Zeit benötigen solltest, um dich zu verabschieden, dann –«

»Schon gut, Maribel, ich komme.« Traurig lächelte Kaida noch ein letztes Mal auf das Grab hinab.

Ich liebe dich und werde dich für immer in meinem Herzen tragen. Hoffentlich kannst du nun die Ruhe und den Frieden finden, der dir zu Lebzeiten verwehrt wurde. Ich werde stark sein, werde für uns beide weiterkämpfen. Danke für alles.

Letzte Tränen fielen auf den weichen Erdboden und färbten die Stelle etwas dunkler als den Rest der Erde. Schweigend drehte Kaida dem Grab den Rücken zu und folgte der Zofe, die sanft nach ihrer Hand griff und sie den ganzen Weg über festhielt. »Wenn er dich jetzt sehen könnte, wäre er sicherlich zutiefst beeindruckt von deiner Stärke und deinem Mut, Kaida. Er würde wollen, dass du deinen Weg fortsetzt; für ihn, aber vor allem für dich selbst.«

***

Als Kaida den Hafen erreichte, hielt sie Maribels Hand immer noch fest. Sie gingen auf einen breiten Steg zu, an dem ein großer Dreimaster lag. Eine kleine Gruppe Fae hatte sich vor dem Schiff versammelt und unterhielt sich angeregt miteinander. Kaidas Blick fiel zuerst auf die Prinzessin, deren Kopf an Nox' Schulter ruhte. Er hatte einen Arm um ihren Rücken gelegt und strich mit seiner Hand sanft über die leichte Wölbung ihres Bauches. Sie lächelten einander an, friedlich und unheimlich glücklich – ein Gefühl, das Kaida seit der Schlacht um die Hauptstadt fremd geworden war.

Mit einem sanften Lächeln auf den Lippen näherte sie sich der kleinen Gruppe und stellte sich etwas verloren neben Oberon, der gerade mit einem seiner Soldaten diskutierte. Als er sie bemerkte, schenkte er ihr ein tröstendes Lächeln. Die letzten Wochen waren auch an ihm nicht spurlos vorbeigegangen. Die tiefen Schatten unter seinen Augen und der müde Ausdruck in seinem Gesicht waren Kaida nur allzu bekannt. Jedes Mal, wenn sie in einen Spiegel blickte, begegneten ihr die gleichen Merkmale, die sich auch auf seinem Gesicht abzeichneten. Als er sie beinah väterlich in den Arm zog, stahlen sich weitere Tränen aus ihren Augen. Sie kniff ihre Lider fest zusammen, genauso wie ihre Lippen, um das Schluchzen in ihrer Kehle zurückzuhalten.

»Ich hoffe, du weißt, wie stolz er jetzt auf dich wäre«, flüsterte ihr der König tröstend ins Ohr.

Energisch schüttelte Kaida den Kopf. »Ich habe ihn im Stich gelassen.«

»Nein, das hast du nicht. Ich mache dir keine Illusionen: Diesen Schmerz wirst du dein ganzes Leben in deinem Herzen tragen, und entgegen vieler Gerüchte kann ich nicht behaupten, dass er mit der Zeit schwächer wird ... Allerdings wirst du andere Dinge in deinem Leben finden, die dir genug Trost spenden werden, um diesen Schmerz zumindest zeitweise zu betäuben. Es wird dich im Moment vielleicht nicht trösten können, aber du hast durch dein Handeln unzählige Leben gerettet, kleine Kaida. Es ist alles gut so, wie es ist – auch wenn es schmerzt.«

Sanft legte er seine Hände auf ihre Schultern und schob sie ein kleines Stückchen zurück. In seinen Augen lag kein bisschen Hass oder gar Verachtung, nur Stolz und Freundlichkeit. »Du wirst deinen Weg gehen, da bin ich mir sicher. Gib gut auf dich acht! Wenn ich dich jetzt ziehen lasse, musst du deinen Teil dazu beitragen, dass ich mein Versprechen deiner Mutter gegenüber halten kann.«

»Ich gebe mein Bestes«, antwortete Kaida heiser. Sie tauschten noch einen letzten, vielsagenden Blick, ehe Oberon ganz von ihr abließ. Seufzend wandte sie sich Nia und Nox zu, die ihr Lächeln traurig erwiderten.

»Leb wohl, Kaida«, sagte der Fae sanft. »Obwohl, das klingt so sehr nach einem Abschied für immer, dabei hoffe ich doch wirklich, dass wir dich schon bald wiedersehen werden.«

»Na, hör mal«, mischte sich Nia ein, »wenn unser Püppchen nicht pünktlich zur Geburt hier ist, schleife ich sie höchstpersönlich wieder in die Hauptstadt zurück.«

Ein zaghaftes Lachen stieg in Kaida auf. Sie zog Nia fest in ihre Arme, danach Nox. »Ich gebe mir Mühe«, versprach sie leise. »Ihr habt solange ein Auge auf Oberon, oder? Es ist wichtig, dass er die Abmachung mit den Menschen wirklich einhält. Ich habe keine Lust darauf, dass in naher Zukunft ein weiterer Krieg ausbricht.«

»Mach dir keine Sorgen, wir passen auf. Die Menschen wollen bis zum Anbruch der Nacht ihren Hohen Rat gewählt haben, der an Oberons Politik mitwirken und darauf achtgeben wird, dass er sich um die Interessen der Menschen bemüht.« Seufzend drehte sich Nia um und ließ ihre grauen Augen über die Hauptstadt wandern. Die meisten Gebäude waren noch immer stark beschädigt, doch die Menschen waren überall geschäftstüchtig am Werkeln und Reparieren.

»Ich kann es kaum erwarten, die Stadt bei meiner Rückkehr in neuem Glanz zu sehen«, sagte Kaida leise. »Grüßt bitte die anderen von mir, auf meinem Weg zum Hafen bin ich den Zwillingen leider nicht mehr über den Weg gelaufen.« Ein letztes Mal drückte sie die Hände der Prinzessin und ihres Gefährten, dann wandte sie sich ab und kletterte die Strickleiter hinauf, die an dem Schiff hinabhing.

Als sie sich über die Reling zog und das Deck betrat, sah sie sich suchend um. Plötzlich schlangen sich zwei dünne Arme von hinten um ihre Taille. Grinsend drehte sich Kaida zu dem blonden Jungen um, der mit einem breiten Lächeln zu ihr aufsah. »Sieh an, du hast es sogar rechtzeitig auf das Schiff geschafft«, neckte sie ihn. »Freust du dich schon auf deine große Reise, Kleiner?«

Während sie sein Gesicht musterte, machte sich plötzlich eine unglaubliche Erleichterung in Kaidas Herzen breit. Sie wusste um das riesige Glück, das sie und Luce gehabt hatten. Niemand hätte ihnen sagen können, was nach Neros Tod mit den Wesen passieren würde, die sowohl Helle als auch Dunkle Magie in sich vereinten – im schlimmsten Fall hätten auch sie umfallen können wie tote Fliegen. Doch zum Glück schien der Hexer mit seiner Vermutung recht gehabt zu haben: Mischwesen, die seit ihrer Geburt beide Magieformen auf natürliche Weise in sich vereinten, hatten überlebt.

»*Kleiner?* Meinen Ehrentitel habe ich mir hart erkämpft, warum benutzt du ihn nicht?«, erwiderte Luce amüsiert.

Kopfschüttelnd verdrehte Kaida die Augen. »Wenn dir der Titel zu Kopfe steigt, werde ich dafür sorgen, dass er dir wieder aberkannt wird.«

»Das kannst du gar nicht!«, erwiderte der Junge empört. »Erstens war ich derjenige, der Nero geköpft hat, und zweitens bist du gar nicht in der Position, um darüber zu entscheiden! Dafür müsstest du schon die Prinzessin oder sogar Königin sein, aber das bist du ja nicht.«

»Richtig«, mischte sich eine tiefe Stimme ein, die Kaidas Herz sofort schneller schlagen ließ. »*Noch* ist sie das nicht.« Missmutig verzog Luce den Mund. »O Mann, ihr zwei seid echt anstrengend ... Hoffentlich geht das jetzt nicht die ganze Reise so, bis zur Schwarzen Festung dauert es ja ewig.«

Lachend wuschelte ihm Kaida durch die blonden Locken. »Du kannst auch hierbleiben, wenn du magst«, bot sie spöttisch an. »Nia kann bestimmt jemanden gebrauchen, der ihr mit den Vorbereitungen hilft.«

»Nein danke!«, antwortet Luce und verdrehte die Augen. »So sind Babys ja ganz niedlich, aber ich kann niemanden gebrauchen, der mich nachts aus dem Schlaf reißt. Ein Ehrenträger muss sich ausruhen, weißt du? Außerdem bin ich ja nicht zum Vergnügen hier, sondern weil ich euch auf eurer Mission begleiten möchte, um meinen verschollenen Zwilling zu finden. Wer weiß, was für spannende Geheimnisse sich noch so in der Schwarzen Festung verbergen!«

Lachend legte Kaida ihren Kopf in den Nacken. Luce zwinkerte ihr zu, dann eilte er über das Deck hinfort zur Kapitänskajüte. »Vielleicht war es doch ein Fehler, den Kleinen so zu loben«, gluckste der Mann amüsiert.

»Er wird sich schon wieder einkriegen«, antwortete Kaida lächelnd. »Mir macht eher seine Lust auf Geheimnisse Angst, davon hatten wir in den letzten Monaten doch wohl wirklich genug.« Sanft griff sie nach seiner Hand und gemeinsam liefen sie über das Deck zum Bug, um sich dicht an die Rehling zu stellen. Ein kühler Wind wehte von den Wellen her zu ihnen hinauf und fuhr sanft durch Kaidas Haar. Seufzend schloss sie die Augen. »Meinst du, wir werden Solum in der Schwarzen Festung finden?«

»Ich hoffe es. Wir sollten den Jungen lieber im Auge behalten.« Ein kurzes Schweigen breitete sich zwischen ihnen aus, ehe sich der Fae neben ihr leise räusperte. »Konntest ... konntest du dich gebührend von ihm verabschieden?«

»Ja.« Als Kaida zu ihm aufsah, spiegelten sich die Wellen des Meeres in

Jace' Augen. Seine Lippen formten sich zu einem liebevollen Lächeln. »Gut, dann können wir ja aufbrechen.«

»Und du bist dir sicher, dass –«

»Mir geht es bestens Kaida, mach dir keine Sorgen um mich«, beantwortete der Prinz ihre Frage, ehe Kaida überhaupt ausgesprochen hatte. Lächelnd sah sie auf seine Unterarme hinab, auf die sich seit Neros Tod nicht ein einziger Schatten mehr verirrt hatte. Zwar hatte Kaida viele schlaflose Nächte an seinem Krankenbett verbringen müssen, doch am Ende hatte sich der Kampf mehr als gelohnt: Jace hatte den Schwund der Schwarzen Magie nicht nur überlebt, er war sogar den Fluch losgeworden, der ihm so viele Jahre seines Lebens geraubt hatte. Das Schicksaal hatte ihm einen Neuanfang geschenkt, mit Callum war es leider nicht so gnädig gewesen ...

Als sich ein Schatten vor ihr Gesicht schob, wurde Kaida blinzelnd aus ihren Gedanken gerissen. Sanft beugte sich Jace zu ihr hinab und drückte ihr einen Kuss auf die Lippen. Kaida kostete seine Zärtlichkeiten bis zum letzten Moment aus. Ihr Körper kribbelte noch genauso stark wie bei ihrem ersten Kuss, damals, vor unzähligen Monden in seiner Waldhütte am See. »Ich werde dem Kapitän Bescheid geben«, verkündete Jace leise. »Fall nicht ins Wasser, Kleines.«

Kaida schnaubte spöttisch und wandte ihren Blick wieder hinaus auf das weite Meer, das ihr wortwörtlich zu Füßen lag. Schon wieder brach sie zu einer gefährlichen Reise auf, deren Ausgang völlig im Dunkeln lag; denn obwohl Neros Tod natürlich eine riesige Erleichterung war, schien das Böse noch nicht gänzlich gebannt zu sein. Doch dieses Mal war Kaida nicht allein. Jace und Luce würden sie begleiten, genauso wie Callum, der von nun an aus weiter Ferne auf sie achtgab.

Nachdenklich betrachtete sie die kleinen Ascheflocken, die vor ihren Augen im Wind wehten. Sie mussten aus der Hauptstadt stammen, Überreste aus der Nacht, die über das weitere Schicksal Tenebris' entschieden hatte ...

Als Kaida seufzte, schien auch die letzte Last von ihren Schultern abzufallen. Sie war bereit für alles, was noch kommen mochte. Das Mädchen, das fast sein ganzes Leben lang verängstigt im Kerker der Schwarzen Festung verbracht hatte, wäre wohl ziemlich stolz auf die junge Frau, die nun am Bug des Schiffes stand und eines Tages Königin des Landes sein würde, von dem sie immer geglaubt hatte, es hätte keinen Platz für sie. Sie würde Tenebris an der Seite des Mannes regieren, der ihr das gleiche Maß an bedingungsloser Liebe und Vertrauen entgegenbrachte wie sie ihm. Kaida lächelte. Sie konnte die Zukunft kaum erwarten.

ENDE

Danksagung

Eigentlich hatte ich gehofft, dass das Schreiben einer Danksagung ab dem zweiten Mal leichter werden wird, aber anscheinend habe ich mich geirrt. Irgendwie fühlt es sich dieses Mal sogar noch schlimmer an, weil es zeitgleich auch die letzten Zeilen sind, die in »Iced Ashes« abgedruckt werden; die letzten Zeilen meiner ersten Dilogie – und somit auch der Abschied von Kaida, Jace, Luce und all den anderen Figuren, die mich im letzten Jahr täglich begleitet haben …

Mein größter Dank gilt natürlich wieder meinem Verlag und meiner wunderbaren Lektorin. Ich möchte meiner lieben Betreuerin Pia danken, die mir ermöglicht hat, eine Dilogie zu schreiben, obwohl wir zu diesem Zeitpunkt noch an »Burning Soul« gewerkelt haben und »Iced Ashes« nicht einmal ein eigenes Word-Dokument besaß. Vielen Dank für Dein Vertrauen, Deine großartige Betreuung und die Möglichkeit, die Geschichte zu erzählen, die mir so sehr am Herzen liegt.

Genauso sehr möchte ich meiner wundervollen Lektorin Julia danken, die »Iced Ashes« und mich mit viel Geduld und großartigen Anmerkungen bereichert hat. Ich hätte mir keine schönere erste Lektoratserfahrung wünschen können und bin mir sicher, dass Kaida genauso dankbar für Deinen Einfluss ist – schließlich hätte ich ihr sonst noch mehr Bauchschmerzen und Tinnitus aufgedrückt (mein Versprechen mit der Synonymliste gilt!).

Vielen Dank auch an meine Eltern, die mir wie immer den Rücken freigehalten haben, während ich gedanklich in Tenebris war. Ohne Mamas Kaffee-Versorgung hätten wir sicherlich doppelt so lange auf »Iced Ashes« warten müssen, und ohne Papas Hilfe wären meine Lesezeichen und Postkarten wohl krumm und schief geworden (außerdem bin ich der festen Überzeugung, dass Kaida und ich unsere spitze Zunge von ihm haben, aber pssst!).

Zudem gilt mein aufrichtiger Dank erneut meiner allerbesten Freundin und Vollzeit-Motivatorin Fine, die mir vom ersten bis zum letzten Wort Mut gemacht hat und stets Verständnis für meine Wehwehchen hatte. Danke für Deinen unerschütterlichen Glauben daran, dass am Ende alles so zusammenkommen wird, wie es sein soll. <3 Zu meinen Motivationsfeen zählen natürlich auch wieder Jessica, Sara, Mandy und Nova, die mich alle auf ganz unterschiedliche Weise ermutigt und in meinem Schreiben bestärkt haben. Vielen Dank für die Unterstützung! Ich hoffe, wir sehen uns alle beim nächsten Projekt wieder.

Zuletzt möchte ich mich ganz herzlich bei Dir bedanken, liebe*r Leser*in, denn ohne Dich könnte ich meinen Traum vom Autorendasein gar nicht leben. Danke, dass Du mir und meiner Dilogie eine Chance gegeben hast. Ich hoffe, dass Dir Kaida, Jace und all die anderen Figuren ein paar schöne Lesestunden beschert und nun ein gemütliches Plätzchen in Deinem Bücherregal oder auf Deinem E-Reader gefunden haben. Wir sehen uns im nächsten Abenteuer!

KÖNIGLICHE DRACHEN

Dana Müller-Braun
NYXA 1:
DAS ERBE VON AVALON
ISBN 978-3-551-30306-6
Softcover
Auch als E-Book erhältlich

Nyxa ist die Erbin des Drachen-Königreichs. Aber dunkle Mächte wollen jemand ganz anderen auf dem Thron sehen. Sie flieht und heuert bei dem Piraten Captain Black Night an. Doch niemand darf herausfinden, wer sie wirklich ist. Vor allem nicht der ebenso schweigsame wie furchtlose Captain.

Aurelia L. Night
DAS GEHEIMNIS DER SCHWINGEN 1:
FEUER IM SCHATTEN
ISBN 978-3-551-30319-6
Softcover
Auch als E-Book erhältlich

Als Mitglied der Königsfamilie bewahrt Sascha das wohl bestgehütete Geheimnis im Königreich der Schattendrachen. Der Drang, alldem zu entfliehen, wächst. Aber der Prinz der Lichtdrachen kommt Sascha in die Quere. Obwohl Colins himmelblaue Drachenaugen jeden in den Bann ziehen, darf er niemals von ihrer wahren Identität erfahren …

Teresa Sporrer
DRAGON PRINCESS 1:
OZEAN AUS ASCHE UND RUBINEN
ISBN 978-3-551-30316-5
Softcover
Auch als E-Book erhältlich

Was, wenn die Prinzessin vergeblich darauf wartet, dass der Prinz sie aus dem Turm befreit? Wenn es der Drache ist, der sie rettet? Dann schwört die Prinzessin Rache an denen, die sie eingesperrt haben – ihrer königlichen Familie. Und dafür braucht sie die Hilfe eines ebenso draufgängerischen wie charismatischen Piratenkapitäns …

WWW.IMPRESSBOOKS.DE

Impress

Die Macht der Gefühle

Impress

Ein Imprint der Carlsen Verlag GmbH

November 2021

Lektorat: Julia Feldbaum, Janina Roesberg

Umschlagbild: shutterstock.com / © Alena Gerasimova / © Benjamin Louis / © Unholy Vault Designs / © Bokeh Blur Background / © Rathna2604

Umschlaggestaltung: formlabor

ISBN 978-3-551-30421-6

www.impressbooks.de